HAYMON tb **9**

Ungekürzte Taschenbuchausgabe
Haymon Taschenbuch, Innsbruck-Wien
www.haymonverlag.at/haymontb

Überarbeitete Neuauflage der bei Kremayr & Scheriau 2002
erschienenen Originalausgabe

ISBN 978-3-85218-809-6

Umschlag- und Buchgestaltung:
Kurt Höretzeder, Büro für Grafische Gestaltung, Scheffau/Tirol
Coverfoto: www.corbis.com
Autorenfoto: Katharina Stögmüller

Gedruckt auf umweltfreundlichem,
chlor- und säurefrei gebleichtem Papier.

Christoph Wagner
Schattenbach
Ein Carozzi-Krimi

Christoph Wagner

Schattenbach

Ein Carozzi-Krimi

1

O happy earth! Reality of Heaven!
Percy B. Shelley

Am Freitag, an dem ich beraubt wurde, brach in Schattenbach die Welt zusammen.

Das ist, um ehrlich zu sein, weniger dramatisch, als es vielleicht klingt. Denn die meisten Dinge, die mich hier in Schattenbach umgeben, sind ohnedies nicht von dieser Welt. Oder würden Sie meinen, dass Schluckbildchen zu dieser Welt gehören?

Schluckbildchen. Briefmarkengroße Pergamentfetzen mit der Madonna drauf, oder mit heiligen Sprüchen. Auf die Zunge gelegt. Runter damit. Segen im Bauch. Das ist es, wovon ich zur Zeit lebe.

Es ist schon ein wenig lachhaft, was ich hier treibe. Statt in Ephesos im Dienste der Wissenschaft Amphorenscherben auszubuddeln oder in Mexiko nach alten Aztekenschätzen zu graben, mache ich hier im alten Schiffsmeisterhaus hoch über der Lände von Schattenbach den dummen August. Wenn jemand um einen Zehner mit mir darum wettet, dass ich mich das traue, dann schlucke ich sogar ein Schluckbildchen. Kein echtes, versteht sich, sondern ein präpariertes aus Oblaten, die ich selber mit Tintenfischtinte gestempelt habe. Die echten Bildchen wären zu wertvoll – und schmecken überdies scheußlich.

Es ist ein einsamer Job in einem einsamen Kaff ohne jede gute Hoffnung, auf den ich mich da eingelassen habe. Halbwegs was los ist nur am Wochenende, wenn ich meine größten Erfolge damit erziele, den Leuten zu erklären, wie man eine Drud fängt. Eine Drud ist ein böser Geist, der nächtens erscheint und sich einem dann recht dreist aufs Brustbein hockt. Wenn man den

Albdruck erst einmal schmerzhaft spürt, ist es allerdings meistens schon zu spät, um die Drud zu verjagen. Also lieber vorher das sichelförmige, an einem Ende spitz wie eine Nadel zulaufende Drudenmesser an einer Schnur, am besten mit einem Nagel an der Decke, befestigen und über dem Brustbein pendeln lassen. Die Drud ist zwar böse, aber dumm ist sie Gott sei Dank auch. Wenn sie kommt, übersieht sie in ihrer Gier das scharfe kleine Ding, hockt sich nichts ahnend aufs Brustbein, und während sie dann auf Herz und Seele drückt, schnellt der scharfe Stahl direkt auf sie zu, spießt sie auf, und hin ist die Drud. Man kann also wieder in Ruhe schlafen. Immer ein Lacherfolg, die Geschichte. Aber es haben mich auch schon Besucher gefragt, ob man so ein Drudenmesser nicht auch käuflich erwerben kann.

Etelka, die mir gelegentlich aushilft, sagt, dass ich, wenn ich solche Geschichten erzähle, übertreibe. Aber nur wenn ich übertreibe, bekomme ich auch Trinkgeld, ansonsten ernte ich allenfalls ein müdes Lächeln.

Natürlich sind die Schluckbildchen und die Drudenmesser bei Weitem nicht alles, was ich meinen Besuchern zu bieten habe. Ich verwahre in meiner Sammlung auch ein Osterei, auf dem vierundfünfzig kleine Hufeisen befestigt sind. Ferner verfüge ich über einen Bierkrug, der sich auf vier Beinen bewegen kann und, während er, durch ein Laufwerk in Gang gesetzt, behände von einem Trinker zum anderen krabbelt, „In München steht ein Hofbräuhaus" intoniert. Auch er ist allerdings nur eines von 924 mehr oder minder kuriosen Objekten, die im Laufe der Zeit, oft nach vielen Umwegen, hier in dem alten Schiffsmeisterhaus gelandet sind.

Im diesem ehrwürdigen Gebäude ist nämlich das Heimatmuseum von Schattenbach untergebracht. Es nennt sich ganz bescheiden Heimathaus, ist aber tatsächlich ein wirkliches Museum, allein schon weil es wie jedes echte Museum ziemlich komplizierte und unübersichtliche Öffnungszeiten hat, die noch von meiner Vorgängerin, offenbar zur Verwirrung unliebsamer Besucher, eingeführt wurden.

Mein Büro ist in dem alten Ladenkontor gleich neben der Eingangstür, in dem ich die eintretenden Gäste begrüße und sie bitte, bis zur nächsten Führung ein wenig zu warten. Hier erledige ich nicht nur den bürokratischen Kram und verkaufe die Eintrittskarten, sondern habe auch einen kleinen Souvenir-Shop mit Ansichtskarten, Ausstellungspostern, Strohblumensträußchen und kleinen Säckchen voll Mohn, Nüssen, Johanniskrauttee und gerösteten Kürbiskernen eingerichtet. Die Registrierkasse ist aus Messing, das allerdings wieder einmal blankgescheuert werden müsste. Ich darf nicht vergessen, Etelka darum zu bitten, auch wenn es für die Funktionstüchtigkeit des Museumsbetriebs gänzlich unerheblich ist, ob die Kassa glitzert und gleißt oder ob sie schmutzig und fettig aussieht wie jetzt.

Ich beginne meine Führung stets in der Mineraliensammlung, allein schon deshalb, weil mich dieser Abschnitt selbst am wenigsten freut, aber eben auch erklärt sein will. Die Mineraliensammlung hat jedoch nicht nur eine regionale, sondern auch eine dramaturgischen Bedeutung, die ich nur wenige Tage, nachdem ich meinen Posten als Kustos von Schattenbach angetreten hatte, sogleich produktiv zu nutzen verstand. Sie mündet nämlich in eine Reihe von Vitrinen mit in Spiritus präparierten Embryos, die, einmal rein pathologisch betrachtet, geradezu exemplarisch schöne Missbildungen aufweisen.

In meinem Vortrag gehe ich allerdings nicht näher auf diese Missbildungen ein, sondern sage, nachdem ich eine lange Pause verstreichen habe lassen, in einer Stimmlage, die zarter besaitete Museumsbesucher an

Gefühlskälte erinnern mag: „Brauchen Sie jetzt vielleicht einen Schnaps?"

Der Moment, um diese Frage zu stellen, ist – ich kann es aus einer zwar kurzen, aber doch sehr eindeutigen Erfahrung sagen – ziemlich gut gewählt. Denn während ich die Schnapsfrage stelle, ist die Führung bereits am Ende des langen Museumsschlauches angelangt, der nicht nur in die Tiefen des alten Schiffsmeisterhauses, sondern auch zur Treppe in den Oberstock führt. Genau an dieser Bruchlinie zwischen Naturgeschichte im Parterre und Volkskunst im ersten Stock liegt jene unvergleichliche Museumseinrichtung, die ich meinen Tabernakel nenne. Von außen sieht man von dem direkt ins alte Bruchsteinmauerwerk eingelassenen Kästchen nur die in die Zirbenholzlamperie des Treppenhauses integrierte Schranktür, von der kein Besucher erwarten würde, dass sie plötzlich aufgeht. Es finden sich auch weder Schlüsselloch noch Riegel, die auf irgendeine verborgene oder gar offensichtliche Mechanik schließen lassen würden. Dennoch öffnet sich der Tabernakel, sobald ich eine Gruppe von Besuchern daran vorbeiführe, wie von Geisterhand.

Selbstverständlich will nun jeder wissen, wie ich das Schränkchen in der Wand aufkriege, doch nicht einmal Etelka, die weiß Gott was darum geben würde, habe ich bis jetzt über die wahre Funktionsweise aufgeklärt. Nur so viel: Wichtig ist, dass die Tür sich dann öffnet, wenn keiner es erwartet. Umso wirkungsvoller ist es dann nämlich, wenn dahinter gleich mehrere Schnapsflaschen zum Vorschein kommen.

Das hat noch jeden verblüfft: Ich sage also mit bewusst unterkühltem Sarkasmus: „Brauchen Sie jetzt vielleicht einen Schnaps?", und bevor den Leuten noch ein befreiendes *Jaaa!!* aus der Kehle schnellt, geht die Geheimtür auf und bringt einen Vogelbeerbrand, einen Hetschepetschenschnaps, einen Trebernen, einen „Dirndl“ genannten Feinbrand aus Kornelkirschen sowie einen Zwei-Liter-Ballon voller Himbeergeist zum Vorschein.

Wenn das nicht lebendige Museumsdidaktik ist! Und es passiert auch nicht oft, dass jemand, der sich bei den Mineralien gelangweilt und vor den Embryos geekelt hat, meinen Schnaps ablehnt, dessen gar nicht so unerheblicher Preis selbstverständlich nicht in der Eintrittsgebühr inbegriffen ist. Das Geschäft mit dem Tabernakel bringt jedenfalls allemal mehr als das für gewöhnlich recht bescheiden ausfallende Trinkgeld, von dem ich überdies die Hälfte Etelka zustecke, weil sie so eine geschickte Staubfängerin ist und es im Heimathaus von Schattenbach wahrlich genug Staub gibt.

Die Schnapsflaschen sind übrigens mein bisher wichtigster Beitrag zum wenngleich bescheidenen wirtschaftlichen Aufschwung des Schattenbacher Heimathauses. Bevor ich das Museum als Kustos übernahm, waren im Tabernakel nämlich alles andere als Schnapsflaschen gestanden. Und es gibt einige im Ort, die meine Veränderungen am Tabernakel trotz aller ökonomischer Vernunft, die sich zweifellos dahinter verbirgt, als gotteslästerlich bezeichnen. Namentlich handelt es sich dabei um eine gewisse Frau Zidibulk, eine ortsansässige Matrone, die das Museum nach dem Ableben des alten Dorfschullehrers zwischenzeitlich reinigte oder, wie sie selbst es zu formulieren pflegt, „verwaltete“. Als Frau Zidibulk das erste Mal dahinterkam, was ich mit „ihrem“ Tabernakel angestellt hatte, war sie voller Entsetzen sofort zum Bürgermeister gerannt und hatte von diesem in seiner Funktion als Obmann des Verschönerungsvereins und damit als meinem unmittelbaren Vorgesetzten verlangt, meine sofortige Entlassung anzuordnen.

Bürgermeister Hannes Munknast ist jedoch ein zwar in politischer Hinsicht einigermaßen rückschrittlicher, so aber doch, wenn man mit ihm privat zu tun hat, leidlich patenter Zeitgenosse. Er hörte sich Frau Zidibulks apokalyptische Ausführungen also mit der Geduld und gelassenen Miene eines in dieser Hinsicht so wasserdichten wie wetterfesten Provinzpolitikers an, gab ihr völlig Recht – und entließ mich trotzdem nicht. Dass ich die Einnahmen des Heimathauses, seit ich dort mit dem Schnapsverkauf begann, binnen weniger Wochen mehr als verdreifacht hatte, fiel dabei allerdings noch weniger ins Gewicht als eine andere Tatsache: Ich war nämlich vorausblickend genug gewesen, den Großteil der Schnäpse bei einem der prominentesten Schnapsbrenner des Ortes einzukaufen, und das war kein Geringerer als der Bürgermeister selbst, wenngleich dieser nicht müde wurde zu betonen, dass er seine Brennblase nur für den Privatgebrauch und, wie er es ausdrückte, für gute Zwecke, anheizte.

Ich bin auf die demütigende Niederlage, die ich Frau Zidibulk im Angesicht des Gemeindeoberhaupts in der Schnapsdebatte zwangsläufig zufügen musste, also gar nicht so besonders stolz. Tatsächlich war mein Sieg wesentlich schneller erzielt, als der Bauer, wie die Einheimischen sagen, in einer Weingegend zum Milchholen braucht.

Dennoch muss ich Frau Zidibulk auch Abbitte leisten. Immerhin passiert es nicht alle Tage, dass das Prunkstück eines Heimatmuseums, das neben seinem kunsthistorischen auch noch kultischen Charakter besitzt, auf so profane Weise von seinem angestammten und durchaus würdigen Platz entfernt und durch eine Batterie von Schnapsflaschen ersetzt wird, deren Vertrieb ganz eindeutig dem schnöden Mammon dient. „Wenn er wenigstens Weihwasserflaschen hineingestellt hätte, der Herr Doktor Carozzi!" Dieser Satz einer völlig entnervten Frau Zidibulk klingt mir heute noch in den Ohren.

Aber profaner Schnaps statt eines gotischen Madonnenbildnisses …?

Tatsächlich war die Madonna, die im Baedeker sogar mit einem Sternchen ausgelobt ist, wohl einer der Hauptgründe, warum Menschen aus aller Welt, zumindest an schönen Wochenenden, in das Heimatmuseum im Schiffsmeisterhaus kamen und dafür nicht nur Mineralien, Embryos und Schluckbildchen, sondern sogar meine müden Scherzchen darüber in Kauf nahmen. Dabei sah die kleine, recht grob geschnitzte und mit längst verwitterten Erdfarben bemalte Buchenholz-Statuette alles andere als eindrucksvoll aus. Allein schon das Jesuskind, das sie anatomisch völlig verkehrt in ihren rechten Ellbogen eingeklemmt hielt, hätte man bei etwas bösem Willen auch für einen länglichen Brotlaib halten können.

Andererseits war die Madonna alleine durch die Tatsache, dass sie aus dem frühen 14. Jahrhundert stammte, um etliches wertvoller als die meisten anderen Madonnen in der Umgebung. Ihre unleugbare Popularität vermag die Madonna von Schattenbach allerdings selbst durch ihr hohes Alter nicht zu erklären. Denn auch im 14. Jahrhundert zählten die Madonnenschnitzer, ebenso wie die Flagellanten, Wanderprediger und Gaukler, zum fahrenden Volk und verdienten sich ihren Lebensunterhalt damit, dass sie jede bessere Waldkapelle mit einem sogenannten Gnadenbild aufrüsteten, um welches der geschwätzige Volksmund dann pflichtgemäß eine ebenso fromme wie wallfahrtsfördernde Legende zu spinnen wusste.

Mit dem allmählichen Versiegen der Wallfahrt war die Madonna dann wohl irgendwann von der Kirche in den Haustabernakel des alten Schiffsmeisterhauses und damit ins heutige Heimathaus übersiedelt. Dass sie in keinem Kunstführer der Welt fehlt, verdankt sie allerdings nicht den zahlreichen Legenden, die sich im Lauf der Zeit um sie verwoben haben, sondern der simplen Tatsache, dass sie, rein physiologisch betrachtet, verkrüppelt ist. Ihre rechte Hand, die als Aufforderung zum Beten möglichst vieler Rosenkränze eine kleine, dünne Perlenschnur umklammert, zählt bei genauerem Hinsehen exakt einen Finger zu viel. Darum ist die Madonna früher unter ihrem alten Wallfahrernamen „Maria mit den sechs Fingern" wesentlich bekannter gewesen als unter der sachlicheren und weniger spektakulären Bezeichnung „Madonna von Schattenbach", unter welcher sie im Museumskatalog vermerkt ist. Der Katalog, in dem sich mein Vorgänger, der alte Dorfschullehrer, der kunsthistorischen Zunft durch eine offensiv zur Schau gestellte Wissenschaftlichkeit als einer der ihren anbiedern wollte, verzichtet daher überraschenderweise auch auf die Erzählung aller frommen Legenden, sondern beschränkte sich auf die schlichte Bestimmung von Objekt und Entstehungszeit: „got. Madonnenbildnis, dem Meister von Schattenbach zugeschr., urspr. gen. Zu unserer Lieben Frauen Sechsfinger, Tempera auf Buche, um 1320."

Genau so stand es auf dem kleinen Täfelchen hinter Plexiglas zu lesen, das ich unmittelbar neben dem neuen Domizil der Madonna aufgestellt hatte, welches mir um nichts weniger würdig erschien als ihr Versteck hinter der Geheimtür des Schiffsmeister-Tabernakels. Um Frömmlern von der Art Frau Zidibulks endgültig den Wind aus den Segeln zu nehmen, hatte ich unter die trockene, wissenschaftliche Beschreibung sogar noch die ersten beiden Zeilen des alten Schattenbacher Wallfahrerlieds ausgedruckt und auf das Glastäfelchen geklebt: „Wir ziehen zur Mutter der Gnaden, zu ihrem hochheiligen Bild. O lenke der Wanderer Pfade und segne, Maria, sie mild!"

Besucher des Heimathauses brauchten, um die Madonna mitsamt dem Spruch zu finden, nunmehr lediglich die Treppen hinaufzusteigen, und bevor sie noch die oberen Schauräume erreichten, grüßte sie die Madonna schon von einer geräumigen Wandnische herab, die überdies den Vorzug aufwies, südseitig zu liegen und dadurch den ganzen Tag über auf natürliche Weise beleuchtet zu werden, was den ohnedies etwas karg geschnitzten Zügen der Muttergottes zusätzliche Plastizität verlieh. Der Flur bildete vor dieser Nische eine überaus günstige, weil ziemlich geräumige Plattform, sodass sich die Besucher, die sich meiner Führung angeschlossen hatten, nicht mehr im Stiegenhaus zu drängeln brauchten, sondern sich bequem vor dem Gnadenbild versammeln und lauschen konnten, wie ich mit einer Fabulierfreude und Weitschweifigkeit, die ich auf mein Faible für das Werk Thomas Manns zurückführe, begann, die Legende der Madonna von Schattenbach zu erzählen.

Ich selbst hatte sie, ehrlich gestanden, nicht gekannt, bevor ich meinen Posten als Kustos des Schattenbacher Museums angetreten hatte, und dass ich sie mir aus ein paar alten Heimatbüchern und diversen frommen Schriften erarbeiten musste, mag mit ein Grund gewesen sein, dass sie aus meinem Munde weder abgedroschen noch besonders fromm, sondern vielmehr frisch, unterhaltsam und, wie ich hoffe, sogar ein wenig humorvoll klang.

Nicht minder dreist, als die Legende es tat, benamste ich den wissenschaftlich korrekter als „Meister von Schattenbach" bezeichneten Anonymus kurzerhand als Meister Veit und dichtete ihm einen Riesenrausch an, in dem er, weil die Zeit drängte, letzte Hand an die den Schattenbachern versprochene Madonna legte. Er stand, so führte ich weiter aus, schon arg im Öl, als er sich an das letzte noch ungeschnitzte Teil des Buchenholzklotzes machte und daraus – womöglich auch noch unter Absingen wenig gottgefälliger bacchantischer Lieder – mit flinker Hand ein feingliedriges Händchen schnitzte und in seinem Dusel nicht einmal bemerkte, dass er nicht nur ein Gläschen, sondern auch einen Finger zu viel erwischt hatte. Als Meister Veit die fertige Madonna am nächsten Tag dem Pfarrer präsentierte, deckte dieser durch simples Nachzählen den Irrtum auf, doch die Madonna weigerte sich, so erzählt es zumindest die Legende, ihren sechsten Finger wieder zurückzugeben. Alles Herumfeiteln erwies sich als vergeblich.

So blieben der Madonna ihre sechs Finger, und es dauerte nicht lange, bis sich das Bildnis auch als Gnadenbild bewährte. Ein Bürger namens Leopold Hofstetter „verlobte sich", wie es in der alten Ortschronik hieß, mit der Madonna, als ihm eine blinde Tochter geboren wurde. Die Madonna stellte die Geduld des armen Mannes trotz der in Aussicht gestellten Wachs- und Geldspenden zunächst auf eine lange Probe, die sich jedoch lohnen sollte: An seinem dritten Geburtstag wurde das Mädchen plötzlich sehend und die Wallfahrt entsprechend lukrativ.

„Wer weiß", pflege ich nach dieser Erzählung noch pathetisch hinzuzufügen, „ob all das auch passiert wäre, wenn die Madonna nur fünf Finger gehabt hätte" – eine Bemerkung, die mir besonders bei älteren Museumsbesucherinnen schon so manches zustimmende fromme Nicken und eine entsprechende Remuneration am Museumsausgang eingebracht hat.

An diesem einen Freitagvormittag brauchte ich jedoch nicht auf Trinkgeld zu spekulieren, weil mir die Erzählung der Legende für heute und, wie zu befürchten stand, auch für die kommende Zeit erspart bleiben würde. Als ich die Mineraliensammlung, die Embryos und den Schnapstabernakel mit einer Handvoll Besucher hinter mir gelassen hatte, um in die oberen Schauräume hinaufzusteigen, machte ich eine Beobachtung, die diesen beginnenden Sonnentag inmitten des Schattenbacher Idylls nachhaltig prägen und auch nicht ohne Einfluss auf mein weiteres Privatleben bleiben sollte: Die Madonna war weg.

*

Wie meistens, wenn Menschen derartige Niederlagen zustoßen, tat die Natur so, als würde sie mit dem Ganzen nichts zu tun haben. Die Kirschbäume draußen vor den winzigen Fenstern trugen strahlend weiße Blüten, der Himmel leuchtete blitzblau und die Mittagsglocken sorgten für die passende Hintergrundmusik.

Verfluchtes Landleben. Ich hätte es wissen müssen. Aber wir geborenen Stadtmenschen träumen nun einmal alle diesen verlogenen Traum von der intakten, unberührten Natur. Und wenn man dann gerade auf Jobsuche ist und an einen leutseligen Bürgermeister gerät, der einem auch noch ein leidliches Auskommen zusichert, dann greift man halt zu, sagt dem Asphaltdschungel ade und sitzt auch schon in der Falle. Besonders dann, wenn man wie ich zu viel Jean Paul gelesen hat und mit der Idylle ein „Vollglück in der Beschränkung" verbindet, das sich, wie man dann allmählich lernt, doch nicht einstellt. In den knapp zwei Monaten, seit ich die Stelle im Schiffsmeisterhaus angetreten hatte, hatte ich jedenfalls zunehmend den Eindruck gewonnen, dass hier nicht nur das Glück, sondern auch sonst noch etliches ziemlich beschränkt war, vor allem wohl auch ich selbst.

Dennoch hat das Landleben auch seine schönen Seiten. Eine davon ist, dass man jederzeit zu jedem, den man gerade sprechen möchte, hingehen kann und sich zuvor nicht einmal telefonisch anzumelden braucht. Es reicht ein ganz gewöhnliches Klopfen an der Haustür oder ein Ziehen an der Messingschelle. Und wenn auch das nichts nützt, macht man einfach die – meist unversperrte – Tür auf und geht hinein.

Das Häuschen, in das ich soeben eintreten wollte, hatte trotz seiner Geducktheit gleich zwei Erker. Dass es in relativ frischem und daher auch ziemlich aufdringlich leuchtendem Kaisergelb gestrichen war, bemerkte man kaum, da die Fassade zum größten Teil mit wildem Wein überwuchert war. Neben der Tür befand sich unter einer sanft vorspringenden Laube eine wettergraue Bank, deren Oberfläche wie eine vergilbte Landkarte aussah. Auf der Bank stand eine fast leere Flasche Wein, die ebenso in der Mittagssonne funkelte wie das Glas daneben, in dem sich bereits ein paar Fliegen am Extrakt des vertrockneten Rebensafts labten. Doch die Sonne schien mir nicht nur über die Schulter, sie strahlte mir auch direkt ins Gesicht. Es war allerdings kein leuchtendes, sondern ein kunstvoll gedrechseltes Exemplar im Zentrum des massivhölzernen Eingangstors. Ich datierte die mit einiger Sicherheit auf spätes achtzehntes Jahrhundert, als Kleineisenarbeiten noch Mikrokosmen spätbarocker Handwerkskunst waren. Die geschnitzte Sonne lachte hingegen, verglichen mit solcher Vollendung, geradezu läppisch von der Tür herab. Pausbäckig und feist ließ sie jede elegante Linienführung vermissen, wenngleich sie signalisierte: „Du bist hier willkommen." Ich war mir allerdings nicht sicher, ob ich das mit der Nachricht, die ich zu überbringen hatte, auch tatsächlich war.

Bevor ich eintrat, überlegte ich kurz, ob ich nicht lieber zuvor zum Gendarmerieposten hinüberlaufen und den Diebstahl noch vor dem Bürgermeister den zuständigen Behörden melden sollte. Andererseits war es vielleicht doch klüger, zuvor meinen Chef zu informieren, und sei es nur, um allfällige Missverständnisse von vornherein auszuräumen. Die Gendarmen legten gegenüber Neuzugängen in der Gemeinde gerne das an den Tag, was man ein „gesundes Misstrauen“ nennt. Und ich bildete mir – damals zumindest noch – ein, genug gesunden Menschenverstand mitbekommen zu haben, um dem auszuweichen.

Ich traf Bürgermeister Munknast beim Mittagessen an. Der schwere gedrechselte Eichentisch in der Mitte des Raumes war mit einem grobleinenen Tischtuch gedeckt, auf dessen Oberfläche sich rot bestickte Hirschen in munterem Galopp verfolgten. Auf eine seltsam vertraute Weise sah es in der Stube aus wie auf einem großflächigen Plakat, das Produkte aus vollbiologischem Landbau anpries.

Der Bürgermeister selbst wäre in jeder Werbeagentur jedoch wohl bereits vom Fräulein am Empfang als uncool eingeschätzt und für einen Irrläufer gehalten worden. Mit seinen Hamsterwangen und dem fettigen Zwirbelbart sah er tatsächlich nicht eben staatstragend, sondern fast ein wenig ungustiös aus. Genauso stocherte er auch auf seinem Teller in den zerfetzten Resten eines Schweinsnetzes herum und fischte mit der Gabel die letzten Selchfleischkrümel aus dem, was man zu Schattenbach eine Saumaise nannte und zu jeder sich nur irgendwie bietenden Gelegenheit verzehrte. Unterhalb der geduckten Gewölbebögen der kleinen Stube hatte sich daher auch bereits eine feuchte, sich schwadenartig ausbreitende Wolke aus Sauerkrautdunst festgeklebt und schien, deutlich riechbar, lediglich auf eine hilfreiche Hand zu warten, die das Fenster öffnete und es ihr ermöglichte, unauffällig zu entweichen.

Munknast musterte mich von Kopf bis Fuß, und ich ahnte bereits, dass ihm etwas an mir nicht gefiel.

„Jetzt trägt er immer noch seinen Ohrring, der Pirat“, sagte er erwartungsgemäß und spielte damit auf das Flinserl an, das ich mir zugelegt hatte, als ich im mexikanischen Hochland – übrigens wie so oft in meinem Leben ohne maßgeblichen Erfolg – nach indianischen Kalendersteinen suchte. In der Eile hatte ich vergessen, das winzige kleine Geschmeide abzunehmen, wie ich es eigentlich vereinbart hatte, bevor ich meinen Dienst hier antrat.

„Wenn Sie in Ihrer Freizeit ein Flinserl tragen", hatte der Bürgermeister bei meinem Einstellungsgespräch gesagt, „so kann ich Sie nicht daran hindern. Aber nehmen Sie's runter, sobald Sie offiziell unterwegs sind. Wir sind hier nicht bei den Indianern. Und Ihr komischer Blondschweif ist für Schattenbach wirklich schon extravagant genug."

Das war angesichts der zu überbringenden Botschaft kein besonders gelungener Auftritt, und entsprechend beschämt begann ich an meinem Ohrläppchen herumzunesteln. Doch Munknast reagierte wie bis dato fast immer: jovial.

„Lassen Sie's nur. Ist ja keiner da außer mir."

„Und er?", fragte ich mit Blick auf einen etwas blassen Knaben von siebzehn oder achtzehn, der während unseres Dialogs neben Munknast gesessen war und freudlos an ein paar Salatblättern herumgeknabbert hatte.

„Ach der?", fragte der Bürgermeister erstaunt. „Das ist nur mein Sohn. Aber wenn er Sie stört, kann er sein Grünzeug auch bei der Mama in der Küche mampfen." Und wieder zu seinem Filius gewandt, fügte er hinzu: „Dein Typ ist hier nicht gefragt, Sebastian. Ab durch die Mitte."

Der junge Mann nahm seine Salatschüssel in die Hand und zog ab.

„Ich wollte ihn nicht vertreiben", sagte ich, etwas peinlich berührt.

„Machen Sie sich nichts draus. Ich wollte ihn vertreiben", erwiderte der Bürgermeister.

Munknast bot mir einen Platz auf einem Stuhl an, der nichts anderes war als ein halbiertes Holzfass mit angenagelter Rückenlehne. Dann erhob er sich, ging zum Gläserschrank, holte einen Römer aus geschliffenem Bleikristall heraus und goss mir Wein aus der unetikettierten Flasche ein, die am Tisch stand. „Zum Wohl", sagte er und nahm einen tiefen Schluck aus seinem eigenen Glas.

Mir war aus verständlichen Gründen nicht nach Zutrinken zumute. Ich starrte also über den bis knapp unter den Glasrand gefüllten Römer hinweg an der Flasche vorbei und sagte: „Die Madonna ist weg. Gerade wollte ich meine Vormittagsführung beginnen, aber sie war nicht mehr da."

Der Bürgermeister sagte nichts und nahm noch einmal einen, diesmal noch tieferen Zug. Dann pickte er mit der Gabel einen weiteren fettig glänzenden Bissen von seiner Saumaise auf und zerkaute ihn, als handle es sich um eine pazifische Felsenauster. Als er den Bissen doch unten hatte, schälte er eine dicke, ebenfalls mit springenden Hirschen bestickte Stoffserviette aus dem altsilbernen Serviettenring und wischte sich den Mund ab. Seine runden Augäpfel steckten in ihren Höhlen wie zwei eingelochte Golfbälle und starrten mich, um die eigene Achse rotierend, an.

„Ist jetzt noch jemand drüben?", fragte er.

„Etelka."

„Ach die. Hat sie's zuerst bemerkt?"

„Nein, ich hab's zuerst bemerkt."

„Sie hätten wohl doch weiter mit Frau Zidibulk kooperieren sollen, wie ich es Ihnen geraten habe. Auf die würde kein Verdacht fallen. Außerdem hätte sie den Diebstahl wohl in ihrer resoluten Art eher verhindert als ..."

„... begangen? Sie wollen doch nicht etwa Etelka ...?"

„Nein, ich verdächtige sie nicht, oder zumindest noch nicht. Ich sage nur, dass Frau Zidibulk über jeden Verdacht erhaben gewesen wäre, was man von einer nicht ortsbekannten Serbin, die drüben im Flüchtlingslager lebt, nicht unbedingt behaupten kann. Und außerdem hätte Frau Zidibulk sicherlich verhindert, dass Sie die Madonna für jeden greifbar in eine Nische stellen anstatt sie in ihrem Tabernakel zu lassen. Der war zwar auch nicht gerade das Fort Knox, aber immerhin zugesperrt."

Mit Munknasts Leutseligkeit war es mittlerweile nicht mehr besonders weit her, mit meiner Geduld allerdings auch nicht.

„Sie haben der Schnapsbar selbst zugestimmt." Ich verkniff mir hinzuzufügen, dass er dies durchaus auch im eigenen Interesse getan hatte.

„Mit Vorbehalten, mein Lieber, mit Vorbehalten habe ich zugestimmt. Und unter der Voraussetzung, dass die Sicherheit des Museums dadurch nicht beeinträchtigt würde."

„Das ganze Museum ist doch ein Hochunsicherheitstrakt. Ich habe schon bei meinem Dienstantritt darauf hingewiesen, dass die Alarmanlage nicht mehr funktioniert."

„Und wann war Ihr Dienstantritt?"

„Vor knapp zwei Monaten."

„Also Zeit genug, um etwas zu verändern. Warum wollen Sie dann mir die Schuld geben?"

„Das Ansuchen um Bewilligung einer neuen Alarmanlage liegt noch beim Gemeinderat."

„Hören Sie mir auf mit dem Gemeinderat."

Tatsächlich hatte mir Bürgermeister Munknast, als ich im Februar das Museum übernommen hatte, versprochen, dass das Alarmsystem des Museums umgehend erneuert würde. Die bestehende Anlage schützte nämlich kein einziges Objekt, sondern beschränkte sich nur auf eine Klingel, die ausgelöst wurde, wenn jemand gewaltsam eine Tür oder ein Fenster des Schiffsmeisterhauses öffnete, und auch die schrillte nur, wenn es draußen nicht besonders heiß oder kalt war. Der Zeitpunkt, mit dem Bürgermeister über seine Versäumnisse in Sachen Alarmanlage zu hadern, schien mir indessen nicht der allergünstigste zu sein.

Hannes Munknast schaufelte unterdessen die letzten Fettreste und Fleischkrümel zur Seite, um zu signalisieren, dass er sein Mittagessen zu beenden gedachte, bevor er sich mit einem Ausdruck sichtbaren Unwillens erhob. Mit schlurfendem Schritt überquerte er den schon etwas buckligen Parkettboden seines Wohnzimmers und machte direkt vor dem gemauerten Kaminsims Halt, wo er sein Handy zum Aufladen hingelegt hatte. Er hatte auch prompt jemanden in der Leitung, den er, obwohl er ihn keineswegs duzte, immer wieder Loisl nannte, was mich angesichts der üblichen Benimm-Usancen am Lande einigermaßen verwunderte. Die kurze Unterhaltung über die verschwundene Madonna mündete in ein unwirsches Bellen, mit dem der Bürgermeister den ominösen Loisl aufforderte, seinen Posten umgehend zu verlassen und zu einer Krisensitzung herüber in seine Wohnung zu kommen.

Ich dachte unterdessen über das delikate Thema nach, ob ein Gemeinderat, der sich nicht einmal eine einfache Umrüstung der Alarmanlage leisten wollte, jemals die Mittel bewilligt hatte, um die Madonna auch ihrem Wert entsprechend versichern zu lassen. Ich hätte fast gewettet, dass es nicht der Fall war.

Der Bürgermeister schlurfte zum Tisch zurück.

„Sie hätten Etelka nicht alleine im Museum zurücklassen sollen“, sagte er.

Ich hatte eine solche Bemerkung von Hannes Munknast befürchtet. Er zählte zu jenem Typus Mann, der davon überzeugt ist, dass man vor Frauen, die nicht Rosi, Susi, Hanni oder, wie die seine, Klothilde hießen, gar nicht genug auf der Hut sein konnte.

„Etelka war schon oft alleine", sagte ich mit meinem angeborenen Mangel an Diplomatie. „Sie hätte das ganze Museum schon dreimal ausräumen und sich mitsamt der Madonna und sonstigen Preziosen aus dem Staub machen können."

„Was fehlt denn sonst noch?", brummte der Bürgermeister.

„Nichts, wovon ich wüsste."

„Sie sollten die Inventarliste überprüfen."

Sein Verhalten verstörte mich ein wenig. Ich hatte nicht erwartet, dass der Bürgermeister erfreut sein würde, vom Verlust der Madonna zu hören. Um ehrlich zu sein hatte ich, da er zu einem roten Kopf und cholerischen Anfällen neigte, sogar damit gerechnet, dass hinter der in zahllosen Wahlversammlungen erprobten Maske der Leutseligkeit so etwas wie ein Wutanfall zum Vorschein kommen könnte. Immerhin leitete ich das Museum erst seit kurzer Zeit, und der Bürgermeister hatte meine Anstellung als Kustos im Gemeinderat gegen die Stimmen der Opposition durchgebracht, die mein leicht exotisches Äußeres und die Tatsache, dass ich kein Hiesiger war, wesentlich mehr gestört hatte, als ihr mein in Archäologie und Ethnologie erworbenes Doktorat imponierte.

Rückblickend war es sicherlich ein Fehler gewesen, entgegen seinem ausdrücklichen Rat Etelka stundenweise zu beschäftigen und damit Frau Zidibulk zu brüskieren, die in Sachen Museumspflege wesentlich ältere Rechte geltend machen sowie in der ganzen Ortschaft gerühmte Kekse backen konnte und zu allem Überfluss auch noch im Pfarrkirchenrat saß. Andererseits hatte sie mich vom ersten Moment an nicht gemocht und hätte das nunmehr von mir betreute Museum mit Sicherheit eher bespitzelt als aufgeräumt. Abgesehen davon war meine Entscheidung für Etelka und gegen die alte Zidibulk spätestens in dem Moment gefallen, als ich hörte, dass Etelka, wenn sie nicht wenigstens einen Teilzeitjob aufweisen könnte, umgehend des Landes verwiesen worden wäre.

Mich selbst hätte eine solche Landesverweisung im Moment hingegen gar nicht gestört. Im Gegenteil: Weiß Gott was hätte ich jetzt für ein stilles Plätzchen am Fuße des Feuer spuckenden Popocatepetl gegeben und für eine Flasche Mezcal, die ich mit ein paar kräftigen Zügen bis hinunter auf den berüchtigten Wurm aus der Agave hätte leeren können. Doch ich war nun einmal hier an der Biegung eines viel beschaulicheren Flusses gelandet, als es der Rio Bravo war, und es blieb mir nichts anderes übrig, als mich über den Mangel an Mezcal mit einem Schluck Rheinriesling zu trösten, der allerdings schmeckte, als wenn man in einen unreifen Pfirsich biss.

„Ich werde gleich heute Nachmittag mit der Inventur beginnen“, erwiderte ich artig, wenngleich nicht ohne ein gewisses gegen den Strich gebürstetes Vibrato in meiner Stimme.

Hannes Munknast quittierte meine Bemerkung mit einem undefinierbaren Grunzen. Dass ihn die Sache dennoch bewegte, merkte ich lediglich daran, dass er sich mit der rechten Hand gleich mehrmals durchs schüttere weiße Haupthaar fuhr, obwohl ein solches bei genauerer Betrachtung kaum vorhanden war. Die Weinflasche auf dem Tisch hatte er, bevor ich gekommen war, schon zu zwei Drittel leer gemacht. Vielleicht war es tatsächlich nur der Alkohol, der ihn einigermaßen gnädig stimmte und daran hinderte, meine fristlose Kündigung auszusprechen. Schließlich befanden wir uns hier ja in einer Weingegend.

Doch nicht nur der Bürgermeister hatte zum Mittagessen sein sogenanntes Gläschen getrunken, was in seinem Zusammenhang ein recht euphemistischer Ausdruck war. Auch der Inspektor, der inzwischen eingetroffen war, entbehrte des gewissen, offenbar ortsspezifischen Zungenschlags nicht, als er sich als Loisl vorstellte und ich ihm mit argloser Miene und offenem Blick antwortete: „Sehr erfreut, und ich bin der Mario."

Ohne es zu wissen und schon gar nicht zu wollen, hatte ich es damit an der gerade am Lande immer noch mit besonderer Nachhaltigkeit eingeforderten Ehrfurcht vor einer sogenannten Respektsperson fehlen lassen und mich offenbar einer schweren staatsbürgerlichen Verfehlung schuldig gemacht. Ich erntete für meinen Fauxpas auch eine entsprechend feindselige Miene meines Gegenübers.

„Josef Loisl", erwiderte derselbe mit dem Ausdruck eines Granitfelsens und reichte mir seine Hand, die sich nicht minder kalt und steinern anfühlte. „Inspektor Josef Loisl", wiederholte er, gewissermaßen als Ausgleich dafür, dass er gerade nicht in Uniform amtierte.

„Carozzi", stammelte ich daraufhin, ehrlich verblüfft. „Doktor Mario Carozzi."

„Unser neuer Museumskustos", ergänzte der Bürgermeister.

„Schon von ihm gehört", erwiderte Loisl mit gleichermaßen bedrohlicher wie lallender Stimme.

Wollte man von Inspektor Loisl eine Karikatur anfertigen, sie könnte nur ein Abziehbild der Wirklichkeit sein. Es fehlten ihm weder das Schnurrbärtchen unter den neugierigen, ziemlich rot geränderten Augen noch das silberne Uhrkettchen in der Tasche des grünen Samtwämschens, das er unter seinem Trachtenjanker trug. Er war ein Mann, der, allerdings mit geringem Erfolg, versuchte, stets ein wenig ernster auszusehen, als er genommen wurde. Mit Sicherheit hätte Loisl einen guten Zeremonienmeister auf jedem Feuerwehrball abgegeben, nur dass er sich sein Geld erstaunlicherweise bei der Gendarmerie verdiente.

Ganz nüchtern war er jedenfalls nicht mehr, dieser Inspektor namens Loisl, dessen Auftritt mich anfangs eher rührte als erschreckte. Wie er sich da nämlich in einer viel zu ausladenden Schleife vom Türstock in die Zimmermitte zum Esstisch des Bürgermeisters vorschob, wirkte er alles andere als zackig, auch wenn Loisl das durch ein subaltern ansalutiertes „Was gibt's, Herr Bürgermeister?“ wieder gutzumachen trachtete.

„Arbeit gibt's, Loisl. Die Madonna ist weg“, hörte ich Hannes Munknast mich selbst zitieren.

„Die mit den sechs Fingern?“, fragte der Inspektor.

„Welche sonst?“

„Könnte ja auch eine aus der Kirche sein, hängen immerhin genügend davon herum.“

„Auf die passt aber unser Herr Pfarrer auf, und nicht unser Doktor Flinserl.“

Der Satz stach wie eine Distel aus dem Strohblumensträußchen, das mir plötzlich in der Mitte des Esstisches auffiel.

„Dann bleibt uns jetzt wohl nichts anderes übrig, als ein Protokoll aufzunehmen“, sagte Loisl nicht eben diensteifrig, aber es war ja auch Mittagszeit.

„Wollen Sie nicht zunächst den Tatort besichtigen?“, fragte ich und ahnte schon, dass ich mir damit einen weiteren von Loisls zwar feuchten, aber keineswegs fröhlichen Blicken einhandeln würde, von denen mir noch nicht ganz klar war, ob daraus eher Verachtung oder Mitleid sprach.

„Ja, das könnte man auch tun“, antwortete er. Da er dabei eine etwas amtlichere Haltung annahm und umständlich sein Uhrkettchen zurechtrückte, wurde mir zunehmend klar, dass es sich wohl um Verachtung handelte.

Der Bürgermeister schien sich, ohne es vor mir zugeben zu wollen, ebenfalls meiner Ansicht anzuschließen, dass eine Besichtigung des Tatorts sinnvollerweise vor der Aufnahme des Protokolls erfolgen sollte.

„Gehen Sie ruhig vor, Carozzi, und passen Sie mir auf die Etelka auf", wandte er sich, ohne zuvor mit Loisl auch nur in Blickkontakt zu treten, an mich.

„Die Etelka aus dem Asyl?" fragte der Gendarm.

„Genau, die aus dem Flüchtlingslager. Sie hilft drüben im Museum aus", sagte der Bürgermeister und zuckte dabei verächtlich mit den Schultern.

Etwas Besseres als „Dann schau ich halt einmal rüber" wollte mir darauf nicht einfallen. Ich nahm einen letzten Schluck von meinem mittlerweile schon ziemlich lau gewordenen Riesling und verabschiedete mich.

Nachdem ich die Tür zum Esszimmer hinter mir geschlossen hatte, hörte ich noch, wie der Inspektor eine Bemerkung über mich machte, die offensichtlich nur für die Ohren des Bürgermeisters bestimmt war. Ich verstand sie auch nicht ganz genau, doch kam es mir so vor, als hätte Loisl schlicht und einfach „Ich mag ihn nicht" gesagt.

Vielleicht hatte ich mich aber auch verhört.

*

Würde man sich Etelka in anderen Sachen als in diesem ausgefransten knallbunten Kopftuch und dem grässlich karierten Hauskleid denken, das sie meistens über Jeans und T-Shirt trägt, dann könnte man bei eingehenderer Betrachtung sogar zu dem Urteil kommen, dass sie ziemlich hübsch war. Wie sie sich allerdings für gewöhnlich präsentierte, wenn sie zum Aufräumen kam, hatte sie etwas nonnenhaft Altersloses an sich. Sie hätte zwanzig ebenso wie fünfzig sein können. Ihr tabakbrauner Teint und ihre wie zwei Mandolinen ausgebuchteten Backenknochen würden in anderer Umgebung durchaus das Prädikat apart zulassen. Hier schien indessen niemand an dieser Eigenschaft interessiert zu sein. Man begnügte sich lediglich damit festzustellen, dass sie von weit her kam.

Gegenwärtig wohnte Etelka mit etwa zwei Dutzend anderen Flüchtlingen ein paar Kilometer außerhalb des Ortes, gleich hinter dem Galgenberg, in einem seit über einem Jahrzehnt leerstehenden alten Gasthaus, das man vor einigen Jahren in ein Notquartier umfunktioniert hatte, bei dem die Betonung ganz eindeutig auf dem Wörtchen „Not" lag. Seither verdiente sie sich ihr Geld als Zugehfrau, Taglöhnerin in der Schiffswerft oder als Obstpflückerin, vor allem auch bei der Weinlese, wo billige Arbeitskräfte besonders willkommen waren.

Ich hatte Etelka gleich an einem der ersten Tage meines Schattenbacher Exils kennengelernt, und es war ein ganz und gar unmusealer Anlass, der uns zusammenführte. Ich koche nämlich gerne.

Nein, ich bin kein großer Gourmetkoch, und es sind nicht die Schöpfungen der französischen Klassiker wie Escoffier oder Bocuse, denen ich nacheifere. Ich zähle mich auch nicht zu jenen Hobbyköchen, die alle Kochbücher von Sterne- und Haubenköchen aufkaufen, derer sie habhaft werden können, um dann mit den bescheidenen Mitteln ihrer Einbauküchen und unter gewaltigem Materialaufwand die Rezepte der großen Meister nachzuköcheln, aus denen letztlich ja doch nur dilettantische Kopien wohlschmeckender Originale werden.

Am ehesten könnte man mich als einen Ethnokoch bezeichnen, was mit meiner ethnologischen Ausbildung zusammenhängt. Ich habe mich nie damit beschäftigt, wie man eine Omelette Surprise perfekt hinkriegt, aber wenn ich einen guten Tag habe, dann kann man bei mir schon ganz gute mexikanische Tacos, ein ausgezeichnetes Kichererbsenpüree, leidliche Falafel, einen türkischen Pilaf oder eine indische Mulligatawnysuppe bekommen, die ich – nein, ich bin kein Vegetarier – nicht nur mit Linsen, Zwiebeln, Knoblauch, Lorbeer, Curry und Kokosmilch, sondern auch mit Hammelfleisch, Nüssen und Mandeln zubereite.

Ich koche multikulturelle Armeleutegerichte und bin daher auch ein eifriger Zutatenjäger mit einiger Erfahrung auf kleinasiatischen Bazaren und mexikanischen Indio-Märkten. Auch wenn ich in Großstädten lebte, hatte ich normalerweise niemals Probleme, an meine zugegebenermaßen oft etwas exotischen Ingredienzien zu gelangen. Es erfordert schon einige Mühe und Spürsinn, um an Palmöl, Maniokmehl oder Burghul zu kommen. Doch nach einiger Zeit hat man sich als kontaktfreudiger Mensch eine kleine Infrastruktur aus Marktfahrern, Greißlern und aktiver kulinarischer Nachbarschaftshilfe aufgebaut.

Wenn man sich freilich wie ich an ein abgelegenes Flussknie irgendwo in den Voralpen verirrt hat, dann tauchen für den Ethnokoch Probleme ungeahnten Schwierigkeitsgrades auf. Die örtliche Nahversorgung ist, wenn man von Tiefkühlpizza, Spaghetti und Fertig-Sugo absieht, fast ausschließlich auf die Herstellung von Gebackenem, Gebratenem, Gesurtem und Geselchten ausgerichtet. Und seltsamerweise ist es sogar ein echtes Problem, im Supermarkt am Dorfplatz das zu bekommen, was direkt in den umliegenden Wäldern wächst, Bärlauch zum Beispiel.

Ja, es war in der Tat der Bärlauch, der mich mit Etelka zusammengebracht hat. Als ich beim großen Spar-Markt am Ortsrand von Schattenbach danach fragte, schlug mir ein so ungläubiges Staunen entgegen, als hätte ich mich nach gerösteten Regenwürmern erkundigt. Ich insistierte dennoch darauf, dass es in dieser Gegend um diese Jahreszeit ganz einfach Bärlauch geben müsse. Worauf die missgestimmte Verkäuferin, um mich mitsamt meiner lästigen Fragerei endlich wieder loszuwerden, immerhin den Hinweis parat hatte, ich solle doch bei den Flüchtlingen vorbeischauen, weil die sich von „solchen Sachen" ernähren würden.

Ich machte mich also furchtlos auf den Weg und fand schon nach kurzer Zeit jemanden, der ausreichend Deutsch verstand, um von mir in ein Fachgespräch über das Sammeln von Kräutern im Allgemeinen und von Bärlauch im Besonderen verwickelt zu werden. Dieser Jemand war Etelka, die ich mit einem kleinen Scheinchen davon überzeugte, dass ich eine ganz ausgezeichnete Anlaufstelle für eine allfällige Sammeltätigkeit abgeben könnte.

Es dauerte auch in der Tat nicht lange, bis sie mit einer riesenhaften Papiertüte, die randvoll mit Bärlauch gefüllt war, bei mir im Museum erschien.

Etelka sprach gut genug deutsch, um mir erzählen zu können, dass sie in ihrer serbischen Heimat als Lehrerin für Russisch und Ungarisch gearbeitet hatte, aber gleichzeitig viel zu schlecht, um hier eine vergleichbare Position anstreben zu können. Sie war mit ihrer Familie schon vor etlichen Jahren über Ungarn, die Heimat ihrer verstorbenen Mutter, geflüchtet und hatte trotz der angeblich geänderten politischen Verhältnisse seither keinen ausreichenden Grund gefunden, die Risken einer Rückkehr auf sich zu nehmen. Also sparte sie lieber eisern, schlug sich mit der Fremdenpolizei herum und hoffte, irgendwann in ein paar Jahren so viel Geld beisammen zu haben, dass sie ein Maniküstudio aufmachen konnte oder vielleicht doch eines Tages gut genug Deutsch sprach, um als Übersetzerin zu arbeiten.

Als Etelka mir dann noch erzählte, dass sie kurz vor ihrer Abschiebung stand, falls sie nicht bald irgendeine Stelle vorweisen konnte, bot ich ihr spontan einen äußerst schlecht bezahlten Halbtagsjob im Heimathaus an. Nach anfänglichem Misstrauen, was ich denn für meine guten Taten von ihr wohl an Gegenleistung verlangen würde, schien Etelka sich bei ihrer Arbeit im Heimathaus allmählich ganz wohl zu fühlen, und ich gewöhnte mir an, wenn ich gerade nichts anderes zu tun hatte (und so gestresst ist man als Kustos eines Heimatmuseums ja nun wirklich nicht), gelegentlich ein halbes Stündchen mit ihr über dies und das zu plaudern. Ihr Deutsch wurde durch diese Konversationsstunden von Tag zu Tag besser.

Dafür verschlechterten sich meine Beziehungen zu Hermine Zidibulk.

*

Wäre es nach Inspektor Loisls Willen gegangen, so hätte er Etelka, nachdem er das Museum im Gefolge des Bürgermeisters betreten hatte, wohl sofort Handschellen angelegt. Er hatte jedenfalls welche mitgebracht und schwang sie mit derselben Feierlichkeit wie der Pfarrer sein Weihrauchfass. Hinter ihm stolperte Bürgermeister Munknast, der noch ein wenig korpulenter war als Loisl, die Treppen hinauf, weswegen die alten Gemäuer des Schiffsmeisterhauses von einem unüberhörbaren Keuchkonzert widerhallten.

Etelka war gerade damit beschäftigt, den Riemenboden im ersten Stock zu bohnern und nahm von uns deshalb außer einem kurzen Aufblicken keinerlei Notiz.

„Grüßen, Etelka“, sagte Loisl herrisch. „Der Bürgermeister stattet dir einen Besuch ab.“

„Er besucht – mich?“ Etelkas Pupillen vergrößerten sich. Sie klang erstaunter, als sie eigentlich hätte sein müssen. Denn dass sich nach dem Madonnendiebstahl die Ortsobrigkeit im Museum einfinden würde, war wohl kaum weiter erstaunlich.

„Wo hast du dich die letzte Nacht aufgehalten, Etelka?“ fragte Loisl, alles andere als gentlemanlike.

„Na, sag schon, wo du warst“, murmelte ihm der Bürgermeister nach, und mir fiel unangenehm auf, dass beide sie duzten. Das tat ich zwar auch, aber im Gegensatz zu Loisl und Munknast duzte sie auch mich.

„Ich war draußen im Flüchtlingsheim, wie immer“, erwiderte Etelka, die inzwischen aufgestanden war und ihren Putzlappen zur Seite gelegt hatte.

„Wie immer?“, fragte Loisl mit einem Hohn in der Stimme, den ich mir nicht ganz zu erklären vermochte.

„Wie meistens“, korrigierte sich Etelka. „Ich habe gestern nicht in Schopperstätte gearbeitet, wenn Sie wissen wollen.“

„Ich meine gar nichts“, sagte Loisl und nestelte erneut an dem silbernen Uhrkettchen in seinem Trachtenwämschen herum. „Ich stelle nur Ermittlungen an.“

„Es treiben sich Kunsträuber in der Gegend herum“, log Loisl dreist drauf los. „Serbische Kunsträuber.“

„Ich kenne keine anderen Serben als in Flüchtlingsheim“, erwiderte Etelka trocken. „Und die verstehen nichts über Kunst.“

„Du leugnest also, etwas mit dem Diebstahl zu tun zu haben?“, fuhr Loisl fort.

Etelka zuckte mit den Achseln. „Wenn Sie glauben, dass ich etwas habe zu tun, werde ich Ihnen wohl nicht von die Gegenteil überzeugen können, oder?“

„Andererseits“, schaltete ich mich Loisl gegenüber ein, „müssen Sie es ihr erst beweisen.“

„Seien Sie ruhig, Flinserl“, herrschte mich der Bürgermeister an. „Mischen Sie sich nicht in eine Amtshandlung ein. Immerhin haben Sie uns das Ganze eingebrockt.“

Inspektor Loisl holte nach dieser Insubordination meinerseits tief Luft und wandte sich abermals Etelka zu.

„Gibt es Zeugen, die bestätigen können, dass Sie die ganze gestrige Nacht im Asylantenheim verbrachten?"

„Natürlich gibt es. Schließlich wohnen wir zu dreien in eine Zimmer."

„Das ist alles?"

„Was alles? Da sind zwei Zeugen!"

„Schöne Zeugen", erwiderte Loisl.

„Sie sind Zeugen. Ganz normale Zeugen", versuchte ich Etelka beizustehen, worauf sich das Gesicht des Bürgermeisters erneut verfinsterte.

„Flinserl!" zischte Munknast.

„Noch vor einer halben Stunde haben Sie wenigstens Doktor Flinserl zu mir gesagt."

Munknast packte mich am Arm und zog mich hinüber in jene Seitenkammer, in der die Nachttopfsammlung des Heimathauses untergebracht war.

„Machen Sie sich nicht unglücklich, Herr Doktor", flüsterte er mir zu. Ich lachte leise, weil mir auffiel, dass der Bürgermeister just neben einem Nachttopf zu stehen kam, auf den ein buntes Gesicht aufgemalt war, das dem seinen gar nicht so unähnlich war.

„Was gibt es da zu lachen? Sie stecken tiefer in der Sache drin, als Ihnen vielleicht bewusst ist. Machen Sie es bloß nicht noch schlimmer, indem Sie Etelka verteidigen. Der Inspektor hat Sie ohnedies schon im Verdacht, dass Sie mit ihr gemeinsame Sache machen."

„Der Inspektor ist, mit Verlaub, ein Hohlkopf."

So viel Respektlosigkeit hatte Munknast offenbar nicht einmal mir zugetraut. Sekundenlang rang er nach einer angemessenen Antwort auf diese Amtsehrenbeleidigung, es schien ihm aber keine einzufallen.

„Das haben Sie gesagt", erwiderte er schließlich.

„Und ich meine es auch so“, beharrte ich trotzig, und über Munknasts Gesicht legten sich tiefe Sorgenfalten.

Auf eine seltsame Weise schien der Bürgermeister dennoch auf meiner Seite zu stehen. Jedenfalls bekam er nicht, wie ich nun fast schon mit Sicherheit erwartet hätte, seinen längst fälligen Tobsuchtsanfall, sondern wurde ganz im Gegenteil wieder ruhig und freundlich.

„Es ist ja auch in Ihrem Interesse“, sagte er, nun wieder in jener umgänglichen Art, die mich vor ein paar Wochen bewogen hatte, diesen Posten trotz mancherlei Einwänden anzunehmen, „wenn wir sie möglichst schnell kriegen.“

Loisl, der sein investigatives Dauerfeuer mittlerweile wegen erwiesener Erfolglosigkeit eingestellt hatte, forderte jetzt nämlich über sein Polizeifunkgerät Verstärkung, sprich: einen Polizeiwagen, an. Und es dauerte für Schattenbacher Verhältnisse nicht einmal lange, bis knapp hintereinander gleich drei Streifenwagen mit Blaulicht und Folgeton vor dem Museum vorfuhren, als gälte es, die gesamte Baader-Meinhof-Gruppe auf einmal festzunehmen.

„Ich sein jetzt verhaftet?“, fragte Etelka und griff intuitiv nach ihrem Lederzöger, in dem sie einen Großteil ihrer weiß Gott geringen Habe stets mit sich herumtrug.

„Sie begleiten uns jedenfalls aufs Revier“, drückte sich Loisl um eine Antwort und verfiel in seiner Unsicherheit plötzlich wieder in ein gestelztes Amtsdeutsch: „Es muss über Ihren Fall ein Protokoll aufgesetzt werden.“

„Muss ich jetzt auch mitgehen?“, fragte ich aufmüpfig, während Etelka von zwei Polizisten aus dem Museum begleitet wurde. Loisl wollte sichtlich schon mit „Ja“ antworten, als er sah, dass der Bürgermeister kopfschüttelnd eine verneinende Grimasse schnitt.

„Das hängt jetzt von den Aussagen der Verdächtigen ab“, erwiderte Loisl, während sein Schnauzbart aufgeregt auf- und abhüpfte. „Aber ich bin sicher, dass Sie unser Revier bald auch von innen kennenlernen werden."

Ich wollte mit Etelka, bevor sie der konzentrierten ländlichen Staatsgewalt anheimfiel, noch ein paar Worte wechseln, doch Hannes Munknast legte seine Hand auf meine Schulter, und sie ruhte dort schwer wie ein Zentnergewicht.

Etelka wurde von Loisl mit einem nervösen, aber durch die Dienstvorschrift sicherlich voll und ganz abgedeckten Schubsen dazu angehalten, in einen der Streifenwagen zu steigen. Doch bevor sie sich endgültig in den Wagenfond drängen ließ, erhob Etelka noch einmal ihren dunklen Haarschopf, spannte ihren Kopf zurück, und ich konnte trotz einiger Meter Entfernung sehr deutlich sehen, wie ihr Gesicht binnen Sekundenschnelle eine Volte von tiefer Niedergeschlagenheit in ein plötzliches Aufwallen jeglichen in ihr schlummernden Temperaments schlug. „O nein, ich will ja gerne leben", rief sie mit einem geradezu revolutionären Gestus, den ich noch nicht an ihr kannte. Die zufallende Tür des Streifenwagens verschluckte ihre weiteren Worte. Dann verschwand das Gendarmerieauto sehr schnell in den Schattenbacher Weinbergen, an deren Stöcken schon die ersten Knospen sprossen.

Der Bürgermeister stieg in einen anderen, etwas geräumigeren und vor allem wesentlich teureren Wagen und der Druck des Zentnergewichts war urplötzlich von mir genommen. Auf mich hatte man, so schien es, vergessen. Vorläufig jedenfalls. Ich ließ meinen Blick also abermals über die Weinberge mit ihrem zaghaft sprießenden Grün schweifen. Tatsächlich lugten bereits allenthalben die ersten „Augen" des neuen Jahrgangs hervor, die man in Schattenbach auch „Gescheine" nannte. Den ersten blühenden Weinstock würden die Weingärtner der „Muttergottes im Biri“ schenken und eine Marienkapelle mitten im Weingebirge damit schmücken.

Schon wieder eine Madonna, dachte ich.

Ich überlegte kurz, wie wohl der heurige Jahrgang ausfallen würde. Ein Blick ins freundliche Blau des wolkenlosen Frühlingshimmels stimmte mich, was den Wein betraf, ziemlich zuversichtlich. Doch abgesehen vom Wein sprach zur Zeit wenig dafür, dass es ein gutes Jahr werden würde.

2

Genau genommen ist das rein Geistige ebenso undenkbar wie das rein Materielle.
Teilhard de Chardin

In meine kleine Garçonniere im Halbstock über dem Museum zurückgekehrt, ließ ich mich wie entseelt in die alte Chaiselongue fallen, die ich trotz ihres wahrlich schon ziemlich zerschlissenen Bezugs aus dem Fundus im Keller des Heimathauses in meine kleine Wohnung übersiedelt hatte. Mein Auge fiel auf eine Spieluhr aus den Fünfzigerjahren, die ich nicht ausstellen wollte, weil sie nicht wirklich in ein alpenländisches Museum passte, und die mir, vielleicht gerade deshalb, umso besser gefiel. Der Deckel des Gehäuses enthielt eine besonders liebevoll gearbeitete Intarsienarbeit des Schlussbilds aus „Madame Butterfly", die Cio-Cio-Sans Tod hinter einem Wandschirm aus Reispapier zeigte. Die Melodie erklang erst, nachdem man das Kästchen geöffnet hatte, und verstummte wieder beim Schließen des Deckels. Ich zog also das Uhrwerk auf, lüpfte den Deckel und ließ Puccinis Schicksalsmotiv vor sich hin rotieren, dass das Kastanienholzkästchen nur so surrte. Schon bald erschien es mir in seiner gnadenlosen Wiederholung nicht mehr wie eine Opernmelodie, sondern eher wie ein Stück minimalistischer Musik, und das Leitmotiv setzte sich dank der fast schon schmerzhaften Vibrationen des Kästchens weniger in meinen Ohren als in meinem Steiß fest.

Fast wie in Trance klappte ich das Kästchen nach einer Weile wieder zu und genoss die Stille. Zuletzt aber stellte ich doch wieder das Radio an, und mir war, als hörte ich eine alte Barry-McGuire-Nummer, die mir schon seit mindestens zwei Jahrzehnten nicht mehr zu Ohren gekommen war.

Ich dachte an den wildromantischen Galgenberg, hinter dem sich das leerstehende Gasthaus mit seinen abgenutzten Messingbetten aus Heeresbeständen befand. Und ich fürchtete mit Recht, dass dort – genau in diesen Minuten – vermutlich kein Stein auf dem anderen blieb.

Ich sah beim Fenster hinaus und merkte plötzlich, dass ich mir immer noch nicht schlüssig war, ob ich diese seltsame Landschaft mochte oder nicht. Ackerfurchen folgten auf Obstgärten. Weinberge folgten auf Ackerfurchen. Kellertriften folgten auf Weinberge. Rapsfelder folgten auf Kellertriften, denen wiederum Ackerfurchen folgten, die sanft zum Fluss abfielen. Es war ein seltsamer Raster, der dieses gleichermaßen liebliche wie raue Land strukturierte: Gelb folgte auf Rosa. Grün auf Braun. Schwarz auf Grün. Grau auf Beige. Und das Blau des Himmels folgte auf alles andere. Ich fühlte mich, als wäre ich urplötzlich in ein Gemälde von Mondrian gestürzt.

Im Radio krächzte Barry McGuire weiter sein „Eve of Destruction“, als ich mich entschloss, selbst die Initiative zu ergreifen und mein Kündigungsschreiben aufzusetzen. Doch bevor ich dazu kam, hörte ich, wie draußen vor der dicken Eichenholztür ein Lancia mit hochtourigem Motor vorfuhr und mit ebensolcher Vehemenz bremste. Munknast stieg aus, und obwohl das Museum in all seiner Putzigkeit wie die meisten Häuser im Ort über ein niedliches Messingglöckchen neben dem Eingang verfügte, pochte er mit gefährlichem Nachdruck an die Pforte.

Ich überlegte zunächst, ob ich öffnen oder lieber so tun sollte, als sei ich nicht zuhause, was durchaus glaubhaft war, da ich vorsichtshalber das noch von meinem verstorbenen Vorgänger in fettigen Fraktur-Lettern mit

Tusche und Reißbrett angefertigte Schild „Museum heute geschlossen“ an die Türschnalle gehängt und die Türe versperrt hatte.

Munknast gab dennoch nicht auf und versuchte es noch einmal mit Klingeln. Erst als auch das nichts half, machte er kehrt, lief die paar Granitstufen hinab zurück zu seinem Lancia, ließ ihn aufheulen wie einen Boliden und brauste davon. Wie zu erwarten, fand sich dennoch weit und breit kein Gendarm, der ihn aufhielt.

Den Rest des Tages verbrachte ich folgsam damit, anhand der Inventarliste festzustellen, dass abgesehen von der Madonna nicht einmal eines von den bestickten Fraisenhäubchen fehlte, die man früher Epileptikern aufs Haupt gedrückt hatte, wenn sie gerade einen Anfall hatten. Danach startete ich einen zweiten Versuch, auf meinem Laptop einen Kündigungsbrief aufzusetzen, druckte ihn aus, zerriss das Dokument allerdings gleich wieder und warf die Fetzen zerknüllt in den Papierkorb.

Durch das Fenster kündigte sich allmählich die Abenddämmerung an. Nur noch schattenrisshaft erblickte ich die gegenüber liegende Sankt-Nikolaus-Kirche, um deren spitzhelmigen Turm die Möwen ihre Kreise zogen, so regelmäßig, als hingen sie an einem Karussell.

Ich bin nicht besonders gläubig und habe mein diesbezügliches Ansehen im Ort durch die Tatsache, dass ich an den paar Sonntagen, die ich hier weilte, noch kein einziges Mal den Gottesdienst besucht hatte, auch nicht wirklich verbessert. Dennoch schien mir von den Umrissen des Gotteshauses etwas Tröstliches auszugehen, etwas, das mir sagte, dass meine Sache noch nicht völlig verloren war. Es waren keine religiösen Gefühle, die mich zu dieser Einsicht brachten, es war vielmehr ein matter Hoffnungsschimmer, der plötzlich in mir aufblitzte, als ich eine Sekunde lang darüber nachdachte, dass es sich beim Verschwinden der Madonna letztlich ja auch nur um einen Kunstraub wie viele andere handelte. Kunst wird nun einmal geraubt. Weder der Louvre noch der Prado waren davor sicher. Warum sollte ausgerechnet ein kleines Heimatmuseum in einem gotischen Schifferhäuschen davon verschont bleiben, dessen Türen für jeden Einbrecher nicht nur bildlich gesprochen sperrangelweit offen standen.

Ich beschloss mich zu wehren und fasste gleichzeitig den Plan, mich auch im Sinne Etelkas zu wehren, die zu verdächtigen ich schlicht und einfach für lächerlich hielt. Solange ich die Aufklärung des Falls allerdings Loisl und seinesgleichen überließ, würde das schwer zu beweisen sein, soviel stand fest. Allerdings könnte mir mein langes Studium nunmehr erstmals wirklich zu Hilfe kommen. In jedem guten Archäologen steckt nämlich, so war ich schon immer überzeugt gewesen, auch ein guter Detektiv. Ein Archäologe, dem Eigenschaften wie Neugier und Spürsinn abgehen, eignet sich in einem Museum allenfalls für den Reinigungsdienst ...

Vielleicht, dachte ich, während ich meine Blicke ein weiteres Mal über die im Dämmerlicht immer konturenreicher werdende Nikolauskirche schweifen ließ, würde mir ein Gespräch mit dem Pfarrer weiterhelfen. Möglicherweise hatte er Anhaltspunkte über Kunsträuber, die in der Gegend ihr Unwesen trieben. Vielleicht gab es ähnliche Anschläge auf Heimatmuseen oder Landkirchen auch schon vor meiner Zeit.

Ein Kenner, so überlegte ich kurz, musste der Pfarrer auf irgendeine Weise wohl sein. Warum würde er seine Kunstgegenstände, wie der Inspektor gesagt hatte, ansonsten persönlich so streng bewachen? Vielleicht handelte es sich um eine ganze Bande, und man brauchte nur ein wenig nachzuforschen, um zu entdecken, dass man hier mit dem Verbrechen einer organisierten Kunstraubmafia konfrontiert war, mit der Etelka ganz einfach nichts zu tun haben konnte.

Andererseits, so spann ich meine Gedanken weiter, würde ich Etelka nicht gerade durch eine solche These noch tiefer in den Verdacht verstricken? Wenn es sich wirklich um organisiertes Bandentum handelte, wer käme als billiger und williger Zuträger wohl eher in Frage als eine chronisch unterbezahlte und überdies ständig von der Ausweisung bedrohte Ausländerin, die durch ihre Tätigkeit als Raumpflegerin im Heimathaus freien Zugang zu sämtlichen Kunstschätzen hatte?

Nur den Bruchteil einer Sekunde lang streifte mich der Verdacht, dass Etelka, deren einziges Besitztum ihr Mary-Poppins-Zöger sowie ein Schlangenring aus vergoldetem Blech war, vielleicht tatsächlich von irgendjemandem in Versuchung geführt worden sein konnte, der ihr für einen schnellen Coup schnelles Geld in Aussicht gestellt hatte, für das sie ansonsten monate-, vielleicht sogar jahrelang würde arbeiten müssen.

Vielleicht waren Etelkas Auftraggeber auch gerade dabei, die Madonna mit den sechs Fingern an einen japanischen oder amerikanischen Hehler zu verscherbeln. Immer wieder fragte ich mich, was Etelka mit ihrem pathetischen Auftritt vor dem Polizeiwagen mir oder den anderen wohl hatte sagen wollen.– „O nein, ich will ja gerne leben!“ Die Worte kamen mir bekannt vor. Irgendwo und irgendwann hatte ich sie schon einmal gehört oder gelesen. Es klang wie einer jener romantischen Verse, die ich selbst als Siebzehnjähriger geschrieben hatte, als meine Welt noch aus Dichtern wie Shelley, Byron, Rimbaud oder Puschkin bestand.

Tatsächlich: Puschkin. Ja, das war die Lösung: „O nein, ich will ja gerne leben, / Ich lieb es doch, wie es auch sei, / Mein Herz, es kann sich noch erheben / Geht meine Jugend auch vorbei.“ Es handelte sich um ein Gedicht, das jedem, der sich näher mit russischer Literatur befasste, bekannt war, und Etelka war in Serbien Russischlehrerin gewesen. Seltsam, dass sie die Zeilen auch auf Deutsch kannte.

Mir fiel ein, dass ich sie einmal mit einem Band russischer Gedichte mit deutscher Übersetzung ertappt hatte, die sie während der Arbeit las, anstatt die Vitrinen mit den Embryos zu polieren. Sie sagte, das sei ihre Art und Weise, die deutsche Sprache besser zu erlernen. Sie lese die Gedichte zuerst auf Russisch und versuche danach, sie Zeile für Zeile auch auf Deutsch zu erfassen. Ich hatte sie damals dennoch, zumindest für meine Verhältnisse, recht scharf zurechtgewiesen und sie gebeten, das Lesen doch lieber auf den Abend zu verlegen. In Wahrheit jedoch hatte sie mir imponiert. Welche Putzfrau liest bei der Arbeit schon Gedichte?

Doch warum hatte sie gerade diese Gedichtzeile zitiert? „O nein, ich will ja gerne leben!“ – Das bedeutete alles und nichts. Oder wollte sie damit etwa andeuten, dass sie vorhatte, sich dem polizeilichen Gewahrsam auf irgendeine Weise wieder zu entziehen? Vielleicht war Etelka geflohen und rannte, von Polizeihunden verfolgt, in ihrem umständlichen Hauskleid durch den Wald.

Nein, so dumm war sie nicht. Menschen, die Gedichte von Puschkin lesen, sind nicht so dumm. Oder doch, und vielleicht sogar gerade sie?

Während ich also darüber nachdachte, ob ich mir Etelka lieber dumm und unschuldig oder intelligent und schuldig wünschen sollte, fiel mir auf, dass es mich absolut nicht gleichgültig ließ, ob sie auch in Hinkunft die Nachttopfsammlung, die Embryos, die Mineralien und die Drudenmesser abstauben würde oder ob das nun endgültig das alte Mädchen aus dem Pfarrkirchenrat besorgen sollte, das mir der Bürgermeister von Anfang an als Wachhund zur Seite stellen wollte.

*

Es war, zumindest aus kunsthistorischer Sicht, kein besonders bedeutender Pfarrhof, an dessen Türglocke ich da schellte. Kein gotischer Kern fand sich da, auch keine Barock-, nicht einmal eine Jugendstilfassade. Es handelte sich vielmehr um einen praktischen, ebenerdigen Zweckbau aus der Nachkriegszeit, der nur mit grobem Mörtel verputzt, allerdings, wie die meisten Häuser von Schattenbach, über und über mit Veitschi und wildem Wein bewachsen war, was ihm, nicht zuletzt auch wegen der schmiedeeisernen Fensterkörbe an der Fassade, im glühenden Abendrot dieses glasklaren Spätfrühlingstages eine verwunschene Note verlieh.

Eine Schmiedeeisenarbeit war auch die im altertümlichen Stil gegossene Türglocke, an der ich allerdings nur einmal schellte, weil mich gleich darauf ein harter Schlag auf den Kopf traf, der mir fast die Besinnung raubte. Schemenhaft sah ich einen hoch aufgeschossenen, schlaksigen Mann in einer Soutane auf mich zulaufen. Während ich, um nicht vollends ins Torkeln zu geraten, nach der Türklinke zu greifen versuchte, stützte mich von der anderen Seite bereits der junge Kooperator und verhinderte damit endgültig, dass ich zu Boden ging.

„Unsere Pfarrjugend ist ganz schön schussfest", sagte er in entschuldigendem Ton. Tatsächlich war das Geschoss, das mir da beinahe den Kopf vom Rumpf gerissen hatte, ein Lederfußball, und der kaum zwölf Jahre alte Schütze stand plötzlich da wie ein begossener Pudel und reichte mir zur Entschuldigung die Hand.

„Michael kämpft zwar schon wie ein Erzengel, nur hat er manchmal das falsche Ziel im Visier", sagte der Kooperator und setzte abermals jenes schwammige christliche Lächeln auf, das mich im Kirchenfernsehen immer sofort zum Weiterzappen animiert. „Sie sind unser neuer Museumsleiter?", fügte er fragend hinzu, wobei ihm sein aufgesetztes Lächeln fast einschlief.

„Ja, das bin ich", erwiderte ich relativ grob, „und in dieser Funktion hätte ich gerne den Herrn Pfarrer besucht – falls ich lebend zu ihm vordringe."

Das Lächeln entschwand.

„Der Herr Pfarrer befindet sich auf einem Versehgang. Die alte Frau Deisenberger von der Gärtnerei liegt im Sterben." Dabei bekreuzigte er sich und fügte „Gelobt sei Jesus Christus" hinzu. Wie auf Befehl bekreuzigte sich auch des Kooperators Wunderteam, und ich merkte, wie mein Gegenüber darauf wartete, dass ich es ebenfalls tat. Ich steckte stattdessen meine Hand demonstrativ in den Hosensack, und darin blieb sie auch, bis dem jungen Priester die dadurch eingetretene Stille selbst peinlich zu werden begann und er hinzufügte: „Es wird aber, denke ich, nicht mehr lange dauern, bis Hochwürden zurückkommt. Sie können bis dahin in der Kanzlei auf ihn warten." Worauf der Kooperator mit der gestreckten Rechten tief in die Falten seiner Soutane fasste, nach längerem Wühlen einen Schlüsselbund zum Vorschein brachte und mir die Tür aufschloss.

Im Inneren des Pfarrhauses roch es nach Kampfer und Mottenkugeln, jenen beiden Ingredienzien, die untrüglich auf die allgegenwärtige Hand Frau Zidibulks hinwiesen. Derselbe Geruch, oder sollte ich besser sagen: Gestank, war mir bereits unangenehm aufgefallen, als ich zum ersten Mal das Schattenbacher Heimathaus betreten hatte. Seit Frau Zidibulks Abgang habe ich übrigens alle nur denkbaren Anstrengungen unternommen, um diesen Geruch aus den Räumen zu vertreiben, war aber in diesem Bestreben, ehrlich gesagt, nur maßvoll erfolgreich.

Ich musste niesen und handelte mir damit prompt ein „Helf Gott“ von Seiten des Kooperators ein, allerdings bekreuzigte er sich jetzt wenigstens nicht, sondern wies mir den Weg zur Pfarrkanzlei, die gleichzeitig auch die Bibliothek des Pfarrers war. Der Kooperator bot mir einen recht unbequemen Sessel gegenüber dem komfortablen, wenn auch nicht mehr neuen Lederfauteuil von Hochwürden an und ließ mich mit der Bemerkung, dass er die ihm anempfohlenen jungen Schäflein nicht länger ohne Hirten lassen wolle, alleine im Büro zurück.

In der Kanzlei selbst gab es wenig, was mein Interesse erweckte. Die Wände waren bis auf ein wertloses Kruzifix im Grödener Stil und das ebenfalls ziemlich hausbackene Bildnis einer Muttergottes aus Hinterglas völlig kahl. Auf dem Schreibtisch lagen ein paar alte Kirchenzeitungen und ein in Leder gebundenes Brevier herum, das ich zwar kurz durchblätterte, aber gleich wieder weglegte. Wesentlich spannender fand ich, zumal vor dem Hintergrund der Ereignisse des heutigen Tages, die Tatsache, dass die kleine Hausbibliothek des Herrn Pfarrers nahezu ausschließlich aus Werken bestand, die Heiligen- und Marienverehrung zum Thema hatten. Ich fand neben mehreren Heiligenkalendern zahlreiche Bücher über weinende Madonnen, über wandernde Madonnen, über Madonnen, die in Bäumen, und solche, die über Quellen erschienen, und es gab auch einige wissenschaftliche Werke über gotische und barocke Gnadenbilder sowie allerlei Esoterisches über Marienwunder in Lourdes, Fatima und sonstwo. Vor allem aber, und das interessierte mich als alten Maya- und Aztekenforscher ganz besonders, fand sich auch ein schmales Werklein über blutende Madonnen.

Mit großer Spannung las ich darin eine detailgenaue Beschreibung von komplizierten Mechanismen, die in der Renaissance und im Barock einzig zu dem Zweck erfunden worden waren, um Gnadenbilder von Madonnen oder Geißelheilanden an hohen Feiertagen möglichst wirkungsvoll und für das einfache Volk undurchschaubar zum Bluten zu bringen. Ich war einmal mehr verblüfft darüber, wie viel Mühe, Aufwand und Akkuratesse die Priesterkasten aller Religionen zu allen Zeiten in das Ansinnen investierten, ihre Anhänger vom Glauben an etwas zu überzeugen, von dessen Bestehen sie offenbar selbst nicht wirklich überzeugt waren. Hätte es sonst all dieser ausgetüftelten betrügerischen Anstrengungen bedurft?

In einem anderen Kapitel, das ich ein wenig durchschmökerte, während ich auf die Rückkehr des Pfarrers von seinem Versehgang wartete, las ich von einem Wittelsbacher Kurfürsten, der mit der Jungfrau Maria einen Pakt schloss, indem er die Worte *„In manicipium tuum me tibi dedico consecroque Virgo Maria hoc teste cruore atque chyrographo, Maximilianus peccatorum corypheus"* mit seinem eigenen Blut auf Pergament kritzelte. Das war nicht nur für einen Archäologen, sondern für jeden Lateinschüler leicht zu übersetzen: „In deine Hand begebe und weihe ich mich dir, Jungfrau Maria, mit diesem Zeugnis des Blutes und der Handschrift, ich Maximilian, der größte der Sünder."

Ich überlegte gerade, wie viel Blut der Kurfürst gespendet haben musste, um diesen Text, den er danach in der Geheimlade des Tabernakels von Altötting aufbewahren ließ, deutlich lesbar zu schreiben, als mir jemand über die Schulter schaute.

„Ach, den Peccatorum Corypheus hat er auch schon entdeckt, der Herr Archäologicus!" Der Pfarrer war, ohne dass ich es bemerkt hatte, eingetreten und schaute mir direkt über die Schulter. „Blutwunder, interessiert Sie so etwas?"

Die Situation war mir umso peinlicher, als ich dem Pfarrer während meines sechswöchigen Aufenthalts in Schattenbach noch nicht begegnet war.

„Ich habe über die Hochkulturen Mittelamerikas promoviert", erwiderte ich entschuldigend, „da entwickelt man, ob man will oder nicht, ein gewisses Sensorium für Blutopfer."

„Sind Sie etwa auch einer von diesen Neuheiden, die hinter jeder Indianerreligion die absolute Wahrheit vermuten und dafür das Christentum für abergläubischen Humbug halten?"

„So würde ich mein Interesse für andere Ethnien mit Sicherheit nicht definieren", erwiderte ich.

Der Pfarrer, ein kurzer Mann mit wenig Haaren und einigen Kilos zu viel, entledigte sich seines Pluviale, des schwarzen, von einer Schnalle zusammengehaltenen Rauchmantels, den er beim Versehgang getragen hatte, plumpste wie ein Sack in seinen Ledersessel und griff zum Telefon.

„Ich muss nur kurz den Mesner anrufen", sagte er, während er die Nummer auf einem Telefon, das noch mit einer Nummernscheibe zu bedienen war, langsam und bedächtig wählte. „Dieses klingelnde alte Monstrum stammt noch aus den Fünfzigerjahren", fügte er entschuldigend hinzu, „ich verwende zwar in meinen Predigten gerne das Bild, dass der Heilige Geist das Handy des lieben Gottes ist, aber in der Praxis liege ich noch ein wenig zurück ..."

Dann veränderte sich die Stimme des Pfarrers und nahm den Charakter geschäftsmäßig wirkender Trauer an. „Grüß Gott, Herr Spitz, da ist der Herr Pfarrer", sagte er mit Grabesmiene, „ich bräuchte wieder einmal Ihre Dienste als Mesner ... Ja, ja, sie hat es geschafft, die arme Seele. Vielleicht schauen Sie einen Sprung rüber und läuten das Totenglöckl ... Ja, sie ist sanft und mit dem

Segen des Herren entschlafen, die alte Deisenbergerin, mitten unter ihren geliebten Blumen.“ Sobald er aufgelegt hatte, änderte sich der Tonfall in der Stimme des Pfarrers erneut. „Ja, ja, zu Mesnern muss man heutzutage freundlich sein, seit ihre Dienste nur noch ehrenamtlich zu haben sind. – Möchten Sie einen Schluck Brombeerlikör, Herr Doktor ... Carozzi. Ich wollte Sie mit dem Neuheiden nicht beleidigen, aber Sie sehen mir ein wenig nach einem solchen aus, habe ich nicht Recht?“

Wenigstens hatte er nicht Doktor Flinserl zu mir gesagt. Ich mag zwar keinen Likör, aber es schien mir im Sinne des Gesprächsklimas ratsam, sein Angebot anzunehmen. Der Pfarrer zog eine unetikettierte und schon ziemlich leere Flasche aus den Tiefen seines Schreibtischschranks hervor und schenkte zuerst sich und dann mir ein.

„Nun denken Sie vermutlich, dass ich zu jenen geistlichen Herren zähle, die Wasser predigen und Brombeerschnaps trinken. Aber ich muss Sie aufklären: Wenn es irgendwo etwas Gutes gibt, so nehme ich es gerne zu mir. Nichts Menschliches, glauben Sie mir, ist mir fremd. Diesen Satz habe übrigens nicht ich erfunden, er stammt vom Heiligen Augustinus. Auch ich bin für alles offen und verachte von vornherein nichts, nicht einmal Neuheiden. Aber wir wollen hier ja keine theologischen Debatten abführen, und natürlich weiß ich, warum Sie hier sind.“

Der Pfarrer legte eine längere Sprechpause ein, die ich leider nicht zu füllen wusste. Ich überlegte zwar kurz, ob ich Hochwürden darüber aufklären sollte, dass der von ihm zitierte Satz keineswegs von Augustinus stammte, sondern vom heidnischen Dichter Terenz, wenngleich Augustinus ihn in seinen „Epistolae“ zitiert hatte. Aber das schien mir dann doch zu naseweis, und ich wollte unser Gesprächsklima nicht weiter belasten.

„Ich fürchte, ich kann Ihnen bei der Lösung des Problems, dessentwegen Sie offenbar zu mir kommen, nicht behilflich sein", fuhr er, über den Madonnenraub durch die Gerüchtebörse des Ortes offenbar längst informiert, fort. „Sie haben einfach nicht gut genug aufgepasst auf unsere Muttergottes mit den sechs Fingern."

„Sie kennen den armseligen Zustand der Alarmanlage", entgegnete ich im vollen Bewusstsein, dass meine Argumentation nicht minder armselig war.

„Selbstverständlich kenne ich den, aber ich kenne auch unsere liebe Frau Zidibulk, die Ihnen mehrfach geraten hat, die Madonna in dem Geheimfach zu belassen, das Sie neuerdings, wie ich höre, in eine Branntweinerei umfunktioniert haben."

Der Pfarrer griff zu seinem Glas Brombeerlikör und sagte mit dem verächtlichsten Unterton, dessen ein Mann Gottes fähig war: „Na dann prost, Herr Doktor. – Aber ich will Ihnen ja keinen Vorwurf machen, und dass Sie statt unserer Frau Zidibulk ein serbisches Flüchtlingskind eingestellt haben, könnte man mit aller gebotenen Vorsicht ja auch als ein Zeichen christlicher Nächstenliebe deuten. Was also meinen Sie, könnte ich tun, um Ihnen zu helfen? Die Polizei ist, soweit ich informiert bin, ohnedies bereits auf einer Spur."

„Die Polizei ist auf Etelkas Spur; doch das ist eine Spur, die falsch ist."

„Sollte es etwa nicht nur Nächstenliebe sein", fuhr der Pfarrer in seiner mittlerweile wieder ziemlich seifig gewordenen Sprache fort, „die Sie gegenüber diesem sündigen Flüchtlingskind hegen?"

„Etelka ist erstens längst kein Kind mehr, und zweitens war sie nicht die Täterin", beharrte ich, „und Sie, Herr Pfarrer, könnten mir vielleicht helfen, das auch zu beweisen."

„Ich wüsste nicht wie", reagierte Hochwürden leicht gereizt.

„Sie scheinen ja, wie Ihre Bibliothek beweist, ein Madonnenexperte zu sein“, ging ich zur Gegenattacke über, „vielleicht könnten Sie mir etwas über die Hintergründe des Schattenbacher Madonnenkults erzählen, vielleicht gab es auch früher schon Fälle von Kunstraub in dieser Gegend. Jedes Detail kann von Interesse sein.“

Der Pfarrer nahm einen weiteren kräftigen Zug von seinem Brombeerlikör und schenkte sich sicherheitshalber nach, mir indessen nicht, da mein Glas fast voll war.

„Was Ihre Vermutung, ich sei ein Madonnenexperte, betrifft, liegen Sie leider falsch, mein lieber Herr Doktor. Sicherlich hätte ein Pfarrherr, der kein ungetrübtes Verhältnis zur Mutter unseres Herrn Jesus Christus unterhielte, seinen Beruf verfehlt, aber ich bin kein größerer Marienverehrer als andere auch. Die meisten der Bücher in diesem Schrank hat Pater Canisius, unser junger Kooperator, in die Pfarre eingebracht.“

„Ich hatte schon das Vergnügen, seine Bekanntschaft zu machen“, sagte ich und dachte an den blauen Fleck, den ich der katholischen Fußballjugend von Schattenbach verdankte.

„Er ist ein wahrhaft marianischer Seelsorger“, fuhr der Pfarrer fort, „und ich bin glücklich, dass einer wie er unsere Pfarrjugend betreut, und das in einer Zeit, in der die schwarze Magie sogar über den Umweg von Kinderbüchern in aller Welt Verbreitung findet. In so einer Zeit tut es gut, auch die Geheimnisse unserer lieben Frau von Lourdes und Fatima in verantwortungsvoller Obhut zu wissen, wenn Sie verstehen, was ich meine. Auch ich bin der Madonna ergeben, aber Pater Canisius hat sich ihr aus ganzem Herzen und tiefster Seele versprochen und geweiht.“

Der Pfarrer strich sich bei diesen Worten mit spürbarer innerer Zufriedenheit über die Wölbungen seines Sonnengeflechts und fuhr in derselben salbungsvollen

Tonart fort: „Andererseits haben Sie jedoch auch Recht, mein akademisch gebildeter junger Freund. Es gab und gibt tatsächlich eine Vielzahl an gotischen und barocken Gnadenbildern, die Maria als Schmerzensmutter zeigen, oder auch als Kind in den selten gewordenen Anna-Selbdritt-Darstellungen, als Himmelskönigin oder als Gnadenmutter. Wir haben schwarze Madonnen, weiße Madonnen, Madonnen in mit Gold besäten Brokatgewändern oder in schlichtem Faltenkleid, wir haben prunkvolle und kunstvoll gearbeitete Schutzmantelmadonnen, Lourdesgrotten und zahllose Madonnen in Kapellen am Wegesrand in unserer Gegend. Allein der unbekannte Künstler, der die von Ihnen veruntreute Maria mit den sechs Fingern geschaffen hat, hat vor über fünfhundert Jahren etliche Bildwerke, allerdings recht unterschiedlicher Qualität, geschnitzt, von denen eines noch drüben im Gotteshaus zu sehen ist. Über die anderen gibt es Sagen, Legenden. Niemand weiß, ob was daran ist. Aber was wäre unsere Heilige Jungfrau Maria ohne Legenden? Sie sind der Nährboden, auf denen jede tief empfundene Marienverehrung gedeiht. Viele von diesen Legenden entstanden im siebzehnten und achtzehnten Jahrhundert. Unsere und die umliegenden Pfarren waren lange Zeit protestantisches Gebiet, und da ging so manches Dokument aufrichtiger gotischer Frömmigkeit verloren. Umso massiver setzte in der Barockzeit die Gegenreformation ein, und die Jungfrau Maria war es, die die Sünder nach den überstandenen Türkenkriegen und den lutheranischen Irrtümern wieder heim zum wahren Glauben holte."

„Was immer man unter wahrem Glauben verstehen mag", wandte ich ein. Doch der Pfarrer überhörte diese Bemerkung.

„Genau an dieser Stelle, wo wir jetzt miteinander reden", fuhr er fort, „befand sich früher der Schneeweißhof, ein lang gestrecktes Gebäude mit zwei Innenhöfen, das seinen Namen dem Umstand verdankte, dass man hier seine Seele wieder reinigen konnte. Es handelte sich, etwas unfromm gesagt, um eine Art „Seelenwaschanlage", in der jene Protestanten, die das Land nicht, wie es ihnen die Heilige Mutter Kirche gebot, verlassen wollten, die Möglichkeit zu bleiben erhielten, indem sie erneut den katholischen Glauben annahmen. Sie betraten also das Schneeweißhaus von jener Seite aus, von der auch Sie soeben ins Pfarrhaus gelangten, und fanden im Innenhof eine Statue der Muttergottes vor, vor der sie ihrem protestantischen Glauben abschwören mussten, woraufhin sie als frisch gebackene Katholiken auf der anderen Seite wieder herauskamen und sich direkt vor dem Portal der alten Nikolauskirche wieder fanden, wo sie erstmals wieder einen katholischen Gottesdienst feiern durften. Aber dann, im Zweiten Weltkrieg, ist das Schneeweißhaus bis auf die Grundfesten abgebrannt."

Der Pfarrer hielt kurz inne und dachte offensichtlich darüber nach, ob seine Ausführungen einen wie mich tatsächlich interessieren konnten.

„Ich beginne abzuschweifen", fuhr er fort. „Wovon wollte ich Ihnen ursprünglich erzählen? Sie trinken ja gar keinen Brombeerlikör. Schmeckt er Ihnen nicht? Frau Zidibulk hat ihn selbst angesetzt."

Ich überhörte seinen letzten Satz geflissentlich.

„Sie sagten, dass es in dieser Gegend überdurchschnittlich viele Madonnenbildnisse und Plastiken gäbe", versuchte ich dem Pfarrer wieder auf die Sprünge zu helfen und nahm, folgsam und um meinen guten Willen zu beweisen, einen tiefen Schluck von Frau Zidibulks klebrigem Seim.

„Genau so verhält es sich", erwiderte Hochwürden, „und nicht zuletzt aus diesem Grund gab es auch immer wieder Kunstdiebstähle und sogar Madonnenschändungen. Die letzte und grauenhafteste Schändung geschah während der russischen Besatzungszeit nach dem Zweiten Weltkrieg. Wenn Sie es wünschen, werde ich Ihnen die Schäden nachher noch zeigen. Kunstdiebstähle hingegen gab es hier bis in die Sechziger- und Siebzigerjahre des zwanzigsten Jahrhunderts immer wieder, bis wir es dann vorzogen, zumindest die aus kunsthistorischer Sicht wertvolleren Kirchen nur noch während der Gottesdienstzeiten und bei Führungen zu öffnen, die wir auf Anfrage gerne organisieren. Das läuft zwar dem seelsorgerischen Gedanken zuwider, dass das Haus des Herrn jederzeit jedem seiner sündigen Geschöpfe offen stehen muss, doch es war, wie gesagt, eine Art von Notwehr."

„Wann ist der letzte Kirchendiebstahl geschehen?", erkundigte ich mich neugierig.

„Ach, das dürfte irgendwann im Jahr 1979 gewesen sein, bevor wir dann die Alarmanlage installiert haben. Man hat damals Teile unseres Kirchenschatzes geraubt, darunter eine goldene Monstranz und ein Sanktuar aus dem Jahre 1711. Die Madonna mit den sechs Fingern ist allerdings schon gegen Ende des Zweiten Weltkriegs von einer Seitenkapelle unserer Pfarrkirche ins Heimatmuseum übersiedelt. Als sich abzeichnete, dass unser Pfarrgebiet zu einer russischen Zone werden würde, schien das meinem damaligen Vorgänger offenbar sicherer zu sein."

„Die Madonna von Schattenbach befand sich tatsächlich so lange in der Nikolauskirche, das wusste ich nicht", gab ich freimütig zu. „Ich war bislang der Meinung, man hätte sie aus irgendeiner entlegenen Waldkapelle in die Obhut des alten Schiffsmeisterhauses gebracht." Mir fiel selbst auf, wie sehr ich es vermied, „in die sichere Obhut" zu sagen.

„Die Madonna mit den sechs Fingern ist nach wie vor im Besitz der Pfarre", fuhr der Pfarrer fort, „und wie wir heute sehen, war es ein schwerer Fehler, die Madonna nach dem Abzug der Besatzungsmacht nicht wieder von unserem Heimathaus zurückzufordern. Doch sie war nun einmal da, und sie lockte in Zeiten des damals aufkeimenden Schattenbach-Tourismus auch Besucher an. Die Madonna blieb also, wo sie war, und der alte Schreinermeister Spitz, Gott hab ihn selig, wurde beauftragt, jenen Geheimschrank zu zimmern, in dem Sie mittlerweile Ihre Branntweinerei untergebracht haben. Ja, und dann kam auch noch das Zweiten Vatikanischen Konzil, nach dessen Ende plötzlich alles, was bisher als wahr und recht empfunden wurde, nichts mehr galt, und sogar unsere Gebete ihren über die Jahrhunderte bewährten Wortlaut veränderten. Die Madonna mit den sechs Fingern wurde damals plötzlich nicht mehr als Gnadenbringerin empfunden, sondern als Monstrosität, die besser zu missgebildeten Embryos und kuriosen Gesteinsbildungen passte als in die Kirche. Ein moderner Volksaltar und ein neues Christusbild, das, Gott möge mir verzeihen, aussieht, als hätte man es aus rostigen Autoteilen zusammengesetzt, das alles war damals viel wichtiger als die Rückführung einer Muttergottes, die dem Künstler noch dazu aus anatomischer Sicht völlig misslungen war.“

Von draußen erklang der dürre Ton eines kaum wahrnehmbaren Glöckchens, der darauf hindeutete, dass der Mesner die traurige Pflicht versah, die ihm vom Pfarrer übertragen worden war. Dieser schlug auch sofort ein Kreuz und murmelte ein paar lateinische Worte, die mir als altem Lateiner ziemlich bekannt vorkamen: *„Exaudi orationem meam, ad te omnis caro veniet. Requiem aeternam dona eis, Domine.* – Erhöre mein Gebet; zu Dir kommt alles Fleisch. – Herr, gib ihnen die ewige Ruhe.“

„Sind Sie der alten Deisenbergerin kein Kreuzzeichen willig?“, fuhr mich der Pfarrer, dessen Stimme plötzlich ihr frömmelndes Sülzen abhanden gekommen zu sein schien, an, und obwohl ich das sicherlich schon zwanzig Jahre nicht mehr gemacht hatte, sah ich mir ziemlich fassungslos dabei zu, wie ich mir, einem fast mechanischen Reflex folgend, Stirn, Brust und Schultern betupfte.

„Glauben Sie wirklich, dass Etelka eine gotische Madonna gestohlen hat?“, insistierte ich, um endlich noch einmal zur Sache zu kommen. „Einen Walkman, ein Beauty-Case, einen Portable-Fernseher, das könnte ich mir vielleicht noch vorstellen. Aber doch keine gotische Madonna. Was sollte sie damit anfangen?“

„Das müssen Sie Inspektor Loisl fragen“, erwiderte der Pfarrer starr, „ich werde mich unterdessen um die versicherungstechnische Seite der ganzen Angelegenheit kümmern, auch wenn dies wahrlich nicht zu meinen seelsorgerischen Pflichten zählt. Aber lassen Sie uns, wenn Sie schon da sind, zuvor noch gemeinsam einen Sprung hinüber ins Gotteshaus schauen. Dort habe ich Sie, wenn mich meine Wahrnehmung nicht trügt, nämlich seit Ihrer Ankunft in Schattenbach nicht gesehen. Und wenn sich der Neuheide in Ihnen schon um den Kirchenbesuch drückt, so sollte sich zumindest der Kunsthistoriker in Ihnen dafür interessieren, welche Schätze wir hier haben.“

*

Die Nikolauskirche in Schattenbach war eine jener Schifferkirchen, bei denen der Altarraum vom Längsschiff schräg abknickt. Aufgeklärte Kunsthistoriker führen das darauf zurück, dass die Flussschiffer, die diese Kirchen im Mittelalter erbauten, im Grundriss des Gotteshauses die Form eines Ruders nachbilden wollten. Eine frommere Lesart sieht in diesem Knick eine Erinnerung daran, dass Christus bei seinem Tod auf Golgatha, nachdem er die Worte „Es ist vollbracht“ gesprochen hatte, sterbend sein dornengekröntes Haupt zur Seite neigte.

Es bedarf wohl keiner weiteren Erwähnung, dass Monsignore Seitel als Pfarrer von Schattenbach der letzteren Interpretation den Vorzug gab. Voll Stolz zeigte er mir indessen, für mich ganz und gar überraschend, einen Halteknauf an einer geschnitzten Lehne im Chorgestühl, der mit zwei Hörnern und einem Ziegenbart ganz eindeutig den Teufel selbst darstellte.

„Im Mittelalter", sagte der Pfarrer, „hat man sich nicht wie heute der Illusion hingegeben, dass der Teufel nicht existiere, man gestand ihm ganz im Gegenteil sogar und gerade im Gotteshaus allernächste Gegenwart zu. Wo sonst außer bei den Frommen hätte sich Satan auch aufhalten sollen, die anderen waren ihm ja ohnedies bereits ergeben. Meistens finden Sie solche satanische Fratzen nur an den Außenwänden von Kirchen, doch in manchen gotischen Gotteshäusern, so auch in diesem, hat man die Fratze des Satans sogar im Angesicht des Allerheiligsten abgebildet. Sie als alter Indianerforscher sollten eigentlich wissen, warum."

„Das Teufelsgesicht sollte als Abwehrdämon einen letztlich frommen Dienst versehen", erwiderte ich selbstsicher, denn von Dämonen verstand ich jedenfalls mehr als von Pfarrern.

„So wie Sie kann das nur ein Agnostiker formulieren", erwiderte Hochwürden, „aber diesmal haben Sie auf gar nicht einmal so Unrecht. Man glaubte damals – und es ist im Grunde bis heute nicht widerlegt –, dass der Satan, der ja bekanntlich ein gefallener Engel ist, wenn er das Gotteshaus einmal betreten sollte, durch das Spiegelbild seiner eigenen Fratze abgeschreckt und das Gotteshaus wieder verlassen würde."

„Und heute arbeiten Sie lieber mit Verbotsschildern?", fragte ich angesichts des weißen Schildes mit rotem Rand, das wie ein Verkehrszeichen am Kommuniongitter vor dem Altarraum an einer Kette befestigt war und die Aufschrift „Halt – Eingang in den Altarraum strengstens verboten" trug.

„Nein, nein", erwiderte Monsignore Seitel und lachte, soweit er sich an diesem heiligen Ort zu lachen getraute, „das haben wir nicht wegen dem Gottseibeiuns aufgehängt, sondern wegen der vielen Touristen, was sich, um ehrlich zu sein, fast schon auf dasselbe herauskommt. Aber wenn wir nichts dagegen tun, haben wir die Ausflügler mit ihren Fotoapparaten direkt vor dem Allerheiligsten, und das ist ja wahrlich nicht dafür da, um beglotzt und abgeknipst zu werden. Schlimm genug, dass sie ihre Vornamen mit einem Taschenmesser in die Kirchenbänke ritzen und von der Kanzel die silbernen Zapfen abbrechen, die das Wasser aus dem wunderbaren Fischfang darstellen sollen. Selbst dem Heiligen Urbanus dort drüben im Seitenschiff haben sie seine Traube aus der Hand gerissen, weshalb ihn mittlerweile fast jeder für einen Heiligen Nikolaus hält. Doch der ist selbstverständlich, wie es ihm als Schutzpatron des Gotteshauses zusteht, auf dem Hochaltar untergebracht, nicht an dessen Spitze, die ebenfalls der Mutter unseres Erlösers vorbehalten ist, aber doch im Zentrum des Altarschreins, immerhin."

Der Pfarrer ging weiter zum Seitenaltar, wo dem Heiligen Urbanus tatsächlich das Attribut der Traube, die ihn als Weinheiligen ausweist, fehlte. Seitel blieb allerdings nicht vor der auch ohne Traube noch immer ziemlich eindrucksvollen und im von den letzten Sonnenstrahlen matt erhellten Kirchendunkel blattgoldschimmernden Skulptur stehen, sondern ging schnurstracks auf die Kapellenwand zu, wo sich im Gegenlicht die Konturen eines Madonnenbilds abzeichneten, die mich verblüffend an jene der gestohlenen Madonna von Schattenbach erinnerten.

„Das ist eine von jenen Arbeiten, die dem Meister der sechsfingrigen Madonna von Schattenbach zugeschrieben werden. Auch sie kam erst relativ spät in den Besitz unserer Kirche, da sie zuvor einem kleinen Kloster in der Nähe gehörte, das allerdings unter Kaiser Josef II. aufgehoben und später in eine in Spinnerei umgebaut wurde. Damals stellten Gläubige dieses nicht minder ergreifende Marienbildnis in der Sankt-Nikolaus-Kirche auf. Die Züge der Madonna sind allerdings gröber, und der Faltenwurf ihres Gewands ist weniger detailreich ausgearbeitet. Im Baedeker werden Sie diese Madonna daher auch nur als Werk eines ungenannten Anonymus finden. Die Menschen, und leider auch die Kunsthistoriker, lieben Vereinfachungen. Wenn also von der Schattenbacher Madonna die Rede ist, so ist daher stets die mit den sechs Fingern aus dem Heimathaus gemeint, das Hauptwerk des Meisters von Schattenbach gewissermaßen, auch wenn dieser selbst vielleicht gar nicht dieser Meinung gewesen wäre."

Was mich verwunderte, war die Emotion, die da angesichts eines kaum seelsorgerisch als vielmehr kunsthistorisch gemeinten Vortrags in seiner Stimme mit schwang. Und es wunderte mich auch, dass ich von dieser zweiten Schattenbacher Madonna in den zahlreichen heimatkundlichen Schriften, in die ich mich seit der Übernahme des Schattenbacher Heimathauses pflichtbewusst, wenn auch nicht unbedingt immer mit Freude, vertieft hatte, kein Wort zu lesen bekam.

„War es tatsächlich so", fragte ich erstaunt, „dass diese beiden Madonnen sich anderthalb Jahrhunderte im selben Kirchenraum befanden, wobei die eine immer im Schatten ihrer Nachbarin stand?"

„Wenn Sie diese Schlussfolgerung anstellen, so kann ich Ihnen nicht widersprechen. Und es gibt einige Quellen, dass sich auch noch eine dritte Madonna aus der Hand des nämlichen Meisters hier befunden haben soll, doch über diese ist weiters nichts bekannt. – Da, schauen

Sie, und noch etwas wollte ich Ihnen zeigen." Der Pfarrer ging auf eine Seitenfront des Urbanialtars zu, die aus bemaltem Sperrholz bestand. Die ziemlich billige, aber gleichwohl wirksame Trompe-d'œuil-Malerei darauf zeigte ein barockes Portal, das den Blick auf eine arkadische Landschaft unter einem Wolkenmeer freigab. Der Pfarrer tippte mit dem Finger auf eine der Wolken, und plötzlich wurde aus der aufgemalten eine tatsächliche Tür, die sich mit der Fußspitze zurückschieben ließ und Eintritt in eine finstere Kammer verschaffte.

„Da war wohl wieder der alte Schreinermeister am Werk?"

„Der alte Spitz, Gott hab ihn selig, ja", erwiderte der Pfarrer milde lächelnd. „Das war ein Tausendsassa in allen Dingen, bei denen man geschickt zu Werke gehen musste. Und der Herrgott hat diese erstaunliche Begabung dankenswerterweise auch auf seinen Sohn Guido vererbt, der uns freundlicherweise als Mesner aushilft. Aber nun kommen Sie schon herein." Er zog mich durch den schmalen Spalt zu sich hinüber in die Geheimkammer, in der mich die zahlreichen Spinnennetze und Staubablagerungen sogleich heftig zum Niesen brachten.

„Helf Gott!", reagierte der Pfarrer automatisch. „In diesem Raum", fuhr er fort, nachdem er mittels eines Lichtschalters eine verstaubte 40-Watt-Birne zum Glimmen gebracht hatte, „war früher unser Kirchenschatz untergebracht, von dem man uns, wie ich Ihnen erzählte, die wertvollsten Teile gestohlen hat."

„Er ist jetzt hoffentlich durch eine Alarmanlage gesichert?"

„Ist er nicht, die lohnte sich wohl nun auch nicht mehr. Hier sind nur noch schadhafte Versatzstücke von morschen Heiligenstatuen aufbewahrt, die nicht mehr zu renovieren sind, und wenn, dann wäre es für unsere Pfarre zu teuer. Das Wertvollste, das es hier zu sehen gibt, sind die alten Votivtafeln, derentwegen ich Sie hierher geführt habe. Sie zeigen allesamt wundersame Heilungen oder Gebetserhörungen und stammen zum Teil noch aus dem 16. Jahrhundert. Diese Kleinodien naiver Volkskunst hätten sich wahrlich einen würdigeren Platz als diese muffige Rumpelkammer verdient. Ebenso übrigens wie die Wachsnachbildungen von Händen, Füßen, Eingeweiden, ja sogar Geschlechtsorganen, die fromme Wallfahrer noch zu Beginn des vorigen Jahrhunderts gespendet haben, wenn ihre Bitten um Heilung eines bestimmten Körperteils erhört worden sind." Dabei hielt mir der Pfarrer die naturgetreue Nachbildung einer Gebärmutter unter die Augen, die in der Hand eines Kirchenmannes auf seltsame Weise monströs wirkte. „Doch wie gesagt, unsere Kirche war als Wallfahrtskirche niemals sehr bedeutend", fuhr der Pfarrer fort, „und spätestens in der Zeit des Ständestaats nach dem Ersten Weltkrieg ist die bescheidene Wallfahrt zur Madonna mit den sechs Fingern endgültig versiegt. Da ist man dann lieber gleich nach Mariazell gepilgert."

Ich starrte interessiert in die Tiefe dieses halbdunklen Raums, der tatsächlich wie eine ziemlich unwirtliche Rumpelkammer aussah. Die paar verstümmelten Plastiken, die ich da, vom Zahn der Zeit arg zernagt, in den Ecken herumstehen sah, waren, soweit ich das feststellen konnte, tatsächlich ziemlich angegriffen, und es war kaum noch zu erkennen, welche Heiligen sie wirklich darstellten. Ganz im Hintergrund glaubte ich die Umrisse einer weiblichen Plastik zu erkennen, die jedoch von Brettern fast zur Gänze verstellt war und genauso gut eine Heilige Katharina oder Barbara wie eine Madonna sein konnte. Es wäre in diesem düsteren Halbdunkel ohnedies nicht zu erkennen gewesen.

„Ich werde mir das mit den Votivbildern überlegen", sagte ich, „das Heimathaus platzt zwar aus allen Nähten, aber vielleicht wären sie dort in einer sauberen, lichten Nische tatsächlich besser aufgehoben – falls ich das überhaupt noch zu entscheiden habe."

„Sie sind der Museumsleiter, wer sonst sollte es entscheiden?", erwiderte der Pfarrer.

„Meine Karriere als Museumsleiter hat ja nicht eben glückhaft begonnen, vielleicht sucht sich der Gemeinderat auch bald jemand anderen. Vielleicht aber bin ich als Neuheide in einer so gläubigen Gemeinde wie Schattenbach auch am falschen Platz."

„Ob jemand am falschen Platz ist, entscheidet nur der Herr. Und bekanntlich ist ja auch der verlorene Sohn zurückgekommen und mit offenen Armen wieder aufgenommen worden."

Ich hatte keine Lust, mich auf weitere exegetische Diskussionen einzulassen, und versuchte daher das Gespräch wieder in etwas andere Bahnen zu lenken. „Sie haben mir noch immer die Frage nicht beantwortet, ob Sie sich tatsächlich vorstellen können, dass Etelka die Madonna entwendet hat."

Der Pfarrer schien mir kaum zuzuhören und hielt plötzlich inne. „Da, sehen Sie, da hängt das geschändete Madonnenbildnis, von dem ich Ihnen erzählt habe. Die Russen haben sowohl der Madonna als auch dem Jesuskind und den beiden Engeln, die sie begleiten, die Augen ausgeschossen. Und sehen Sie, gerade unter dieses geschändete Bild einer blinden Muttergottes hat eine fromme Seele ganz klein mit weißer Tinte auf den Rahmen geschrieben: Maria weist dem Suchenden den Weg. Und wenn man sich sogar auf eine blinde Madonna verlassen kann, um wie viel mehr auf eine, die noch sehen kann. Die Madonna von Schattenbach wird die Wahrheit offenbaren, das ist sicher. Wir gläubigen Menschen haben es in dieser Hinsicht leichter als andere. Maria weist dem Suchenden den Weg. Und dieser Weg, so ist es unsere tiefste Überzeugung, kann letztlich nur zur Wahrheit führen; so einfach ist das."

„Aber was ist die Wahrheit?" fragte ich ziemlich ratlos.

„Die Wahrheit ist nicht immer mit der Wirklichkeit identisch, Herr Doktor Carozzi. Meine Wirklichkeit mag eine falsche sein, aber wenn dem so sein sollte, so gibt es immer noch die Wahrheit, die mich korrigiert. Wir Katholiken haben, und das ist ja das Schöne an unserem Glauben, eine Gewissheit von der Wahrheit. Und gäbe es diese Gewissheit nicht, so herrschte Chaos, und selbst wenn uns dieses Chaos lieb und teuer wäre, so wäre es vielleicht die Wirklichkeit, aber noch nicht die Wahrheit. Dennoch ist die Wirklichkeit nichts, das man deshalb von vornherein verachten müsste. Auch die Wirklichkeit ist ja Gottes Werk, selbst dann, wenn sie sich wie in unseren Tagen zunehmend von ihm entfernt. Aber wie heißt es gleich so schön in den Psalmen: ‚Doch der im Himmel thront, der Herr, der lacht und spottet über sie und ihr Erkühnen.'"

In der Nikolauskirche war es mittlerweile ziemlich dunkel geworden Als wir vom Gotteshaus durch den Altarraum in die Sakristei gingen, bemerkte Pfarrer Seitel, dass das Ewige Licht ausgegangen war. Er holte also ein Streichholz aus der Tasche und zündete es ganz einfach wieder an.

3

Wenn ich je wieder mit Mezcal anfange,
ja, das wäre das Ende.
Malcolm Lowry

Wenn ich mich ärgere, habe ich ein ziemlich einfaches Gegenmittel. Ich mache Chili Chicken. Das baut durch seine Schärfe Aggressionen ab, und je mehr ich mich geärgert habe, desto schärfer wird dieses Gericht. Wenn es nach der Schärfe des Chili Chickens ging, das ich an diesem Tag für mich zubereitete, so musste ich mich außerordentlich geärgert haben.

Chili, muss man wissen, das ist, zumindest in Mexiko, wo ich ihn kennen und lieben gelernt habe, nicht nur ein Gewürz, es ist fast schon eine Ideologie. In Mexiko gibt es mehr Chili- als in Europa Apfelsorten. Die schärfste davon ist der berüchtigte Habanero-Chili, der nicht größer als eine Walnuss ist und unter Kennern als die schärfste Schote der Welt gilt. Ich hatte bei meiner Rückkehr aus Mexiko einen ganzen Jutesack voll getrockneter Habaneros im Marschgepäck, und scharf, wie sie waren, würde der Vorrat wohl auch noch reichen, wenn mein unrühmliches Schattenbacher Intermezzo längst Vergangenheit sein würde.

Ich tat also einen tiefen Griff in meinen mexikanischen Jutesack, und das Chili Chicken schmeckte erwartungsgemäß so brennend scharf, dass meine Lippen nach seinem Genuss absolut taub waren, wie sie es sonst nur sind, wenn ich beim Zahnarzt eine Spritze bekommen hatte.

Ich führte diese tauben Lippen allerdings nicht nur auf den Verlust der sechsfingrigen Madonna von Schattenbach zurück, und auch nicht auf die Verhaftung von

Etelka, was mich zwar emotionalisierte, aber keineswegs innerlich aufwühlte. Selbst der Bürgermeister mit seinem herablassenden „Doktor Flinserl“ wäre allenfalls nur drei, der dumme Inspektor Loisl vielleicht ein halbes Dutzend Habaneros wert gewesen. Nein, meine heute besonders lockere Hand in Sachen Pfeffer verdankte mein Chili Chicken ausschließlich Monsignore Seitel.

Hatte ich nur das Gefühl, dass ich mich wie ein frech gewordener kleiner Ministrant hatte schulmeistern lassen, oder war dem wirklich so? Ich fürchtete Letzteres. In meinem Herzen regten sich Rachegelüste, und mit diesen durch und durch bösen Gedanken gelangten immer mehr Chilis zunächst in die Pfanne und dann in meinen Verdauungstrakt, was mir einmal mehr die berühmte Stelle aus Matthäus 15, 17–20 in Erinnerung brachte, in welcher es heißt: „Begreift ihr denn nicht, dass alles, was in den Mund hineinkommt, in den Bauch gelangt und von dort in den Abort ausgeworfen wird. Was hingegen aus dem Mund herauskommt, das stammt aus dem Herzen, und es verunreinigt den Menschen. Denn aus dem Herzen kommen böse Gedanken, Mord, Ehebruch, Unzucht, Diebstahl, falsches Zeugnis, Lästerung“ – und Hass, wie ich aus gegebenem Anlass hinzufügte.

Dennoch, so war ich überzeugt, konnten alle Schmähungen dieser Welt so böse nicht sein, wie ich es an diesem Abend war, als ich von der Kirche nach Hause kam und mich ans Kochen machte. Schön brutzelten sie in der Pfanne, meine Habaneros, und tanzten im heißen Olivenöl wie kleine Teufelchen an der Pforte des Höllenpfuhls. Ich ließ dieselben kurz anbraten. Inzwischen rieb ich die tranchierten Hühnerstücke mit Meersalz ein, bevor sie den Chilis in der Pfanne Gesellschaft leisten durften, während sie rundum immer bräuner und knuspriger wurden. Im Mexiko hätte ich jetzt mit ein, zwei Gläschen Los Reyes von Domecq aufgegossen, einem kraftvollen Ensenada-Wein voller Würze und Biss. Hier musste es ein billiger Schattenbacher Weißwein tun, da mir die edleren Tropfen der Region, von denen ich ebenfalls ein paar Flaschen in meinem Museumsquartier eingelagert hatte, zum Kochen zu schade waren. Leider bekam man in Schattenbach auch nirgendwo ein Sträußlein Koriandergrün, also fügte ich meinem Chili Chicken neben enthäuteten, geschälten und entkernten Tomaten sowie Knoblauchzehen noch ein paar Petersilblätter hinzu, die zwar ähnlich aussehen, aber völlig anders schmecken. Dann setzte ich den Deckel auf die Pfanne und ließ das Huhn eine gute halbe Stunde auf kleiner Flamme ziehen. In der Zwischenzeit schmökerte ich aus aktuellem Anlass ein wenig in dem einzigen Buch aus der kleinen Museumsbibliothek, das von Madonnen handelte, und las mit einigem Interesse, dass der mittelalterliche Madonnenkult seinen Ursprung in der Darstellung der byzantinischen Glykophilusa hatte, was soviel wie „die sanft Liebende" bedeutete und keineswegs eine göttliche, sondern die durch und durch irdische Darstellung einer schönen und anmutigen Frau war, die dem höfischen Schönheitsideal jener Epoche entsprach. Bevor ich mich jedoch weiter mit dem scholastischen Streit befassen konnte, ob Maria nun eher, wie es im fünften Jahrhundert Nestorius, der Patriarch von Konstantinopel, verlangte, als Kindesmutter oder, wie es das Konzil von Ephesus wollte, als Gottesgebärerin gezeigt werden sollte, wurden die Dämpfe aus meiner Kasserolle so heftig, dass ich beschloss, mich vorerst wieder um mein Huhn zu kümmern. Ich goss etwas Wein nach und ließ die Sauce nochmals kurz einkochen. Inzwischen bähte ich ein schon etwas vergammeltes Stück Stangenweißbrot vom Vortag auf, das allerdings, wie ich hoffte, immer noch dafür taugte, die Sauce zu meinem Chili Chicken aufzutunken. Das Gericht entpuppte sich aufgrund der vielen Habaneros tatsächlich als ein veritables „Huhn des Grauens“, das gleichwohl die beabsichtigte kathartische und wohltuend psychohygienische Wirkung nicht verfehlte. Ich war mir zwar durchaus bewusst, dass ich mit einem Chili dieser Intensitätsstufe die während des Kochens frei werdenden Aggressionen letztlich nur gegen meinen Verdauungsapparat richtete, der mir diese Generalattacke, wie man sich leicht vorstellen kann, in der Nacht darauf auch keineswegs dankte. Mir blieb aber immerhin die Illusion, ich hätte aus eigener Kraft ein reinigendes Gewitter inszeniert.

Nach dem Genuss meines Chili Chickens fühlte ich mich jedenfalls in jeder Hinsicht besser. Nachdem ich, nicht zuletzt seiner digestierenden Wirkung wegen, auch noch einen doppelten Mezcal nachgetrunken hatte, hätte es wohl nur noch eines Zündholzes bedurft, um meinen Atem in eine Flammensäule zu verwandeln. Ich verzichtete jedoch, obwohl ich gar nicht übel Lust darauf gehabt hätte, darauf, mich auch noch als Feuerschlucker zu versuchen, und goss stattdessen noch einen weiteres Gläschen Mezcal auf meine wunde Seele.

Zwischen meine sich anbahnenden Verdauungsprobleme und meine Racheschwüre schob sich allerdings über kurz oder lang doch noch die Vernunft, und die gebot mir, die Situation nicht wie ein alter Aztekenpriester in Tenochtitlán zu meistern, der seinen Feinden das Herz zu Ehren des Sonnengottes Huitzilopochtli kurz und schmerzvoll mit einem Steinkeil aus dem Leib riss, sondern auf wesentlich friedliebendere, am abendländischen Humanismus geschulte Weise – nämlich durch Kontemplation.

Ich dachte also zunächst nicht nur darüber nach, was ich falsch gemacht hatte (die mutwillige Übersiedlung der Schattenbacher Madonna von ihrem zwar läppisch gesicherten, aber doch irgendwie geheimen Versteck in den ersten Stock war zweifellos ein Fehler gewesen, der auch durch das mithilfe des gesteigerten Schnapskonsums erzielte Umsatzplus nicht wirklich gerechtfertigt werden konnte), sondern auch darüber, wie ich die verfahrene Situation doch noch retten konnte.

Ich versuchte also zunächst einmal, Ordnung in meine verwirrten Gedanken zu bringen, doch wie sagt schon das alte Sprichwort? „Wo viel Licht ist, da ist auch viel Finsternis", und diese schien mir das Erstere gegenwärtig schon fast verschluckt zu haben. An harten Fakten hatte ich außer der Tatsache, dass die Madonna mit den sechs Fingern verschwunden war, lediglich recherchiert, dass es rund um Schattenbach mehr gotische Madonnen als Verkehrsampeln gab, und dass einige davon offenbar vom gleichen anonymen Meister geschnitzt worden waren wie das gestohlene Objekt. Diese Erkenntnis reichte nicht einmal für eine Proseminararbeit im ersten Semester Kunstgeschichte, geschweige denn für die Aufnahme detektivischer Ermittlungen zur Entlastung einer serbischen Flüchtlingsfrau, die sich durch ihr, sagen wir einmal: undiplomatisches Verhalten auch noch ins Zentrum der Ermittlungen katapultiert hatte.

Ich lutschte in einem weiteren Anfall produktiver Selbstverstümmelung gerade den letzten meiner achtzehn Chilis aus und dachte an meine mexikanischen Freunde, die von den teuflischen Schoten, ohne mit der Wimper geschweige denn mit dem Dickdarm zu zucken, drei Dutzend verspeisen konnten, als mein Handy schrillte.

Munknast war am anderen Ende der Leitung und klang auf gefährliche Weise beschwingt. Er sitze, sagte er, mit Inspektor Loisl beim Kirchenwirt, und man sei der Lösung des „Falles Gnadenbild" nun schon sehr nahe. Ich wollte mit dem Bürgermeister nicht am Telefon über die neuesten Entwicklungen in diesem „Fall" diskutieren, es schien mir aber aufgrund eines offensichtlich angeborenen Todestriebs, vielleicht aber auch aus einer heimlichen Lust am Katz-und-Maus-Spiel, vernünftig, ja sogar förderlich zu sein, diesen unglückseligen Tag im Wirtshaus zu beschließen. Immerhin wurden dort in diesen Minuten die Entscheidungen nicht nur über Etelkas, sondern wohl, damit fast schicksalhaft verbunden, auch über meine persönliche Zukunft getroffen, so ich in Schattenbach überhaupt noch etwas hatte, das diesen Namen tatsächlich verdiente.

Der Kirchenwirt verdiente seinen Namen, so viel war sicher, voll und ganz, und er machte ihm nicht nur dadurch alle Ehre, dass er unmittelbar am Fuße des Kirchenfelsens gleich neben der großen Freitreppe lag, die zur Nikolauskirche führte, sondern auch dadurch, dass er dieselbe auf einem bunt emaillierten Medaillon im schmiedeeisernen Wirtshausschild trug. Das Schild hing über einem steinernen Portal, das ebenfalls wie ein Kirchenportal aussah und, wie man mir zugetragen hatte, vom gleichen Baumeister geschaffen worden war, der auch die prächtige und mit Dutzenden Heiligenfiguren minutiös ziselierte Pforte der Nikolauskirche gestaltet hatte. Der Architekt war, so erzählte man mir, übrigens ein ferner Vorfahr von Bürgermeister Munknast, der freilich – vor die Wahl zwischen die beiden Portalkunstwerke seines Vorfahren gestellt – sicherlich lieber durch die Wirtshaustür ging.

Letzteres lohnte sich übrigens keineswegs nur wegen des bekannt pfeffrigen Schattenbacher Weißweins, der hier ausgeschenkt wurde, sondern vor allem auch deswegen, weil das Kirchenwirtshaus, zumindest auf den ersten Blick, das war, was man einen wahrhaft sehenswerten historischen Gasthof nennt. Eine Tafel, die in der Eingangshalle unter wuchtigen Gewölbebögen angebracht war, wies in goldenen Lettern darauf hin, dass hier einst sogar der Feldherr Albrecht Wenzel Eusebius von Wallenstein abgestiegen war, bevor er 1620 in die Schlacht auf dem Weißen Berg gezogen war. Als wirtshausarchäologisch betrachtet sehenswert erwies sich auch die kleine Gewölbenische, die gleich neben dem Eingang ursprünglich wohl einem „stillen Zecher" vorbehalten war, wenngleich sie heute von den vorbeieilenden Kellnern vorwiegend als Abstellfläche genutzt wurde. Die Nische bot gerade Platz für Trinker und Getränk und gab durch eine kleine Fensterluke den Blick auf den Kirchplatz von Schattenbach frei. Mehr und Besseres konnte man als stiller Zecher nicht ersehnen, und mich streifte kurz der Gedanke, dass ich mir genau diesen Platz einmal als Stammtisch wünschte, falls ich es tatsächlich ertragen würde, in Schattenbach auszuhalten und hier dereinst in Pension zu gehen.

Doch ich würde es, dessen war ich mir völlig sicher, nicht ertragen. Mein Altersstammtisch würde anderswo stehen, vielleicht in einer billigen Cantina auf der Halbinsel Yucatán oder in einer der schummrigen Tavernen von Alexandria.

So harmonisch die Nische und der gesamte Eingangsbereich des Kirchenwirts auf den Eintretenden auch wirken mochten, so sehr verlor sich jegliche stilistische Einheit, sobald man tiefer in die Stuben vordrang, wo sich im Laufe der Jahrhunderte allerlei gastronomische Schichten übereinandergelagert hatten, deren Materialien einen Bogen vom fast schon schwarz nachgedunkelten Ebenholz alter Trambalken bis zum Resopal der Sechzigerjahre umspannten. Nur die alte Schankstube war mit ihren in mehr oder minder kunstvoller Bauernmalerei bepinselten Lamperien noch weitgehend intakt und trug, abgesehen von einem mit Neonröhren beleuchten „Pilsner Urquell"-Schild über der Schank und zwei funkelnagelneuen, chromblitzenden Bierzapfsäulen ganz eindeutig die Merkmale einer Gaststube aus der Spätrenaissance. Aus derselben mochte vielleicht auch noch der blankgescheuerte alte Schifferboden stammen, auf dem jener runde Stammtisch aus ziemlich roh geschnitztem Massivholz stand, an dem sich der Bürgermeister, der Inspektor und zu allem Überfluss auch noch meine Intimfeindin Hermine Zidibulk – offenbar zu dem Zwecke, über mich Gericht zu halten – versammelt hatten. Ein Sessel an diesem fidelen Richtertisch war jedenfalls noch frei, und ich hegte keinerlei Zweifel daran, dass es sich dabei um den Stuhl des Angeklagten handelte, der keinem anderen als mir vorbehalten war.

Der Bürgermeister hatte sein amtliches und somit sein unangenehmstes Gesicht aufgesetzt, als er mich Platz zu nehmen bat, als wäre ich ein Prüfungskandidat. Ich war gerade am Überlegen, ob es möglicherweise klüger sei, Munknast von vornherein mit meiner geplanten Kündigung als Museumsleiter vor vollendete Tasachen zu stellen und damit auch klarzulegen, dass ich (was eine glatte Lüge war) den Job in Schattenbach in wirtschaftlicher Hinsicht überhaupt nicht nötig hatte. Doch dann bemerkte ich, dass gleich im Nebenstübchen, keine sechs Schritte von mir entfernt, zwei Gendarmen bei einem, so nehme ich einmal unter Anwendung des Vertrauensgrundsatzes an, alkoholfreien Bier saßen und offenbar nur darauf warteten, bei Bedarf auch amtszuhandeln.

Auch Hannes Munknast versteckte sein aufgedunsenes und mit roten Flecken übersätes Gesicht hinter einem vollen Bierkrug, dessen Inhalt allerdings mit Sicherheit nicht alkoholfrei war. Inspektor Loisl konsumierte indessen gar nichts außer einem Zahnstocher, den er soeben mit einiger Mühsal aus einer Papierhülle geschält hatte und abwechselnd von beiden Seiten her anknabberte. Frau Zidibulk trank ein Schälchen Kräutertee und entsprach damit dem Bild, das ich mir schon bislang von ihr gemacht hatte. Da saßen sie also vor mir wie drei allegorische Figuren, die Schlauheit, Stolz und Einfalt auf idealtypische Weise verkörperten, und gerade diese Troika schien mir in der gegenwärtigen Situation ein äußerst gefährlicher Mix zu sein.

Der Bürgermeister war sichtlich froh, dass durch mein Auftreten Frau Zidibulks Ausführungen über den aktuellen Stand der diesjährigen Erstkommunionsvorbereitungen unterbrochen wurden. „Es ist rührend, wie sich meine Buberln und Mäderln über ihre schönen Kerzen freuen, die sie heute erstmals in die Kommunionsstunde mitbringen durften, und sie können die Gebete, die ich ihnen beigebracht habe, schon wie am Schnürchen heruntersagen“, berichtete Frau Zidibulk gerade mit leuchtenden Augen, als ich am Tisch Platz nahm. Loisl und der Bürgermeister brannten sichtlich darauf, sich mir und damit einem spannenderen Thema zuzuwenden, doch Frau Zidibulks Redefluss ließ sich nicht so leicht Einhalt gebieten. „Es ist heuer seit Langem das erste Mal, dass die Schneeballstauden im Garten hinter dem Gemeindeamt schon zur Erstkommunion in voller Blüte stehen. So früh haben sie noch nie geblüht, und da habe ich mir gedacht, es wäre doch eine wirklich liebreizende Idee, jedem Erstkommunionskind an seinem großen Tag einen Schneeball anzustecken. Sie sind so makellos weiß und unschuldig, die Schneebälle, genau wie die Seelen unserer Buben und Mädchen.“

„Originelle Idee“, brummte der Bürgermeister interesselos, während er Frau Zidibulks kurze Atempause nützte, um sich mir zuzuwenden.

„Da haben wir ja unser Sorgenkind“, sagte Munknast herablassend, aber nicht unfreundlich, während mich Inspektor Loisl mit einer Miene musterte, als hätte er bereits einen Haftbefehl in seiner Uniformtasche.

Dem war allerdings nicht so. „Sie scheinen aus dem Schneider zu sein, mein lieber Doktor Flinserl!“, sagte Munknast und grinste mich sekundenlang an. „Wir haben den Täter bereits dingfest gemacht, oder zumindest so gut wie ...“

„Den Täter ...?“

„Sie glauben doch selbst nicht, dass es ein Tät*er* war?“, antwortete Munknast und betonte dabei die letzte Silbe des Wortes. „Aber der Täter*in* mussten Sie ja gegen den ausdrücklichen Rat unserer Frau Zidibulk einen Schlüssel zum Tatort aushändigen.“

Frau Zidibulk fasste sich, sobald die Rede auf sie kam, nervös an ihren kunstvoll aufgesteckten Dutt, der von einem Haarnetz wie von einem Lasso eingefangen war, rückte ihn zurecht, zupfte an ihrem fliederfarbenen Halstuch und nickte erst dann voll innerer Befriedigung.

„Ich bin nicht beleidigt, dass ich nichts mehr mit dem Heimathaus zu tun habe“, sagte sie, und ihrem Gesichtsausdruck sah man ganz deutlich an, dass sie es doch war. „Ich habe mich sogar gefreut, als ich davon gehört habe, dass mir ein Fachmann aus der Stadt diese Arbeit abnehmen soll, wenn es denn tatsächlich einer sein sollte. Der Pfarrkirchenrat und die Gemeindebibliothek sind für eine Frau von annähernd sechzig Jahren mehr als genug. Nein, ich bin nicht böse, dass man mir die Obhut über die Sammlung entzogen hat, obwohl es, wie man sieht, alles andere als eine gute Idee war. Ich habe dafür mehr Zeit, die ich den Erstkommunionkindern und den Ministranten widmen kann. Die wahre Leidtragende ist unsere Madonna. Ich hätte sie jedenfalls nicht aus den Augen gelassen, schon gar nicht, wenn diese ausländische Putzfrau im Haus war. Dabei ist sie so eine schöne Muttergottes. Sie hat so mild gelächelt wie keine andere, nicht einmal wie die in der Kirche.“

„Und ich fürchte, das Lächeln war noch nicht einmal das Wertvollste an ihr“, fügte der Bürgermeister mit einem Seitenblick auf mich hinzu. „Sie lächelt ja nun wohl einem anderen oder einer anderen.“

„Sie haben tatsächlich noch immer Etelka in Verdacht?“, fragte ich nach.

„Selbstverständlich Etelka, und es ist kein Verdacht, sondern fast schon eine Gewissheit.“

„Sie hat doch nicht etwa gestanden?“

„Nicht etwa, sondern so gut wie.“

„Wie darf ich das verstehen?“

„Sie ist geflohen. Also so gut wie ein Geständnis. Doch das kommt, sobald wir ihrer wieder habhaft geworden sind, ganz von selbst. Außerdem haben sich mutmaßliche Komplizen gefunden.“

„Welche Komplizen?“

„Das ist noch Gegenstand vertraulicher Ermittlungen.“

Ich ärgerte mich, dass sich meine Befürchtungen bezüglich Etelkas Mangel an taktischer Klugheit allesamt bewahrheitet hatten, versuchte aber dennoch, allein schon aus Gründen der politischen Korrektheit, irgendetwas zu ihrer Verteidigung vorzubringen. Doch alles, was mir einfiel, klang ziemlich papieren und theoretisch, mehr zusammengereimt als stichhaltig, und meine Argumente waren, wenigstens zum gegenwärtigen Zeitpunkt, in Schattenbach sicher nicht mehrheitsfähig.

Munknast hörte meinem Gestammel scheinbar geduldig zu, nestelte dabei aber nervös an den Hirschknöpfen auf seiner Hemdbrust. Anstatt mir eine Antwort zu geben, tätschelte er, als mein Redefluss allmählich versiegte, Inspektor Loisls Schultern mit der Behutsamkeit eines Schnitzelklopfers. „Wenn Sie so weitermachen, Loisl, wie Sie es bisher taten, und wenn Sie dann statt dem üblichen Pech ausnahmsweise auch einmal ein bissl Glück hätten, dann tät ich Sie glatt für einen Sitz im Gemeinderat vorschlagen."

Loisl errötete, ohne zu bemerken, dass ihn der Bürgermeister auf die Schaufel nahm. „Eine große Ehre, Herr Bürgermeister, eine große Ehre. Ich werde versuchen, mich ihrer würdig erweisen."

„Schon gut, Loisl, nur ruhig. Erzählen Sie unserem Flinserldoktor einmal, wie aus seinem verschüchterten Serbenkind urplötzlich ein gewalttätiger Profi geworden ist."

„Erzählen Sie's nur, erzählen Sie's dem Herrn Doktor", murmelte Frau Zidibulk dem Bürgermeister halblaut, aber dank ihrer spitzen Sopranstimme für mich deutlich hörbar nach.

„Wir haben die Etelka Kocbek, von Beruf Zugehfrau im Heimatmuseum von Schattenbach, wegen Verdunkelungs- und Fluchtgefahr vorläufig in Gewahrsam genommen", verfiel Loisl wieder in sein holpriges Amtsdeutsch, „und in die Untersuchungshaft überführt, welchem Ansinnen sich die Verdächtige jedoch unter Anwendung körperlicher Gewalt widersetzte und zuletzt tatsächlich durch Flucht entzog."

„Sie ist euch also davongelaufen?", fragte ich nicht ohne einen Hauch von Häme.

„Sie hat sich der Staatsgewalt in gewalttätiger Absicht entzogen", insistierte Loisl, „indem sie gewaltsamen Widerstand leistete."

„Gewalttätig, Etelka?" Ich konnte den Hohn in meiner Stimme nur schlecht verbergen.

„Die Verdächtige hat", erwiderte Loisl mit hochrotem Kopf, „gewissermaßen ihren ganzen Körper als Waffe eingesetzt."

„Hat sie sich mit Dynamit behängt?"

„Das nicht, soviel mir bekannt ist, oder zumindest nicht ganz."

„Was dann?"

„Sie hat gebissen und gekratzt. Da, schauen Sie her!" Loisl stülpte sich seinen rechten Hemdsärmel auf und schob ihn bis weit über den Ellbogen zurück, was auf seinem behaarten Oberarm eine lange, blutverkrustete Kratzspur zum Vorschein brachte.

„Das war ja wahrlich ein Attentat", ätzte ich.

„Ein Anschlag, ja", seufzte Loisl, der meine Bemerkung scheinbar tatsächlich für Mitleid hielt, „ein Attentat, tatsächlich, das war es."

„Und dann ist sie Ihnen auch noch davongerannt."

„Trotz einiger Warnschüsse, ja."

„Das ist ja furchtbar!"„

„Sie sagen es, Herr Doktor. Es ist furchtbar."

„Ich meine, dass Sie die Warnschüsse abgegeben haben ..."

Der Inspektor dachte kurz nach und reagierte reserviert.

„Man kann nur tun, was möglich ist, auch wenn das Amt einem manchmal schier Unmögliches auferlegt. Außerdem war im Falle Kocbek mit Gewaltbereitschaft zu rechnen. Aus Etelkas Akten geht hervor, dass sie in Serbien als Russischlehrerin gearbeitet hat. Es besteht also der begründete Verdacht, dass es sich nicht nur um eine Diebin, sondern auch um eine kommunistische Agentin mit Partisanenerfahrung handelt."

„Wie eine Mata Hari sieht mir unsere Etelka nun wirklich nicht aus", erwiderte Munknast mit einem schallenden Lachen. „Sie waren zu oft im Kino, Loisl."

Loisl steckte die erneute Demütigung von Seiten seines Chefs tapfer weg.

Die Unbedarftheit des Inspektors schien selbst dem Bürgermeister unangenehm aufzufallen, und er wies Loisl, nachdem dieser seine eher peinliche Schilderung beendet hatte, auch ziemlich energisch wieder in seine

Schranken. „Verhüllen Sie Ihre tödliche Wunde bloß schnell wieder", sagte er gereizt, „oder erwarten Sie, dass ich Sie für eine Tapferkeitsmedaille einreiche?"

Loisl begann übers ganze Gesicht zu strahlen. „Das, Herr Bürgermeister, wäre eine noch größere Ehre als ein Sitz im Gemeinderat. Eine noch viel größere Ehre."

Der Bürgermeister reagierte nicht, und Loisls strahlendes Lächeln fror allmählich ein. Stattdessen rückte Munknast mit seinem Stuhl etwas näher an mich heran und zog mich in seiner handgreiflichen Art an sich, um mir etwas ins Ohr zu flüstern, das weder Loisl noch Frau Zidibulk hören konnten.

„Machen Sie sich keine Sorgen", raunte er mir mit verschwörerischem Unterton zu. „Ich bin überzeugt, dass Ihre Weste sauber ist, Flinserl, und dass Sie nicht, wie der Inspektor glaubt, mit Etelka unter einer Decke stecken. Ich habe ihm gesagt, dass er sich mit einem solchen Verdacht lächerlich machen würde. Außerdem hat die Saison gerade begonnen, und das Heimathaus braucht einen engagierten Leiter, allein schon wegen des Fremdenverkehrs."

Obwohl ich von Loisl auf derlei gefasst war, machte mich diese nunmehr vom Bürgermeister selbst zwar mauschelnd, aber dafür umso überraschender vorgebrachte Verdächtigung, ich könnte tatsächlich selbst in den Diebstahl verwickelt sein, dermaßen perplex, dass es mir, einmal mehr an diesem unseligen Abend, buchstäblich die Sprache verschlug. Dennoch machte ich aus Gründen, die mir nicht recht klar waren (ich fürchte, es waren solche der schieren Opportunität), gute Miene zum bösen Spiel.

„Ich soll", stammelte ich, „ich darf also weiter das Schattenbacher Heimathaus betreuen?"

„Unter einer Bedingung, ja?"

„Und die wäre?"

„Sie werden statt der flüchtigen Etelka nunmehr wieder unsere erfahrene Frau Zidibulk in Amt und Würden einsetzen“, sagte der Bürgermeister, nun wieder für jedermann, vor allem auch für die Betroffene laut und deutlich vernehmbar. „Sie versieht diesen Dienst an unserer Gemeinschaft, wie Sie wissen, sogar ehrenamtlich, und sie ist, gerade die unerfreulichen Ereignisse von heute zwingen mich, es zu betonen, eine Mitbürgerin, die unser absolutes Vertrauen genießt.“ Und er fügte, wobei er seltsamerweise nicht mich, sondern Loisl ansah, hinzu: „Wenigstens eine Person an diesem Tisch, von der ich das tatsächlich behaupten kann.“ Worauf Munknast sich wieder zu mir wandte und mich fragte: „Na, sind wir im Geschäft, Flinserl?“

Ich wusste, dass jetzt mit „Ja“ zu antworten einen Verrat an allem bedeuten würde, woran ich jemals, und sei es auch nur halbherzig, geglaubt hatte. Und ich wusste auch, dass ich mir eine derartige Illoyalität gegenüber meinem besseren Ich niemals verzeihen würde.

Ich setzte also pflichtgemäß zu einer großen, verneinenden Geste an, sagte aber dann dennoch zunächst einmal nichts, was der schlaue Munknast auch prompt als Zustimmung wertete.

„Ich habe gewusst, dass Sie sich so entscheiden werden, mein junger Freund. Schließlich habe ich Sie ja selbst als Museumsleiter bestellt, weil ich Ihre hohe wissenschaftliche Kompetenz und ihr selbstsicheres mediales Auftreten schätze. Abgesehen von diesem unansehnlichen Piratenschmuck selbstverständlich. Also, Herr Doktor! Schrauben Sie endlich das Flinserl aus Ihrem Ohr und reichen Sie Frau Zidibulk zur Versöhnung die Hand, dann herrscht wieder Ordnung bei uns im Heimathaus.“

Seine Worte polterten dahin wie die Kugeln auf der Dorfkegelbahn. Ich stolperte ihnen nach und streckte

Frau Zidibulk so zitternd wie halbherzig meine Hand entgegen, die diese allerdings nicht ergriff.

„Ich habe mich nicht aufgedrängt", sagte sie pikiert, „ich tue es nur um der Sache willen, obwohl ich weiß, dass die Bibliothek und die Pfarre darunter leiden werden."

„Sie sind eine Perle, Frau Zidibulk", sagte der Bürgermeister, und ich las in seinen Augen, dass er log. Als Strafe dafür, dachte ich, würde er den weiteren Abend mit Frau Zidibulk verbringen und ihre bigotten Geschichten anhören müssen, während ich einfach aufstand und ging.

Vom Bürgermeister, der mir jetzt fast ein wenig leid tat, verabschiedete ich mich freundlich, von Frau Zidibulk und Loisl hingegen nicht.

*

Nach diesem angesichts meiner ursprünglich so heroischen Absicht, den Job als Leiter des Heimathauses einfach hinzuwerfen, eher hasenherzigen Auftritt warteten daheim nur noch ein frugaler Hühnerrest und eine halbleere Flasche Mezcal auf mich. Ein paar Fliegen hatten es sich inzwischen auf den schon bis an die Knorpel abgenagten Knochen gemütlich gemacht, deren Appetitlichkeit sich absolut in Grenzen hielt. Ich beschloss, was vom Huhne übrig war, dem Weg alles Irdischen zu überantworten, und nahm diesen Entschluss zum Anlass, das Museum trotz der vorgerückten Stunde noch einmal zu verlassen und zur Mülltonne auf der anderen Straßenseite zu gehen.

Von den Mülleimern hat man schon tagsüber einen recht guten Ausblick auf die Nikolauskirche, und man nimmt umso deutlicher wahr, wenn nachts in dem üblicherweise nach der Abendandacht verschlossenen Gotteshaus noch Licht brennt. Tatsächlich fiel mir, als ich über die Mülltonne hinüber zum Kirchenportal lugte, ein hauchdünner Dämmerstrahl an einer Stelle ins Auge, wo er um diese Zeit keinesfalls hätte sein dürfen, nämlich direkt entlang des Eingangstors, das, wie es schien, einen winzigen Spalt breit offen geblieben war.

Plötzlich kamen mir wieder die Worte in den Sinn, die Pfarrer Seitel, was immer er damit beabsichtigt haben mochte, gleich mehrmals zitiert hatte: „Maria weist dem Suchenden den Weg." Der Pfarrer, so gestand ich ihm bei allen Ressentiments, die ich gegen ihn und seinesgleichen hegte, zu, verfügte über eine gewisse Menschenkenntnis. Immerhin hatte er mit sicherem theologischem Spürsinn herausgefunden, dass ich Agnostiker war, auch wenn er das in seiner blumigen Sprache als „Neuheide" bezeichnet. Es musste ihm also auch klar gewesen sein, dass er mit frommen Mariensprüchen bei mir sicherlich nicht landen konnte. Dass er mir trotzdem gleich mehrmals erklärte, dass Maria dem Suchenden den Weg wies, machte mich vor diesem Hintergrund umso hellhöriger. Vielleicht war es auch gar keine theologische Botschaft, die sich hinter diesem Satz verbarg, sondern ein verschlüsselter Hinweis. Falls er diesen Satz tatsächlich nicht dogmatisch, sondern wörtlich gemeint haben sollte, so konnte er nur auf eine Weise richtig gelesen werden: Die Wahrheit über den Täter verrät das gestohlene Marienbild selbst, oder, so führte ich diesen Gedanken weiter, ein anderes, vielleicht sogar jedes Marienbild dieser Welt. Der Pfarrer hatte mir bei seiner kurzen Kirchenführung gleich zwei Madonnenbildnisse vorgestellt. Vielleicht hatte er mich auch gar nicht, wie ich es zuerst verstanden hatte, demütigen, sondern mir mit seinen kryptischen Bemerkungen lediglich mitteilen wollen, dass es nun an mir sei, dem Rätsel der Madonnen von Schattenbach auf die Spur zu kommen.

So gesehen konnte ich die Chance der offenen Kirchentüre nicht ungenutzt an mir vorbeiziehen lassen.

Ich musste mir die beiden Madonnendarstellungen, auf die Seitel mich explizit verwiesen hatte, noch einmal auf besondere Merkmale hin ansehen, die mir bei meinen Nachforschungen helfen und in weiterer Folge Etelka vielleicht entlasten konnten. Ich ging also zunächst zu meinem alten Lada, dessen Baujahr noch in die Zeit des Kalten Krieges fiel und der mir neben den Chilidämpfen aus meiner Küche und meinem Ohrring bei manchen Dorfbewohnern den Ruf eingetragen hatte, ein gefährlicher Revolutionär, ein Kommunist oder womöglich noch Schlimmeres zu sein. Ich öffnete den Kofferraum und fischte irgendwo zwischen Verbandskoffer und Rollerblades meine Stablampe heraus. Dann nahm ich statt des umständlich gewundenen Kieswegs eine Abkürzung zur Kirchenpforte und ging, vorbei an den alten Lindenbäumen, quer über den von Gänseblümchen weiß gesprenkelten Grasteppich des Kirchhofs.

Trotz des verräterischen Lichtstrahls fand ich das Kirchenschiff menschenleer vor. Keine Frau Zidibulk war da, die zu später Stunde noch ein paar Schneeballzweige in die Blumenvase vor dem Tabernakel steckte, kein Pfarrer, der sein Brevier las, und auch kein Kooperator, der den Schmerzhaften Rosenkranz betete. Nicht einmal ein Landstreicher trieb sich herum, der zu mitternächtlicher Stunde den Opferstock ausräumte. Keine Bewegung. Kein Lebenszeichen.

Langsam und gemächlich, meine katholischen Freunde würden dazu vielleicht sogar feierlich gesagt haben, durchmaß ich das Längsschiff des Kirchenbaus, bis mich das seltsame Stoppschild an der Altarschranke in meine Schranken verwies. Ich bog zum Seitenaltar ab und ging einigermaßen beherzt auf die Kapellenwand zu, bis ich direkt vor der zweiten, durch ihre etwas derberen Züge und den kunstlosen Faltenwurf ihres Kleids minderen Schattenbacher Madonna stand.

Für einen Außenstehenden musste ich ausgesehen haben wie einer, der betet. Und tatsächlich bemühte ich mich, wenngleich auf völlig agnostische Art und Weise, in einen Dialog mit der Madonna einzutreten. Doch es klappte nicht. Was hätte sie mir auch sagen, welchen Weg mir weisen können? Sie sah einfach aus wie – eine Madonna. Sie trug diesen gewissen versteckten Vorwurf ebenso in ihren Gesichtszügen wie dieses alles Verzeihende, hinter dem sich meiner Meinung nach die gleiche Humorlosigkeit verbarg, die sie, das war zumindest mein Eindruck, auch an ihren Sohn vererbt hatte. Madonnen, so könnte man aufgrund ihrer rundweg recht traurigen Gesichter sagen, haben keinen Humor, und Jesus hat schon gar keinen. Zahllose Darstellungen von Mutter und Sohn haben mich von dieser melancholischen Wahrheit überzeugt. Nur Gottvater schien mir in dieser insgesamt eher düsteren Familien-Saga wenigstens einen Funken von Alterswitz zu besitzen.

Was mich mit einem Male wieder zu Monsignore Seitels Psalm führte, den dieser am Morgen, wenn auch in anderem Zusammenhang, zitiert hatte: „Doch der im Himmel thront, der Herr, der lacht", hatte er gesagt. Skeptisch, wie ich nun einmal bin, hatte ich im Zuge meiner Generalinventur im Heimathaus auch die alte Bibel mit dem Elfenbeindeckel aus der Vitrine geholt. Und ich musste dem Pfarrer, auch wenn er Terenz und Augustinus verwechselt hatte, diesmal Recht geben: Er kannte seine Psalmen; und es war sogar nicht nur irgendein Psalm, den er mir da an den Kopf geworfen hatte, sondern der Psalm Nummer zwei, der da gewissermaßen programmatisch ganz am Anfang des Buches der Psalmen stand.

Dermaßen in Gedanken versunken, erinnerte ich mich plötzlich des Lachkrauts Sardonion. Sallust hat es in seinen „Historiae" als ein Kraut beschrieben, dessen Genuss ein plötzliches, schmerzverzerrtes Lachen bewirkt. Manche haben dieses sardonische Lachen auch als „Lachen der Götter“ empfunden, und gerade unter diesem Aspekt erschien es mir als ein weiteres Indiz für Gottes Humor. Mit einem Male sah ich auch die Madonnna im fahlen Schein meiner Taschenlampe mit völlig neuen Augen. Sie weinte und lachte zugleich. Sie schien mir in einer tiefen Traurigkeit dennoch zuzuzwinkern, und trotz ihres Leids umspielte ihr einfaches Bauerngesicht ein Hauch von Komödiantik. Das war zugegebenermaßen eine im Zusammenhang mit einer alpenländischen Gnadenmadonna recht ungewöhnliche Erkenntnis, aber es half mir, meinen Blick auf das Wesentliche zu konzentrieren. Und das Wesentliche war: Die Madonna, die vor mir stand, hatte im Gegensatz zu ihrer gestohlene Kollegin nicht einen Finger zu viel, sondern einen zu wenig.

Möglicherweise, ja sogar wahrscheinlich war der fünfte Finger nur irgendwann einmal abgebrochen, vielleicht hatte sich aber auch der offenbar notorisch betrunkene Meister von Schattenbach tatsächlich ein weiteres Mal beim Schnitzen verzählt.

„Maria weist dem Suchenden den Weg“, hatte der Pfarrer gesagt, und tatsächlich hatte ich bei der Anschauung Mariens zwar noch keineswegs die Wahrheit, aber doch immerhin einen möglichen Weg dorthin herausgefunden. Wohin immer dieser Weg allerdings auch führen mochte, er konnte nicht an dem Faktum vorbeiführen, dass man es nicht mit einer Madonna von Schattenbach, sondern zumindest mit zwei, vielleicht sogar mit mehreren zu tun hatte.

Während ich solchen esoterischen Gedanken, die mir mein rundum positivistisches Weltbild eigentlich verbieten hätte müssen (Licht der Aufklärung, wo bist du geblieben?) nachhing, erschienen vor meinem geistigen Auge erneut die Umrisse der Skulptur, die ich in der Kirchenschatzkammer schemenhaft erkannt hatte. Es mochte eine Heilige Barbara oder eine Heilige Katharina gewesen sein, aber was, wenn es tatsächlich ein weiteres, ein drittes Marienbildnis gewesen war? Vielleicht wusste der Pfarrer tatsächlich irgendetwas über das Verschwinden der Madonna mit den sechs Fingern, was er mir auf seine verklausulierte Weise mitteilen wollte, indem er mich auf die Spur der anderen Madonnen führte, die möglicherweise aus der Hand des gleichen anonymen Meisters der Schnitzkunst stammten.

Ich wähnte mich aus einem geheimnisvollen Grund, den ich im weiteren Verlauf der Ereignisse zusehends weniger verstand, kurz vor der Entschlüsselung des Rätsels der Madonnen von Schattenbach und hatte daher auch keinerlei Hemmungen, kurz vor Mitternacht ohne jeden erkennbaren Grund in die Kammer einzudringen, in der sich neben den Votivbildern und den wächsernen Gebärmuttern möglicherweise ein weiterer, vielleicht auch *der* Schlüssel zur Lösung meines „Falles" befand.

Ich ging also auf den aufgemalten Prospekt des illusionistischen Portals zu und tastete, wie ich es bei Monsignore Seitel gesehen hatte, mit meinem Zeigefinger die Wolkenwand ab, um irgendwo jene Druckstelle zu finden, die den Mechanismus öffnete. Als es damit auch nach mehrmaligen Versuchen nicht klappen wollte, knipste ich nochmals meine Taschenlampe an und beschloss, die Malerei genauer auf erhabene Stellen hin zu untersuchen. Doch ich kam nicht mehr dazu, weil sich von hinten eine lange, dürre Hand auf meine Schulter legte. Sie gehörte, obwohl ich das tatsächlich kurz in Erwägung zog, nicht zu einem der beiden Knochenmänner, die unter den Seitenaltären in gläsernen Sarkophagen aufs Jüngste Gericht warteten, sondern zu Pater Canisius, der in seinem schlotternden Talar steckte wie eine zu lang geratene Taufkerze.

„Früher hat man Kirchendiebe gehängt", sagte der Kooperator schrill und mit feindselig flackernden Augen. Das war ein ganz anderer Priester als jener schlaksige und noch ziemlich junge Mann, den ich am Vormittag im Kreise der fußballspielenden Dorfjugend erlebt hatte.

Ich versuchte ihm trotz oder gerade wegen seines offenbar hauchdünnen Nervenkostüms mit größtmöglicher Sachlichkeit zu antworten.

„Ich stelle Nachforschungen über den Verbleib der gestohlenen Muttergottes von Schattenbach an, das ist alles, und als Leiter eines Museums, dessen wertvollstes Stück gerade entwendet wurde, ist das in gewisser Weise auch meine Pflicht."

Der Kooperator antwortete nicht gleich, sondern wies stattdessen auf den Engel, der nur wenige Meter von mir entfernt auf dem Schalldeckel der Kanzel sein Flammenschwert gen Himmel reckte. „Es fällt mir um diese Zeit ehrlich gesagt nicht leicht, Ihnen das zu glauben. Aber selbst wenn ich Ihnen glaube: Mich mögen Sie vielleicht täuschen, der Erzengel Michael dort oben auf dem Kanzelhelm sieht und registriert alles. Ich weiß, Sie glauben nicht an Erzengel, und vermutlich auch sonst nicht an viel. Hochwürden hat mir schon erzählt, dass er Sie für einen Neuheiden hält."

„Für einen Heiden treibe ich mich aber ganz schön häufig in Kirchen herum", versuchte ich die Situation mit einem Hauch von Ironie zu retten, die mein Gegenüber allerdings offenbar nicht besonders lustig fand.

„Ich bin vielleicht nur ein kleiner Kooperator", fuhr der Pater fort, „und Sie mögen ein großer Wissenschaftler sein. Allerdings ist das, was Sie in Ihren Führungen über die Madonna von Schattenbach erzählen, nicht nur wissenschaftlich unfundiert, sondern schlichtweg falsch, und zwar in theologischer ebenso wie in historischer Hinsicht. Glauben Sie mir, ich weiß, wovon ich rede. Ihre Führungen wurden von Gewährsleuten unserer Pfarre besucht, und es ist mir auch nicht unbekannt geblieben, dass Sie den Schrein der sechsfingrigen Madonna in einen Hort der Trunksucht umgewandelt haben. Fällt Ihnen denn eigentlich nicht auf, dass die Madonna von Schattenbach, seit Sie hier aufgetreten sind, keinen Frieden mehr findet?“

Die Unmittelbarkeit seines Angriffs erstaunte mich.

„Mein Schnaps-Tabernakel ist kein Hort der Trunksucht, sondern eine höchst zeitgemäße Art von Kultursponsoring“, erwiderte ich trocken.

„Die erste der drei Schattenbacher Madonnen haben Sie mit dieser Art von Kultursponsoring schon aus dem Ort gejagt. Es ist nur eine Frage der Zeit, bis ihr die nächste folgt. In Kontakt mit ihr sind Sie um diese späte Stunde ja nun schon getreten.“

Plötzlich veränderte sich der Blick des Kooperators und seine Augen wurden wieder so offenherzig, wie sie es am Vormittag angesichts der fußballspielenden Knaben gewesen waren. „Ich ersuche Sie aufrichtig, Herr Doktor Carozzi. Lassen Sie ab von der Madonna! Denn wenn Sie es nicht tun, so sähe ich mich gezwungen, der Heiligen Jungfrau selbst ihren Frieden wiederzugeben. Und nun verlassen Sie das Gotteshaus. Es ist spät. Und danken Sie Unserer Lieben Frau, dass ich Ihr Eindringen nicht als Hausfriedensbruch betrachte. Zumindest im Augenblick noch nicht.“

Ich zog es vor, ihm nicht zu antworten. Dass Inspektor Loisl mich für einen Kunstdieb oder zumindest für einen, der Kunsträubern Vorschub leistete, hielt, konnte ich seiner Dummheit zuschreiben. Aber Pater Canisius war nicht dumm. Irgendetwas musste zwischen meiner vormittäglichen Begegnung und meiner jetzigen mit dem Kooperator passiert sein. Hatte er tatsächlich nur erfahren, dass ich kein frommer Christ war, oder hatte man ihm auch noch anderes zugetragen, von dem ich keine Ahnung hatte?

Wie er so dastand als Kreuzritter von der traurigen Gestalt, erregte der junge Priester trotz seines zornigen Auftritts und obwohl er noch um eine gute Handbreit größer war als ich mit meinen einsfünfundachtzig, eher mein Mitleid als meine Furcht. Dennoch war ich froh, dass der unerfreuliche Dialog beendet war. Schnellen Schrittes und wortlos verließ ich das Gotteshaus. Während ich die Kirchentür etwas lautstark ins Schloss fallen ließ, sah ich durch den sich schließenden Türspalt gerade noch, wie Pater Canisius vor der Madonna, von der ich nunmehr wusste, dass sie nur vier Finger hatte, auf die Knie fiel und in dieser Stellung in regloser Ekstase verharrte.

*

Wieder daheim in meinem Museumsstübchen angelangt, stillte ich zunächst einmal meine wissenschaftliche Neugier und sah in meiner Kunsttopographie nach, was dieselbe über die Madonna in der Seitenkapelle der Sankt-Nikolaus-Kirche zu sagen hatte. Es war, wie ich erwartet hatte, nicht viel. Die Rede war von einem aus dem vierzehnten Jahrhundert stammenden Gnadenbild aus der Hand eines Anonymus, das aus nicht näher bezeichnetem Holz geschnitzt und bemalt war. Keine Rede war von vier Fingern, keine Rede vom Meister der sechsfingrigen Madonna von Schattenbach. Ein Nebenwerk, mehr nicht. So sah es zumindest der Dehio.

Ich hingegen sah, wie meine Recherchen zur Zeit standen, außer ein paar Vorurteilen nur jede Menge Finsternis.

Wenn Etelka, wie ich überzeugt war, das Gnadenbild nicht gestohlen hatte, wer war es dann? Sowohl der

Pfarrer als auch sein Kooperator hatten sich seltsam, um nicht zu sagen verdächtig verhalten, allein schon, was die leicht neurotische Marienverehrung betraf, die in dieser Pfarre zu herrschen schien. Andererseits ist eine solche bei vielen katholischen Priestern zu finden, und von einem Madonnenverehrer zu einem Madonnendieb ist ein weiter Weg. Außerdem: Welches Motiv hätten der Pfarrer oder auch sein Kooperator gehabt, die Madonna von Schattenbach aus dem Heimathaus zu entwenden? Eine einfache schriftliche Aufforderung an den Gemeinderat hätte gereicht, um die sofortige Rückstellung der Dauerleihgabe in die Obhut der Mutter Kirche zu erreichen.

Auch sonst fiel mir niemand in Schattenbach ein, der ein schlüssiges Motiv hätte haben können, die Madonna in seinen Besitz zu bringen. Es wimmelte hier zwar von Philistern und Spießern, so richtig durchtrieben schien mir aber niemand zu sein, zumindest keiner, den ich persönlich kannte. Blieb also noch die Möglichkeit, dass es sich um professionelle Kunsträuber handelte, eine Theorie, die mir zwar äußerst plausibel erschien, gegen die aber sprach, dass in dieser Gegend schon seit Jahren kein Kunstraub mehr aktenkundig geworden war. Organisierte Banden stehlen nicht einfach irgendeine Madonna, sondern gehen meist in konzertierten Aktionen nach Planquadraten vor. Darauf deutete in und um Schattenbach zur Zeit jedoch weit und breit nichts.

Ja, und dann war da noch eine Sache, die mich ganz und gar nicht beruhigte. Soweit ich wusste, besaß niemand außer Etelka und mir einen Schlüssel zum Heimathaus. Dennoch gab es keinerlei Spuren von gewaltsamem Einbruch, und von der Madonna einmal abgesehen hatte sich der Dieb, obwohl allerlei Wertgegenstände da gewesen wären, überraschende Zurückhaltung auferlegt. Die Vermutung, dass entweder Etelka oder ich die

Tat begangen hatten, konnte man unter diesen Vorzeichen selbst einem so geradlinigen Denker wie Inspektor Loisl nicht verargen.

Ich kannte Etelka, so sehr ich emotionell von ihrer Unschuld überzeugt war, viel zu wenig, um meine Hand für sie ins Feuer zu legen. Das Einzige, was ich also mit absoluter Sicherheit ausschließen konnte, war, dass ich selbst der Täter war.

Dennoch zog es mich immer wieder an den Ort der Tat zurück. Ich ging also spät nachts die Stufen hinab von meiner Wohnung ins Museum und versuchte, irgendetwas Ungewöhnliches, irgendeine noch so geringe Veränderung, und sei es nur eine plötzlich abgeknickte Blume oder ein vom Wind vertragenes Blatt Papier zu erkennen, die mir ein mögliches Indiz lieferte, das mir weiterhalf.

Ich fand jedoch nichts. Das Einzige, was sich seit dem gestrigen Tag verändert hatte, war und blieb die nackte Nische, in der gestern um diese Zeit noch die Madonna mit den sechs Fingern gestanden war. In meiner Verzweiflung beschloss ich trotz der ansehnlichen Zahl von Mezcals, mit denen ich mich heute schon gedopt hatte, als Denkhilfe noch ein Schnäpschen zu riskieren. Ich ging also hinüber zu meinem Tabernakel, setzte den Spitz'schen Mechanismus in Gang und genehmigte mir ein Gläschen Trebernschnaps. Dann drückte ich die Tabernakeltür wieder ins Schloss.

Wenn sie nach dem Beweis ihrer Unschuld, an der ich nicht zweifelte, jemals wieder ihre Arbeit aufnehmen würde, so würde ich Etelka erklären, wie leicht der wundersame Schnapstabernakel in Wirklichkeit zu öffnen war. Der Mechanismus, den der alte Schreinermeister ersonnen hatte, funktionierte nämlich ganz einfach. Man brauchte nur mit der Fußspitze eine bestimmte, etwas dunkler gemaserte Stelle der Fußbodenleiste zu berühren, und schon sprang die Tür aus dem Schnappschloss. Und da einem kaum jemals ein Beobachter so genau auf die Füße schaute, sah es so aus, als ob sich die Tür wie von Geisterhand öffnete.

Irgendjemand, der mit Sicherheit kein Geist war, schloss unterdessen einen Halbstock weiter unten die Museumstür auf. Ich hörte die Schritte näherkommen. Sie gingen an dem Ladenkontor im Eingangsbereich vorbei und knarrten die Holztreppe zum Obergeschoß hinauf. Ich starrte auf die Tür, die von unten in die Ausstellungsräume im ersten Stock führte und nur angelehnt war. Dem Klang der Schritte zufolge musste sie sich jede Sekunde öffnen.

„Etelka ...?“, rief ich, denn ich war mir sicher, dass dieser späte Gast niemand anderer als sie sein konnte. „Du brauchst nicht mit mir Verstecken zu spielen.“

Doch es verging über eine Minute, und die Tür hatte sich noch immer nicht geöffnet. Mich ärgerte dieses Versteckspiel, aber ich beschloss dennoch, Etelka ein paar Schritte entgegenzukommen. Vielleicht hatte sie ja auch tatsächlich ein schlechtes Gewissen und getraute sich einfach nicht einzutreten. Vielleicht hatte sie die Madonna wirklich, wie Bürgermeister Munknast vermutete, für ein paar große Scheine in irgendjemandes Auftrag gestohlen und wollte sie in einer Anwandlung von tätiger Reue nun unbemerkt wieder an ihren Platz zurückstellen.

„Etelka, du brauchst doch vor mir keine Angst zu haben“, rief ich noch einmal ins Leere.

Wer immer sich dort verbarg, hatte tatsächlich keine Angst, war aber auch mit Sicherheit nicht Etelka. Denn die gestreckte Faust, die mir plötzlich mitten ins Gesicht fuhr, war nicht von Damenhand geballt, sondern erwies sich als veritable Waffe, die ihre Wirkung keineswegs verfehlte.

*

Als ich wieder aus meiner Ohnmacht erwachte und mich auf dem harten Riemenboden liegend wiederfand, graute nicht nur der Morgen, sondern auch mir vor dem kommenden Tag. Ich musste einige Stunden bewusstlos dagelegen sein. Mein Schädel fühlte sich so schwer an, als wäre er wie die gestohlene Madonna aus Buchenholz geschnitzt worden. Ich fühlte mich allerdings keinesfalls wie eine Madonna, sondern schon eher wie eine hölzerne Gliederpuppe. Mühsam rappelte ich mich auf, hörte meine Gelenke knirschen und torkelte in der sicher nicht falschen Annahme, dass mir jetzt nur ein Schnaps helfen konnte, zu meinem Tabernakel, dessen Tür weit offen war. Drinnen schien nichts verändert. Die Schnapsflaschen standen, ebenso wie die anmutig geschwungenen Brandygläser aus Bleikristall, aus denen ich ihn den Museumsbesuchern zu kredenzen pflegte, noch da.

Nein, gestohlen hatte hier keiner etwas. Das Gegenteil schien vielmehr der Fall. Jemand hatte etwas mitgebracht, das zuvor noch nicht dagewesen war. Zwischen der Flasche mit dem Trebernschnaps und jener mit dem Himbeergeist befand sich nämlich ein kleines Päckchen, das in eine Papierserviette gewickelt und um die herum gleich mehrfach ein Gummiring geschlungen hatte. Die Serviette machte keinen besonders appetitlichen Eindruck, da sie von oben bis unten mit rötlichbrauner Farbe verschmiert war.

Ich nahm, bevor ich das Päckchen öffnete, sicherheitshalber noch einen Schluck Himbeergeist aus der Flasche, der bis tief in meine Eingeweide hinab brannte. Dann fasste ich Mut, zog vorsichtig den Gummiring von der Serviette und begann den Inhalt herauszuschälen. Doch noch bevor ich das Papier vollends entfernt hatte, machte es einen Plumps und mir kullerte etwas Hartes entgegen, das sich, als ich es ergriff, gleichwohl weich anfühlte. Ich traute zwar zuerst meiner Wahrnehmung nicht, musste mir aber nach einer Schrecksekunde eingestehen, dass ich tatsächlich einen abgeschnittenen menschlichen Finger in meiner Hand hielt, an dem mit einem Zwirnsfaden ein Kärtchen befestigt war. Darauf hatte jemand eine kleine Zeichnung angefertigt, die ein flüchtig hingekritzeltes Türmchen von der Größe einer Schachfigur zeigte, unter dem in Blockbuchstaben „Turm Davids“ geschrieben war.

Doch es war nicht diese Botschaft, die meinem kurzen Schrecken ein langes, nachhaltiges Grauen folgen ließ, sondern der Ring, der auf dem Finger steckte. Es war ein einfacher Ring, wie man ihn um wenig Geld bei Straßenhändlern überall auf der Welt erstehen konnte. Dass er allerdings statt eines Edel- oder Halbedelsteins eine fingernagelgroße, billig vergoldete Blechschlange trug, die wie eine Äskulapnatter aussah, machte mir mit einem Male auf schauerliche Weise klar, wem dieser Finger wohl fehlte.

Nervös pendelten meine Blicke zwischen Schlange und Turm. Was hatte die Schlange mit dem Turm und der Turm mit David zu tun? Ich dachte an David und Goliath und an die Königin von Saba, die, im Gegensatz zu Cleopatra, nicht das Geringste mit einer Schlange verband. In meinem Hinterkopf rollte in Sekundenschnelle der gesamte Katalog der abendländischen Ikonographie ab. Doch die beiden Symbole erwiesen sich, wie immer ich sie auch zu verbinden trachtete, als völlig inkompatibel.

Abermals war es ausgerechnet die Jungfrau Maria, die mir selbst in dieser von jeglicher Hoffnung abgeschnittenen Situation den Weg wies. Ich erinnerte mich plötzlich an jene Tafel Schokolade, die ich vom Pfarrer stets als Belohnung bekommen hatte, wenn ich als Bub in der Maiandacht ministrierte. Ich kniete vor einem Bildnis, das Maria zeigte, wie sie Evas Schlange, die, wie uns der Pfarrer erzählt hatte, das Sündhafte in der Welt symbolisierte, zertrat, und ich dachte, dass es gewiss auch sündhaft war, in einer Maiandacht, statt das Ave zu beten, an Schokolade zu denken.

Plötzlich wusste ich auch wieder, was mit dem „Turm Davids" gemeint war, dessen Klang mir mit einem Male wieder völlig vertraut über die Lippen kam, wie einer jener Sätze, die man schon so oft ausgesprochen hat, dass man darüber allmählich ihren Inhalt vergisst.

Du Spiegel der Gerechtigkeit
Du vortreffliches Gefäß der Andacht,
Du geheimnisvolle Rose
Du Turm Davids,
Du elfenbeinerner Turm,
Du goldenes Haus,
Du Morgenstern.
Bitte für uns.

Diese Worte stammten aus der Lauretanischen Litanei, und sie tönten zunächst leise wie Silberglöckchen aus einer fernen, entrückten Welt. Im Moment freilich hallten sie wie schwere, dumpfe Glockenschläge, und für einen Augenblick blitzte in mir der groteske Gedanke auf, dass vor mir jener Finger lag, den die berühmte Madonna von Schattenbach zu viel und ihre unscheinbare kleine Schwester in der Nikolauskirche zu wenig hatte.

Einem, oberflächlich betrachtet, ziemlich vernünftigen Reflex folgend ging ich zum Telefon und rief die Polizei an. Doch dann legte ich, einem nicht minder vernünftigen Reflex folgend, den Hörer wieder auf, noch bevor sich am anderen Ende der Leitung jemand melden konnte. Ich überlegte, welche Schlussfolgerungen ein Mann wie Loisl wohl aus dem sicherlich bald erfolgenden Bericht über meine mitternächtliche Begegnung mit dem Kooperator ziehen würde, wenn ich zu früher Morgenstund mit einem abgeschnittenen Finger am Gendarmerieposten auftauchte. Ich würde, fürchtete ich, nicht nur diesen, sondern wohl auch die folgenden Tage als dringend Tatverdächtiger im Gemeindekotter verbringen, und das war für meine Recherchen so ziemlich das Kontraproduktivste, was ich tun konnte.

Ich nahm also stattdessen das blutige Päckchen aus dem Tabernakel, steckte es in ein Plastiksäckchen und legte es, wie ich es während meiner Präsenzdienstzeit im Sanitätskurs gelernt hatte, ins Tiefkühlfach. Ich selbst legte mich, obwohl draußen vor dem Fenster schon die Amseln mit den Sperlingen um die Wette pfiffen, ins Bett und träumte, dass ich von Frau Zidibulk gezwungen wurde, alle Schluckbildchen meiner Sammlung, eines nach dem anderen, aufzuessen.

Es war kein schöner Traum, und ich beschloss, ihn so bald wie möglich wieder zu beenden.

4

Aber sie waren doch drei Schwestern,
ich erinnere mich – drei kleine Mädchen.
Anton Tschechow

Das Asylantenheim ließ sich von Schattenbach aus bequem zu Fuß erreichen. Ich wendete mich, nachdem ich das letzte der wie Bauklötze ineinander verschachtelten alten Bürgerhäuser mit ihren bauchigen Fensterkörben und Blumenkisten hinter mir gelassen hat, am Ortsausgang nach Westen und ging den leicht ansteigenden Weinbergweg entlang bis zum Urlauberkreuz, unter dem eine Bank zum Rasten einlud.

Der Name des Bildstocks hatte nichts mit Ferien zu tun, sondern erinnerte an jene Handwerksburschen, die einst, bevor sie auf die Walz gingen, vor dem Kreuz um gesunde Rückkehr aus der Fremde beteten. Wesentlich spannender war allerdings eine andere Geschichte, die ich in einem der alten Heimatbücher gelesen hatte. Dort war von einer ganz anderen Art von Urlaubern die Rede – von jenen nämlich, die man von der Schattenbacher Schranne hinaus auf den Galgenberg führte, wo sich noch bis ins frühe neunzehnte Jahrhundert das Hochgericht befand.

Von der Richtstätte war nur noch eine verwitterte, unter Farnbüscheln versteckte Steinplatte zu sehen, die ein paar jener Vertiefungen erkennen ließ, in die früher bei Bedarf die Grundpfosten des hölzernen Blutgerüsts eingepasst worden waren. Es lagen keine zehn Meter zwischen dem Steinkreuz und der Richtstätte, von der aus der Delinquent schließlich mit einem Axthieb oder durch Zuziehen einer Hanfschlinge vom Scharfrichter auf seinen letzten Urlaub geschickt wurde.

Das Urlauberkreuz selbst verriet nichts von dieser blutrünstigen Vergangenheit. Es stand, flankiert von zwei blütenschweren rosa Mandelbäumchen, am Riedenrand, warf einen langen Schatten auf die dahinter liegenden Rebstöcke, und die Poren des schon etwas wettergrauen Granitblocks, in welchen eine nur noch schemenhaft erkennbare Heilige Dreifaltigkeit gemeißelt war, saugten begierig die Morgenröte auf.

Hinter dem Urlauberkreuz brauchte ich nur noch eine kleine, von knospenden Schafgarben überwucherte und nach Wiesensalbei duftende Böschung zu umrunden, und schon stand ich vor der alten Jausenstation, auf deren Fassade in blassblauen Lettern die Aufschrift „Zum Lausgrüftl" zu lesen war.

Der seltsame Name entschlüsselte sich, im Gegensatz zu den schaurigen Geheimnissen des Urlauberkreuzes, sehr schnell, da gleich neben der Eingangspforte eine Marmortafel angebracht war, die über seinen Ursprung Auskunft erteilte: „In diesem Hause", stand da zu lesen, „wurde am 13. Mai 1887 die letzte Reblaus von Schattenbach in ein Weinfass gesperrt und im Keller eingemauert. Möge das Untier nie wieder von den Toten auferstehen. Die Weinbauern von Schattenbach."

Die Reblauskatastrophe war mittlerweile ebenso in Vergessenheit geraten wie das Reblausgrüftl und die dazugehörige Jausenstation. Nachdem das Haus mit seiner von Luftgittern gesäumten Holzveranda offenbar schon Jahrzehnte leergestanden war, hatte man es im Zuge der ersten Flüchtlingsströme, die aus den Balkankriegen nach Norden zogen, notdürftig in ein Flüchtlingsquartier umgewandelt, ohne dass der Bau dabei in irgendeiner Weise revitalisiert worden wäre.

Hätte ich die Hütte geerbt, dachte ich, was für ein wundersames Domizil hätte sich daraus machen lassen. Vor dem Eingang ragten vier schon ziemlich ehrwürdige

Ulmen in den Maihimmel, Teufelszwirnbüschel überwucherten die Fenster bis hinauf zum Schindeldach, und auf dem Dachfirst saßen zwei Tauben, die die Morgenstille mit ihren munteren Gurreliedern durchbrachen.

Was mir ins Auge stach, waren dennoch nicht so sehr die harmonischen, als vielmehr die disparaten Elemente, die diese frühlingshafte Idylle trübten. Eine der Fensterscheiben schien gerade erst eingeschlagen worden zu sein, da die dazugehörigen Splitter in der noch vom Morgentau benetzten Wiese vor dem Haus wie tausende kleiner Brenngläser funkelten. Noch viel auffälliger war allerdings der lange Caravan, der an der Achse eines mindestens ebenso langen Chevrolet hing. Er war, so schätzte ich aufgrund der beiden Engelsflügel, in die sein stromlinienförmiges Chassis am Heck mündete, Baujahr 1960, vielleicht sogar noch etwas älter, und hatte sich mitten in der Blumenwiese vor dem Asylantenquartier eingeparkt. In eines der Schiebefenster des Wohnwagens war eine Wäscheleine eingeklemmt und bis zur nächsten Ulme gespannt worden, auf der neben ein paar schwarzen Spitzenhöschen auch allerlei knallbunte Blusen und Röcke sowie zwei weiße Hemden mit frisch gestärkten Krägen und ein paar schwarze Samtbänder flatterten. Eine blütenweiße Rüschenbluse, die offenbar vom Wind davongetragen worden war, lag einige Meter davon entfernt im nassen Gras. Unwillkürlich hob ich sie auf. Vielleicht, dachte ich, würde jemand im Haus dankbar dafür sein, wenn ich sie davor bewahrte, dass sie im Laufe des Tages noch weiter ins Abseits geriet.

Der Wohnwagen sah nicht aus, als ob momentan jemand darin wohnen würde. Neugierig, wie ich bin, wollte ich gerade einen Blick durch die mit kunstvoll geklöppelten weißen Stickvorhängen verhängten Fenster riskieren, als mich an der Eingangstür etwas irritierte, das dort mit Sicherheit nicht hingehörte: Es war ein schwarzes Bundeswappen auf dem weißen Grund eines zweifingerbreiten Papierstreifens, der quer über die Wagentür geklebt war und auf den jemand handschriftlich das Datum des Vortags gekritzelt hatte. Der Wohnwagen war, ebenso wie der Chevy, amtlich versiegelt worden, und ich hegte keinen Zweifel, dass es Loisl war, der hier wieder einmal, gegen wen auch immer, geamtshandelt hatte.

Ich wandte mich dem Haus hinter dem Chevy zu. Auch hier schien sich um diese frühe Stunde noch nichts zu regen, und es zeugte wohl auch nicht gerade von gutem Benehmen, dass ich einfach eintrat.

Doch ich war nun einmal da, und was hätte ich sonst auch tun sollen? Nach meinem kurzen Albtraum von Frau Zidibulk und den Schluckbildchen hatte ich nicht mehr einschlafen können, und mein Bedürfnis nach frischer Luft konnte mir angesichts der Ereignisse der vergangenen Nacht wohl niemand übel nehmen. Ich war also in aller Herrgottsfrühe losgezogen, um die Morgenzeitungen zu kaufen. Doch leider stimmte die Tabaktrafik am Schattenbacher Kirchplatz ihre Öffnungszeiten nicht auf meine Albträume ab und mein Vorhaben scheiterte im Angesicht einer bis auf den Rand des Bürgersteigs herabgezogenen Blechmarkise.

Fast schlafwandlerisch hatte ich den Ortskern also verlassen und war hier herauf gewandert; vielleicht auch deshalb, weil ich neben dem Brummen in meinem Schädel das unbestimmte Gefühl nicht loswurde, es könnte sich hier draußen im Asylantenheim eine Hand regen, die dringend auf die Wiederkehr des Ringfingers aus meinem Eisfach wartete.

Ich überquerte also entschlossen die Veranda und wunderte mich fast ein wenig, dass ich die Tür zum Asyl nicht ebenfalls versiegelt vorfand. Sie war, ganz im Gegenteil, nur angelehnt und ging nach einer kurzen Berührung fast wie von selbst auf. Dort, wo früher der Schankraum gewesen war, stolperte ich über einen Riesenberg Bügelwäsche. Am Tresen lag ein ausgebautes Autoradio mit zwei von langen Kabeln umwickelten Lautsprechern; daneben stand auf der Ruine einer kaputten Espressomaschine ein sichtlich noch aus alten Beständen stammender Röhrenfernseher mit einer Hausantenne. Ein paar Brot- und Kuchenreste auf einem Teller ließen, ebenso wie ein angebissenes Radieschen, darauf schließen, dass hier vor nicht allzu langer Zeit eine Mahlzeit ziemlich jäh unterbrochen worden war. Ich verließ den Schankraum, in dem es nach Aufgewärmtem und Mottenkugeln roch, durch die dahinter liegende Küche und gelangte in einen Korridor, der früher offenbar zu den Gästezimmern geführt hatte.

Ich klopfte gleich an die erste Tür und öffnete, ohne dass mir jemand geantwortet hätte. Vier Männer unterschiedlichen Alters, einer von ihnen fast nackt, die anderen in Pyjamas, sahen mich gleichermaßen verblüfft wie erschrocken an. Ich wollte die Tür schon wieder schließen, doch dann fasste ich mir ein Herz und fragte nach Etelka.

Der nackte Mann schlang das blau gestreifte Handtuch, mit dem er bislang nur seine Scham verdeckt hatte, um die Lenden, zupfte es noch einmal zurecht, kam auf mich zu und wies mit seiner Rechten den Korridor entlang: „Ganz hinten“, sagte er mit hüstelnder Stimme, trat wieder einen Schritt zurück und knallte mir vor der Nase die Tür zu.

Ich schlenderte den Korridor auf einem ziemlich schäbigen Kokosläufer entlang und versuchte mein Glück nun ein weiteres Mal beim letzten Zimmer. Auch diese Tür stand glücklicherweise halb offen, und als ich sie mit der Fußspitze sachte aufstieß, war das Zimmer leer. Drei Feldbetten, erkennbar aus alten Heeresbeständen, standen darin; eines davon war mehr recht als schlecht gemacht, das zweite sah völlig unberührt aus, das dritte hingegen war so zerwühlt, als ob sich vor wenigen Minuten noch jemand darin herumgewälzt hätte. Auf einem kleinen Tischchen vor dem einzigen Fenster des Zimmers machte mir ein Buch mit einem Titel in kyrillischer Schrift Hoffnung, dass ich tatsächlich in Etelkas Kemenate gelandet sein könnte. Neben dem Buch stand eine jener kitschigen elektrischen Monstranzen, in denen man ein blutendes Herz Jesu unter einer Plexiglaskuppel mittels einer Batterie zum Leuchten bringen kann, wenn man den entsprechenden Kippschalter betätigt. Zwei der drei Spindtüren waren geschlossen, die dritte stand sperrangelweit offen und gewährte Einblick in ein Chaos, das nicht nach freiwilliger Unordnung, sondern nach willkürlicher Gewalt aussah.

Ich setzte mich auf den einzigen Stuhl, für den das winzige Zimmer gerade noch Platz ließ, blätterte nervös in dem russischen Buch, musste aber feststellen, dass meine Kenntnisse der griechischen Schrift in keiner Weise dienlich waren, um irgendetwas Kyrillisches auch nur ansatzweise entziffern zu können. Nach einer Weile ging die Tür auf, und ich hoffte den Bruchteil einer Sekunde lang, Etelka könnte eintreten.

Doch wie zu erwarten, trog mich meine Hoffnung. Nicht Etelka stand in der Tür, sondern eine sehr kleine, aparte Frau, die einen halboffenen Staubmantel trug, den sie offenbar als Bademantel verwendete. Als sie mich erblickte, knöpfte sie den Mantel erschrocken bis zum obersten Knopfloch zu und ich schloss aus ihren ängstlichen Blicken, dass sie überlegte, ob sie Hilfe holen sollte. Doch dann musterte sie mich eine Weile und beschloss, wie es schien, eine weniger aufgeregte Gangart einzulegen.

„Es gibt hier nur eine Brause“, sagte sie in gutem, wenn auch keineswegs akzentfreiem Deutsch, „und die ist in der Waschküche, unten im Keller." Daraufhin fing sie, als ob sie mir beweisen wollte, dass sie auch wirklich von dort kam, am ganzen Körper vor Kälte zu bibbern an.

Ich musterte die kleine Frau, die noch immer im Türrahmen verharrte. Ihr hennarotes, offensichtlich getöntes Haar passte nicht ganz zu ihrem dunklen Teint, der ihren Nasenclip, das Einzige, was sie außer dem Staubmantel trug, umso leuchtender funkeln ließ. Einem unwillkürlichen Reflex folgend ließ ich meine Blicke auf ihre Hände hinabgleiten, fand aber dort weder eine Mullbinde noch sonst etwas Auffälliges. Ihr fehlte der Finger nicht.

„Sie sind eine der beiden Zimmerkolleginnen Etelkas?", fragte ich, um irgendetwas zu fragen.

„Ich heiße Zdenka. Und wer sind Sie?"

Im Gegensatz zu Etelka, die trotz oder vielleicht gerade wegen ihrer Intelligenz stets eine gewisse Hilflosigkeit vermittelte und an die Ritterlichkeit vielleicht nicht jedes Mannes, aber doch zumindest an meine davon verbliebenen Reste appellierte, war sie nicht der Typ, der Hilfe erheischte. Sie schürzte die Lippen auf eine Art, die gar nicht erst den Verdacht aufkommen ließ, sie hätte es notwendig, sich helfen zu lassen.

„Mario Carozzi. Vielleicht hat Etelka etwas von mir erzählt."

„Hat sie nicht", erwiderte Zdenka scharf und setzte sich auf ihr Feldbett, wo sie die Arme unter der Brust verschränkte und in steifer, abwartender Haltung verharrte.

„Ich leite das Heimathaus von Schattenbach. Etelka hat dort gelegentlich gearbeitet."

„Etelka hat in Schattenbach an manchen Orten gelegentlich gearbeitet", erwiderte Zdenka kryptisch, und ihr fließendes Deutsch verblüffte mich neuerlich. Sie sprach mit einer dunkel timbrierten, volltönenden Altstimme, die man ihr aufgrund ihres fragilen Äußeren kaum zugetraut hätte.

„Sind Sie auch Serbin?“, fragte ich.

„Ich wüsste nicht, was Sie das angeht“, erwiderte sie schroff.

„Ich wollte nur höflich sein“, erwiderte ich irritiert.

„Höflich“, erwiderte Zdenka nicht ohne Hohn in der Stimme. „Zu einer wie mir ist man in diesem Land nicht höflich, schon gar nicht, wenn sie eine Romni ist. Beantwortet das Ihre Frage?“

„Der Wohnwagen mit dem Chevy draußen ... Verwandte von Ihnen?“

„Wie kommen Sie darauf, dass es sich um Roma handelt? Die Autobahnen gehen über von Wohnwägen, die Gadsche gehören. Und auch die Gadsche tragen ihre Kinder mittlerweile am Rücken oder am Bauch mit sich herum. Wir sind früher verspottet worden, wenn wir das taten.“

„Die Gadsche?“, fragte ich ratlos.

„Gadsche nennen wir Roma alle, die keine Roma sind.“

„Ich wollte Sie in keiner Weise beleidigen.“

„Niemand will uns beleidigen. Wenn allerdings irgendwo etwas gestohlen wird, verdächtigt man als Erste uns. Das war immer schon so, und es hat sich bis heute nicht geändert.“

Ihr leichter, fast melodiöser Akzent verlieh ihren Worten ein merkwürdiges Pathos.

„Wussten Sie, dass an diesem Platz zur Zeit Ihrer Kaiserin Maria Theresia dreizehn Zigeunerinnen gehängt wurden?“, fuhr sie fort. „Man sagte damals Ägypterinnen oder schlicht Heidinnen zu ihnen. Sie sollten auch etwas gestohlen haben, was man ihnen jedoch nicht nachweisen konnte. Als dann eine Gruppe berittener Polizisten das Lager stürmte, flohen die Männer in die Wälder hinter den Weinbergen, und nur die Frauen und Kinder blieben zurück. Ohne regulären Prozess hat man damals all jene Frauen, die sich weigerten, Angaben über den Verbleib ihrer Männer zu machen, zum Tod durch den Strang verurteilt. Sie wurden noch am selben Tag am Schattenbacher Galgenberg hingerichtet. Die übrigen Frauen wurden gebrandmarkt, und die Kinder steckte man ins Waisenhaus."

„Aber das ist ja nun gottlob schon eine Weile her", wandte ich ein, um das Gespräch wieder auf die Gegenwart und damit auf Etelka zu bringen. Doch Zdenka erzählte unbeirrbar weiter.

„Seither ist dieser Ort ein kleiner Wallfahrtsort für Roma geworden. Immer wieder kommen kleinere oder größere Gruppen hierher, wenn sie ihre Kreise vom Norden in den Südosten Europas ziehen. Sie gedenken ihrer unglücklichen Vorfahrinnen, manchmal bleiben sie kürzer, manchmal auch länger. Dann ziehen sie wieder weiter. Sie tun niemandem etwas zuleide, und dennoch glauben die Einheimischen bis heute, die Roma würden ihre Gegend unsicher machen. Oder warum glauben Sie, hat man auf den Wohnwagen da draußen das Papier mit dem Adler geklebt?"

„Es handelte sich also doch um eine Roma-Familie?"

„Es sind keine Verwandten von mir. Jedenfalls nicht mehr oder weniger mit mir verwandt als alle anderen Roma auch."

„Und was ist mit ihnen geschehen?"

„Gestern Nachmittag fuhr ein ganzer Kordon von Polizeiautos vor dem Asylantenheim vor. Angeblich suchten sie nach Etelka, was für die Polizei Grund genug war, alle Anwesenden zu perlustrieren und bei einer Hausdurchsuchung das Unterste zu oberst zu kehren. Als sie im Heim nicht fanden, was sie suchten, haben sie dasselbe mit dem Bewohnern des Wohnwagens gemacht. Zuletzt hat man die Erwachsenen verhaftet. Die Polizei glaubt, dass sie eine gotische Madonna gestohlen haben."

„Ich dachte, die Polizei gäbe Etelka die Schuld."

„Sie glauben, dass Etelka die Madonna besorgt hat und die Leute aus dem Wohnwagen ihre Auftraggeber sind. Zumindest hat dieser Kommissar das so gesagt."

„Haben Sie eine Ahnung, wo Etelka ist?", fragte ich mit gespielter Arglosigkeit.

„Das sollte eigentlich ich Sie fragen", erwiderte sie. „Ich nehme an, Sie und Ihre Kumpane haben sie bereits über die Grenze verschleppt?"

Ihre Frage entwaffnete mich.

„Wir reden tatsächlich beide von derselben Etelka? Von Etelka Kocbek?"

„Natürlich Etelka Kocbek, von welcher sonst? Ich weiß, dass sie täglich zu Ihnen ins Heimathaus gegangen ist, und daher weiß ich selbstverständlich auch, dass sie dort nicht nur Mineralien und Spieluhren abgestaubt hat, sondern auch andere Dienste leistete."

Ich war zu verblüfft, um anders als mit der zugegebenermaßen ziemlich einfältigen Gegenfrage „Welche Dienste?" antworten zu können.

Zdenka reagierte darauf mit einem langgezogenen, dumpfen Ton, der, wie ich fürchte, ebenso obszön klang, wie er gemeint war. Es war ein von enttäuschter Hoffnung widerhallendes Lachen, das schließlich in die Bemerkung mündete: „Als ob es euch Männern jemals an Phantasie gemangelt hätte, was gewisse weibliche Dienste angeht."

„Etelka hat Ihnen tatsächlich erzählt, dass ich solche Dienste von ihr verlangt hätte?"

„Es gibt Dinge, die braucht man nicht zu erzählen. Man sieht sie auch, wenn sie nicht erzählt werden. Glauben Sie, sie wären mir nicht aufgefallen, wenn sie aus der Dusche kam, die hauchdünnen Striemen auf Etelkas Rücken, und die blauen Flecken am ganzen Körper?"

„Ich kann Ihnen versichern ...“, stammelte ich und dachte unwillkürlich daran, wie viele Chilis ich bei der nächsten Mahlzeit benötigen würde, um meinen Emotionshaushalt nach diesem Gespräch wieder einigermaßen ins Lot zu bringen.

Doch Zdenka kümmerte sich nicht um meinen Adrenalinspiegel. Sie hatte endlich jemanden gefunden, der ihr zuhörte und an dem sie all die Demütigungen, die man ihr und ihresgleichen hierzulande zugefügt hatte, zumindest verbal sühnen konnte.

„Es muss schon eine eigene Art von Spaß sein, hilflose Flüchtlingsfrauen zu quälen, bis Blut spritzt, und, wenn sie schlussendlich ausgelaugt und völlig kraftlos sind, sie entweder der Fremdenpolizei zur Abschiebung zu überliefern oder ins Ausland zu verschachern. Mit Etelka ist es ja nun offensichtlich soweit. Ist sie schon weg, oder habt ihr sie zum Abschied noch einmal ordentlich durchgevögelt?“

Zdenkas Frage erschütterte mich umso mehr, als sie just in diesem Augenblick begann, ihre Lippen mit einem auffallenden violetten Lippenstift zu bemalen und mit einem silbernen Konturstrich nachzuziehen, eine Verschönerungsmaßnahme, die ihre Wirkung auf mich in keiner Weise verfehlte.

„Ich sollte wohl lieber gehen“, sagte ich, obwohl ich gerne noch einiges von ihr erfahren hätte.

Zdenka fuhr in aller Seelenruhe mit ihrer Morgentoilette fort.

„ Wenn Sie es nicht sind, wer war es dann, der Etelka für seine sadistischen Spiele missbraucht hat?“

„Ich verstehe noch immer nicht, wovon Sie sprechen“, entgegnete ich scharf.

„Wovon ich spreche?“, sagte Zdenka, und ein zorniges Blitzen funkelte aus ihren nachtschwarzen Augen. „Ich spreche davon, dass sich Etelka jeden Tag, an dem sie von hier weg und hinüber nach Schattenbach ging, fühlte, als ob dort nicht ein Heimatmuseum, sondern eine Folterkammer auf sie wartete."

„Ich versichere Ihnen ..."

„Sie sollten aufhören, mir ununterbrochen irgendetwas zu versichern", fiel mir Zdenka ins Wort.

„Und Sie sollten aufhören, mich sinnlos zu beschuldigen. Ich stehe auf Etelkas Seite, verstehen Sie das immer noch nicht?"

„Wir Roma haben ein altes Sprichwort", erwiderte sie stoisch. „Es heißt: Alle Bäume sind verästelt, aber nicht alle wollen dich umarmen. Sie dürfen es mir nicht übel nehmen, wenn ich misstrauisch bin."

„Sie wissen also nicht, wo sich Etelka aufhält und was aus ihr geworden ist", insistierte ich.

„Ich weiß es nicht", erwiderte Zdenka. „Und selbst wenn ich es wüsste", fügte sie trotzig hinzu, „dann würde ich es einem Gadscho nicht sagen."

Ich wandte mich achselzuckend der Tür zu. „Auf diese Weise" sagte ich enttäuscht, „wird Etelka, so sie noch am Leben ist, ihre Sache wohl alleine auskämpfen müssen."

„Wir Roma mögen wild wachsende Pflanzen sein", antwortete Zdenka unvermittelt, „doch auch wilde Pflanzen können nicht ohne Licht leben."

„Dann sagen Sie mir wenigstens, wo ich die zweite Ihrer beiden Zimmergenossinnen finde. Vielleicht kann wenigstens sie mir weiterhelfen."

„Sie meinen Margita, unsere Albanerin?"

„Ich kenne sie nicht ..."

„Margita arbeitet unten auf der Schopperstätte, aber sie schläft nicht immer hier."

„Wo schläft sie dann?"

„Sie werden es herausfinden."

„Hat sie heute Nacht hier geschlafen?"

„Nein, heute Nacht nicht und gestern Nacht auch nicht."

Es hatte keinen Sinn, weiter in sie zu dringen.

„Ich danke Ihnen, dass Sie mir zugehört haben, und verzeihen Sie, dass ich so früh hier eingedrungen bin. Sie waren sehr hilfreich", sagte ich nicht ohne einen Anflug von Sarkasmus und ging.

Da fiel mir die Rüschenbluse wieder ein, die ich die ganze Zeit mit mir herumgetragen hatte, als würde sie mir gehören.

„Diese Bluse", fragte ich, während ich nervös an den frisch gestärkten Rüschen herumnestelte, „gehört sie vielleicht Ihnen?"

„Eine Romni würde ihre Brust niemals in so ein kitschiges Zeug stecken", sagte sie und nahm die Bluse trotzdem. „Ihr Gadsche mögt das vielleicht anders sehen, aber glauben Sie mir, unser Leben ist keine Operette!"

Ich war froh, als ich wieder draußen war, denn wenigstens das Wetter war gut. Die Morgenröte hatte sich während meines Gesprächs mit Zdenka zu einem leuchtenden Glutballen verfestigt, und der Pokal des Himmels goss sein lichtestes Blau übers Land.

*

Als ich zurück nach Schattenbach kam, hatte die Tabaktrafik bereits aufgesperrt. Ich kaufte die Morgenzeitungen, und alle waren voll von Berichten über den Schattenbacher Madonnenraub. Loisl hatte den Journalisten seine Version des Tathergangs offenbar bereits als endgültige Klärung des Falles verkauft. Von Verdacht war in keinem der Blätter die Rede. Alle waren sich einig, dass Etelka die Madonna im Auftrag eines nicht näher bezeichneten Syndikats von internationalen Kunsträubern entwendet hatte. Von Zigeunern las ich in dem Artikel nichts. Die fand ich erst weiter hinten in der Lokalzeitung, die davon berichtete, dass eine Gruppe von Roma wegen

Landstreicherei angehalten worden war und die Polizei von ihrem Wegweiserecht Gebrauch gemacht hatte.

Ich überflog die Artikel über den Kunstraub noch einmal und war einigermaßen erstaunt, dass von einem „Kunstwerk von unschätzbarem Wert“ die Rede war. Einer der Journalisten zitierte sogar einen bekannten Kunsthistoriker, der die Madonna von Schattenbach in einem Atemzug mit der berühmten Dienstbotenmadonna im Wiener Stephansdom und der schwarzen Madonna vom Heiligen Berg von Svatá Hora bei Krumau nannte, was mir allerdings eine grobe Übertreibung zu sein schien.

In einem der Berichte wurde auch ich erwähnt, und zwar leider, wie zu erwarten, nicht besonders schmeichelhaft. „Anfängliche Vermutungen der Polizei, der neue Leiter des Heimathauses, ein gewisser Dr. Mario Carozzi, der die Museumsleitung erst vor wenigen Wochen übernommen hatte, könne selbst in die Vorfälle verwickelt sein“, las ich, „haben sich allem Anschein nach als haltlos herausgestellt.“ Die Formulierung „allem Anschein nach“ beruhigte mich nicht gerade, und das flaue Gefühl, das sie mir im Magen verursachte, erinnerte mich daran, dass ich noch nicht gefrühstückt hatte.

Meine aufgewühlte Peristaltik ließ mich zunächst an die Schattenbacher Konditorei denken, andererseits wollte mich die Aussicht auf eine solche Generalattacke auf meine Bauchspeicheldrüse zu so früher Morgenstunde auch nicht so recht froh stimmen; ich ging also lieber ein paar morgendlich verträumte Gässchen weiter ins Kaufhaus Litschauer und stellte mich an der Vitrine an, um ein wenig Schinken, ein paar Eier, frisches Brot und vielleicht etwas fürs bevorstehende Wochenende einzukaufen.

Das Wort „Kaufhaus" steht zwar deutlich in einer altmodischen Schreibschrift über dem Portal und dem kleinen Schaufenster daneben zu lesen, war aber dennoch irreführend. In Wahrheit betrat ich ein schlauchartiges, halbdunkles Gewölbe, in dem sich zu beiden Seiten jede Menge Holzkisten und Pappschachteln auf dicht gefüllten Regalen türmten, deren System einzig und allein der Inhaberin des Ladens bekannt war, die von Mehl, Zucker, Wurst und Käse bis hin zu Schreibheften, Fahrradpumpen, Teppichklopfern, Knoblauchpressen, Korkenziehern, Babynahrung, Strümpfen, Pudelmützen, Schuhlöffeln und Brieflosen alles verkauft, was jemand, der nicht weit über Schattenbach hinauskam, im Laufe eines Lebens benötigte. Jede Bestellung wurde von Frau Litschauer sorgsam bearbeitet, die gemessenen Schrittes zwischen ihren Kisten herumwandelte und für ihre Kunden wahrlich alles hatte, nur keine Eile. Auf diese Weise schien sie jene Schattenbacher, die ihr noch die Treue hielten und es nicht vorzogen, in einem der beiden Großmärkte am Ortsrand einzukaufen, im Laufe eines langen Lebens zu einer eingeschworenen Gemeinschaft von Stoikern erzogen zu haben, die wussten, dass ein Besuch ihres Kaufhauses kein zwischenzeitlicher Akt, sondern eine lang andauernde Handlung war. Niemand war ungehalten, wenn die Litschauerin der Anschaffung eines passenden Hosenknopfs so viel Zeit widmete, wie man andernorts für den Ankauf eines Kleinwagens benötigte. Schließlich wusste man ja, dass sie die gleiche Zeit für einen selbst übrig haben wird, wenn man die Kaffeebohnen frisch von ihr gerieben haben möchte oder sich nicht entscheiden kann, ob man lieber die ungarische oder die billigere heimische Salami aufgeschnitten haben will. Eine Folge dieses kontemplativen Kaufverhaltens ist, dass die wartenden Menschen miteinander ins Reden kommen und der Dorftratsch stets für einen gewissen Geräuschpegel im Raum sorgt.

Umso deutlicher fiel es mir diesmal auf, dass das vertraute Gemurmel, als ich das Kaufhaus betrat, augenblicklich verstummte und einer abwartenden Stille wich, die erst durch das Gekläff eines dadurch offenbar verstörten Dackels durchbrochen wurde, das seinerseits beschwichtigende Worte der Umstehenden nach sich zog und den Geräuschpegel wieder hob.

„Sind Sie nicht der neue Museumsdirektor?", fragte die Frau, die in der Reihe vor mir angestellt war, nachdem sich das allgemeine Raunen wieder gelegt hatte.

„Ich würde das Wort Direktor nicht verwenden", erwiderte ich ironisch. „Wo es keine Indianer gibt, da braucht es auch keinen Häuptling."

Die Frau gefiel mir. Sie war nicht angezogen wie alle anderen in Schattenbach. Sie sah vielmehr aus, wie Frauen zu Zeiten von Joan Baez und Arlo Guthrie ausgesehen hatten. Ihr langes, glattes schwarzes und von einer weißgrauen Strähne durchzogenes Haar reichte bis knapp an die Hüften, und die bunt bestickte Bluse, die sie über ihre Jeans trug, erinnerte mich, ebenso wie ihre Trägerin, an eine indianische Freundin, mit der ich in Mexico City einige Zeit bei der Freilegung eines alten Tempels aus Tenochtitláan im Rahmen von Bauarbeiten für eine neue U-Bahn-Linie zusammengearbeitet und auch gelebt hatte. Obwohl sie keineswegs mehr ganz jung war, wirkte die Frau, die mich da so unvermittelt angesprochen hatte, inmitten all der Muttis und Omis mit ihren geflochtenen Einkaufskörben wie ein Wesen aus einer anderen Welt. Ihr Gesicht strahlte Überlegenheit und Reife aus, und ihre Augen zeugten von einem wachen Intellekt. Dennoch hatte sie sich einen spontanen, fast jungmädchenhaften Charme bewahrt, der ihre gesamte Erscheinung, wenn auch vielleicht nicht wirklich schön, so doch ziemlich attraktiv erschienen ließ.

„Wir werden uns ein wenig gedulden müssen", flüsterte sie wissend, „Frau Litschauer verkauft gerade Stickwaren."

Unwillkürlich musste ich an die bedruckten Fraisenhäubchen in meinem Museum denken, und ich stellte mir vor, wie die Litschauerin unter einer solchen Haube aussehen würde. Gar nicht so übel, dachte mein schlechteres Ich.

„Mir würde schon ein wenig Frühstückswurst reichen", sagte ich achselzuckend.

„Versuchen Sie sich bloß nicht vorzudrängen", erwiderte mein Gegenüber mit einem verschwörerischen Blinzeln, „wir sind in Schattenbach."

„Ich weiß", sagte ich, und die Stille kehrte wieder zurück.

Je mehr Zeit verging, desto klarer wurde mir, dass es nun an mir war, den Gesprächsfaden erneut aufzunehmen. Doch während ich daran arbeitete, das begonnene Gespräch konstruktiv, aber doch unverfänglich weiterzuführen, hatte die Litschauerin ihr Spitzendeckchen endlich verkauft und wandte sich der nächsten Kundin zu. Das bewirkte eine Rochade an der langen Budel, die mich in Richtung Vitrine, die freundliche Lady, die mich gerade angesprochen hatte, jedoch in Richtung Kurzwaren trieb. Wir waren also getrennt und blieben es auch, bis sie das Geschäft mit mehreren Paar Strümpfen verließ, während ich nach längerer Wartezeit endgültig vor der Wurstvitrine gelandet war. Bevor sie durch die Tür ging, warf ich meiner zwischenzeitlichen Gesprächspartnerin noch einen kurzen Blick zu, von dem ich den Eindruck hatte, dass sie ihn erwiderte. Dann sah ich nur noch die Litschauerin, die, nachdem sie dem „Fräulein Spitz" ein schönes Wochenende gewünscht hatte, von den Kurzwaren zu den Lebensmitteln herüberwogte und nun für gute zehn Minuten ganz die Meine war, zumindest so lange, bis sie mit Engelsgeduld die letzte Schinkenscheibe vom Messerblatt ihrer umständlichen Aufschnittmaschine heruntergeschält hatte. Als ich bezahlte, spürte ich förmlich, dass die Blicke, die da von allen Seiten auf mir ruhten, keine wohlwollenden waren. Vielleicht bildete ich mir das aber auch nur ein. Man konnte leicht paranoisch werden in diesen Tagen.

Der Dackel kläffte hinter mir her, als hätte er meinen Gedanken erraten.

Ich frühstückte daheim in meinem Appartement und würzte die drei Eier, die ich über dem in brauner Butter recht kross gebratenen Schinken aufschlug, mit jeder Menge fein geriebener Chilischoten. Das senkte zwar einerseits spürbar meinen Blutdruck, bewies mir aber andererseits, dass Körper und Seele bei mir längst nicht so im Lot waren, wie ich es mir als Resultat meines morgendlichen Spaziergangs erhofft hatte.

*

Niemandem wollte ich an diesem lichtdurchfluteten Samstagvormittag weniger begegnen als Hermine Zidibulk. Doch so sehr ich die kleine Fachbibliothek des Heimathauses auch nach zweckdienlichen Informationen zum Schattenbacher Madonnenkult durchforstete, so aussichtslos erwies sich dieses Unterfangen. Schier unendlich schien mir plötzlich die Literatur über die Gesteinsformen von Schattenbach und Umgebung zu sein, durchaus minutiös dokumentiert auch die Schattenbacher Goldhaubentradition. Sogar ein im Jahre 1904 erschienenes Werk über Votive und Weihgaben fiel mir in die Hände, nur schwieg es sich über die Madonna von Schattenbach ebenso aus wie der Rest des heimatkundlichen Handapparats in meinem Büro.

Ich überlegte kurz, ob ich mein Glück noch einmal bei Pfarrer Seitel versuchen und ihn darum bitten sollte, mir einen kurzen Einblick in das kleine Marianum in seinem Büroschrank zu gewähren. Die Aussicht, dort abermals auf Pater Canisius zu stoßen, machte mir für dieses an sich nicht unvernünftige Unterfangen allerdings auch nicht eben Mut.

Blieb also nur noch ein Besuch der Gemeindebibliothek, die allerdings den Schönheitsfehler hatte, eines der zahlreichen kleinen Königreiche der alles verzeihenden und, wie mir klar war, allen ihren Versicherungen zum Trotz niemals vergebenden Frau Zidibulk war.

Ich machte mich dennoch auf den Weg zum Rathaus, wo sie dienstags, donnerstags und samstags von halb elf bis halb zwölf und von halb fünf bis dreiviertel sechs als Bibliothekarin ordinierte. Die arroganten Öffnungszeiten ergaben sich, wie ich sogleich erfahren sollte, aus Hermine Zidibulks tiefer Verankerung in der Dorfgemeinschaft.

„Was bleibt mir übrig?“, sagte sie bei meinem Eintreten leicht genervt. „Um halb zwölf muss ich dem Herrn Pfarrer und dem Kooperator das Mittagessen machen, und wenn ich die Bibliothek nachmittags nicht pünktlich schließe, verpasse ich den Abendsegen.“

„Nicht jeder im Ort opfert sich so sehr für die Gemeinschaft auf“, machte sich nun auch die Dame, die sich mit der gestressten Frau Zidibulk gerade ein Kännchen Kaffee und einen Korb voller Croissants teilte, bemerkbar. Ich wiederum merkte, dass ich offenbar störte.

„Ich bleibe nicht lange“, erwiderte ich beschwichtigend.

„Mein Mann hat mir erzählt, dass Sie arg in Schwierigkeiten geraten sind, Herr Doktor“, sagte die Dame im Lehnstuhl. Vor ein paar Wochen war sie mir als Frau Bürgermeister vorgestellt worden, und ich hatte ihre

Stimme wesentlich sanfter und einschmeichelnder in Erinnerung. Jetzt lächelte sie, einigermaßen geziert und wenig huldvoll, ein ziemlich eingefrorenes Lächeln.

Interessanterweise kam mir ausgerechnet in diesem Augenblick stillschweigender Peinlichkeit Hermine Zidibulk zu Hilfe.

„Der Herr Doktor und ich haben gestern Abend noch einiges bereinigt“, warf sie ein und nahm einen tiefen Zug aus ihrem Milchkaffee. Mir fiel auf, dass sie schlürfte.

„Ich wusste gar nicht, dass Sie hier auch als Bibliothekarin tätig sind, Frau Bürgermeister“, ging ich zum Angriff über.

„Das bin ich nicht, aber da sich die Bibliothek nun einmal im Rathaus befindet, komme ich gerne auf ein Sprüngchen herüber. Vielleicht kann ich Ihnen ja auch helfen. Suchen Sie etwas Bestimmtes?“, fragte Frau Munknast, ohne sich deswegen auch nur einen Zentimeter aus ihrem Stuhl zu bewegen, und auch nicht ohne eine gewisse Koketterie.

Ich ließ meine Blicke neugierig über die vielleicht achthundert oder maximal tausend Bücher schweifen, die in den vier verglasten Eichenholzschränken rund um den Kaffeetisch untergebracht waren, an dem die beiden Damen unter den Gewölbebögen der winzigen Gemeindebibliothek wie zwei etwas in die Jahre gekommene Barockengelchen saßen und ihre Kipferln in den Milchkaffee tunkten.

„Was bedeuten eigentlich die bunten Punkte auf den Buchrücken?“, fragte ich neugierig.

„Schwarz bedeutet Sachbuch, Blau Belletristik, Grün Heimatkunde, Gelb für Kinder und Rot, dass es für Jugendliche nicht geeignet ist.“

„Pornos?“ Ich wusste, dass das nicht statthaft war, konnte mir aber die Bemerkung nicht verkneifen.

Die Bürgermeisterin errötete, Frau Zidibulk erbleichte.

„Wir haben nur gute Bücher in unsere Gemeindebibliothek aufgenommen“, sagte die Letztere mit vor verhaltenem Zorn bebender Stimme. „Aber es gibt auch seriöse Bücher, die man einem Jugendlichen nicht in die Hand geben möchte. Oder finden Sie, dass ein Vierzehnjähriger Dostojewski lesen sollte?“

„Wie man's nimmt“, sagte ich. „Ich beispielsweise habe Dostojewski schon mit dreizehn gelesen, und Sie sehen ja, was aus mir wurde. Aber ich bin keineswegs hergekommen, um mir ‚Schuld und Sühne‘ auszuborgen.“

„Weshalb sind Sie denn dann hergekommen?“, fragte Frau Munknast spitz. „Wollen Sie lieber den ‚Idioten‘? Oder vielleicht ein Werk über Kriminalität unter Zigeunern?“

„Wie haben Sie das bloß erraten?“

„Ich glaube allerdings nicht, dass wir so etwas hier haben, das Ihnen dabei behilflich sein könnte, Ihre Zigeunerfreundin vom Verdacht des Diebstahls reinzuwaschen“, erwiderte die Bürgermeisterin ziemlich von oben herab.

Ich wollte ihr schon sagen, dass ich nicht die Ehre hatte, neben Bürgermeistersgattinnen auch Zigeuner zu meinen Bekannten zählen zu dürfen, doch ich verkniff mir die Bemerkung und musterte stattdessen einige stille Sekunden lang Klothilde Munknast.

Sie war ähnlich gekleidet wie Hermine Zidibulk, aber doch sichtlich um einiges jünger. Wenn man sich das Kleid mit dem Herbstblumenmuster und die dicke Perlenkette um den noch auffallend glatten Hals wegdachte, so mochte es noch gar nicht so lange her sein, dass sie eine attraktive Frau gewesen war – auch wenn sie das mittlerweile unter dem Schutzhelm einer matronenhaften Dauerwelle kaschierte. Oder kaschieren wollte, dachte ich. Ein paar Kleinigkeiten, ein anderer Konturstrich um die Lippen, ein etwas verwegenerer

Haarschnitt, die Spur mehr Rouge, vor allem aber etwas mehr Frühling im Outfit: Es hätte nicht allzu vieler Veränderungen bedurft, um Frau Zidibulk wie Klothildes Mutter aussehen zu lassen.

„Wir haben alle unsere Bücher verzettelt", sagte die Bürgermeisterin, während Frau Zidibulk ihr Kipferl erneut tief in den Kaffee tauchte.

„Nach Autoren und Stichworten", fügte sie mit vollem Mund hinzu.

„Sie können sich ja selbst ein Bild machen. Als Wissenschaftler sind Sie im Umgang mit Bibliothekskatalogen sicher fix, Herr Doktor", sagte Frau Munknast süffisant.

„Ziemlich fix sogar", erwiderte ich und ging zum Zettelkasten hinüber.

Unter M wie Maria oder Madonna fand ich nichts. Ich versuchte es, ebenso vergeblich, unter H wie Heimathaus, und unter SCH wie Schattenbach fand ich nur jene Werke, die ich auch in meiner kleinen Museumsbibliothek wegen Unergiebigkeit zur Seite gelegt hatte. Ich versuchte es also unter W wie Wallfahrt – und wurde zu meiner Überraschung tatsächlich fündig. „Auf den Fährten der Wallfahrer" hieß ein Werk über die wichtigsten Gnadenstätten im Alpenraum, das mir allerdings zu allgemein gehalten schien, zumal es sich weniger um ein Fachbuch als um einen bunten Bildband handelte. Spannender, allerdings in meiner Sache wenig aufschlussreich schien mir schon ein Werk zum Thema des Schwangerschaftsmotivs in Marienbildnissen des Spätbarock. Das dritte Buch zum Thema Wallfahrt war jedoch genau, was ich suchte. Der Autor des 1822 in Schattenbach offensichtlich im Eigenverlag erschienenen Bändchens, dessen Umfang mit nur 96 Seiten angegeben war, hörte auf den schönen Namen Klemens Blumreich, und der Titel des Werkleins lautete schlicht: „Die drei Madonnen von Schattenbach. Legende und Wahrheit.“ Es trug die für eine so kleine Bibliothek wie diese überraschend umständliche Signatur *Rel-Ku 41/K III*.

„Was bedeutet *Rel-Ku 41/K III*?“, fragte ich die beiden, deren Kipfelkorb sich in der Zwischenzeit, vor allem unter Frau Zidibulks tätiger Mithilfe, auf fast schon wundersame Weise geleert hatte.

„Ja, unser guter alter Dorfschullehrer“, seufzte die gute alte Hermine und ein Anflug seliger Milde streifte ihr strenges Antlitz, „der hat sich schon allerhand überlegt, als er die Bibliothek gegründet hat. *Rel* bedeutet, dass es sich um ein religiöses Werk handelt, und *Ku* heißt, dass es auch von kunsthistorischer Bedeutung ist. Und *41/K III* besagt, dass Sie es im Bibliotheksschrank römisch drei unter der Nummer 41 finden.“

Da ich mich in Bibliotheken gewissermaßen berufsmäßig heimisch zu fühlen pflegte, erspähte mein geübtes Auge auch sofort den Römischdreier-Schrank. Ich ging zielsicher darauf zu und war schon im Begriff, den Schlüssel in der Glastür umzudrehen, als Hermine Zidibulk meinem Tun auf überraschend entschlossene Weise Einhalt gebot.

„*Sie* finden in meiner Bibliothek überhaupt nichts, Herr Doktor“, sagte sie streng. „Die Bücher suche ich schon selbst. Und deswegen kommt in den von mir verwalteten Häusern auch nichts weg.“

Statt den Schrank aufzusperren, nahm sie noch einen letzten Schluck von ihrem Milchkaffee, erhob sich von ihrem Biedermeierstuhl und holte aus einem kleinen Nebenraum einen dicken Wälzer, der aussah wie die Volksausgabe einer Gutenberg-Bibel, in dem sie aber offenbar nur die Entlehnungen aus der Gemeindebibliothek handschriftlich eintrug.

„Besser als jeder neumodische Computer“, sagte sie und setzte sich ihre dünnrändrige Lesebrille auf. „Es ist mein bibliothekarisches Gedächtnis. *Rel-Ku 41/K III* sagten Sie?“

Ich bejahte, und sie begann minutenlang zu blättern, bis sie schließlich mit einem triumphierenden Unterton ihr Urteil verkündete.

„Entlehnt. Tut mir leid“, sagte sie mitleidlos und klappte das Buch mit fast unangemessener Eile wieder zu.

„Von wem und bis wann?“, fragte ich.

„Bibliotheksgeheimnis“, erwiderte sie.

„Ich wusste nicht, dass Bücherlesen in Schattenbach so etwas wie Beichten ist“, sagte ich verärgert. „Aber wahrscheinlich wird hier ohnedies mehr gebeichtet als gelesen.“

„Ich muss jetzt gehen, Hermi“, beendete die Bürgermeisterin den aufkeimenden Disput mit meiner alten Feindin. „Der Hannes ist sicher schon hungrig.“ Sie sagte das mit einer Munterkeit, die mir irgendwie gespielt zu sein schien. In Wahrheit umspielte ein Schatten von Trauer ihre hohen, bleichen Backenknochen.

„Du liebe Güte“, sagte Hermine Zidibulk erschrocken, während sie auf die Uhr sah. „Der Herr Pfarrer wartet ja auch schon bald auf sein Essen.“

Die beiden nahmen keinerlei Notiz mehr von mir. Ich empfahl mich ohne allzu große Verbindlichkeit. Dafür hatte ich schließlich auch keinerlei Grund. Denn es war mir nicht entgangen, dass keine der beiden Damen auch nur Anstalten gemacht hatte, mir einen Platz am vormittäglichen Kaffeetisch anzubieten. Dabei wäre ganz eindeutig einer frei gewesen. Ein Kipferl hätte ich, würde man es mir angeboten haben, auch gegessen. Allerdings sicherlich nicht in den Kaffee getunkt.

*

Der Nachmittag dieses Tages gehörte mir, und ich verbrachte ihn mit Schlafen und Nachdenken, beides allerdings mit geringem Erfolg. Der Abend gehörte den Vogelmenschen und dem heiligen Florian.

Die Vogelmenschen überraschten mich nur wenig. Ich kannte sie aus meiner mexikanischen Zeit als Voladores, prächtig gekleidete Indios, die in Teotihuacán auf lange, an die zwanzig, oft sogar dreißig Meter hohe Baumstämme kletterten und dort in schwindelerregender Höhe, an einem Tau befestigt, auf einem beweglichen Holzrahmen um die Baumspitze kreisten, bevor sie sich zu Flötenklängen kopfüber in konzentrischen Kreisen in die Tiefe gleiten ließen, wo sie, zur allgemeinen Überraschung, auch tatsächlich heil ankamen.

Die Schattenbacher Burschen, die den Maibaum erklommen, waren nicht weniger bunt gekleidet als die Indios und trugen rote Socken, schwarze Lederhosen sowie weiße Hemden mit bunt bestickten Samtbändern. Statt des Holzrahmens fanden sie allerdings in luftiger Höhe einen Kranz vor, an dem Würste, Bierflaschen, Coladosen und Geldscheine hingen. Nachdem sie möglichst viele dieser Gaben erhascht hatten, ließen sie den Sprung in die Tiefe sicherheitshalber weg und rutschten den Stamm, den sie hinaufgeklettert waren, mit mehr oder weniger aufgeschundenen Handflächen einfach wieder hinunter. Statt des Flötenklängen auf der Baumspitze spielte unten auf der Wiese die Blasmusik, aber Vogelmenschen waren sie in gewisser Weise auch, die Burschen von Schattenbach.

Der Heilige Florian überraschte mich schon mehr als die Voladores. Er erschien mir in Gestalt der Freiwilligen Feuerwehr von Schattenbach, umkreiste eine chromblitzende neue Spritzpumpe und war vor lauter Begeisterung darüber schon ziemlich früh ziemlich betrunken. „Heiliger Sankt Florian, ich fang jetzt mit dem Löschen an“, grölte einer der jüngeren Florianijünger in brauner Uniform und leerte, um seinen Worten Taten folgen zu lassen, seinen Bierkrug auf einen Zug, bis davon nur noch eine Schaumkrempe übrig war, die wie frischer Pulverschnee auf seinem Schnauzbart haften blieb.

„Heiliger Sankt Florian, wann zünden wir den Maibaum an?“, skandierte einer seiner Kameraden und machte sich so hilflos wie rührend mit einem Feuerzeug an der spiegelglatten Oberfläche des entrindeten Fichtenstamms in der Mitte der von etlichen Schießbuden und Lebkuchenständen gesäumten Festwiese zu schaffen. Was wiederum einen der älteren Feuerwehrmänner auf den Plan rief, der dem Feuerzauber ein Ende machte, indem er seinen Bierkrug über das Feuerzeug des Jungmanns goss. „Wir sind die Feuerwehr und nicht die Feuerbestattung“, lallte er. „Verstehst du das, mein Sohn?“ – „Kauf mir noch ein Bier“, säuselte der Sohn.

Auch das ist Ethno, versuchte ich mir einzureden, konnte aber nicht umhin, die Vogelmenschen von Teotihuacán dennoch um einiges sympathischer zu finden als die Maibaumkletterer von Schattenbach und ihre sturzbetrunkene Bodentruppe.

„Es ist halt Florianitag, und da geht es nun einmal so zu bei uns“, sagte eine Stimme, die meine Beklemmung zu erraten schien und mir zudem bekannt vorkam.

Die Stimme gehörte zu den verführerischen Augen, die am Vormittag das finstere Gewölbe der Litschauerin zum Leuchten gebracht hatte.

„Trinken wir ein Bier zusammen“, sagte die Frau, die von der alten Litschauerin als Fräulein Spitz angesprochen worden war.

„Kennen wir uns denn?“, fragte ich.

„Floriani ist ein altes heidnisches Frühlingsfest. Da braucht man einander nicht zu kennen.“

Sie ergriff meine Hand und zog mich quer durch die Menge, am Bierzelt vorbei, zu einem der wenigen noch freien Holztische draußen auf der Festwiese. Das Bier kam allerdings schneller herbei als unsere Unterhaltung in Gang. Sehr viel mehr, als dass Fräulein Spitz mit Vornamen Lisa hieß, erfuhr ich nämlich nicht.

Der Frühling machte sich inzwischen mit seinen ersten Begleiterscheinungen auf ganz andere Weise bemerkbar, als Lisa Spitzs zarte Andeutungen es mich nicht ganz unberechtigt hoffen ließen. Binnen weniger Minuten verwandelte sich der Himmel von tiefem Blau in ein dunkles Grau, und die flockigen Schäfchenwolken formierten sich, ehe man sich's versah, zu einer bedrohlich nachtschwarzen Wolkenfestung, die sich in Sturmeseile aufblähte und sich in Form eines Platzregens über die Löschmeister und deren Festgäste ergoss.

Wir schnappten unsere Biergläser, eilten ins dampfende Festzelt und kamen im allgemeinen Trubel an der Schmalseite eines langen Tisches zu stehen, an dessen Kopf Bürgermeister Munknast, umgeben von einigen örtlichen Honoratioren, Hof hielt.

„Nehmen Sie nur Platz, Flinserl, wir rücken schon zusammen. Sie können sich ja noch dünn machen, unsereins schafft das nimmer."

Die Bemerkung des Bürgermeisters mündete in prustendes Gelächter aller Anwesenden. Ich wurde von kräftigen Armen zwischen zwei Tischgenossen, die ich nicht kannte, geschlichtet und behielt dabei zwar mein Bier, verlor aber meine Begleiterin aus den Augen. Im Gegensatz zu mir hatten sie weder der Bürgermeister noch irgendein anderer der Anwesenden zum Platznehmen aufgefordert.

Drei junge Männer mit spitzen Hüten und gewichsten Lederhosen spielten auf dem Podium elektrische Gitarre, Hammondorgel und ein Schlagzeug, auf dessen Trommelbespannung knallbunt der Name „Weinlandecho“ prangte. Es roch nach feuchtem Erdreich, Regenhäuten und nassen Schuhen. Ich drehte mich noch einmal nach Lisa um, doch sie blieb verschwunden. Dafür sah ich am Nebentisch den gesamten Pfarrkirchenrat, dem neben dem Pfarrer, dem Kooperator und einem weiteren, etwas hilfsbedürftig wirkenden kleinen Mann, der möglicherweise der Kirchendiener war, nur Frauen, allen voran Frau Zidibulk, angehörten. Als Pfarrer Seitel mich erblickte, prostete er mir freundlich zu, während Pater Canisius, der mich selbstverständlich auch sah, augenscheinlich alles daran setzte, mich keinesfalls wahrzunehmen. Auch Frau Zidibulk und die neben ihr sitzende Bürgermeisterin übten sich in der Kunst, durch Menschen hindurchzuschauen, und das Objekt dieser Übung war eindeutig ich.

Obwohl es mich ärgerte, dass Lisa mir in dem Trubel gerade zu einem Zeitpunkt verlorengegangen war, als ich eigentlich an ein Näherkommen dachte, war ich mit meinem Platz nicht unzufrieden. Es hätte, angesichts der Besetzung am Nebentisch, schlimmer kommen können, und Oskar Pettenhofer lernte ich auf diese Weise auch kennen.

So wie Zdenka ihn beschrieben und die Zustände auf der Schopperstätte angedeutet hatte, hätte ich ihn mir eigentlich wesentlich perfider, vielleicht auch etwas dämonischer vorgestellt. Der Mann, der mir da gegenübersaß, wirkte, auch wenn ich Zdenkas Schilderungen deshalb nicht in Zweifel stellte, keineswegs wie ein sadistischer Grobian mit dem irrlichternden Blick eines kranken Lüstlings, sondern vielmehr wie ein besonders frohgemutes Exemplar jener Gattung, die man am Land ein „gestandenes Mannsbild“ zu nennen pflegte. Wenn er lachte, verbreiterte sich sein Mund wie ein Akkordeon, und er lachte viel. Oskar Pettenhofer strotzte sowohl von Selbstbewusstsein als auch von jener vereinnahmenden Leutseligkeit, die sogar einen Regenwurm zum Wiehern bringen kann.

„Die Leute, die Sie hier sehen, Herr Doktor“, sagte er und ließ dabei seine Faust wie ein eisernes Gewicht auf die hölzerne Tischplatte hinabdonnern, „das sind meine angeblich besten Freunde.“ Sogar der Bürgermeister klopfte sich angesichts dieses Hauptspaßes auf die Schenkel, und da die gesamte Tischgesellschaft in das Gelächter einstimmte, als hätten alle vom Lachkraut genascht, blieb mir nichts anderes übrig, als mit den lachenden Göttern von Schattenbach einfach mitzulachen.

„Er hat ja Humor, unser junger Herr Museumsdirektor“, brummte Pettenhofer zufrieden.

„Den wird er auch brauchen“, polterte der Bürgermeister, „der Loisl hält ihn nämlich für einen Kunsträuber.“

„Meinst du den?“ Pettenhofer deutete auf mich, und ich wandte das einzige mögliche Gegengift aller gedemütigten Lachnummern an: Ich grinste zurück.

„So lustig, wie der ist, braucht wohl eher der Inspektor Humor“, vernahm ich eine jüngere, etwas unsichere Stimme gleich neben Pettenhofer.

„Sei nicht so respektlos, der Herr Doktor ist immerhin Akademiker, und du bist ein Trottel.“

Das Lachkonzert ebbte ab.

„Sie müssen meinen Sohn entschuldigen“, sagte Pettenhofer, „unser Otto ist noch Student – allerdings frage ich ihn nicht mehr, im wievielten Semester.“ Die Tischgesellschaft verhielt sich abwartend und wusste nicht recht, wie sie sich in dieser Situation verhalten sollte. „Aber andererseits“, fuhr Pettenhofer fort, „ist ein Mensch niemals unnütz, denn er kann immer noch als schlechtes Beispiel dienen.“

Der Lachorkan brauste erneut auf, und ich war, obwohl ich mir dieser charakterlichen Fehlleistung durchaus bewusst war, aufrichtig froh, dass er nun nicht mehr über mich hinwegfegte.

„Noch ein Bier, Herr Doktor", wandte sich Pettenhofer aufmunternd an mich, „oder sollen wir lieber eine Flasche Schattenbacher Riesling bestellen? Das ist ein Wein wie eine vollbusige Zwanzigjährige, die auch noch Klavierspielen spielen kann."

Die Pointe kam zu zaghaft. Also setzte Bürgermeister Munknast noch eins drauf.

„Oder Flöte blasen", sagte er, und eine weitere Woge brandete durchs Lachmeer.

„Lieber ein Bier", erwiderte ich und blickte dabei geradewegs in das Vollmondgesicht des jungen Pettenhofer, der von seinem Vater zwar die Schweinsaugen, mit Sicherheit aber nicht deren Listigkeit geerbt hatte.

Munknast flüsterte Pettenhofer etwas ins Ohr, und der nickte so geheimnisvoll wie vielsagend. Vielleicht hatte er ihm aber auch nur einen Witz erzählt, den dieser nicht verstand.

Ich sah, immer noch nach Lisa Ausschau haltend, hinten an der Schank schemenhaft eine Gestalt vorbeihuschen, deren Umrisse mich an Etelka erinnerten. Selbstverständlich war sie es nicht, konnte es nicht sein und wäre wohl auch schlecht beraten gewesen, sich hier im Festzelt sehen zu lassen.

Stattdessen sah ich Zdenka, wie sie trotz ihrer geschätzten ein Meter sechzig ein riesiges Tablett voller Bierkrüge über die Köpfe der Anwesenden bugsierte und dabei, wie alle Kellnerinnen an diesem Abend, in Lederhosen und eine Rüschenbluse gekleidet war.

Ich entschuldigte mich beim Bürgermeister und bahnte mir quer durch das Festzelt einen Weg zur Schank, wo mir tatsächlich Zdenka über den Weg lief.

„Ich dachte, eine Romni trägt keine Rüschenbluse?“, fragte ich und bereute die Bemerkung gleich wieder, als ich sah, wie Zdenka bei meinen Worten fast die Fassung verlor.

„Heute bin ich keine Romni“, sagte sie traurig und verschwand hinter einem Wandschirm, dessen Messingrahmen mit Pergamentpapier bespannt war, hinter dem sich die Abwasch befand. Erneut hatte ich den Eindruck, als erblickte ich dort Etelkas scharf geschnittenes Profil. Ich lief die Schank entlang in der Hoffnung, irgendwo das zum Profil gehörende Gesicht zu erspähen, aber der Schattenriss, der meine Aufmerksamkeit erregt hatte, war spurlos verschwunden.

„Etelka“, rief ich quer über die Schank, und es musste, da ich dabei an das eiskalte Stück Händchen in meinem Dreisternefach dachte, einigermaßen schaurig geklungen haben.

Doch das Weinlandecho erstickte jeglichen Widerhall.

5

Das würde den Hals euch würgen, o Frauen,
zerbrechen euch, Damen, die Hände, die infamen.
Arthur Rimbaud

Am nächsten Morgen wachte ich mit einem Kopf auf, der schwer wie ein Blumentopf war und erst gegossen werden wollte. Für den kalten Guss sorgte ein Schwall frisches Leitungswasser; als ich mich danach aber immer noch nicht viel wohler fühlte, begann ich mir eine mexikanische Bloody Mary zu mixen. Tomatensaft dafür hatte ich routinemäßig im Haus, Tabasco auch und Mezcal sowieso. Fehlte nur noch ein Schuss Worcestershiresauce, die hier im Ort allerdings, wie ich feststellte, nicht zu kriegen war. Ich musste also improvisieren und fand, dass es ein Spritzer aus der Maggiflasche, die ich sicherheitshalber beim Kirchenwirt hatte mitgehen lassen, auch tat.

Für eine perfekte Bloody Mary fehlte jetzt nur noch Stangensellerie, und auch dessen Besorgung warf in Schattenbach nicht unerhebliche Probleme auf. Kein Mensch hier wusste, was das war, und auch in der Deisenberger'schen Gärtnerei bauten sie keinen an. Ich hatte mich also daran gewöhnt, ziemlich weit zu fahren, um an ein paar Stangen davon zu kommen. Da meine letzte einschlägige Expedition allerdings schon eine Weile zurück lag, musste ich enttäuscht feststellen, dass die Würze meiner Bloody Mary in einer Seitennische meines Kühlschranks dahingammelte und in Wahrheit längst für den Gully fällig war.

Schlaftrunken zupfte ich die welken Blätter aus und stutzte das Grünzeug so lange zurecht, bis kaum noch etwas davon übrig war. Das Wenige atomisierte ich mit meinem Wiegemesser zu Selleriestaub, den ich wie Asche über den blutroten Saftsee in meinem Tumbler verstreute.

Um der Wahrheit die Ehre zu geben: Kein Mensch trinkt in Mexiko heutzutage eine Bloody Mary, dort fahren alle nur noch auf Margaritas ab. Die mexikanische Bloody Mary ist meine persönliche Erfindung, und jetzt fehlten tatsächlich nur noch zwei, drei Eiswürfel sowie frisch geschroteter Pfeffer, und der Drink konnte seine Wirkung tun. Tat er aber nicht, und schuld daran war kurioserweise nicht Lisa Spitz, sondern die Frau mit dem verhärmten Puttoantlitz, die zufällig jene des Bürgermeisters war.

Als mir ihr Gesicht in der vorigen Nacht direkt auf den Brustkorb geplumpst war, war aus dem Putto allerdings schon ein veritabler Rauschengel geworden, der mein Mitleid vor allem deshalb erregte, weil er offenbar noch mehr gesoffen hatte als ich am Tisch Pettenhofers, mit dem ich mittlerweile, ohne es zu wollen und zu wissen, wie mir geschah, per Du war. Mit der Bürgermeisterin war ich es übrigens mittlerweile auch, und es befremdete mich immer noch, mit einer Frau, die nicht nur aussah wie meine Mutter in etwas jüngeren Jahren, sondern zudem auch noch Klothilde hieß und ein Kleid mit großflächigem Chrysanthemenmuster trug, dermaßen vertraut zu sein.

Es war, zumindest von meiner Seite, auch keine erotische, sondern eher eine alkoholische Seelenschwingung gewesen, die uns zusammengeführt hatte, als mir die Bürgermeisterin, nachdem sie ihren Mageninhalt wie ein Springbrunnen auf mein Hemd entleert hatte, einen halben Meter vor dem Eingang zur Damentoilette in die Arme gefallen war. Ihre Peinlichkeit war ganz die meine gewesen, und so putzten wir einander minutenlang ab wie zwei Schimpansen, nur dass wir uns gegenseitig nicht abschleckten und daher auch nicht wirklich sauber wurden. Das wiederum bestärkte uns in dem gemeinsamen Entschluss, nicht mehr an unsere Tische im Festzelt zurückzukehren, sondern uns lieber in einer versteckten Laube abseits der Festwiese unser Leid zu klagen, wo der Himmel seine Schleusen inzwischen wieder einigermaßen dicht gemacht hatte.

Mein Leid war rasch geklagt, denn was das betraf, konnte ich Klothilde Munknast nicht viel Neues erzählen. Sehr wohl von Interesse war für mich hingegen, wie die Bürgermeisterin mit ihrem Leid umging: Sie begann nämlich zu meiner völligen Überraschung über den Bürgermeister und seine Freunde vom Leder zu ziehen wie eine alte Flickschusterin. Mit einem Male konnte ich mir etliche der Verwicklungen, die mir bislang völlig diffus erschienen waren, erklären.

„Haben Sie die dralle Kleine in der Rüschenbluse mit den Lederhosen gesehen?", fragte sie.

Ich ahnte, wen sie meinte.

„Die kleine Schwarze, die eine Kruppe hat wie eine Araberstute. Sie wissen schon, das Zigeunermädel, das meinem Mann das letzte Bier gebracht hat, bevor sie auf seinem Schoß landete und ich ..."

„Ach die, das war doch nur eine ausländische Kellnerin", erwiderte ich beschwichtigend, obwohl mir klar war, dass sie von Zdenka sprach.

„Er bumst sie, und keineswegs nur sie", fuhr die Bürgermeisterin, schon in ziemlich lallendem Tonfall, fort, und auf ihre bleichgekotzten Wangen kehrte ein zartrosa Schimmer zurück, während sich ihre Mundwinkel noch weiter nach unten zogen, als würden zwei Gewichte daran hängen.

Doch dann wechselte Klothilde Munknast das Thema.

„Die Lisa Spitz, die gefällt Ihnen wohl?"

„Wie kommen Sie darauf? Ich kenne sie nicht einmal flüchtig."

„Im Laufe eines langen Lebens in Schattenbach eignet man sich einen Blick für unsaubere Beziehungen an, glauben Sie mir. Lisa Spitz gefällt vielen, und ihr gefällt praktisch jeder, der neu ist im Ort. Darum nennt man sie hier auch die Gottesanbeterin."

„Ist sie denn so fromm?" – Ich stellte mich dümmer, als ich war. Denn natürlich wusste ich, dass sie darunter keine bigotte Kerzenschluckerin, sondern ein Insekt namens *Mantis religiosa Linnaeus* verstand, das zur Gattung der Heuschrecken zählte und sich in der neueren Verhaltensforschung dadurch einen Namen gemacht hatte, dass das Weibchen nach vollzogenem Geschlechtsakt ihr Männchen auffrisst.

„Gottesanbeterinnen gibt es viele bei uns in den Weinbergen", fuhr Klothilde Munknast fort. „Leshannl sagen die Winzer dazu, und so mancher von ihnen ist während der Weinlese auch schon gezwickt worden und hat sich dadurch einen hässlichen Ausschlag eingefangen. Aber sie sollen froh sein, wenn es nur bei einem Ausschlag bleibt. Man kann am Biss einer Leshannl auch sterben."

„Ich weiß", stimmte ich ihr zu.

„Sie wissen eine Menge, Herr Doktor", erwiderte die Bürgermeistersgattin, „und ich glaube Ihnen auch, dass Sie etwas über die Gottesanbeterin wissen. Aber über unsere Leshannl wissen Sie nichts, da können Sie auch nichts wissen. Also lassen Sie sich von jemandem, der es gut mit Ihnen meint, ganz einfach warnen."

„Sie meinen es tatsächlich gut mit mir?", fragte ich nach. „Ich hatte, ehrlich gesagt, den Eindruck, dass Sie mich nicht leiden können."

„Ich meine es mit jedem gut, der es mit den Freunden meines Mannes nicht gut meint. Und Sie meinen es doch nicht gut mit ihnen, oder?"

„Die Freunde Ihres Mannes?"

„Entschuldigen Sie, Herr Doktor, ich bin schon ein wenig beschwipst", erwiderte sie „aber ich meinte eigentlich die Feinde meines Mannes. Oder die Freunde. Oder die Feinde." Sie schüttelte ihren Dauerwellenschopf gründlich durch. „Kommt sich ja doch letztlich auf dasselbe raus."

Die Bloody Mary bahnte sich, während ich diesen Gedanken nachhing, langsam und in sämigem Fluss ihren Weg durch meine zerschrundete Speiseröhre. Danach fühlte ich mich allerdings überraschend tatendurstig und frisch, und so beschloss ich, etwas zu tun, was ich in Schattenbach bis dato noch nie gemacht hatte: nämlich – sei es aus Neugierde oder einer nicht näher bestimmbaren Vorahnung folgend – den Sonntagsgottesdienst zu besuchen.

*

Der Maienmonat erwies sich, was Wetter und Vegetation betraf, dieses Jahr ausgesprochen generös. Längst hatte frisches Grün auf allen Schattenbacher Fluren die braune Erde und den drappfarbenen Lehm überzogen, und es fehlte auch nicht an Himmelsschlüsseln und Gänseblümchen, die so dicht aus dem Boden drängten, als gäbe es hier oben etwas zu gewinnen.

Auf dem Weg zur Kirche kamen mir, adrett und strahlend wie das Trachtenpärchen aus dem Wetterhäuschen, der Bürgermeister und die Bürgermeisterin entgegen, und ich stellte zu meiner Beruhigung fest, dass Klothildes Du-Wort die vergangene Nacht nicht überlebt hatte. „Ah, der Herr Doktor", sagte sie mit der ihr zumindest in nüchternem Zustand offensichtlich eigenen Pikiertheit.

„Ah, die Frau Bürgermeister", antwortete ich keck und versuchte mich zu erinnern, ob sie sich in der vergangenen Nacht tatsächlich an mich herangemacht hatte, oder ob ich nur einer der zahlreichen Spiegelungen jenes Elmsfeuers aufgesessen war, das der Heilige Florian über Schattenbach entfacht hatte.

„Sie gehen doch nicht etwa zur Kirche?", mischte sich Hannes Munknast ungläubig ein.

„Nach allem, was vorgefallen ist, glaube ich neuerdings sogar an die unbefleckte Empfängnis", erwiderte ich und schaute dabei Klothilde Munknast tief in die Augen, die darob prompt errötete.

„Wir müssen uns beeilen", sagte sie. „Wir sind knapp dran. Kommst du auch, Sebastian?" Sie sah sich um. Ihr Blick galt dem blassen jungen Mann, den ich schon in der Bürgermeisterswohnung kennengelernt hatte und der sich auf den Zuruf seiner Mutter hin fast automatisch in Bewegung setzte. Klothilde war's zufrieden, wandte ihren Blick wieder nach vorne und hängte sich demonstrativ in den Arm des Bürgermeisters ein. Da just im selben Moment die Orgel das Präludium intonierte, zogen die beiden durch das Kirchenportal ein wie ein Kurfürstenpaar zur Kaiserkrönung. Erst ein paar Meter hinter ihnen schlenderte, als würde er darauf Wert legen, mit seinen Altvorderen nichts zu tun haben, das Bürgermeistersöhnchen in auffallend gut geschnittenem Parka, mit Brad-Pitt-Bärtchen und viel Gel im Haar einher.

Ich blieb unmittelbar unter der Orgelempore stehen und lehnte mich, nach der vergangenen Nacht immer noch etwas knieweich, sicherheitshalber gegen das aus Granit gemeißelte Taufbecken, was mir sofort jede Menge böser Blicke der um mich Stehenden eintrug. In den Kirchenbänken saßen die Menschen ziemlich dicht gedrängt, nur das Chorgestühl vorne im Altarraum war, bis auf eine einzige, offenbar tief ins Gebet versunkene Frau, leer geblieben.

Es war eine jener Messen, wie sie Johannes XXIII. ganz gewiss nicht vorgeschwebt waren, als er 1962 das

Zweite Vatikanum einberufen hatte. Es gab viel Weihrauch und noch mehr Latein, und ich verstand einmal mehr, warum ich mich lieber auf die alten Mayas und Azteken als auf das christliche Altertum spezialisiert hatte. Pfarrer Seitel erklomm zur Predigt sogar die schon gefährlich knirschende Kanzel und predigte dort so lange wie langweilig über das Evangelium vom Guten Hirten, eine Figur, mit der er sich selbst offenbar sehr stark identifizierte. Die ganze Zeit war von Schafen und Schafställen die Rede, was mich auf die Idee brachte, dass ich, seit ich in Schattenbach arbeitete, noch kein einziges Mal meine Lammkoteletts zubereitet hatte. Mit einem Mal schien mir der aufdringliche Geruch von Boswelliaharz und Sandelholz, der aus dem Glutschiffchen des Weihrauchfasses aufstieg, das der Oberministrant lässig wie ein Jojo schwang, von Knoblauch und Rosmarin überlagert zu werden.

Meine Gedanken waren im Begriffe abzuschweifen, und ich überlegte ziemlich unfromm, ob ich hier alle Zutaten für die Pfeffermarmelade bekommen würde, die mir ein indianischer Koch aus dem „Las Mañanitas" in Cuernavaca verraten hatte und die im wahrsten Sinne des Wortes teuflisch gut mit Lammfleisch harmonierte. Gewiss, räumte ich ein, steht und fällt die Qualität der Pfeffermarmelade mit jener eines guten Kilogramms roter Paprikaschoten, die sich allerdings selbst in Schattenbach beschaffen lassen sollten. Dann braucht man nur noch einen guten Mixer, in dem man die entkernten, klein geschnittenen und in einem halben Liter Zitronensaft sowie einem halben Liter Apfelessig weich gekochten Pfefferschoten ordentlich durchcuttert, bevor man die Masse mit zwei Kaffeelöffeln Chilipfeffer und einem Esslöffel Salz abschmeckt und zuletzt mit einem Kilo Gelierzucker noch einmal drei Minuten lang aufkochen läßt. Die so hergestellte Marmelade hält sich nicht unbedingt bis in alle Ewigkeit, aber, so überlegte ich, mit Sicherheit länger, als ich, wie die Dinge zur Zeit lagen, in Schattenbach bleiben würde.

Der Pfarrer weilte, während ich im Geiste schon meine zartrosa gegrillten Koteletts mit der sämigen roten Flüssigkeit überzog und mit frisch gehacktem Koriandergrün bestreute, noch immer auf seiner Schafweide. Er war aber inzwischen bei der mir nicht ganz zwingend scheinenden Schlussfolgerung angelangt, dass jeder gute Hirte auch eine gute Mutter haben müsse, die dann wiederum, ebenfalls nicht wirklich logisch, die Mutter aller Schafe sei. Das brachte ihn dann, nicht eben elegant, aber doch zielführend, zum Schattenbacher Leib- und Magenthema, der Marienverehrung, und sicherte ihm somit endlich wieder meine Aufmerksamkeit. Insgeheim hoffte ich nämlich noch immer, der Pfarrer würde mir, freiwillig oder unfreiwillig, etwas verraten, das mir bei meiner Suche nach Etelka und der Schattenbacher Madonna weiterhelfen würde. Und siehe da: Er schien mir diese Freude auch tatsächlich machen zu wollen.

„Wer im Mai die Maiandacht nicht besucht, liebe Gläubige“, so donnerte er von der Kanzel, „der bringt sich um jene Orientierung, die seinem Leben so dringend nötig ist. Diese Orientierung ist die Gnade Gottes, und nicht zuletzt um dieser Gnade teilhaftig zu werden, benötigen wir Irdischen auch das, was wir ein Gnadenbild nennen.“

Das klang, so dachte ich, zumindest einmal interessant. Ich wetzte meinen Hintern am Granitrand des Taufbeckens, vergaß die indianische Pfeffersauce und spitzte, da es offenbar um mich oder zumindest um mein Problem ging, die Ohren.

„Wir leben in einer Zeit, liebe Gemeinde“, fuhr Pfarrer Seitel unter dem Schallhelm, auf dem der Erzengel Michael sein Flammenschwert bei Tageslicht noch viel bedrohlicher schwang, fort, „in der wir uns zunehmend daran gewöhnen, dass Gnadenbilder etwas fürs Auge sind, etwas Ästhetisches, wie schöne Kleider, schöne Autos oder schöne Häuser. Wäre Maria in unserer Zeit zur Welt gekommen, wir würden vielleicht sogar sagen, sie sei ein Popstar oder ein Model."

Ich an seiner Stelle hätte jetzt einen kleinen Exkurs über die Karriere von Madonna Ciccone eingefügt, aber ich war kein Priester und mir auch überhaupt nicht sicher, ob Pfarrer Seitel mit Madonna auch noch etwas anderes als eine heilige Jungfrau verband.

„Das Gnadenbild – *Imago Miraculosa*, wie wir Lateiner sagen – ist ein durch Wunder bekannt gewordenes Bild, das die Kirche aufgrund seiner Wundertaten als gnadenvoll anerkannt hat. Aber, so frage ich euch, liebe Gläubige in Christo, ist nicht jedes Marienbild ein Gnadenbild, selbst dann, wenn es – noch – keine Wunder gewirkt hat? Verheißt nicht jedes Abbild Mariens gewissermaßen durch eine gottgewollte Automatik auch Gnade? – Vielleicht wird nun der eine oder andere hier im Raume sich fragen, ob nicht ohnedies jedes Heiligenbildnis, jede sakrale Darstellung, jedes Gebet in seinem tiefsten Innern auch Gnade verspricht. Doch wahrlich, liebe Freunde, ich sage euch, unsere Mutter Kirche hat auf all diese Fragen, die sich in der Stille wohl ein jeder von uns stellt, Antworten gefunden: So weiß sie beispielsweise sehr wohl zwischen *Dulia*, den Heiligen, und der *Hyperdulia*, der Gottesgebärerin und Jungfrau Maria, zu unterscheiden."

Als aufmerksamem Beobachter von Pfarrer Seitels Gemeinde war mir nicht entgangen, dass es unter den seiner Obhut anvertrauten Schafen nicht wenige gab, die ob der vielen lateinischen Ausdrücke in seiner Predigt längst eingeschlafen waren und im Dämmerzustand darauf warteten, bis das nachfolgende Credo sie wieder aus ihrem Sonntagsschläfchen reißen würde. Doch Pfarrer Seitel ließ sich von den paar halblauten Grunzern in den Kirchenbänken nicht beirren.

„Die heilige Maria“, fuhr er fort, „ist als Mutter des Erlösers gewissermaßen ihrer Natur nach dafür bestimmt, eine Wundertätige, eine *Thaumaturga*, zu sein. Wo auch immer sie in Form eines Bildes oder einer Statue auftaucht, strahlt sie Segen aus. In früheren Zeiten sagte man auch, sie sei gebenedeit. Nun, liebe Freunde, werden Sie vielleicht fragen: Warum ist die eine Madonna gebenedeit und die andere nicht? Warum sollte die Muttergottes von Altötting oder Mariazell mehr Segen ausstrahlen als irgendeine andere? – Liebe Gemeinde, ich weiß, woran jetzt jeder von Ihnen denkt. Wir alle denken an den ruchlosen Diebstahl unserer Heiligen Frau von Schattenbach aus dem Heimathaus.“

Endlich, dachte ich, war er dort angelangt, wo er von Anfang an hin wollte.

„Eine wahrhaft frevlerische Tat“, fuhr Seitel mit allem gebotenen Pathos fort, „daran ist nicht zu zweifeln. Aber ich sage euch: Die Allgegenwart der Muttergottes über Schattenbach hat darunter nicht gelitten. Die Heilige Jungfrau hat dennoch ihren Segen nicht von uns genommen. Jeder, der zu ihr gebetet, der sie berührt hat, der ihren Segen über sich kommen ließ, jeder Einzelne von uns ist mit dem Gnadenbild, wo immer es sich zur Zeit auch befinden mag, verlobt und steht daher auch unter seinem Schutz. Die heilige Mutter Kirche gibt uns dafür in ihrer unendlichen Weisheit und Güte auch eine recht plausible Erklärung. Sie spricht nämlich dem berührten Bild, dem *Imago attinga*, dieselbe Wunderkraft zu wie dem Gnadenbild selbst. Was heißt, dass jeder, der mit dem Gnadenbild von Schattenbach, und sei es nur über ein Foto, eine Kopie oder sogar eine Fotokopie davon in Berührung gekommen ist, der Gnade teilhaftig wird.

Alle Abbilder, liebe Gläubige, die mit einem Gnadenbild jemals in Berührung kamen, haben die Kraft des Gnadenbildes angenommen. Und damit schließe ich auch schon und komme zurück zu den Worten des heutigen Evangeliums. Wir alle benötigen Gottes Gnade, um auf seinen Wiesen weiden zu dürfen, und es ist der Gute Hirte, der uns auf diese Weide führt. Doch der Gute Hirte, Jesus, ist Mensch geworden, und seine Mutter, Maria, hat ihn dazu gemacht. Ich bin der Weg – das hat Jesus uns gelehrt. Also ist seine Mutter es auch, die uns den Weg weist, den wir gehen sollen. Maria, die Hüterin der ewigen himmlischen Weiden, meine liebe Gemeinde, ist die persönliche Beschützerin jedes Einzelnen von uns, sie ist die Krone der menschlichen Art und damit …"

Weiter kam Pfarrer Seitel, obwohl er rhetorisch gerade ziemlich in Fahrt kam, nicht, weil es im Chorgestühl plötzlich einen lauten Plumps machte und die Frau, die darin bis dato in meditativer Versunkenheit zu beten schien, wie eine Gliederpuppe umfiel. Plötzlich kam Bewegung in die angesichts der Marienpredigt sonntagvormittäglich dahindösende Gemeinde. „Der Frau ist schlecht geworden!", rief jemand, und keilförmig wie ein Stoßtrupp rückten die Gläubigen aus den ersten Bänken in den Altarraum vor, wobei einige Helfer angesichts der Notlage nichts dabei fanden, so beherzt wie unfromm einen Hüftschwung über das Kommuniongitter zu riskieren.

Immer mehr Menschen drangen in den Altarraum vor, die ganze Gemeinde schien, sei es aus Neugierde oder aus Mitleid, nach vorne zu strömen, bis plötzlich ein gellender Schrei ertönte. Wer ihn ausstieß, konnte ich von meiner Position im Hinterland dieses allgemeinen Schreckens nicht ausnehmen. Ich versuchte mir einen Weg durch die Massen zu bahnen, übersprang dabei mehrere Kirchenbänke, schob mich bis ans Kommuniongitter vor, kam aber zu spät, um zu sehen, ob sich mein Verdacht bestätigen würde. Als ich mich bis ans Chorgestühl durchgekämpft hatte, war die Frau bereits bis über den Kopf mit einer bestickten Altardecke aus der Sakristei zugedeckt worden. „Sie ist tot", zischelte eine Stimme neben mir. „Fürchterlich, sie ist erwürgt worden", raunte mir eine andere zu. Ich hingegen zischelte und raunte nichts, sondern rief, unter Ausschaltung jeglicher kalkulierter Vernunft, laut und verzweifelt den Namen Etelkas, bevor ich das Altartuch über dem vor mir liegenden Leichnam weit zurückschlug. Mein Blick fiel dabei zuerst auf die mit einem Rosenkranz gefesselten Hände, deren einer genau jener Finger fehlte, den ich daheim nun nicht mehr aufzutauen brauchte. Die Tote würde das fehlende Glied auf dieser Welt kaum noch benötigen.

Nur: Etelka war das nicht. Das scharf geschnittene Antlitz, dem irgendjemand bereits die Lider gnädig über beide Augen gezogen hatte, gehörte ganz eindeutig einer anderen als meiner ehemaligen Mitarbeiterin, für deren Wohlergehen ich nunmehr erstmals wieder einen Hauch von Hoffnung schöpfte.

Mein lauter Schreckens- und Schmerzensschrei schien der restlichen Gemeinde unterdessen die Sprache verschlagen zu haben. So still fand man die Nikolauskirche sonst wohl nur vor, wenn sie absolut menschenleer war. Nur war es jetzt nicht das Schweigen der Leere, sondern jenes allgegenwärtiger Spannung, das dazu führte, dass man in dieser Situation die sprichwörtliche Stecknadel hätte fallen hören können.

Ich wandte mich um und sah hinter mir Klothilde Munknast, deren Gesicht mir, im Gegensatz zu den Mienen der anderen Umstehenden, seltsamerweise nicht von schockierter Erregung oder Erschütterung, sondern von einer ganz anderen Emotion geprägt zu sein schien. Ich hatte nicht die Zeit und war auch nicht in der Verfassung, besonders lange darüber nachzudenken, doch es schien mir ein Gefühl der Befriedigung, wenn nicht gar des Triumphes zu sein, das mir ihre Lippen verrieten. Vielleicht täuschte ich mich aber auch, denn bereits den Bruchteil einer Sekunde, nachdem sich dieser Eindruck in mir verfestigt hatte, war Klothilde Munknasts Gesicht bereits wieder ein anderes geworden. Sie beugte sich nämlich zu mir herab, nahm das Altartuch und schlug es, ruhig und feierlich, wieder über den Leichnam, bis das Gesicht der Toten vollständig bedeckt war.

Anstatt des leblosen Antlitzes tauchte jedoch plötzlich, umso lebendiger, ein anderes Gesicht vor mir auf.

„Darf ich Ihnen aufhelfen", sagte ein höhnisch grinsender Loisl, vor dem ich mich, so plötzlich wie unfreiwillig, in kniender Demutshaltung wiederfand. Es blieb mir also nicht viel anderes übrig, als seine ausgestreckte Hand anzunehmen und mich mit seiner Hilfe vom Marmorboden des Altarraums hochhieven zu lassen.

„Ich muss Sie bitten, mir in die Sakristei zu folgen, Herr Doktor", sagte er fast tonlos. „Wir nehmen dort den Tatbestand auf, und wie es scheint, haben Sie dazu ja einiges beizutragen."

Ich folgte ihm bis zur Sakristeitür und drehte mich, bevor ich diese Pforte ins Ungewisse endgültig durchschritt, neben dem Band mit dem Klingelzug noch einmal um. Klothilde Munknast war jedoch nicht mehr zu sehen.

Im Türrahmen kreuzten sich meine Schritte mit jenen von Pfarrer Seitel, der wieder, wie schon beim letzten Versehgang, sein schwarzes Pluviale angelegt hatte. „Der Gottesdienst wird nicht fortgesetzt", sagte er so laut, dass die ganze Gemeinde ihn hören konnte. „Wir werden heute Abend in der Maiandacht für die Tote beten." Dann kniete er sich neben den Leichnam, schlug das Altartuch wieder zurück und murmelte die

Worte, die mir noch vom vergangenen Freitag nachklangen: *„Exaudi orationem meam, ad te omnis caro veniet. Requiem aeternam dona eis, Domine.“*

Die kleine Teufelsfratze im Chorstuhlknauf grinste mich dabei an, als hätte sie ihre reine Freude mit mir.

*

Was immer ich jetzttun würde, es war mir klar, dass es höchst an der Zeit war, mit dem Geheimnis meines Gefrierfachs herauszurücken. Ich hätte das sicherlich auch getan, hätte mir Inspektor Loisl nicht, gewissermaßen in vorauseilendem Gewahrsam, klargemacht, dass ich auch ohne dieses Geheimnis schon verdächtig genug war, um wegen Mordes, Raubs und was ihm sonst noch alles einfiel ein Leben lang hinter Gitter zu wandern. Sein Schnauzer hüpfte geradezu vor Freude, als er seine Hand auf meine Schulter legte und, für jedermann deutlich vernehmbar, die Worte sprach: „Schön, dass Sie sich einmal in unser Gotteshaus bemüht haben, Herr Doktor. So schnell hat es noch keinen Täter an den Tatort zurück gezogen wie Sie.“

Sein verächtliches Lachen klang, als hätte er es eigens für diesen Anlass einstudiert. Ich versuchte dennoch, nicht aufsässig zu werden und stattdessen konstruktiv zu antworten.

„Ich kann mir nicht vorstellen, dass die Tote tatsächlich im Chorgestühl ermordet wurde“, sagte ich. Allein: Meine Hilfsbereitschaft erboste Loisl nur noch mehr.

„Das ist ja wirklich fein“, erwiderte er, „dass Sie uns wenigstens mitteilen, was Sie sich vorstellen können. Sie werden sicher gleich und spätestens beim Lokalaugenschein ausreichend Gelegenheit haben, uns zu erläutern, wie wir uns Ihre Tat vorstellen müssen. Denn wenn ein dringend Tatverdächtiger sich etwas nicht vorstellen kann, dann ist das nichts anderes als ein ...“, Loisl schnappte nach Luft und holte tief Atem, „… als ein Grund mehr, dass er dringend tatverdächtig ist." Der Inspektor schien aus den Verstrickungen seiner hanebüchenen Logik nicht mehr herauszufinden; es war ihm offenbar nicht einmal selbst klar, was er mir gerade hatte sagen wollen.

Mir blieb allerdings kaum Zeit, über Loisls düstere Anspielungen nachzugrübeln, da der Griff, mit dem er mich an der Schulter gepackt und durch die Sakristeitür geschoben hatte, über seine weiteren Pläne wesentlich mehr aussagte als sein kriminologisches Gefasel.

In der Sakristei hatten vor den beiden spitzbögigen Fenstern unter dem Kreuzgewölbe bereits Pfarrer Seitel, Bürgermeister Munknast sowie Pater Canisius auf einer ausrangierten alten Kirchenbank Platz genommen. Wie sie da so nebeneinander saßen, sahen sie wie die Heilige Inquisition bei der Arbeit aus. Da die Bank bereits voll war, schob mir Guido Spitz, der Mesner, einen Schemel unter den Hintern, und die Rolle, die ich von dieser etwas exponierten Position aus zu spielen hatte, war in Sekundenschnelle genauso festgeschrieben wie sie es gestern in der Vorverhandlung am Wirtshausstammtisch. Der Prozessverlauf war allerdings ein anderer.

Loisl war neben Spitz der Einzige, der stand, und da er offenbar vorhatte, den Ankläger zu spielen, kam ihm diese Stellung in dieser seltsamen Dramaturgie, die mich allmählich zu ängstigen begann, wohl auch zu.

„Er steckt drin. Ich weiß noch nicht wie tief, aber er steckt auf jeden Fall drin", eröffnete Loisl sein Kreuzverhör.

„Ach Flinserl", seufzte Munknast, „Sie machen es einem aber auch wirklich nicht leicht, Sie für das Unschuldslamm zu halten, als das Sie sich immer ausgeben."

Der Bürgermeister hatte schon recht. Hätte ich meinen Gefühlen nicht auf dermaßen leicht durchschaubare Weise freien Lauf gelassen, hätte ich jetzt friedlich in meiner kleinen Küche über dem Museum meine indianische Pfeffersauce rühren können.

„Der Täter“, hob Loisl pathetisch an, „kehrt an den Tatort zurück.“

„Loisl, Sie haben zu viel Derrick geschaut.“ Der Bürgermeister schien mir aus irgendeinem seltsamen Grund immer noch die Stange zu halten. Ich hielt es trotzdem oder gerade deswegen nicht für opportun, jetzt mit der Wahrheit über meinen Tiefkühlfinger herauszurücken. Wie die Dinge lagen, hätte dann wohl auch der Bürgermeister meine sofortige Verhaftung nicht verhindern können. Ich starrte also lieber hinauf auf das Kreuzgewölbe und begann, die Grate und Kappen einzeln abzuzählen, als wären es Gestirne am Himmelszelt. Nein, jetzt verhaftet zu werden, dachte ich, das war so ziemlich das Letzte, was ich mir in meiner ohnedies schon ziemlich aussichtslosen Situation wünschen konnte.

„Was hat Sie denn bewogen zu glauben, dass die Tote Etelka sei? Haben Sie die vielleicht auch schon umgebracht?“, unterbrach Loisl meine Vermessung des spätgotischen Rippengewölbes.

„Was meinen Sie damit?“, antwortete ich, und man merkte mir dabei wohl eine gewisse Nervosität an.

„Was ich damit meine? Dass Sie uns womöglich noch den halben Ort ausrotten, das meine ich, Sie Mumienschlitzer. Vielleicht wollten Sie die Leiche ja auch noch einbalsamieren, bevor Sie sie mit einem Rosenkranz ans Chorgestühl gefesselt haben.“

„Loisl, es reicht!“, erteilte der Bürgermeister den von mir erhofften, aber keineswegs erwarteten Ordnungsruf. „Andererseits, Herr Doktor“, fuhr Munknast fort, „ist die Frage, die Ihnen der Inspektor gestellt hat, nicht ganz unberechtigt. Warum waren Sie wirklich der Meinung, die Tote sei Etelka? Und vor allem: Warum sind

Sie heute überhaupt in die Heilige Messe gekommen? Sie waren ja sonst auch noch nie da. Oder hat der Diebstahl in Ihrem Museum Sie etwa fromm gemacht? Einmal ganz abgesehen davon, dass für abhanden gekommen Dinge eigentlich der Heilige Antonius zuständig ist.“ Munknast konnte ein leises Kichern über seinen eigenen Scherz kaum unterdrücken.

„Sie ist ihm nicht abhanden gekommen“, widersprach Loisl, der die letzte Bemerkung offenbar gar nicht komisch fand und wieder in seinen alten Furor verfiel, „er ist in den Kunstraub genauso verwickelt wie in den Mord. Diesem Flinserldoktor kann kein Heiliger Antonius mehr helfen.“

Diesmal reichte ein Blick Munknasts, um Loisl wieder zum Schweigen zu bringen. Ruhig und besonnen wiederholte der Bürgermeister dann seine Frage: „Warum glaubten Sie, Herr Doktor Carozzi, dass die Tote Etelka sei?“

Der Bürgermeister bot mir eine ehrenhafte Möglichkeit, den Finger mit dem Schlangenring ins Spiel zu bringen, dachte ich, vielleicht sogar die letzte. Die richtige Wahrheit wollte mir dennoch nicht über die Lippen kommen, und da mir auch keine einigermaßen überzeugende Lüge einfiel, versuchte ich es mit einer anderen Wahrheit.

„Ich habe Gründe zu glauben, dass Etelka Kocbek hier in Schattenbach wiederholt Gewalt angetan wurde und dass ihr Leben in Gefahr ist“, sagte ich entschlossen und erntete damit ein sekundenlanges Schweigen, das erst durchbrochen wurde, als einer der Gendarmen an die Sakristeitür klopfte und meldete, die Tote sei nunmehr identifiziert worden. Es handle sich um eine gewisse Margita Kodschvar, eine Werftarbeiterin mit albanischer Staatsbürgerschaft, die draußen im Obdachlosenasyl ihr Zimmer mit zwei weiteren Flüchtlingsfrauen, darunter auch mit Etelka Kocbek, geteilt habe. Der Gendarm salutierte ab, und der Bürgermeister lehnte sich, soweit ihm das möglich war, auf der ausrangierten Kirchenbank zurück. Aus einem Grund, der mir nicht ganz klar war, schien er über diese Nachricht erleichtert zu sein. Er verschränkte die Arme über seinem hoch sitzenden Hosenbund und sah mir tief in die Augen: „Haben Sie die etwa auch gekannt, Flinserl? Sie scheinen ja in der Tat allerbeste Kontakte zu den Asylantinnen unserer Ortschaft zu unterhalten."

„Etelka hat bei mir gearbeitet. Wenn Sie das einen Kontakt nennen, warum nicht?"

„Sie sind aber gestern in aller Frühe schon im Asylantenheim gesehen worden", mengte sich Loisl ein. „Oder stellen Sie das etwa in Abrede?"

„Ich habe Etelka dort gesucht. Wo sonst sollte ich suchen, wenn nicht an ihrem Wohnort?"

„Etelka war zu diesem Zeitpunkt bereits als flüchtig gemeldet, das haben Sie genau gewusst."

„Sie ist vor Ihnen geflohen, nicht vor mir."

Loisl bebte vor Zorn und seine Nase glühte wie eine Infrarotbirne.

„Dann stecken Sie also doch mit ihr unter einer Decke! Geben Sie es am besten gleich zu, dann ersparen wir uns das lange Herumgerede. Sie haben gemeinsam mit Etelka die Madonna von Schattenbach gestohlen. Etelka hat sie entwendet, und Sie wollten Ihre Kontakte als Archäologe nutzen, um das Kunstwerk am internationalen Schwarzmarkt zu veräußern. Doch Margita, die Zimmerkollegin Etelkas, bekam Wind davon, vielleicht wollte sie auch an der Beute beteiligt werden, und darum musste sie sterben. So war's doch? Geben Sie es schon zu, Doktor Carozzi."

„Okay, ich gestehe!", sagte ich, einem plötzlichen Impuls folgend und zur sichtlichen Überraschung aller

Anwesenden. Munknast sah mich fassungslos an, Pfarrer Seitel fühlte sich bemüßigt, sich aus einer gewissen Peinlichkeit heraus zu schnäuzen. Nur Pater Canisius strahlte, als hätte ihn soeben eine Woge des Heils erfasst.

„Ich gestehe“, wiederholte ich.

„Tun Sie es lieber drüben auf der Gendarmerie“, unterbrach mich Loisl mit dem Grinsen des Siegers. „Da können wir dann gleich auch das Protokoll aufnehmen. Außerdem erkläre Sie hiermit für verh...“

„Moment, Moment“, unterbrach ich ihn, „Sie kennen ja meine Bedingungen noch nicht.“

„Sie haben als Delinquent keine Bedingungen zu stellen“, verfiel Loisl wieder in seinen Amtston.

„Er ist kein Delinquent, sondern allenfalls ein Verdächtiger“, korrigierte Munknast, „so lassen Sie ihn doch sagen, was er zu sagen hat.“

„Ich gestehe den Mord“, fuhr ich, nicht ohne eine gewisse Süffisanz, fort, „wenn Sie, Inspektor Loisl, mir eine schlüssige Erklärung dafür liefern, warum ich die Tote im Falle, dass Ihre Theorie stimmt, für Etelka gehalten und vor der ganzen Kirchengemeinde laut ihren Namen gerufen habe.“

Loisl stutzte.

„Margita ... für Etelka gehalten“, wiederholte er. „Das will in der Tat bedacht sein.“ Es folgte eine Schweigeminute, in der Loisl hilfesuchend um sich blickte. Doch es war keiner da, der ihm zu Hilfe kommen wollte. „Das muss ich dann, fürchte ich, noch einmal durchgehen“, sagte er halblaut.

Der Pfarrer lachte laut auf, bemühte sich aber mit wenig Erfolg, seinen Lacher als Beginn eines neuerlichen Niesanfalls zu tarnen.

Loisl holte unterdessen zum Gegenangriff aus. „Sie haben der Amtsgewalt etwas ... vorgespielt, Doktor Carozzi! Das wird Folgen für Sie haben, sehr ernste Folgen.“

Die Niederlage des Inspektors war bitter. Auch das kurzfristig erleuchtete Gesicht von Pater Canisius verblasste wieder.

„Lassen Sie sich lieber eine neue Theorie einfallen, Loisl“, wies ihn Munknast, der mir im Laufe dieser seltsamen Gerichtssitzung immer sympathischer geworden war, einmal mehr zurecht. „Der Flinserl ist Archäologe und kein Schauspieler. Und so blöd, seine Komplizin mit dem Mordopfer zu verwechseln, ist er auch nicht. – Sie haben mir ja einen schönen Schrecken eingejagt mit Ihrem angeblichen Geständnis, Herr Doktor“, wandte Munknast sich dann an mich.

„Wäre Ihnen ein Geständnis womöglich nicht zupass gekommen?“, fragte ich vorlaut und spürte, wie Munknasts sympathische Gelassenheit sekundenlang in einen Anflug von kaum beherrschtem Zorn umschlug. Ich spürte deutlich, dass ich mit dieser Bemerkung eine Grenze berührt hatte, die besser unüberschritten geblieben wäre. Munknast kriegte sich gerade noch einmal ein und ließ sich nicht anmerken, wie ich ihn, wenn auch nur einen Augenblick lang, aus der Fassung gebracht hatte. Zu seinem Glück war mein Verdacht im allgemeinen Trubel untergegangen, den der mittlerweile von den Ermittlungen draußen im Altarraum zurückgekehrte Gendarm auslöste, indem er einen vorsichtig in ein Tuch gewickelten winzigen Gegenstand wie eine Trophäe herumschwenkte: „Das hier ist unmittelbar neben der Leiche gefunden worden“, sagte er.

„Geben Sie schon her“, brummte Loisl. „Was soll das schon viel sein?“

„Ich würde meinen, eine Schachfigur, Herr Inspektor“, sagte der junge Gendarm, „aber Vorsicht, wegen der Fingerabdrücke.“

„Schon gut“, schnarrte Loisl beleidigt, „das ist nicht die erste derartige Ermittlung, die ich führe, Sie Grünschnabel.“

Der übereifrige Gendarm errötete und zog es vor, die Sakristei so schnell wie möglich wieder zu verlassen.

„Lassen Sie mich die Figur einmal anschauen.“ Pfarrer Seitel war von der Inquisitionsbank aufgestanden und blickte neugierig auf die Miniatur in Loisls Hand.

„Es ist ein Turm“, sagte der Pfarrer, „und zwar, wie es scheint, ein elfenbeinerner Turm.“

„Er kennt tatsächlich die Lauretanische Litanei“, murmelte ich halblaut vor mich hin.

„Was haben Sie gesagt? Wer kennt was? Meinen Sie mich?“ Pfarrer Seitel schien Lippen lesen zu können.

„Ich denke, dass der Mörder die Lauretanische Litanei kennt“, sagte ich mit einem Blick auf Pater Canisius. „Vielleicht ist er auch Priester.“

„Carozzi!“ Der Tadel kam vom Bürgermeister. „Haben Sie für heute nicht schon genug Unfug gestiftet?“

„Man muss in Schattenbach kein Priester sein, um die Lauretanische Litanei zu kennen“, sagte Pfarrer Seitel in seinem salbungsvollen Predigt-Tonfall. „Fast jeder hier kennt die Lauretanische Litanei, vom Erstkommunionkind bis zu den Besuchern der Maiandacht, vor allem aber jene der jährlichen Osternachtsfeier, wo wir diese schöne alte Litanei mit der ganzen Gemeinde unserer Gottesmutter aufopfern.“

„Ja, unser Gotteshaus ist meistens gut gefüllt“, ließ sich nun der Kooperator mit weicher, flötender Stimme, aber eisiger Miene vernehmen. „Leer ist unsere Kirche eigentlich nur, wenn wir sie nach dem Abendsegen abschließen. Es sei denn, jemand dringt danach noch unbefugt ein.“

„Beispielsweise, um eine Leiche im Chorgestühl zu verstauen“, sagte Loisl. „Haben Sie etwa jemanden dabei beobachtet, Pater?“

„Nein, dabei nicht. Jemanden, der widerrechtlich zu mitternächtlicher Stunde in die Kirche eingedrungen ist, um sich hier ziemlich handgreiflich umzusehen, habe ich indessen sehr wohl gesehen. Und derjenige befindet sich auch hier im Raum."

Er zeigte auf mich, und seine Worte schnürten mir die Kehle zu.

*

Not, so sagt eine alte Redensart, lehrt beten. Ich habe mit diesem Spruch nie etwas anfangen können und mich stattdessen an den guten alten Karl Marx gehalten, dessen Ausspruch, dass Religion das Opium des Volkes sei, ich für wesentlich schlüssiger halte, obwohl er im Grunde dasselbe aussagt, nur eben aus einem anderen Blickwinkel.

Nun saß ich, nachdem mich die Vorhölle der Sakristei endlich ausgespuckt hatte, wieder in himmlischeren Gefilden, nämlich auf einer Holzbank in der Marienkapelle, blickte auf die Madonna, der, ebenso wie der unglücklichen Margita, ein Finger fehlte, und wusste mit meinem Agnostikertum nicht viel anzufangen. Selbst Altvater Marx vermochte, so sehr ich die Archive meines Gehirns auch nach einschlägigen Lebensweisheiten abklopfte, keinen hilfreichen Sinnspruch beizutragen. Ich landete schließlich beim Verslein: „Und wenn du glaubst, es geht nicht mehr, kommt irgendwo ein Lichtlein her" – aber das war sicher nicht von Marx, und ein rettendes Lichtlein war trotz des vielen Kerzenwachses in der Nikolauskirche auch nicht in Sicht.

Selbstverständlich konnte, sogar in meiner ziemlich aussichtslosen Situation, von Beten keine Rede sein, soviel Selbstachtung besaß ich noch. Der Agnostiker in mir trug einen, wenn auch keinen besonders ruhmreichen Sieg davon, er scheute allerdings nicht davor zurück, in einen Dialog mit der Madonna einzutreten, die mich von ihrer sicheren Mensa über dem Altarschrein der Seitenkapelle gleichermaßen verständnisvoll wie tadelnd anblinzelte. Sie sei, schien sie mir sagen zu wollen, in Wahrheit überhaupt keine Muttergottes, sondern eine echte Donna vom Lande, nicht mehr und nicht weniger als eine schöne junge Frau aus der Schattenbacher Umgebung, fast noch ein Mädchen, mit trotzig geschürzten und gleichwohl sinnlichen Lippen, die in einem auffallenden Gegensatz zu ihren tieftraurigen Augen über den zarten Alabasterwangen standen. Mach mir nichts vor, dachte ich, ich weiß ganz genau, dass du ins Neue Testament gestolpert bist wie Alice ins Wunderland. Wenn einer von uns beiden ein Heide ist, dann nicht ich, sondern du: Ich kenne dich jedenfalls schon aus dem alten Ägypten, als du noch Isis geheißen hast und dein Jesulein kein untergeschobener Zimmermannssohn, sondern der Horusknabe war, den du schon zu einer Zeit gestillt hast, als die Menschen noch an Sonnengötter statt an die heilige Dreifaltigkeit glaubten. Mich täuscht du nicht, von alten Göttern versteh ich was. Schließlich bin ich Archäologe.

Ich ertappte mich dabei, dass ich tatsächlich, wie Fernandel in den alten Don-Camillo-Filmen auf das Wort Gottes, darauf wartete, dass die Madonna mir auf meine Vorhaltungen antwortete. „Carozzi, du Trottel“, beispielsweise, „jetzt musst du schon selber schauen, wie du dich aus der gequirlten Scheiße, in die du dich da hineinmanövriert hast, am eigenen Schopf wieder herausziehst.“ Doch die Madonna blieb stumm, und im Übrigen würden Madonnen, könnten sie denn reden, sich vermutlich gewählter ausdrücken. Oder vielleicht auch gerade nicht. Wer konnte das schon so genau wissen? – Nicht einmal der Kooperator, der ja angeblich ein großer Madonnen-Auskenner war und mich in seinem biblischen Zorn knapp an die Schwelle von Loisls Gemeindekotter gebracht hatte. Ich hatte alles, was ich einmal über antike Rhetorik gelernt hatte, aufbieten müssen, um meinen absoluten Argumentationsnotstand einigermaßen glaubhaft zu überspielen. Nur dass Canisius selbst zugeben musste, dass die Tür zum Gotteshaus durch Irrtum oder Nachlässigkeit seinerseits oder Frau Zidibulks offen geblieben war, hatte mich zumindest vom Vorwurf des Hausfriedensbruches gerettet. Was ich zu mitternächtlicher Stunde tatsächlich in der Kirche gesucht hatte, ließ sich jedoch ohne einen Hinweis auf das kleine Geschenk, das ich zuvor in meinem Museumstabernakel gefunden hatte, kaum glaubhaft darstellen. Ich redete also etwas von anderen Madonnen aus derselben Entstehungszeit daher, die ich auf Eigenschaften überprüfen wollte, welche mich wiederum zu den Kunsträubern führen könnten. Ich konnte aber weder erklären, um welche Eigenschaften es sich dabei handeln hätte können, noch, warum ich diese Form der detektivischen Kunstbetrachtung nicht auch bei Tage durchführen konnte. Canisius schimpfte mich einmal mehr einen Madonnenschänder, Loisl bekam wieder etwas Oberwasser und meinte, dass es von der Madonnenschändung zum Frauenmord kein weiter Weg sei, doch der Bürgermeister verhinderte meine nun wirklich unmittelbar bevorstehende Verhaftung, indem er mich aufforderte, mich jederzeit zur polizeilichen Einvernahme zur Verfügung zu halten und Schattenbach nicht zu verlassen. Der Pfarrer bat schließlich alle Versammelten in den Pfarrhof zu einer – wie er es nannte – „kleinen Agape". Mir wurde indessen bedeutet, dass ich die Sakristei verlassen durfte, was ich auch umgehend tat. Auch draußen im Kirchenschiff hätte ich mich ganz bestimmt keine Minute länger aufgehalten, wenn mich nicht die Madonna angeblinzelt und zu einem kleinen Tête-à-tête in der Seitenkapelle eingeladen hätte.

Jetzt schien mir ihr Antlitz mit einem Male nicht mehr Trauer, sondern etwas überlegen Naseweises auszustrahlen. „Ich weiß etwas, das du nicht weißt", schien sie zu sagen, machte aber nicht die geringsten Anstalten, mit ihrer Weisheit herauszurücken. Dabei waren da Fragen genug, auf die ich von ihr gerne Antworten gehört hätte. Wie kam Etelkas Ring auf Margitas Finger? Wo hielt sich Etelka, so sie denn – was nun wieder wahrscheinlicher geworden war – lebte, zur Zeit auf? Warum hatte sich Klothilde Munknast beim Anblick von Margitas Leichnam so seltsam verhalten? Warum hielt der Bürgermeister immer noch zu mir, obwohl ich mit meiner schnoddrigen Bemerkung sichtlich seine Kreise gestört hatte? Madonna, Madonna, dachte ich, du hättest mir wahrlich genug zu erzählen.

„Sie beten?", hörte ich plötzlich eine Stimme, die aus dem Altarraum hinter mir kam. „Ich fürchte, Sie haben auch allen Grund dazu."

Noch jemand, dachte ich, der vom Pfarrer nicht zur sonntäglichen „Agape" eingeladen worden war. Es war Guido Spitz, der mit seinem Küsterstab wie ein Nachtwächter vor mir stand und gerade damit beschäftigt war, die Flamme der mannshohen Osterkerze neben dem Volksaltar fachgerecht auszulöschen.

„Ich bete nicht", sagte ich trotzig.

„Ich weiß, Sie sind Atheist."

„Agnostiker", korrigierte ich. „Der liebe Gott ist vielleicht Atheist, ich nicht."

„Lästern Sie nicht im Gotteshaus", kam es schroff zurück. „Was tun Sie dann überhaupt hier, wenn Sie nicht beten?"

„Ich suche nach der Wahrheit."

„Das dürfen Sie im Haus des Herrn." Sein aufdringliches Pathos tat mir fast körperlich weh. „Fürwahr, das dürfen Sie."

Guido Spitz hatte eines jener alterslosen Gesichter, die so lange jungenhaft wirken, bis sie plötzlich greisenhaft sind, und Spitz war gerade auf halbem Weg vom einen zum anderen. Hätte ich nicht gewusst, dass man in Schattenbach keinen Shit raucht, sondern sich lieber mit Alkohol zuschüttet, ich hätte fast vermutet, er sei irgendwie auf Drogen. Er schaffte es, selbst beim Reden den Mund nicht zu bewegen. Im Moment wirkte er auf mich wie ein Hopi-Indianer, der sich gerade einen Fliegenpilz reingezogen hatte.

„Was hatten Sie eigentlich in meiner Kammer zu suchen?", fragte er unvermittelt.

„In Ihrer Kammer?"

„Es ist selbstverständlich nicht meine Kammer, es ist die ehemalige Votivkammer unseres Gotteshauses. Sie ist aus Zeiten erhalten geblieben, als die Wallfahrt zu den Heiligen Jungfrauen von Schattenbach noch aktiv war. Mittlerweile ist sie völlig zum Erliegen gekommen. Ganz hinten verstauben noch ein paar alte Wachsvotive ..."

„Der Pfarrer meinte, sie seien im Heimathaus vielleicht besser aufgehoben."

„Er hat Ihnen von den Wachsvotiven erzählt?"

„Er hat sie mir sogar gezeigt."

„Das verwundert mich. Es sind schmutzige Sachen dabei. Ich mag sie nicht ansehen."

„Sie meinen die Gebärmuttervotive."

„Schweinekram. Der Pfarrer hat schon recht, das passt wirklich besser zu Ihnen – ins Heimathaus."

„Was treiben Sie dann in ‚Ihrer' Kammer?"

„Brandmalerei."

Er sah meinen fragenden Augen an, dass ich etwas verwirrt war.

„Brandmalerei. Oder Pyrografie, wie man auch dazu sagt. Der Herr Pfarrer hat mir den Raum als Werkstatt zur Verfügung gestellt. Ich mache ihm dafür den Mesner. Meine Wohnung ist zu klein dafür. Und eine eigene

Werkstätte wie früher trägt das Schreinerhandwerk heute nicht mehr. Kommen Sie, ich zeige es Ihnen."

Ich wunderte mich über seine Freimut, die in völligem Gegensatz zur Sperrigkeit des Kooperators stand. Aber so verhärmt, wie Spitz aussah, hatte er sich im Laufe seines Lebens wohl damit abgefunden, stets der Bereitwillige zu sein. Ohne dass ich ihn wirklich darum gebeten hatte, wandte er sich daher auch um und ging auf die Wand mit der Illusionsmalerei zu, an deren tückischer Mechanik ich zwei Tage zuvor gescheitert war.

„Jetzt sind Sie wohl neugierig, wie ich das aufkriege", sagte Spitz, ohne dass sich seine Miene dabei wesentlich aufgehellt hätte.

Bevor ich noch antworten konnte, hatte er auch schon mit der Hand über die Wolkenwand gestrichen, und die Tür ließ sich öffnen. „Der Mechanismus funktioniert, wie wenn er gestern zusammengebaut worden wäre", sagte er mit sichtlichem Familienstolz. „Kommen Sie ruhig mit rein."

Der Raum hinter der blinden Tür wirkte ganz anders, als ich ihn von meinem letzten Besuch in Erinnerung hatte. Dachte ich letztes Mal, es handle sich um eine finstere Kammer, so flutete jetzt durch zwei kleine Spitzbogenfenster Sonnenlicht auf den Boden, der knöcheltief mit Sägespänen und Holzabfällen bedeckt war. Auf einem Regal lagen Dutzende von Bildern gestapelt, und auf einem Bord weiter hinten erkannte ich die Wachsvotive wieder, vor denen Spitz so graute. An der Wand hingen mehrere Votivbilder, durchwegs älteren Datums. Gleich darunter stand immer noch die Frauenfigur, die mir vorgestern im fahlen Lichtschein schemenhaft aufgefallen war, aber jemand hatte inzwischen ein Tuch darübergehängt. Dort, wo das meiste Licht hinfiel, befand sich indessen eine lange Werkbank mit allerlei Schnitzwerkzeug, das mich jedoch weniger faszinierte als die

Tatsache, dass darauf auch ein komplettes Apple-Set mit PC, Scanner und Drucker stand.

„Ihr Schreiner habt ja seit Meister Eder ganz schön dazugelernt“, sagte ich, aber Guido Spitz gab mir keine Antwort darauf. Er ging zu dem Bilderstapel, zog eines heraus und hielt es mir unter die Nase. Es zeigte eine Ansicht von Schattenbach, unter der die Jahreszahl 1490 stand. Sie war offenbar nach der Vorlage eines alten Kupferstichs gearbeitet worden Man sah deutlich das Flussknie, das früher allerdings wesentlich stärker befestigt war als heute. Auch die Nikolauskirche, die sich hoch über die geduckten Schifferhäuser erhob, hatte schon ganz ähnliche Umrisse wie heute.

„Das ist Brandmalerei“, sagte Spitz, und wieder schwang Stolz in seiner Stimme mit. „Brandmalerei ist die Kunst, Bilder mit einem Lötkolben in weiches Holz, Leder oder Kork einzuarbeiten. Was mich betrifft, so arbeite ich ausschließlich mit verschiedenen Hölzern. Zu meinen besten Kunden zählen beispielsweise Weinbauern, die sich ihr Familienwappen oder ihr Firmenzeichen oder auch einen Trinkspruch in den Fassboden einbrennen lassen. Doch das sind leichte Arbeiten. Man kann auch ein Gemälde von Albrecht Dürer in Brandmalerei ausfertigen. Das Bild mit den „Betenden Händen“ zum Beispiel, das eignet sich besonders gut dafür. Ich arbeite dabei nach Schablonen, die ich in meinen Computer einscanne und danach wieder ausdrucke. Es ist eine ausrangierte Anlage aus dem Gemeindeamt, aber seit ich ihn habe, ist das Anfertigen von Schablonen viel leichter geworden, und es bleibt mehr Zeit für die Ausarbeitung.“

Er holte ein anderes Bild, das dasselbe Motiv zeigte, allerdings in ziemlich grässlichen Farben koloriert. „Das ist polychrome Brandmalerei, das mögen die Leute, und meine Schwester kann etwas mehr dafür verlangen.“

„Ihre Schwester?“

„Sie führt den Andenkenladen unten an der Flusslände. Neben allerlei Schund verkauft sie dort auch meine Bilder und meine Devotionalien.“

Das Wort weckte meine Neugier. „Sie verfertigen auch Devotionalien?“

„Wenn es nach mir ginge, würde ich nur Devotionalien herstellen. Das Talent, das einem der liebe Gott geschenkt hat, sollte man nicht an die eitle Welt verschwenden, sondern wiederum in den Dienst Gottes stellen. Zumindest war das früher einmal so.“

„Was spricht dagegen, dass Sie Devotionalien herstellen?“

„Meine Schwester sagt, sie verkaufen sich nicht, außer die „Betenden Hände“, die sind eine Ausnahme. Landschaften und Blumen- oder Tiermotive gehen besser. Die male ich dann auch gelegentlich. Wenn es nach meiner Schwester ginge, sollte ich allerdings ganz andere Motive malen.“

„Was möchte Ihre Schwester denn, dass Sie malen?“

Guido Spitz holte tief Atem. „Ach, meine Schwester ...“, sagte er dann. „Meine liebe Schwester. Scheußlichkeiten will sie, dass ich male, absolute Scheußlichkeiten.“

„Sie bleiben aber lieber den Devotionalien treu?“

Guido Spitz ging wieder zu seinem Bilderberg und zog diesmal gleich ein halbes Dutzend vom Stapel.

„Das sind meine liebsten Motive“, sagte er selbstversunken, „am liebsten male ich Gnadenbilder aus ganz Europa und lasse sie dann von unserem Herrn Pfarrer weihen. Oder ich gebe sie Pater Canisius auf eine der Wallfahrten mit, die er organisiert, damit er sie mit noch mehr Gnadenfülle wieder zurückbringt. Je mehr Gnade es ausstrahlt, desto wertvoller wird das Bild. Manche Bilder habe ich auch schon selbst mit den echten Gnadenbildern in Berührung gebracht. Da geht dann die ganze Gnade des Originals selbst auf ein so bescheidenes, kleines Brandmalerei-Bildchen über."

Bei diesen Worten hielt er mir eines seiner Madonnenbilder unter die Nase, auf das ein Fächer geklebt war. „Das ist eines meiner liebsten. Den Fächer habe ich drüben in Böhmen gekauft, woher das Bild auch stammt. Es ist eine originalgetreue Nachbildung der Muttergottes von Gojar."

Er drückte mir das Bild in die Hand.

„Führen Sie es an Ihre Wange, kommen Sie schon, führen Sie es an Ihre Wange."

Ich kam mir dabei ziemlich dumm vor, aber warum sollte ich ihm die kleine Freude nicht machen?

„So, und jetzt sagen Sie mir, was Sie spüren!"

„Nichts", erwiderte ich wahrheitsgemäß, „außer dass der Fächer kitzelt.

„Das ist kein Kitzeln", erwiderte Guido Spitz, und seine Stimme klang plötzlich so milde wie die eines Fernsehpfarrers, „das ist der Hauch des gnadenvollen Atems Mariens, den Ihnen der Fächer gewährt."

Ich legte das Bild kommentarlos auf die Werkbank zurück. Nichts wollte ich weniger als mich mit diesem kauzigen Marienverehrer auf einen dogmatischen Streit einlassen.

„Ich merke schon, dass es Ihnen an der nötigen Spiritualität fehlt, um den heiligen Atem zu spüren. Ich möchte Ihnen aber dennoch etwas schenken."

Er holte aus dem Bilderstoß ein kleines Bildchen, wickelte es in Packpapier und drückte es mir in die Hand.

„Ich glaube nicht, dass Sie ein schlechter Mensch sind, Herr Doktor Carozzi", sagte er. „Und selbst wenn Sie ein Atheist sein mögen, so halte ich Sie doch weder für einen Dieb noch für einen Mörder. Ich kann Ihnen nämlich sagen, wer in Wahrheit an dem Unglück schuld ist, das über Schattenbach gekommen ist. Es sind die

Zigeuner. Jedes Jahr, wenn ihre Zugvogelroute Schattenbach berührt, bringen sie nur Unfrieden und stiften Unheil. Erst rotten sich diese Heiden, Magier und Ägypter untereinander aus, und dann tun sie den Christenkindern Gewalt an. Das war immer schon so und ist auch heute nicht anders, nur dass man sie früher, wenn man ihrer habhaft wurde, einfach aufgehängt hat. Und heute? Alle Jahre wieder lagern sie draußen vor Schattenbach, und alle Jahre wieder ist es dasselbe. Erst kommt die Unzucht, dann die Gewalt, dann das Chaos. Es ist der ewige Kreislauf."

Die Enge dieser katholischen Bastelstube erdrückte mich allmählich. Ich fühlte das Bedürfnis nach frischer Luft.

„Sehr freundlich, dass Sie mich nicht für den Täter halten. Ihren übrigen Schlussfolgerungen kann ich mich allerdings nicht anschließen. Einen schönen Sonntag noch."

Ich verließ die Nikolauskirche nahezu im Laufschritt und merkte erst draußen vor der Kirchentür, dass ich noch das Päckchen in der Hand hielt, das Spitz mir geschenkt hatte. Ich öffnete es und war wenig überrascht, ein Marienbildnis darauf zu sehen. Darunter stand, in Frakturschrift ins weiche Fichtenholz eingebrannt: „Im Schoß der Mutter ruht die Weisheit des Vaters."

Ein blöder Spruch, dachte ich, merkte aber dennoch, dass es keineswegs der Spruch war, der mich irritierte. Was mir geradezu einen Schreck einjagte, war, dass es sich bei dem Madonnenbildnis ganz eindeutig um ein Porträt von Lisa Spitz handelte.

6

Du hältst doch die Wolken nicht auf,
indem du ein Schiff baust.
Jim Jarmusch

Der Appetit war da, aber die Lust, jetzt auch noch eine indianische Pfeffersauce zu rühren, war mir vergangen. In Mexiko City hätte ich mich jetzt in die nächste Taqueria gesetzt, Chilaquiles mit einer doppelten Portion Zwiebeln und Käse bestellt, dazu ein möglicherweise etwas schales, aber gut gekühltes Corona-Bier getrunken und dessen Nachgeschmack mit einem dreifachen Mezcal hinuntergespült. Doch ich war nicht in Mexiko City, sondern in Schattenbach, und es gab weder eine Taqueria noch Corona noch Mezcal. Hier gab es nur den Kirchenwirt, und den suchte ich daher auch auf. Meine Angst, in der Gaststube auf jede Menge Menschen zu treffen, die ich nicht sehen wollte, erwies sich erfreulicherweise als unbegründet. Es war kurz nach Mittag, und das Frühschoppenpublikum hatte das Wirtshaus entweder bereits verlassen oder war im Begriff zu gehen. Man isst in Schattenbach Sonntagmittag nicht auswärts, sondern hängt daheim an Mutters Kochtöpfen – was wohl auch der Grund ist, warum es zu dieser Stunde in allen Gassen nach dampfendem Schmalz, Schnitzeln und Gurkensalat riecht.

Die paar Gäste, die den Kirchenwirt jetzt noch frequentierten, waren Wochenendausflügler aus der Stadt, die um wenig Geld Landluft und Schweinsbratenduft atmen wollten – und beides, samt einer Gratisportion Frittendunst, auch in reichlichem Maß bekamen.

Ich setzte mich an einen der leeren Tische und bestellte ein Bier, das auch nicht besser als ein mexikanisches Corona, aber immerhin frisch gezapft war. Die Serviermaid, die es mir kredenzte, schien mir denselben traurigen Blick wie die Madonna in der Seitenkapelle aufgesetzt zu haben, aber vermutlich war ich auf dem besten Weg zu einer handfesten Paranoia: Ich fühlte mich von Madonnen verfolgt.

„Haben Sie auch Chili con Carne?“, fragte ich sie.

„Nein, so etwas führen wir nicht“, erwiderte sie so verschämt, als hätte ich sie nach einer Schachtel Pariser gefragt.

„Dann sonst etwas Scharfes“, sagte ich, leicht gereizt.

„Wie wäre es mit gefülltem Paprika, oder vielleicht einem Saftgulasch? Ist aber beides nicht wirklich scharf.“

So wie sie dabei dreinschaute, war es vermutlich auch nicht wirklich gut.

„Saftgulasch“, seufzte ich gottergeben und fügte mich in mein Schicksal. Dieses nahm, in Form eines von schwimmenden Fettaugen übersäten, über und über von Flachsen durchwachsenen Rindsragouts mit viel Paprikapulver und wenig Würze auch tatsächlich seinen erwarteten Lauf.

„Hat es geschmeckt?“, fragte die Maid artig beim Abservieren.

„War soweit ganz in Ordnung“, antwortete ich wider besseres Wissen. Sie konnte ja nichts dafür, dass in der Küche offensichtlich ein Stumpfgaumen am Werk war. Vielleicht war das auch der Grund für ihre traurigen Augen. Sie schien meine Unehrlichkeit jedoch zu bemerken.

„Ich sagte ja, es ist nicht wirklich scharf“, meinte sie entschuldigend.

„Ist schon gut. Was macht’s aus?“, fragte ich und gab ihr mehr Trinkgeld, als ich eigentlich wollte. Dann stand ich auf, und der Gulaschatem, den ich mir soeben eingehandelt hatte, sollte mir im weiteren Verlauf des Tages treu bleiben.

Obwohl mich das Bier müde gemacht hatte und mir nach all den Aufregungen der letzten Tage eine zusätzliche Mütze Schlaf wahrhaftig nicht übel bekommen wäre, ging ich, kaum dass ich den Kirchenwirt verlassen hatte, nicht die paar Schritte hinüber ins Heimathaus. Stattdessen beschloss ich, zum Luftschnappen noch ein wenig die Flusslände entlang zu bummeln, wo es nicht nur verführerisch nach Mandelblüten duftete, sondern auch fast schon unsittlich nach den Samenknospen der Robinien in den Flussauen, die dort begannen, wo die Flusslände endete. Ohne es recht zu merken, hatte ich die Schattenbacher Promenadenallee hinter mir gelassen und schlenderte, scheinbar ziellos und schon weit jenseits der Ortsausfahrt, die Uferstraße entlang, die, an etlichen Weingärten vorbei, direkt auf den längst stillgelegten Steinbruch führte. Zu seinen Füßen befand sich die Schattenbacher Bootswerft, die hier von allen Schopperstätte genannt wurde und das Reich Oskar Pettenhofers war. Der Steinbruch war ein Patchwork von ungezählten Flicken aus Gneisen, Granuliten, Glimmerschiefern und sah wie der große Bruder meiner Mineraliensammlung im Museum aus.

Die Schopperstätte selbst war in eine Felsennische des Steilhangs hineingehauen und präsentierte sich von der Vorderfront als ziemlich unansehnliche Werkshalle, als rostroter Klotz aus Wellblech, der zum Flussufer hin mit einer geräumigen Rampe abfiel und sich vor dem Hintergrund der marmorierten Felsenkulisse wie eine einzige Bausünde ausnahm.

Wesentlich lieblicher, wenngleich um nichts weniger eine Bausünde, war das Pettenhofer'sche Villenanwesen, das ein paar hundert Schritte von der Schopperstätte entfernt mitten in die Weinberge hineingebaut worden war und in seinem giebel- und säulchenverliebten Westküstenbarock wie ein Abziehbild von Falcon Crest aussah.

Am Sonntag war die Schopperstätte zwar geschlossen, aber zwischen den beiden Gebäuden spielte sich entlang der kleinen privaten Fahrstraße überraschend reges Leben ab. Der Kiesweg führte von der Werft, an einer beachtlichen Limousinenflotte und einem kleinen Containergebirge vorbei, hinter dem sich, wie es schien, ein Tennisplatz verbarg, hinüber zum Villengebäude.

Ich beschloss jedoch, mich dem Pettenhofer'schen Anwesen nicht durch den Haupteingang zu nähern, sondern die Zufahrtstraße zu verlassen und mir die Anlage von den dahinter liegenden Weinbergen aus näher anzusehen, wo ich, falls mich jemand sah, immer noch vorschützen konnte, ich hätte einen kleinen Verdauungsspaziergang gemacht. Nach einem kurzen Aufstieg, bei dem mich die schottrigen Böden ebenso ins Rutschen wie, trotz des leichten vom Strom her wehenden Frühlingslüftchens, ganz schön ins Schwitzen brachten, fand ich einen alten Grenzstein mit Aussicht. Ich machte es mir darauf, so gut es ging, bequem und stellte zufrieden fest, dass ich von hier, aus einer Entfernung von nicht einmal hundert Metern, einen recht komfortablen Überblick auf das Geschehen unter mir hatte.

Ich war offensichtlich gerade zum Ende einer kleinen Feier zurecht gekommen. Auf der geräumigen Villenterrasse, die von den gerade erblühten Rebstöcken nur durch eine Balustrade getrennt war und sich wie ein Altan über das Flussufer erhob, saßen unter einem großen, rechteckigen Sonnensegel an einer langen Tafel etwas mehr als ein halbes Dutzend Personen, von denen Pettenhofer, der Bürgermeister und der Pfarrer leicht zu erkennen waren. Sie waren offensichtlich in ein Gespräch verstrickt, das ich aufgrund der ungünstigen Windlage und obwohl ich meine Ohren mehr als nur spitzte nicht mithören konnte. Das Einzige, was ich bemerkte, war, dass dieses Gespräch die vier jungen Männer bei Tisch, von denen mir nur zwei bekannt vorkamen, zu langweilen schien. Auch Klothilde war anwesend. Auch heute trug sie wieder eines ihrer umständlichen Kleider, saß aber nicht am Tisch, sondern machte sich beim Aufräumen nützlich, für das jedoch in erster Linie eine korpulente Frau mit rotem Gesicht und umgebundener Küchenschürze zuständig war.

Während die Damen die letzten Knödel mitsamt den Sauerkraut- und Bratenresten abservierten, erhoben sich die beiden jungen Männer, die ich nicht kannte, und schlenderten über die Fahrstraße gemächlich zur Schopperstätte hinunter. Pettenhofer stand vom Tisch auf, ging allerdings in die entgegengesetzte Richtung, stieg ein paar Stiegen hinab, zog einen Schlüsselbund aus der Hosentasche und öffnete die Tür zu einem kleinen Wirtschaftsgebäude im Weingarten, in dem sich wohl ein Erd- oder vielleicht sogar ein Felsenkeller befand. Schon nach wenigen Minuten kehrte Pettenhofer, zwei Weinflaschen unter dem Arm, wieder auf die Terrasse zurück und schickte sich an, sie zu entkorken. Der Pfarrer wehrte ab, doch Munknast ließ sich bereitwillig einschenken, während die beiden blassen Jünglinge – ich hatte sie mittlerweile als die Söhne von Pettenhofer und Munknast identifiziert – am anderen Ende der Tafel an zwei Kuchenstücken knabberten, die mittlerweile von Klothilde Munknast aufgetragen worden waren. Die beiden anderen Knaben waren inzwischen in der Schopperstätte verschwunden, von der sie, zu meiner großen Überraschung, mit zwei Gewehren bewaffnet wiederkamen, die sich jedoch nicht wie Waffen, sondern wie Tennisschläger trugen. Plötzlich begann einer von den beiden seine Flinte wie Pancho Villa vor dem Signal zum Angriff wild in der Luft herumzuschwenken und laut etwas quer über den Hof zu rufen. Was, verstand ich nicht, da der Steinbruch, der genau zwischen ihnen und meinem Weingartensitz lag, den Schall völlig verschluckte. Der Ruf schien die beiden Herren Söhne zu betreffen, die sich nach einer kurzen Schrecksekunde von ihren Kuchenstücken und dem verbleibenden Rest der Tafelrunde trennten und langsamen Schrittes zu ihren bewaffneten Kollegen gesellten. Dann verschwanden Munknast und Pettenhofer jun. ebenfalls in der Schopperstätte, um, nur wenige Minuten später, ebenfalls jeder ein Schießgewehr in der Hand zu halten. Der Wettbewerb, wer sein Gewehr am lässigsten am Riemen baumeln lassen konnte, ging also weiter und endete zuletzt auf dem Gelände, das ich zuvor für einen Tennisplatz gehalten hatte, das aber, wie mir nunmehr klar wurde, ein Sportschießplatz war.

Einer der vier jungen Männer holte aus einer Gerätekammer einen Stapel tönerner Scheiben und schickte sich, während die anderen an ihre Schießpositionen gingen, an, das Ding mittels einer Wurfmaschine wie einen Diskus in die Luft zu schleudern, wo es, nachdem es eine halbkreisförmige Flugbahn quer durch den wolkenlosen Himmel zurückgelegt hatte, nach einem lauten Knall zerbarst. Der Lärm, der nun folgte, brachte nicht nur eine Wurftaube nach der anderen zur Strecke, sondern scheuchte auch die in den Weinbergen nistende Vogelschar auf, was dazu führte, dass ich mich auf meinem Ausguck kurzfristig wie Tippi Hedren in Hitchcocks „Vögeln“ fühlte.

Das Auge Pettenhofers schien wohlgefällig über dem ganzen Krach zu ruhen. Zumindest machte er nicht die geringsten Anstalten, ihn abzustellen. Er hatte anderes zu tun. Die Munknasts verabschiedeten sich und stiegen in ihren offensichtlich funkelnagelneuen Lancia, der so jungfräulich im Sonnenlicht gleißte, als sei er soeben erst aus dem sonnigen Süden hier eingelaufen. Der Pfarrer, schien mir, wollte ebenfalls gehen, ließ sich aber von

Pettenhofer doch noch zum Bleiben überreden, und die beiden verschwanden im Vestibül des Hauses.

Ein Schattenbacher Sonntag wie jeder andere auch, dachte ich etwas enttäuscht und überlegte, wieder nach Hause zu gehen, zumal ich es auf meinem harten Granitzinken nicht wirklich gemütlich hatte. Zudem hatte ich beide Hände voll damit zu tun, nach den aufgescheuchten Vögeln nun auch die durch die frühsommerlichfeuchte Wärme angelockten Mückenschwärme in ihre Schranken zu weisen.

Ich wollte gerade gehen, als ich sah, dass am anderen Ende der weitläufigen Villenanlage eine Tür aufging und eine junge Frau, offensichtlich eine Hausangestellte, mehrere Plastiksäcke zur Tonne schleppte. Leider konnte ich ihr Gesicht nicht sehen, doch nach ihrer Figur und ihrer Art, sich zu bewegen, hätte es leicht Etelka sein können. Obwohl die Gestalt binnen weniger Sekunden wieder hinter der Haustür verschwand, war ich neugierig genug geworden, um mich ein paar Schritte näher an die Pettenhofer'sche Villa vorzuwagen. Vielleicht, so hoffte ich zumindest, würde das Hausmädchen ja noch einmal herauskommen, oder ich konnte zumindest durch eines der Fenster etwas erspähen.

Ich stieg also einige Meter den Hang hinab, unterschätzte aber sowohl dessen Steilheit als auch seine poröse Konsistenz. Ich kam, kaum dass ich mich in Bewegung gesetzt hatte, ins Rutschen und landete auf einer stark abschüssigen Geröllhalde, die mich von meiner ins Auge gefassten Bahn ablenkte und stattdessen wie auf einem Förderband geradewegs auf den Schießplatz trug. Dort wurde mein plötzliches Erscheinen mit entsprechendem Erstaunen, um nicht zu sagen sogar mit einer gewissen Feindseligkeit quittiert.

„Da ist uns ja ein seltsamer Täuberich auf den Schießplatz geschneit", sagte einer der beiden jungen Männer, die ich nicht kannte. Er trug weiße Shorts und ein gestricktes, staubgraues Polohemd. Was sich, außer lustvoll zur Schau gestelltem Hohn, sonst noch hinter seinen verspiegelten Sonnenbrillen verbarg, vermochte ich gegen das Licht nicht zu erkennen. Der junge Mann hob einen der herumliegenden Tonscherben auf und fuchtelte mir damit bedrohlich unter der Nase herum. „Ein Glück, dass wir Sie nicht im Flug getroffen haben, sonst würden Sie jetzt womöglich so aussehen wie dieses Täubchen hier."

Das Bürgermeisterkind setzte ein breites Grinsen auf, und der junge Pettenhofer plusterte sich, in Abwesenheit des Herrn Papa ganz und gar Hausherr, auf, um mich zurechtzuweisen: „Sie wissen ja wohl, Herr Doktor, wie war doch gleich der Name ...?"

Ich half ihm nicht weiter, was ihn offenbar aus dem Konzept brachte.

„Also, Herr ...Doktor ... das ist ... ich meine", stammelte er. „Also das ist gewissermaßen ... ein Privatgrundstück."

„Gewissermaßen", wiederholte ich artig.

„Ich meine, es ist ein Privatgrundstück, und zwar genaugenommen mein Privatgrundstück."

„Sie meinen das Ihres Herrn Papa?"

„Jedenfalls unser Privatgrundstück, nicht Ihres. Darf ich Sie fragen, was Sie veranlasst hat, hier einzudringen?"

„Du bist zu höflich, Otto", zischte die Spiegelbrille. „Du solltest ihm eins mit dem Gewehrkolben überziehen. Er ist ein Einbrecher."

„Ich habe einen Sonntagsspaziergang durch die Weinberge gemacht und bin abgerutscht."

„Sie rutschen verdammt oft ab bei uns in Schattenbach", meldete sich Spiegelbrilles Alter Ego zu Wort, das ebenfalls Shorts und T-Shirt, aber keine Brillen trug. „Oder interessieren Sie sich für Tontaubenschießen?"

„Los, sag schon, dass du dich fürs Tontaubenschießen interessierst, Doktor!“, meldete sich Spiegelbrille erneut zu Wort. „Alles andere müssten wir nämlich als Hausfriedensbruch betrachten.“

„Ich interessiere mich für alle Bräuche von – Eingeborenen.“

Es folgte eine lautlose Schrecksekunde. Dann platzte Spiegelbrille der gestrickte Kragen.

„Das sind wir also für dich, Wilde sind wir also. So siehst du uns. Dann müssen wir uns wohl auch so benehmen ...“

Das klang wenig beruhigend. Noch weniger beruhigte mich, dass er seine Bockflinte mit beiden Händen wie eine Keule beim Lauf nahm.

„Ich meinte Einheimische“, schwächte ich ab.

„Das will ich dir auch geraten haben.“ Spiegelbrille drückte mir das Gewehr mit dem Kolben voran in die Hand und bugsierte mich an den Schießstand.

„Dann also Tontaubenschießen“, sagte er. „Geh an den Plattenspieler, Sebastian!“

Das Bürgermeisterkind trappelte folgsam an die Wurfmaschine und spannte eine Wurftaube ein.

„Los, Doktor, zeig, was in dir steckt“, höhnte Spiegelbrille und half handfest nach, indem er mir den Gewehrkolben in die Achsel drückte.

„Du weißt ja hoffentlich, wo Kimme und Korn liegen, Professor“, sagte er. „Und los geht's!“

Sebastian löste den Wurfmechanismus. Spiegelbrille hob den Lauf in die Luft. „Drück ab, so drück doch schon ab!“

Der Schuss, der sich nun löste, kam allerdings nicht aus meinem Gewehr. Dafür dauerte es nur Sekundenbruchteile, bis mir eine tote Möwe fast vor die Füße fiel.

Es roch nach Schrot und Pulverdampf, und der kam aus der Flinte von Spiegelbrilles Zwilling.

„Ja, ja, Herr Doktor“, sagte Otto Pettenhofer augenzwinkernd. „So schnell kann das gehen bei uns in Schattenbach.“

Ich musste rülpsen. Das Gulasch von heute Mittag kam mir hoch.

*

Pettenhofers Landhaus sah, wenn man es von seiner kaisergelben Fassade her betrachtete, noch wesentlich repräsentativer aus, als es mir von den Weingärten aus erschienen war. Vor dem im Halbstock gelegenen Portal teilte sich eine Freitreppe und umlief eine mannshohe Marmorplatte, die wie ein riesenhafter Katafalk aussah und über dessen spiegelglatte Marmorfläche sich eine sprudelnde Kaskade in ein Biotop mit künstlichem Teich, kleinen Brückchen und vielen Seerosen ergoss. In der Nacht quakten hier wohl auch die Frösche, doch die schliefen vermutlich um diese Tageszeit. Die Freitreppe selbst wurde zu beiden Seiten von jeweils einem halben Dutzend dank der windgeschützten und sonnigen Lage bereits üppig wuchernder Oleandersträucher gesäumt, die in Holzbutten steckten, wie man sie früher zum Einbringen der Weinlese verwendet hatte. Pettenhofer, so viel stand fest, wusste sich und sein Anwesen zu inszenieren, auch wenn er dafür jede Menge schlechten Geschmack aufbrachte. Jetzt stand er oben auf der Freitreppe und winkte wie ein Salzbaron, der einen alten Freund aus vergangenen Tagen erspäht hat.

„Herr Doktor Carozzi“, rief er mit einer Höflichkeit, die mir etwas zu süffisant klang, um aufrichtig zu sein. „Was verschafft mir denn die Ehre Ihres Besuchs?“

„Er hat sich über die Weinberge hereingeschlichen, und wir haben ihn erwischt“, petzte Otto.

„Warum sollte er sich einschleichen“, widersprach ihm sein Vater. „Der Leiter unseres Schattenbacher Heimathauses kann bei mir jederzeit den geraden Weg nehmen, nicht wahr, Herr Doktor Carozzi?“

„Ich weiß das zu schätzen“, erwiderte ich mit aller gebotenen Vorsicht.

„Und warum haben Sie ihn dann nicht genommen?“ Das klang schon weniger höflich.

„Ich machte gerade einen Spaziergang durch die Weingärten“, log ich, diesmal schon mit etwas mehr Routine als das letzte Mal. „Und da dachte ich, es wäre doch interessant, einmal einen Blick auf die Schopperstätte zu werfen. Allein schon aus volkskundlichem Interesse.“

„Ach ja, die Wissenschaft. – Ich dachte, Sie seien Archäologe.“

„Und Ethnologe.“

„Hauptsache Fremdwörter“, sagte Pettenhofer. Von Intellektuellen schien er nicht wirklich viel zu halten. Doch ich machte es ihm auch nicht leicht. Ehrlich gesagt habe ich von Schopperstätten nicht die geringste Ahnung und hatte bislang auch keinerlei Interesse für dieses Thema aufgebracht. Ich hatte das Wort in Schattenbach zum ersten Mal gehört. Und für Schiffsbau habe ich mich abgesehen von einer Vorlesung, in der ich vor endlosen Zeiten etwas über die schlanken kleinen Fregatten gehört hatte, mit denen Themistokles die Schlacht von Salamis gegen die übermächtigen Perser gewann, auch nie erwärmen können. Im Moment hätte ich hingegen sogar Interesse für plattdeutsche Matrosenchöre vorgeschützt, wenn das dazu geführt hätte, Spiegelbrilles Gewehrkolben endlich aus der Nähe meines Zwerchfells zu kriegen.

„Ich werde Ihre, äh, volkskundliche Neugierde hoffentlich befriedigen können“, fuhr Pettenhofer fort, während er dem strammen Quälgeist an meiner Seite einen kaum merklichen, aber unmissverständlichen Wink gab, von meinen Rippenbögen abzulassen, was dieser so folgsam wie prompt tat.

Pettenhofer war die Freitreppe inzwischen gemessenen Schrittes herabgestiegen und an seinem Biotop angelangt.

„Gute Luft, was?“, fragte er mich voll Besitzerstolz.

„Gut, aber vielleicht etwas zu dick“, antwortete ich, doch ich fürchte, das war nicht ganz die Antwort, die er hören wollte. Er ließ das Umweltthema jedenfalls wieder fallen.

„Wir machen gerade eine kleine Verkostung, der Pfarrer und ich“, sagte er unvermittelt und bedeutete dem Jungvolk mit einer weiteren, diesmal ziemlich herrischen Geste, dass es sich verflüchtigen möge.

Pettenhofer legte indessen seine Hand um meine Schulter und schob mich mit sanftem Druck die Freitreppe hinauf ins Innere des Anwesens. Es war, nach dem Vorbild eines römischen Atriumhauses, um zwei Innenhöfe herumgebaut, die von Säulenhallen umlaufen wurden, von denen der kleinere verglast war und der größere wie ein säkularisierter Kreuzgang aussah. Ganz im Gegensatz zum altrömischen Stil der Architektur und den neureichen Imitaten antiker Amphoren deutete die Inneneinrichtung eine offensichtliche Vorliebe Pettenhofers für den altdeutschen Stil an: schwer, protzig und antik. Lediglich die schwere Sitzgarnitur aus bordeauxrotem Leder, die das Wohnzimmer dominierte, wollte samt der dazugehörigen Halogenbeleuchtung nicht recht ins Konzept passen. Über der Couch hing ein Gemälde, das so groß war, dass Delacroix bequem seine Darstellung des Gemetzels von Chios darauf untergebracht hätte. Dieses hier zeigte allerdings nur das Schattenbacher Flussknie, und der sichtlich bodenständige Künstler war, während er daran gearbeitet hatte, offenbar knöcheltief im Öl gewatet.

Für die Erforschung ähnlicher Scheußlichkeiten wie etwa der lebensgroßen Eva, die als Brunnenfigur in der

Mitte des Patios stand und aussah wie Claudia Schiffer in Gips, blieb mir kaum Zeit. Denn Pettenhofer durchmaß sein weitläufiges Anwesen schnellen Schrittes, bis wir an jener Hintertreppe angekommen waren, die ich vor meinem Tontauben-Abenteuer bereits im Visier gehabt hatte, und von welcher ein kleiner, mit Natursteinen ausgelegter Weg direkt zur Tür des Erdkellers im hauseigenen Weinberg führte.

In die Kellertür, die halb offen stand, war, wie offenbar des Öfteren in Schattenbach, ein kunstvoll gedrechseltes germanisches Sonnensymbol eingelassen. Der Keller selbst musste schon lange vor der Errichtung der Pettenhofer'schen Villa angelegt worden sein. Er war tief ins Urgestein hineingehauen, und sobald man die kleine Holztreppe unter dem Eingang hinabgestiegen war, fand man sich in einem Grottenbahnschlauch wieder, in dem eigentlich nur noch der feuerspeiende Lindwurm fehlte. Statt seiner saß, in einer geräumigen Felsennische an einem massiven Eichentisch, dessen Tischplatte gut und gern eine Handbreit dick war, Pfarrer Seitel vor einer großen Karaffe Wein, der im matten Lichtschein der Kellerlaterne rubinrot funkelte.

„Rotwein in Schattenbach?“, sagte ich, ehrlich verblüfft. „Das ist ja ganz was Neues.“

Der Pfarrer war nicht weniger verblüfft, allerdings nicht über den Wein, sondern über mich.

„Verzeihen Sie, Herr Doktor ...“, sagte er mit dem Lächeln des Hirten, „aber ich hatte heute nach der Messe schon den Eindruck, Sie würden Ihr Mittagessen bereits auf Staatskosten serviert bekommen.“

„Nein, ich habe mein Gulasch beim Kirchenwirt selbst bezahlt“, erwiderte ich, „und das saure Aufstoßen, das ich seither habe, war im Preis offenbar inbegriffen.“

„Er hat einen so kolossalen Schluckauf bekommen, dass er bei seinem Verdauungsspaziergang gleich vom Berg in unseren Steinbruch gepurzelt ist“, sagte Pettenhofer mit seinem verschmitzten Pfeffersack-Lachen, von dem ich bis jetzt noch nicht wusste, ob es widerlich oder einnehmend war. „Trinken Sie einen Schluck, Carozzi, Rotwein ist gut gegen Sodbrennen.“ Er schenkte mir ein Römerglas von einem tintenschwarzen Gesöff ein, das nach Pottasche roch und nach allem Möglichen schmeckte, bloß nicht nach Rotwein. Da ich durstig war, nahm ich dennoch einen kräftigen Schluck.

„Pettenhofers Haustrunk“, sagte der Pfarrer und zuckte, wie mir schien, verächtlich mit den Achseln.

„Das ist der Wein, den ich mein’, den trinkt der Winzer gern allein. Alte Bauernweisheit.“ Pettenhofer schien sich noch immer nicht ganz schlüssig zu sein, ob er sich mir gegenüber lieber als gefährlicher Gegner oder als harmlose Frohnatur präsentieren sollte. „Das ist kein gewöhnlicher Rotwein, und ich bin auch kein gewöhnlicher Winzer. Eigentlich bin ich überhaupt kein Winzer.“

Pettenhofer griff zu einem hölzernen Nussknacker, der auf dem Tisch herumlag, und klopfte damit gegen die Wand hinter dem Tisch.

„Hören Sie es? Das ist nicht Urgestein. Das ist Mörtel, und dahinter klingt’s hohl. Da habe ich die Rieslinge eingemauert, die früher hier gekeltert wurden. Die dazugehörigen Weinberge habe ich verpachtet, und die Weine da hinten müssen warten, bis ich siebzig werde. Nur einen kleinen Weingarten, die paar Weinstöcke direkt über diesem Kellergewölbe, habe ich behalten. Die bewirtschafte ich selbst, damit ich in Form bleibe ...“

„Sie haben tatsächlich auf alten Rieslinglagen Rotwein ausgepflanzt?“ Ich war, obwohl eigentlich ein gestandener Mezcal-Trinker und in Sachen Weinbau jeder schmeckbaren Innovation zugänglich, ehrlich erschüttert.

„Nicht irgendeinen Rotwein, wie gesagt. Schlagerblut habe ich ausgepflanzt, und das kommt in diesem Klima und auf diesen mineralischen Böden sehr gut. Wussten Sie, dass Schlagerblut die einzige deutsche Rotweinrebe ist, die wir kennen? Alle anderen Rotweine, selbst der Lemberger, sind ihrer Herkunft nach welsche Klone. In den Dreißigerjahren hat dann ein gewisser Michael Schlager im Süden der damaligen Ostmark den seinerzeit viel beachteten Versuch gestartet, einen rein deutschen Klon zu züchten, an dem nichts, aber auch schon gar nichts Wesensfremdes war. Das Experiment hat bestens funktioniert, nur ging dann leider der Zweite Weltkrieg verloren, und man hat die damals noch jungen Stöcke fast alle wieder ausgerissen und durch die alten welschen Sorten ersetzt. Ich habe allerdings noch ein paar Klone aufgetrieben – und das ist es, was ich daraus gemacht habe. Kommen Sie schon, trinken, Sie, Carozzi. Ich schneide Ihnen, wenn Sie wollen, dazu ein wenig Hirschwurst auf, und ein paar Speckzwetschken und schwarze Nüsse können Sie, wenn Sie möchten, auch haben."

Bevor ich noch ablehnen konnte, war mir der Pfarrer schon ins Wort gefallen. „Hirschwurst? Ja, ein wenig davon wäre jetzt wirklich gut. Und wenn es nur ist, um die traurige Tatsache vergessen zu machen, dass wir hier keinen Riesling kriegen."

Pettenhofer feixte, fuhr aber fort, in aller Gemächlichkeit viel zu dicke Scheiben von seiner Dauerwurst herunterzuschneiden und legte dazu auch ein paar in Speck gehüllte Dörrpflaumen und eingelegte Nüsse auf. Dann hellten sich seine pfiffigen Schweinsäuglein abermals auf.

„Der Hirsch, der sich in diesen Schafsdarm verflüchtigt hat, war ein ziemlich harter Brocken, stimmt's, Pfarrer?"

Von Seitel kam ein zustimmendes Brummen.

„Hochwürden begleitet mich nämlich, wenn seine geistlichen Geschäfte es erlauben, auf der Jagd", fügte Pettenhofer erklärend hinzu.

„Ja, gelegentlich, um nicht zu sagen selten", schränkte Seitel ein, dem die Aufdeckung seiner Jagdleidenschaft offensichtlich etwas peinlich war.

„Nun, gar so selten auch wieder nicht", insistierte Pettenhofer, nicht ohne eine gewisse hämische Penetranz.

„Nachdem Gott aus der Erfahrung des Paradieses klug geworden war und erkannt hatte, dass der Mensch als Vegetarier nichts taugt, hat er ihm den Weinbau, den Fischfang und die Jagd geschenkt. Das geht aus dem Buch Genesis ganz klar hervor."

„Sind Sie auch Jäger?" fragte mich Pettenhofer, ohne auf Pfarrer Seitels seltsamen Rechtfertigungsversuch zu reagieren.

„Ein Jäger verlorener Schätze vielleicht ...", sagte der Pfarrer.

„... oder gestohlener Madonnen ...", setzte Pettenhofer hinzu.

Das musste ja kommen. Doch bevor ich Pettenhofer darüber aufklären konnte, dass Indiana Jones bei meiner Berufswahl allenfalls eine untergeordnete Rolle gespielt hatte, schnitt mir dieser auch schon wieder das Wort ab.

„Ihr jungen Menschen", sagte er, obwohl er selbst kaum älter als ich war, „ihr habt ein völlig falsches Verhältnis zur Jagd. Ihr glaubt, da geht es immer nur um die Beute und allenfalls um die Trophäe."

Er nahm einen tiefen Schluck seines Schlagerbluts, bis ihm der schwarze Saft von den Lefzen tropfte.

„Dabei geht es", fuhr Pettenhofer fort, „um nicht mehr und nicht weniger als um ein Kräftemessen zwischen Tier und Mensch. Der Hirsch, dem man nachjagt, ist immer eine Talschlucht weiter, da kann man noch so viel steigen und sich die Schienbeine in dornigen Flechten noch so sehr aufschürfen."

Ich musste unwillkürlich an mein gerade eine halbe Stunde zurückliegendes Erlebnis im Weinberg über dem Steinbruch denken, und da war nicht einmal ein Hirsch mit im Spiel gewesen.

„Na, wie mundet mein Schlagerblut, Herr Doktor?", wechselte Pettenhofer völlig unvermittelt das Thema. Ich versuchte ausnahmsweise einmal diplomatisch zu antworten.

„Für einen Rotwein aus dieser Gegend gar nicht so übel", erwiderte ich.

„Ich wusste, er ist ein Defätist", wandte sich Pettenhofer an den Pfarrer. „Statt sich zu freuen, dass es endlich wieder einmal jemanden gibt, der die Herausforderung, einen deutschen Rotwein zu machen, annimmt, hat er nichts anderes im Sinn, als an dem roten Saft herumzumäkeln. Dass es kein Château Mouton ist, weiß ich selber, aber auch die Franzosen haben einmal klein angefangen."

Pettenhofer langweilte mich mit seinem larmoyanten Geschwätz, und ich ließ, um es einigermaßen ertragen zu können, meine Blicke quer über die Kellerröhre schweifen, von der ich freilich maximal ein Drittel überblicken konnte. Zdenkas Beschreibung von Etelkas Rücken ging mir dabei nicht aus dem Sinn, doch meine Suche nach Folterinstrumenten, Klopfpeitschen oder anderen Versatzstücken aus dem Pornoladen verlief, so gut derlei Marterinstrumente in dieses düstere Weinverlies gepasst hätten, ergebnislos. Außer dem allgegenwärtigen Kellerschimmel, der wie ein graugrüner Samtrasen leergetrunkene Weinflaschen und Gewölbebögen überwucherte, fiel mir nichts Nennenswertes auf.

Dafür fuhr Pettenhofer zu meinem absoluten Missvergnügen umso intensiver mit seinem Kassandrageheul fort.

„Der Defätismus ist die große Seuche unserer Zeit", dozierte er und dopte sich mit einer weiteren Dosis Schlagerblut. „Selbst vor so einer alteingesessenen und wohl beleumundeten Familie wie der meinen hat diese Pest nicht Halt gemacht. Schauen Sie sich diese Vögel doch nur einmal an. Mein Sohn ist ein Versager, und der Munknast-Bub, sein Cousin, das ist auch so ein introvertierter Idiot. Nur meine beiden anderen Neffen, die taugen was, auch wenn sie aus ärmeren Verhältnissen stammen. Manchmal habe ich den Eindruck, dass sie die einzigen in der Familie sind, die mein Blut in den Adern haben."

Er meinte offensichtlich Spiegelbrille und seinen brillenlosen Klon.

„Familie und Erfolg", fuhr Pettenhofer fort, „das geht nicht zusammen. Es gibt keine reichen und glücklichen Familien. Die mit den blitzgescheiten und höflichen Kindern, das sind immer die Kleinhäusler, oder die Schulmeister und die Schmalspuringenieure. Wo die Geschäfte gut laufen, klappt es mit den Kindern nicht, und mit den Frauen, obwohl die alles haben, was sie brauchen, meistens auch nicht."

Er wandte sich wieder an mich.

„Der Dorftratsch hat Ihnen sicherlich schon zugetragen, Carozzi, dass sich meine Frau seit zwei Jahren in einer Nervenheilanstalt aufhält, weil sie es mit mir angeblich nicht aushält. Manisch depressiv, sagen die Ärzte. Genau dasselbe Leiden wie ihre Schwester Klothilde. Aber vielleicht sagen diese Seelenklempner das auch nur, damit sie mir Geld abknöpfen können. Meine Schwägerin ist auch schon auf dem besten Weg dahin, und Sebastian scheint ihre Gene geerbt zu haben. Kerngesunde Familie, aber so ist das eben heutzutage."

Pettenhofers selbstgerechte Geschwätzigkeit schien etwas mit der Tatsache zu tun zu haben, dass er in den kurzen Pausen, die er zwischen seinen Sätzen machte, das Schlagerblut zusehends hastiger in sich hineinschüttete.

„Denken Sie, ich könnte meinen Sohn oder seinen Cousin auch nur für eine Stunde dazu kriegen, mit mir auf die Pirsch zu gehen?“, setzte Pettenhofer seine Suada fort. „Das Einzige, wozu die jungen Herren gelegentlich zu bewegen sind, ist Wurftaubenschießen mit Vinzenz und Herwig, die Sie draußen ja offensichtlich schon kennengelernt haben und die nebstbei recht ordentliche Jäger sind. Nur, was sagen Sie, Herr Doktor Carozzi ...“ – er rückte seinen Stuhl so nahe an mich heran, dass sein Augen fast meine Nasenspitze berühren konnten – „... Wurftaubenschießen, ist das nicht eine Perversion? Auf tönerne Gegenstände zu ballern, die durch die Luft fliegen, wo die Luft doch wahrlich eine reiche Fauna für uns Jäger bereithält. Als ich in Ottos Alter gewesen bin, war Wurftaubenschießen ein Altherrensport. Wir sind damals lieber gleich auf Taubenjagd gegangen und haben sogar noch unsere Lockvögel dafür selbst präpariert. Wenn man einmal weiß, wie es geht, ist das nämlich ein Kinderspiel, zu dem man keinen Tierpräparator braucht.“

Pettenhofer nahm das Stück Hirschsalami als Anschauungsobjekt in die Hand und begann den Wurstdarm abzuziehen. „Man braucht die tote Taube bloß in die Hand zu nehmen“, fuhr er fort, „und ihre Haut mitsamt den Federn vorsichtig von der Brust abzuziehen. Dann nimmt man ein scharfes Messer und schneidet alles Fleisch heraus, wobei man keine Fleischfetzen an den Knochen hängen lassen darf, weil die dann gleich zu verwesen beginnen. Dann räumt man die Innereien aus, tränkt reichlich Baumwollwatte in Formalin und stopft das Vogelskelett damit solange voll, bis die Taube wieder ihre ursprüngliche Façon angenommen hat.“

„Ich denke, unser Herr Archäologicus will das gar nicht so genau wissen“, unterbrach ihn der Pfarrer, der mir eine gewisse Fassungslosigkeit offensichtlich von den Augen abgelesen hatte.

„Ich bin gleich fertig“, fuhr Pettenhofer unbeirrt fort. „Sie stülpen nun die abgezogene Taubenhaut mitsamt dem Gefieder, die Sie sich ja aufgehoben haben, einfach wieder über den Vogel, vernähen das Ganze mit etwas Garn, oder Sie machen es sich noch einfacher und halten die Taube ganz simpel mit einem Rexgummi zusammen, was zwar nicht so schön ist, es aber für die Taubenjagd auch tut. Nun brauchen sie dem ausgestopften Vogel lediglich ein kleines Hölzchen unter den Unterschnabel zu stecken, und schon hebt die Taube ihr Köpfchen, als hätte ihr der Herrgott soeben eine neue Vogelseele eingehaucht. Es reichen, wenn man sie richtig positioniert, drei oder vier solcher Tauben, dann kann die Schlacht losgehen. Je mehr Vögel Sie erlegen, desto mehr werden angelockt, da die neuen Vogelleichen wiederum als Köder dienen. Und das Allerschönste daran: Das ganze Geknalle schreckt die Mistviecher nicht ab, ganz im Gegenteil.“

„Lassen Sie sich von Oskar und seinen Sprüchen nicht irritieren“, sagte der Pfarrer unvermittelt, „ganz so seelenlos, wie er daherredet, ist er nicht.“

Pettenhofer schien diese Aussage in höchstem Maße spaßig zu finden, und es war seines Lachens kaum ein Ende.

„Gott steh mir bei, das ist vielleicht ein Schweinepriester!“ rief er. Dann wandte er sich erneut an mich, legte seinen Arm einmal mehr um meine Schulter und duzte mich plötzlich: „Glaub mir, lieber Freund, du brauchst als Geschäftsmann drei Dinge: erstens einen guten Hausarzt, zweitens einen guten Pfarrer und drittens einen guten Riecher, der dir sagt, wann du weder dem einen noch dem anderen trauen darfst.“

„Als sein Pfarrer“, fügte Seitel launig hinzu, „kann ich Ihnen versichern, dass Pettenhofer ein überzeugter Fundamentalist ist. Er ist nämlich beim Orden der Mercedarier akkreditiert, nur hat er dabei etwas verwechselt: Er meint nicht jene barmherzigen Brüder, die stets unbeschuht unterwegs sind, sondern die Daimler-Kongregation, die auf vier Reifen durch die Welt kutschiert.“

Jetzt schüttelten sich beide vor Lachen. Kaum zu glauben, dachte ich, dass der tragische Zwischenfall während der Sonntagsmesse erst ein paar Stunden zurücklag.

Immerhin wirkte der Lachkrampf auf den Pfarrer und sein Schäfchen in gewisser Weise ernüchternd. Seitel verabschiedete sich mit dem Hinweis, er müsse sich noch auf die heutige Maiandacht vorbereiten, und vorher habe er auch noch eine Beichtstunde angesetzt. Pettenhofer hingegen verzichtete, ganz wider seine sonstige Art, darauf, ihn oder mich noch zu einem weiteren Gläschen zu nötigen, sondern drängte Seitel, obwohl dieser sich sichtlich zierte, noch eine Flasche Schlagerblut zum Mitnehmen auf. „Damit du nicht immer nur deinen abscheulichen Messwein trinken musst“, sagte er. Der Pfarrer deutete ein verzeihendes Kreuzzeichen an, trappelte behäbig die Natursteintreppe zum Parkplatz vor dem Villenportal hinab und verschwand in einem Opel, der fast so klapprig wie mein Lada aussah, auf der Uferstraße.

„Seltsam“, sagte Pettenhofer, der, nachdem er dem Pfarrer noch eine Weile nachgesehen hatte, nahezu reglos auf dem kleinen gemauerten Platz vor seinem Felsenkeller verharrte, „je weniger die Menschen an Gott glauben, desto besser gehen die Geschäfte. Ob das ein Zufall ist? – Dabei ist Religion nicht schlecht fürs Business, nur wahrer Glaube, der kann gelegentlich auch geschäftsschädigend sein ... Oder was meinen Sie, Herr Doktor Carozzi.“

Ich wollte diese plötzliche kontemplative Anwandlung Pettenhofers nutzen, um mich diesem zwar feuchtfröhlichen, aber letztlich doch eher unerfreulichen nachmittäglichen Intermezzo dauerhaft zu entziehen. Doch Pettenhofer, dessen Dusel, seit er nicht mehr Kellerluft atmetete, verschwunden war, hatte ein besseres Gedächtnis, als ich hoffte.

„Sie wollten ja noch die Werft sehen. Sind Sie nicht deshalb gekommen? Zumindest sagten Sie das."

Jetzt siezte er mich wieder, und die Aufforderung zu einer Werftführung klang förmlicher, als es mir lieb war.

„Ich weiß nicht, warum Sie wirklich gekommen sind, aber jetzt müssen Sie schon in den sauren Apfel beißen und mir noch ein wenig zuhören."

„Nein, nein, ich wollte wirklich ..."

„Sie müssen sich nicht entschuldigen. Sie gefallen mir, Herr Doktor Carozzi. Es ist mir schon beim Florianifest aufgefallen, dass Sie kein Weichei, sondern ein Mensch mit Ecken und Kanten sind."

Ich wusste nicht recht, ob ich das als Kompliment werten sollte oder nicht, hielt es jedoch für besser, ihm auf dem Weg von der Villa hinüber zur Schopperstätte ohne Protest zu folgen.

„Ich liebe Ecken und Kanten bei Menschen", sagte Pettenhofer, während er die gewaltige Schiebetür zur Bootswerft aufschloss, „bei Booten sind sie mir hingegen zutiefst verhasst." Die Tür führte in eine überraschend große Werkshalle, die, wären nicht ein paar halbfertige Schiffsrümpfe und ein offenbar soeben fertiggestelltes Ruderboot auf Gerüsten herumgestanden, wie eine große Möbeltischlerei ausgesehen hätte. Scheinbar diente sie jedoch auch als Lagerhalle, da an der Hinterwand eine ganze Batterie Holzkisten aufgetürmt war, von denen ich mir kaum vorstellen konnte, dass sie mit Schlagerblutflaschen gefüllt waren.

„So, das ist sie also, unsere kleine Werkstatt“, sagte Pettenhofer mit sichtlichem Besitzerstolz. „Sie ist seit 1780 im Besitz unserer Familie und eigentlich keine Werft, sondern eine Schopperstätte. Der Name bezieht sich auf das Abdichten der Holzfugen durch Harz, die wichtigste Tätigkeit beim Schiffsbau. Hier entscheidet sich, ob ein Schiff jahrzehntelang betriebstauglich ist oder schon demnächst untergehen wird.“

„Und Ihre Schiffe, wie lange werden sie halten?“

„Tausend Jahre“, lachte Pettenhofer, „zumindest jene, die wir noch in der alten Holzbauweise herstellen, genau wie unsere Vorfahren. Wir bauen natürlich auch moderne Boote aus mit Harz laminierten Glasseideeinlagen. Doch die hohe Schule der Bootsbaukunst ist noch immer der Zillenbau, bei dem sich, abgesehen von ein paar Elektrowerkzeugen, die wir zusätzlich zu den althergebrachten Schopperwerkzeugen wie Schrothacke, Schöppel und Spannsäge verwenden, fast nichts verändert hat. Noch vor einem knappen Jahrhundert galt der Holzschiffbau als aussterbendes Gewerbe, alle redeten von Eisenschiffen, und kein Mensch wusste bald mehr, wie man aus Tannen- oder Fichtenholz, das auf abschüssigen Südhängen gewachsen sein muss, anständige Bodenladen zimmert und den Boden mit den Schiffswänden durch junge Stämme, die man mitsamt der Wurzel ausgrabt, zusammenhält. Das alles ist eine kleine Wissenschaft, und die Arbeit lässt sich bei den heutigen Lohnkosten kaum noch bezahlen. Dennoch haben wir es geschafft, nicht nur eine der letzten Schopperstätten Europas, sondern auch ökonomisch erfolgreich zu sein. Dank der Nachfrage an Spezialanfertigungen, nicht zuletzt für den Rudersport, erfreuen wir uns einer ziemlich guten Auftragslage. Dieser Skull da beispielsweise“ – er deutete auf das Ruderboot, das an einer Seilwinde hing –, „den haben wir gerade erst fertiggestellt. Ein Doppelvierer für unseren Ruderclub St. Nikolaus. Möge er ihm viele Siege bescheren!"

Er erwartete offenbar eine zustimmende Reaktion meinerseits, aber sein Ruderboot interessierte mich wesentlich weniger als die Tatsache, wie der Mann zu seinem offensichtlichen Vermögen gekommen war.

„Und den Wagenpark da draußen" – ich meinte die kleine Mercedesflotille, in der vom Cabrio bis zur SL-Klasse alles, was gut und teuer war, vertreten war – „den kann man heutzutage durch Zillenbau erwirtschaften? Oder gibt's da noch Nebengewerbe?", fragte ich frech.

„Ich sagte ja, dass wir auch andere Arten von Jachten, vor allem auch Segeljachten, zum Teil sogar hochseetaugliche, bauen. Außerdem handeln wir mit Schiffszubehör, vor allem auch mit Accessoires für Luxusjachten. Es gibt ja Gott sei Dank immer noch Leute, die für eine in Mahagoni ausgeführte Segeljacht mehr Geld auslegen, als meine ganze kleine Mercedes-Flotte kostet. Dennoch bezeichnen wir uns nicht als Werft, sondern als Schopperstätte, weil wir ein uraltes Handwerk hochhalten und davon auch leben können. Sie brauchen sich also keine Sorgen um mein finanzielles Wohlergehen zu machen."

„Tue ich auch nicht, dafür ist allein schon das Umfeld viel zu überzeugend", lenkte ich ein, aber ich merkte, dass ich mit meiner Neugierde auch Pettenhofers Misstrauen geweckt hatte. Dennoch oder vielleicht sogar gerade deswegen verabschiedete er sich betont freundlich, fügte aber, ohne es an Deutlichkeit mangeln zu lassen, hinzu: „Und nächstes Mal, wenn Sie was brauchen, melden Sie sich vorher an, in Ordnung? Dann stehe ich gerne wieder zu Ihrer Verfügung, Herr Doktor Carozzi."

Das Schlagerblut war mittlerweile wieder aus seinem Gesicht gewichen.

*

Vermutlich hätte ich doch lieber den Lada nehmen sollen, anstatt zu Fuß hier heraus zu wandern. Denn so beschwingt und voller Hoffnung der Hinweg gewesen war, so deprimierend und vor allem grenzenlos langweilig empfand ich den Rückweg entlang der langgezogenen Flusslände, der im besten aller Fälle ein geordneter Rückzug, aber in Wahrheit nur eine weitere Niederlage in meiner an solchen mittlerweile durchaus reichen Schattenbacher Existenz war.

Nein, Segen hatten mir die Schluckbildchen aus dem Heimathaus wahrlich keinen gebracht, nicht einmal ein wenig Fortüne, wie ich sie in diesen Tagen wahrlich gut hätte gebrauchen können.

Dabei zeigte sich das Schiffer- und Hauerstädtchen an der Biegung des Flusses an diesem Sonntagnachmittag von seiner lieblichsten Seite und bot allerlei auf, um mich für seine unbestreitbaren Reize vielleicht doch noch einzunehmen. Auf dem silbergrauen Band des Stroms fand, bei frischem, zügigem Westwind, die erste Segelregatta der Saison statt, und ein die Wellen forsch zerteilendes Motorboot zog einen Paragleiter hinter sich her durch die Lüfte, der so unnatürlich schnell an den gegenüberliegenden Waldzungen vorbeiglitt, dass er nicht wie ein fliegender Mensch, sondern wie eine Computeranimation wirkte. Von einem Aussichtsdampfer mit vielen bunten Fähnchen erklang, was man in Schattenbach, und leider nicht nur hier, fälschlicherweise als alpenländische Folklore bezeichnet. Höchste Zeit, das Heimathaus wieder zu öffnen, dachte ich, es waren offensichtlich schon mehr als genug Touristen im Ort.

Auf den kleinen Souvenirladen wirkte sich dieser Zustrom an Fremden allerdings offenbar noch nicht aus. Er befand sich im Erdgeschoß des alten Zollhauses an der kurzen, geländerlosen Stiege, die von der Uferpromenade hinab auf den alten Treppelweg und von dort weiter zu den Landungsbrücken führte. Als ich die Glastür öffnete und das darüber angebrachte Türspiel zum Erklingen brachte, befand sich niemand im Laden, weder Kunde noch Verkäufer. Ich beschloss ein wenig zu warten, da meine Hoffnung, hier irgendwann auf Lisa Spitz zu treffen, durch eine ganze Wand, die mit kitschigen Brandmalereien aus der Hand ihres Bruders behängt war, genährt wurde. Im Übrigen war der Laden fast noch dichter vollgerammelt als mein Heimatmuseum. Stroh- und Bastkörbchen gab es in Fülle, Kinderpuppen mit Plastikgesichtern, die wie Porzellan aussahen, allerlei Duftfläschchen, Amulette und Heilsteine aus der Esoterik-Abteilung, ein paar Heiligenstatuetten, die auf alt gemacht waren, etliche Römer mit einem Abziehbild der Schattenbacher Nikolauskirche, ein paar Büschel dekoratives Federgras, wie es draußen in den Weinbergen wächst, und natürlich Schattenbacher Wein, im Dreierpack, im Sechserpack, in der Magnumflasche oder im Doppelliter. Überrascht war ich, zwischen all dem Krimskrams auch einige Katzenskulpturen in blitzblauer Meerfarbenbemalung zu erspähen, wie sie die Indios in ganz ähnlichen Geschäften am Strand von Yucatán verkaufen. Ich hob eine davon in die Höhe und sah tatsächlich den Aufkleber „Made in the Republic of Mexico", was ich, obwohl die Katzen mit Sicherheit nicht weniger kitschig waren als die Brandmalereien eines Guido Spitz, für ein gutes Omen hielt.

Ich stellte die Katze wieder an ihren Platz zurück, und das Glockenspiel setzte zu einem neuerlichen Konzert an.

Lisa Spitz zeigte sich, als sie eintrat, nicht von ihrer attraktivsten Seite, denn sie hatte den Mund voll und würgte gerade den letzten Bissen einer Nussschnecke mit Zitronenglasur hinunter.

„Mein Mittagessen", sagte sie entschuldigend, und ich fragte mich unwillkürlich, ob mein Atem wohl immer noch nach Gulasch roch. Lisa trug einen langen, mit indischen Mustern bedruckten Wickelrock und darüber ein bauchfreies weißes Knautschlacktop mit polierten schwarzen Lederknöpfen; sie wirkte auf mich wie eine schwer zu erstürmende, aber nicht uneinnehmbare Festung.

„Viel los heute?“, fragte ich scheinheilig.

„Es geht so“, erwiderte sie. „Die Sportsfreunde kaufen keine Souvenirs, und schon gar nicht die Radfahrer. Die beurteilen alles nur danach, ob es noch in ihre prall gefüllten Satteltaschen passt. Das große Geschäft kommt erst zu den Feiertagen, zu Fronleichnam und zu Pfingsten, und dann natürlich im Herbst, während der Weinlese.“

„Wie sind Sie eigentlich an die mexikanischen Meerfarbenkatzen gekommen? Ich habe ein paar Jahre in Mexiko verbracht, ich verstehe ein bisschen was davon.“

„Ach die, die sind nichts Besonderes, so etwas finden Sie heute in jedem besseren Versandhauskatalog. Ich habe sie in einem Dritte-Welt-Laden in der Stadt gekauft und verkaufe sie als indianische Katzengöttinnen. Heidnisches Zeug geht momentan viel besser als die fromme Abteilung, die früher das große Geschäft war. Sogar der Heilige Florian ist ein echter Ladenhüter geworden. Und Rosenkränze lassen sich nur noch verkaufen, wenn man das Kreuz mit einer Beißzange abzwickt, es durch Lapislazuli oder einen Bergkristall ersetzt und als Totem gegen den bösen Blick anbietet. Nur die ‚Betenden Hände‘ von Dürer, die gehen immer noch ganz gut.“

„Das hat mir Ihr Bruder auch erzählt.“

„Sie haben mit meinem Bruder gesprochen?“, sagte sie mit einer gewissen Verzögerung, die vermuten ließ, dass ihr das nicht besonders recht war.

„Ich hätte lieber mit Ihnen gesprochen, aber Sie sind mir auf dem Florianifest ja entwischt.“

„Mir kam es eher so vor, als hätten Sie für Ihr Frühlingserwachen eine andere Animatorin gefunden."

Klang da etwa Eifersucht durch? Nicht, dass ich etwas dagegen gehabt hätte, aber ich konnte es mir nicht recht gut vorstellen.

„Ich bin der Bürgermeisterin in die Hände gefallen", sagte ich entschuldigend.

„Ja, man konnte es deutlich sehen ..."

„Ich konnte Sie hingegen nicht mehr sehen ..."

„Sie waren vermutlich zu beschäftigt."

„Die Qualität der Animation hielt sich in Grenzen."

„Das kann ich mir vorstellen. Die Arme hat schon zwei Selbstmordversuche hinter sich."

Das klang herzlos, aber immerhin schien sie mir verziehen zu haben. Vielleicht war sie aber auch nur neugierig.

„Wie haben Sie meinen Bruder kennengelernt?"

„Man könnte sagen, wir hatten ein gemeinsames Date mit der Dame in der Sankt-Nikolaus-Kirche."

„Eine Dreiecksgeschichte also."

„Könnte man sagen."

„Und wie ist sie ausgegangen?"

„Ich fürchte, Ihr Bruder hat gewonnen."

„Machen Sie sich nichts daraus, es gibt auch noch andere Frauen, und nicht jede ist eine Madonna."

Ihre zunächst recht angespannten Züge nahmen allmählich weichere Konturen an. Jetzt lächelte sie sogar ein wenig.

„Ich weiß", erwiderte ich, so vielsagend, wie es mir möglich war. Doch Lisa Spitz reagierte nicht darauf und wurde wieder förmlich.

„Warum sind Sie hergekommen. Wollen Sie etwas kaufen? Den Heiligen Sebastian vielleicht. Sieht doch aus wie fünfhundert Jahre alt, geben Sie's zu. Jedes Holzwurmloch minutiös gebohrt, die Blattgoldauflage erst aufgetragen und dann kunstvoll wieder abgebröckelt. Ein Meisterwerk altdeutscher Schnitzkunst, zumindest für jeden, der sich nicht wirklich gut auskennt."

„Hat das auch Ihr Bruder gemacht?", fragte ich und bemühte mich, dabei nicht allzu neugierig zu klingen.

„Möchten Sie etwas grünen Tee?", erwiderte sie. „Ich kann uns welchen aufsetzen."

Ich bejahte so freudig wie unehrlich. Denn wenn ich etwas auf der Welt hasse, dann grünen Tee. Kaffee, Mezcal, Tequila, Whisky, Wein, ich trinke eigentlich alles gerne. Doch nicht Tee, schon gar nicht grünen.

„Schön, dass Sie grünen Tee mögen. Ich habe eine besonders gute Sorte hier", sagte sie.

„Fein", antwortete ich und starrte etwas länger, als es sich gehörte, auf ihren Knautschlackpanzer.

Während Lisa Spitz den Tee aufgoss, nahm ich noch einmal den Heiligen Sebastian unter die Lupe. Er war tatsächlich gut gearbeitet, sogar einer der Pfeile war offensichtlich bewusst abgebrochen worden, um die Patina des Heiligen möglichst authentisch wirken zu lassen.

„Noch eine Arbeit Ihres Bruders?", fragte ich.

„Nein, der nicht. Der stammt noch aus der Hand unseres Vaters. Guido hat sein Talent geerbt, ich selbst bin in handwerklichen Dingen eher ungeschickt. Aber natürlich könnte auch Guido so eine Statue schnitzen, und mitunter hat er es auch schon versucht. Aber ich habe ihn davon wieder abgebracht."

„Darf er nicht schnitzen, was er will?"

„Bis so ein komischer Heiliger fertig ist, arbeitet er ein dreiviertel Jahr, und dann steht das gute Stück oft drei- oder viermal so lange als Ladenhüter in der Auslage. So wie Guido arbeitet, kann er in derselben Zeit ein paar Dutzend Brandmalereien herstellen und die auch noch kolorieren."

„Und das verkauft sich besser als Heilige?"

„Es würde sich noch viel besser verkaufen, wenn Guido nicht seinen religiösen Tick hätte. Wenn es nach ihm ginge, würde er überhaupt nur Madonnenbildnisse und Szenen aus der Heiligen Schrift anfertigen. Mittlerweile habe ich ihn wenigstens so weit, dass er Ansichten von Schattenbach und mitunter sogar ein paar Tiermotive anfertigt. Es ist ein ewiger Kampf. Heuer zu Weihnachten habe ich ihm einen Pirelli-Kalender geschenkt und ihm gesagt, das könnte ihn vielleicht zu neuen Motiven inspirieren, die uns zusätzliches Geld bringen würden. Mehr habe ich nicht gebraucht. Der keusche Guido!"

Sie seufzte.

„Kaum zu glauben, dass Sie seine Schwester sind", entschlüpfte es mir, wesentlich indiskreter als ich wollte.

„Sehe ich denn so unkeusch aus?"

„So habe ich es nicht gemeint", entschuldigte ich mich, doch sie schien nicht wirklich verärgert.

„Schon in unserer Kinderzeit war er immer der Priester. Ich war jünger und musste ihm als Ministrant dienen, bis er dann darauf kam, dass ich mich auch gut als Madonna machte. Wir spielten dann Jesus mit seiner Mutter im Tempel, oder auch Josef und Maria mit dem Jesuskind, wie es ihm gerade so einfiel. Josef spielte er gerne, denn dann hatte er einen Grund, mich zu küssen. Der alte Pfarrer wollte ihn auf Kirchenkosten studieren lassen und aufs Priesterseminar schicken. Aber dann ist der alte Pfarrer gestorben, und der neue hat einen anderen aufs Seminar geschickt, der zufällig sein Neffe war. Guido ist darüber nie wirklich hinweggekommen."

„Er hat es ja immerhin bis zum Mesner gebracht", merkte ich lakonisch an.

„Sie sollten Ihren Tee trinken, er wird sonst kalt."

Ich schlürfte folgsam.

„Wie ist das eigentlich?", tastete ich mich fragend vor, „so ein ganzes Leben in Schattenbach?"

„Das kann ich Ihnen nicht beantworten“, erwiderte sie. „Ich habe nicht mein ganzes Leben in Schattenbach verbracht, mit Sicherheit jedenfalls nicht den schönsten Teil davon.“

„Was war das, der schönste Teil?“

„Das war die Zeit, in der ich von hier abgehauen bin, schon mit sechzehn. Ich zog in eine WG in der Stadt, jobbte bei einem alten Verrückten mit einem langen Bart in einer Buchhandlung und nahm nebenbei Schauspielunterricht. Dann schloss ich mich einer Tanztheatergruppe an, lauter ziemlich spontane Typen, aber leider chronisch erfolglos. Wir tourten durch halb Europa, spielten auf öffentlichen Plätzen, vögelten munter durcheinander und hatten eigentlich alles, was wir brauchten, bloß keine Kohle.“

„Und was hat dieses bezaubernde komödiantische Idyll zum Zerbrechen gebracht?“, fragte ich.

Lisa Spitz dachte eine Weile nach.

„Eigentlich ich selber, und im Grunde weiß ich bis heute nicht, welcher Teufel mich damals geritten hat. Der Anlass war der Tod meiner Mutter. Ich fuhr nach Hause, um gemeinsam mit Guido die Erbschaftsangelegenheiten zu regeln; und dann stand da plötzlich der Souvenirladen zur Disposition, mit der hübschen kleinen Wohnung gleich über uns im alten Zollhaus, von der man so schön auf den Fluss sieht ... Mit einem Mal merkte ich, dass mir Schattenbach Fußangeln angelegt hatte und mich nicht mehr loslassen wollte. Da war es dann fürs Fortgehen schon zu spät. Ein zweites Mal in meinem Leben hab ich das nicht geschafft, Schattenbach den Rücken zuzukehren. Bis jetzt zumindest nicht. Andererseits ist mein Ruf hier mittlerweile ramponiert genug, dass ich vielleicht eines Tages doch noch einmal weg muss.“

„Ich kann nicht sagen, dass man mich vor Ihnen nicht gewarnt hätte.“

„Ach, hat man das?“, erwiderte sie so kokett, als ob ihr diese Einschätzung Freude bereitete. „Lassen Sie mich raten, wer Sie gewarnt hat. Doch nicht etwa Guido?“

„Guido erzählte mir nur, dass Sie von ihm verlangt hätten, Schweinkram in seine Bretter zu brennen. Aber das mit der …“

„… Gottesanbeterin …?“

„Genau, das mit der Gottesanbeterin, das war …“

„Klothilde Munknast, richtig?“

„Sie scheinen Ihre Schattenbacher zu kennen.“

„Vor allem meine Schattenbacherinnen. Und hat man Sie mit der Warnung wenigstens ordentlich in Schrecken versetzt?“

„Sie meinen, ich hätte Angst, dass Sie mir nun den Kopf abbeißen könnten?“

„Ich hab's ganz bestimmt vor.“

„Dann sollte ich vielleicht lieber gehen.“

„Jetzt, wo Sie es noch können …“

Sie schenkte mir grünen Tee nach. Ich blieb dennoch.

„Ich könnte den Spieß natürlich auch umdrehen und Sie verspeisen.“

„Mitsamt dem Kopf?“

„Natürlich. Mit Haut und Haar, aber in delikater Zubereitung.“

„Was schlägst du vor?“

„Was hältst du beispielsweise von Enchiladas, gefüllt mit einem Ragout von der fangfrischen Gottesanbeterin?“

„Klingt spannend. Und wie bereitest du mich zu?“

„Ich würde zwei kleine Tortillas vorbereiten und ein paar Chilis, so ein knappes halbes Dutzend, zunächst anrösten und dann in lauwarmen Wasser weichen, bis sie elastisch genug sind, dass man sie mit einer kleinen Zwiebel und einer Knoblauchzehe im Mörser zu Brei zerstampfen kann. Dann würde ich ein bisschen Gemüse – Zucchini, Melanzani, vielleicht auch ein paar saftige

Tomaten – kleinwürfelig schneiden und zusammen mit der in kleine Stücke gehackten Gottesanbeterin in etwas Öl kurz anbraten ...“

„... in Stücke gehackt? Das habe ich aber nicht verdient!“

„Findest du es humaner, wenn ich dich im Ganzen brate?“

„Was hieltest du davon, mich langsam im eigenen Saft schmoren zu lassen?“

„Darüber ließe sich reden“, gab ich mich konziliant. „Am Schluss muss das Ragout von der Gottesanbeterin jedenfalls mit den Gemüsen vermischt sowie ordentlich gesalzen und gepfeffert werden. Dann bestreiche ich die Tortillas mit der scharfen Sauce aus dem Mörser, fülle sie mit dem Ragout von der Gottesanbeterin sowie dem Gemüse, bestreue sie mit etwas fein gehobeltem Käse und lasse sie im Herd noch ein paar Minuten bei hoher Hitze überbacken, bis der Käse schmilzt. Einverstanden?“

„Ich glaub, das mag ich nicht“, sagte Lisa unwillig.

„Wieso?“

„Ist mir zu viel Chili drin.“

„Ach, so schon scharf genug?“

„Angeber.“

„Du bist wirklich nett“, sagte ich.

„Was würdet ihr Männer wohl ohne uns nette Frauen machen?“, erwiderte sie.

„Wir würden vermutlich nicht einmal auf der Welt sein“, antwortete ich, während sie den Rollladen vor der Ladentür heruntergleiten ließ und absperrte. Dann schwebte sie leichtfüßig die Stufen hinauf in die Wohnung, von der aus man den Fluss so schön sah. Ich beobachtete sie dabei und fand, dass der zweireihige Knautschlackpanzer längst nicht mehr so uneinnehmbar aussah wie noch eine halbe Stunde zuvor.

Wenn du vor etwas Angst hast,
dann tu es.
Ralph Waldo Emerson

Schattenbach zählt zu jenen Kleinstädten, in denen es meist schon lange vor Mitternacht so aussieht, als sei im ganzen Ort der Strom ausgefallen. Als ich Lisas Wohnung im alten Zollhaus nach Einbruch der Dunkelheit etwas knieweich verließ, kam es mir jedenfalls so vor, als würden die engen Gassen zwischen Flusslände und Kirchenfelsen außer von ein paar brüchigen Schwibbögen nur durch die Farbe der Finsternis zusammengehalten. Erst als sich hinter dem Kirchendach allmählich der aufgehende Vollmond hervorschob, zeichneten sich die Konturen von Erkern, Mauervorsprüngen, Nischen, Pilastern und Fenstersimsen ab. Die Fenster freilich blieben schwarz, entweder, weil die Lichter dahinter längst ausgegangen waren oder weil man hier schwere Leinenvorhänge und dicke Fensterpolster zwischen sich und die Außenwelt zu schieben gewohnt ist.

Umso erstaunlicher nahm sich ein Lichtstrahl aus, der mich von einer Stelle aus erreichte, von der ich ihn am wenigsten erwartet hätte, nämlich aus meinem Heimathaus. Es war zugegebenermaßen keine Festbeleuchtung, sondern nur ein mattes Schimmern hinter den Fensterläden der Mineraliensammlung, das ich da wahrnahm, doch ich muss gestehen, dass dieser fahle Schein mich umso mehr irritierte.

Sollte ich tatsächlich vergessen haben das Licht abzudrehen? – Kaum wahrscheinlich, zumal ich das Haus am Vormittag bei strahlendem Sonnenschein verlassen und die Mineraliensammlung seit Etelkas „Verhaftung“

nicht mehr betreten hatte. Sollte etwa Frau Zidibulk die Tatsache, dass sie noch immer einen Museumsschlüssel besaß, genützt haben, um in meiner Abwesenheit nach dem Rechten oder was sie so dafür hielt zu sehen? Oder machte sich womöglich gerade wieder irgendjemand daran, tote Gegenstände gegen abgeschnittene Körperteile einzutauschen, was ich nach meinen jüngsten Erfahrungen leider nicht kategorisch ausschließen konnte. Mich wunderte in diesem traumverlorenen Marktflecken mittlerweile gar nichts mehr, am allerwenigsten meine eigenen Reaktionen auf das, was rund um mich geschah.

Was ein angenehmer und, wie es schien, nicht allzu arbeitsaufwändiger Zwischenstopp einer hoffnungsvollen Museumskarriere zwischen Mexiko und, wer weiß, dem Pergamon-Museum oder dem British Museum hätte werden können, war unversehens in albtraumhafte Dimensionen abgeglitten. Daran vermochte auch die kurze Entspannungsphase in Lisas Heuschreckenumarmung nichts zu ändern, die ich entgegen Klothildes düsteren Prognosen überstanden hatte, ohne dass mir danach der Kopf abgebissen worden war.

Die Tür zum Heimathaus stand zwar nicht offen, war aber auch keineswegs, wie sie es hätte sein sollen, versperrt. Fast lautlos drückte ich die Türschnalle und hielt den Atem an, um von dem Eindringling, wer immer es auch sein mochte, nicht vorzeitig wahrgenommen zu werden. Doch diese, wie ich überzeugt war, hochprofessionelle Art detektivischer Annäherung scheiterte schon wenige Augenblicke danach am Knarzen der hölzernen Treppe im Stiegenhaus.

„Du musst nicht anschleichen wie ein Indianer", vernahm ich eine vertraute Stimme, die so selbstverständlich in dieses Haus zu gehören schien wie die Embryos, die Mini-Kegelbahn und die Nachttopfsammlung.

„Etelka“, rief ich, mit vergleichbarer Emphase und kaum weniger entgeistert als am Vormittag in der Sankt-Nikolaus-Kirche.

Etelka saß auf einem Lederhocker zwischen zwei Mineralienschaukästen, und ihr Haar glänzte schwarz wie Obsidianstein. Ganz im Gegensatz zu ihren sonstigen Angewohnheiten trug sie heute jedoch keinen ihrer geschmacklosen Überröcke, sondern ein langes, geschlitztes schwarzes Kleid mit glitzerndem Strassbesatz und einem tiefen Ausschnitt, das eher nach Partyhuhn als nach Reinigungshilfe aussah. Selbst hatte sich Etelka dieses luxuriöse Fähnchen gewiss nicht gekauft, wovon auch?

„Ich warte hier schon seit viele Stunden auf Ihnen“, sagte sie mit leichtem Vorwurf in ihrer dunklen Vibratostimme.

„Ich warte seit vielen Stunden auf Sie“, korrigierte ich, einem inneren Reflex folgend, als wäre ich Professor Higgins aus Shaws „Pygmalion“. Dabei wollte ich keineswegs besserwisserisch wirken. Ich hatte lediglich auf Etelkas Wunsch hin schon vor Wochen mit ihr vereinbart, ihre Grammatikfehler auszubessern. Carozzi, du bist ein Schwachkopf, dachte ich dennoch, kaum dass mir diese Worte entschlüpft waren. Etelkas Grammatik war zur Zeit wahrlich ihr geringstes Problem.

„Wo um Himmels Willen hast du die ganze Zeit gesteckt, Mädchen?“, fragte ich, auch nicht gerade sophisticated.

Etelka zuckte mit den Schultern.

„Ich bin nicht gekommen wegen mich, sondern wegen du.“

Sie fuhr zwischen den Anredeformen einen ähnlichen Slalom wie zwischen Dativ und Akkusativ, doch diesmal verkniff ich mir den professoralen Reflex.

„Ich bin nicht in Gefahr, und selbst wenn, so ist das am allerwenigsten dein Problem. Aber du bist in Gefahr,

Etelka, in großer Gefahr, und ich hoffe, du weißt das auch."

Etelka schien mir kaum zuzuhören.

„Du unterschätzen Herr Pettenhofer. Er ist gefährlich. Du musst nie wieder hingehen."

„Woher weißt du, dass ich dort war?"

„Ich Ihnen gesehen habe durch die Fenster."

Ich hatte mich also nicht getäuscht. Es war tatsächlich Etelka gewesen, die, zu all dem, was Pettenhofer offensichtlich von ihr verlangte, in seiner Küche auch Hilfsdienste versah.

„Ich weiß, dass er dich misshandelt", sagte ich, „und ich verspreche dir, dass er, sobald das alles hier vorbei ist, dafür bestraft werden wird."

„Woher du wissen? Wissen ist gefährlich für Ihnen." Sie war sichtlich verärgert darüber, dass ich so gut über die dunklen Seiten ihrer Schattenbacher Existenz informiert war.

„Zdenka hat mir davon erzählt."

„Zdenka soll halten ihre Maul", erwiderte sie scharf.

„Wir sollten jetzt gemeinsam zur Polizei gehen, du und ich", sagte ich in einem seltenen Anfall von Klarsicht. Etelka hingegen schien allein der Gedanke an ein solches Vorhaben wütend zu machen.

„Zu diese Inspektor Loisl? Niemals. Er gleich auf mich schießen oder ich gehen in Gefängnis für zwanzig Jahre, weil er glauben, ich stehle die Madonna von Schattenbach und sie verkaufen weiter an harmlose Zigeuner. Er eine solche *Idiot*."

Etelkas hohe Backenknochen bebten, als stünde sie kurz vor einem völligen Breakdown. Doch dann nahm sie mit letzter Kraft alle noch verbliebenen Fasern ihres stark zerzausten Nervenkostüms zusammen, packte mich mit beiden Händen und sagte mit aller Suggestivkraft, derer sie fähig war: „Du darfst dort nicht mehr hingehen. Oder du in großer Gefahr.“

„Du brauchst einen Schnaps, Etelka“, erwiderte ich, erwog aber, während ich hinüber zu meinem Tabernakel ging, ernsthaft, ob sie nicht vielleicht doch auch Recht haben könnte.

Dass Pettenhofer ein unappetitlicher und möglicherweise auch nicht ungefährlicher Zeitgenosse war, hatten meine nachmittäglichen Erfahrungen, auch wenn ich letztlich recht glimpflich davongekommen war, mehr als bestätigt. Dass dieser wandelnde Wäscheschrank mit den Venen voller Schlagerblut es allerdings ernsthaft auf mein Leben abgesehen haben sollte, konnte ich mir, bei aller gebotenen Vorsicht, dennoch nicht recht vorstellen. Da schien mir Etelka viel gefährdeter zu sein.

„Du verwechselst da etwas, Etelka“, sagte ich und kam mir dabei einmal mehr oberlehrerhaft vor. „Nicht ich, du solltest nicht mehr zur Werft zurückgehen, denn du bist es, die in Gefahr ist.“

„Keine Angst, er beschützt mich“, erwiderte Etelka.

„Auf den lieben Gott würde ich mich jetzt aber nicht verlassen.“

„Wer redet von lieber Gott? Herr Pettenhofer beschützt mich, und er ist es, der sagt, was geschieht in die Ort.“

„Ich dachte, er schlägt dich?“

Etelka lachte kurz und schrill auf.

„Er schlägt mich und er beschützt mich. Es macht ihn ganz verrückt zu schlagen. Aber er sich auch selbst schlagen lässt. Solange es nicht allzu weh tut. Mir darf es weh tun. Er ist wehleidig. Für ihn es ist nur eine Spiel. Doch er bezahlt für diese Spiel auch. Nicht durch Geld, sondern durch Schutz.“

„Schutz vor wem?“

„Schutz vor die Fremdenpolizei, vor die Gendarmerie, vor Loisl. Vor Herr Pettenhofer ich habe keine Angst. Er macht Geschäft mit mir, das tut ein wenig weh und braucht eine gute Salbe. Vor das Dorf ich aber habe große Angst."

„Dann musst du von hier weggehen", insistierte ich.

„Herr Pettenhofer mir hat versprochen, dass ich komme nach Hamburg oder Berlin. Ich nicht mehr lang sein werde in Schattenbach."

„Und dort arbeitest du dann in einem Bordell?"

„Ich dann schon besser können Deutsch und werde unterrichten russische Sprache. Ich halte viel aus."

„So zäh wie naiv", seufzte ich resignierend, doch ich war mir nicht sicher, ob sie wusste, was naiv bedeutet. Zumindest hatte sie keine Ahnung von dem Mord in der Nikolauskirche. Die Art, wie sie die Gefahr, in der sie sich befand, herunterspielte, legte das zumindest nahe.

„Was sagst du eigentlich zu Margita?", fragte ich, um es endgültig herauszufinden.

„Was soll sein mit ihr? Ich wusste gar nicht, dass Sie ihr kennen."

„Du hast mir mehrmals von ihr erzählt", log ich. „Ist sie auch bei euren Sado-Maso-Spielchen dabei?"

„Ich sie nicht mehr habe gesehen, seit ich ihr geschenkt habe meine Ring."

„Du hast ihr deinen Ring geschenkt? Den mit der Schlange?"

„Ich ihn ihr habe geschenkt, weil sie sehr traurig gewesen und ich nichts anderes habe zu schenken."

„Ich habe dich gefragt, ob sie bei den Orgien dabei ist."

„Ach, Orgien." Etelka zuckte mit den Achseln. „Asylantenheim liegt auf die Boden von Herr Pettenhofer. Ganz Schattenbach liegt auf die Boden von Herr Pettenhofer. Und wer hier wollen Aufenthaltsbewilligung, muss sein freundlich zu Herr Pettenhofer und seine Freunde. Mehr dazu ist nicht zu sagen."

Meine Wissbegierde war denn auch fürs Erste gestillt. Nun lag die wesentlich schwierigere Aufgabe vor mir,

Etelka zu erklären, dass ihre Zimmer- und Leidensgenossin mit nur neun Fingern und ohne ihren Ring im Leichenschauhaus lag.

„Margita ist heute Vormittag ermordet in der Kirche aufgefunden worden“, sagte ich.

Etelka reagierte nicht. Nicht mit einem Wort, nicht mit einer Veränderung ihrer Gesichtszüge, nicht einmal mit Tränen. Starr saß sie da und verharrte sekundenlang stumm.

„Pettenhofer nicht tötet Mädchen“, sagte sie schließlich. „Er nicht machen seine Spielzeug kaputt. Pettenhofer nur gefährlich, wenn jemand stören seine Geschäfte. Er heute hat gesagt, dass du stören seine Geschäfte. Du kannst mir glauben, ich habe es gehört. Und da Sie immer sind freundlich zu mir gewesen, ich gekommen bin um dir zu warnen.“

Sie rückte ihr Kleid zurecht und schickte sich an zu gehen. So wie sie angezogen war, musste sie sich die Verlängerung ihrer Aufenthaltsbewilligung heute wohl noch verdienen. Ich konnte sie nicht halten, und selbst wenn ich gewollt hätte, vermochte ich ihr keine Alternative zu jenem ganz speziellen Schutz bieten, den sie unter Pettenhofers Händen genoss.

„Wie hat Zdenka es eigentlich geschafft“, fragte ich so nachdenklich wie beiläufig, „sich von Pettenhofers Spielen fernzuhalten?“

„Sich fernzuhalten?“ fragte Etelka, sichtlich amüsiert. „Sie hält sich nicht fern. Zdenka nur nicht wird geschlagen, weil ihr Beschützer hat andere Vorlieben.“

„Ihr Beschützer?“

„Du weißt nicht? Zdenka steht unter die besondere Schutz von Herr Bürgermeister.“

*

Warum ergreift jemand einen bestimmten Beruf und nicht stattdessen irgendeinen anderen? Warum wird einer wie ich Archäologe und nicht Apotheker oder Jurist? Weil ihn die Umstände dazu zwingen? Weil er eine Sehnsucht in sich verspürt, ein Rätsel lösen will oder weil er einen Traum hat?

Pettenhofer war mit seiner Anspielung auf den Jäger des verlorenen Schatzes gar nicht so falsch gelegen. Dabei war es mit Sicherheit nicht Harrison Ford, der mich zu meiner Berufswahl veranlasst hatte. Als der erste Indiana-Jones-Film gedreht wurde, staubte ich bei Lehrgrabungen in Ephesos bereits emsig Marmorfriese ab und entzifferte Inschriften auf meinen ersten selbst ausgebuddelten Tonscherben. Die Liebe zur Archäologie war, ganz und gar unwissenschaftlich, schon viel früher erwacht, und zwar in der kleinen Hotel-Pension, die meine Eltern auf einem Sonnenhang hoch über dem Südtiroler Etschtal führten. Dort gab es, damit uns die Hausgäste an Regentagen nicht allzu trübsinnig wurden, einen kleinen Bücherschrank, in dem neben sämtlichen Angelique-Romanen, Thomas Manns „Zauberberg“ und ein paar Lord Peter Wimsey- und Miss Marple-Krimis auch ein alter Schmöker aus den Dreißigerjahren vorrätig war, der „Das Geheimnis der Inka-Insel“ hieß. Ich erinnere mich heute weder an den Autor noch daran, worum es in der Geschichte genau ging. Ich sehe mich nur noch, wie ich mich, einen angeblichen Wust an zu lösenden Mathematikaufgaben vorschützend, tagelang in mein Zimmer einschloss und das Buch verschlang, bis aus unserer Talenge die Weite des Ozeans, aus den Bildstöcken am Schulweg indianische Götzenbilder und aus den Kapellen und Ansitzen auf den Felszinken Tempel des Sonnengottes geworden waren. Damals, im zarten Alter von neun Jahren, beschloss ich, diese ferne Welt des Abenteuers und der Gefahr für mich zu erobern, eine geheimnisvolle exotische Schönheit aus den Händen brutaler Schatzsucher zu retten und anschließend mit ihr glücklich zu werden.

Nun wäre es gewiss übertrieben, Etelka als geheimnisvolle exotische Schönheit oder Pettenhofer als dämonischen Piratenkapitän zu bezeichnen. Dennoch fühlte ich mich erstmals in meiner Archäologenlaufbahn in einer Situation, die der Vorstellung, die kleine, abenteuerlustige Jungs von diesem Beruf haben, relativ nahe kam. Gewiss hatte ich während meiner Zeit in Mexiko so manche aufregende Situation erlebt. Doch die Gefahren drohten stets nur von platzenden Jeepreifen, klapprigen Fokker-Friendship-Motoren oder gepanschtem Mezcal. Nicht einmal die berüchtigten Desmodontidae, besser bekannt als Kammzahnvampire oder gemeine Vampir-Fledermäuse, haben mich jemals zum unfreiwilligen Blutspender gemacht; schon gar nicht fühlte ich mich von Mitmenschen, ja nicht einmal von den paar feindseligen Neidern, die es in meiner Laufbahn natürlich auch gab, an Leib und Leben bedroht.

Diese Facette blieb offenbar Schattenbach vorbehalten, einem Ort, dessen Perspektive mir auf ganz ähnliche Weise verengt erschien wie in jenem Weiler hoch über der Etsch, aus dessen vereinnahmender Umklammerung ich mich eigentlich für immer hatte lösen wollen, indem ich den Beruf des Altertumsforschers und mit ihm ein Dasein in einer offenen, wenn auch vielleicht etwas retrospektiv orientierten Welt wählte.

Tatsächlich hatte ich, außer vielleicht vor meinen Abschlussrigorosen, in meinem bisherigen Berufsleben noch niemals so etwas wie Angst verspürt. Am ehesten kannte ich das gewisse Kribbeln vor dem Aufbruch zu einer Expedition, wie etwa jener, die ich auf den zwar Feuer spuckenden, aber letztlich harmlosen Vulkan Nevado de Toluca unternommen hatte. Doch erst Schattenbach schaffte es, in mir jenen Zustand seelenzuschnürender Beklemmung hervorzurufen, den ich bis dahin nur aus der Perspektive des Lesers von Abenteuerromanen, aber niemals aus dem wirklichen Leben gekannt hatte. Etelkas Warnung war mir aus diesem Grund auch wesentlich tiefer zu Herzen gegangen, als ich mir das selbst eingestehen wollte.

Ich versuchte ohne jeden Erfolg, aber dafür umso angestrengter, irgendeine Klammer zwischen Marienverehrung und Zillenbau, Religion und Sadomasochismus, Brandmalerei und Kunstraub sowie Ritualmord und Schlagerblut herzustellen. Ich hatte das unbestimmte Gefühl, dass ich irgendwo auf halber Strecke zwischen all diesen Extremen fündig werden könnte, deren beide Eckpunkte ganz offensichtlich die Nikolauskirche und das Pettenhofer'sche Anwesen waren, während mein Heimatmuseum allenfalls als Nebenschauplatz diente. Zwischen Kirche und Schopperstätte jedoch bewegten sich eine ganze Reihe von Beteiligten – darunter auch ich – die durch mehr oder minder schuldhafte Verwicklungen in den Sog einer Handlung mit vorhersehbar schlechtem Ausgang gerissen wurden. Es stellte sich nur die Frage: Wer spielte in dieser griechischen Tragödie welche Rolle, wer von den Charakteren war zu fürchten und wer zu bemitleiden, vor allem aber: Wer führte in diesem Stück Regie?

Da an Schlaf bei meiner derzeitigen emotionalen Befindlichkeit trotz der vorgerückten Stunde nicht zu denken war, beschloss ich, die Zeit, bis mir die Augen in den frühen Morgenstunden wohl irgendwann von selbst zufallen würden, wenigstens produktiv zu nützen und meine Nachforschungen weiter voranzutreiben. Den Schauplatz Kirche hatte ich für meine Begriffe nun schon mehr als erschlossen, und ich hatte auch keine Lust, noch einmal vom Kooperator als „Kirchendieb“

erwischt zu werden. Auch das Pettenhofer'sche Anwesen kannte ich, doch schien es mir, als hätte man mir bis jetzt lediglich die Fassade gezeigt, und es war hoch an der Zeit, da oder dort an ihrem Glanzlack zu kratzen.

Ich verließ also das Museum noch einmal und begab mich, Etelkas Mahnung und meiner Angst im Bauch zum Trotz, genau dorthin, wo ich aller menschlichen Vernunft gehorchend um diese Zeit wirklich nichts zu suchen hatte: nämlich in Pettenhofers Klein-Pompeji. Nur nahm ich diesmal meinen Lada, denn zweimal am Tag wollte ich den Marsch in die Steinbrüche nun wirklich nicht zu Fuß antreten. Da ich jedoch um diese Zeit nicht einfach frech auf der Straße vorfahren konnte, wählte ich abermals einen der verschlungenen Weinbergpfade und parkte meine alte Kiste, gut getarnt, zwischen den Rieslingstöcken und Weißer-Burgunder-Reben der höheren Lagen ein.

Der Vollmond hatte mittlerweile seinen Höchststand erreicht und sah so rund aus wie ein perfekt aufgeschlagenes Spiegelei, umgeben von einem milchweißen Hof. Ein Wetterumschwung kündigte sich an, und vielleicht hatte der allmählich aufkommende Westwind auch schon etwas damit zu tun.

Aus Schaden klug geworden, kletterte ich die Weinbergterrassen diesmal wesentlich vorsichtiger und mit mehr Bedacht auf die natürlichen Fallen aus Schotter und Flechtwerk hinab in die Talmulde, um nicht abermals seitwärts in den Steinbruch abzurutschen, der die Rieden wie ein Amphitheater durchbrach. Allmählich näherte ich mich dem Hintereingang des Hauses, gerade in Rufweite von jener Stelle, von der aus eine kleine hölzerne Brücke hinüber zu Pettenhofers Erdkeller führte.

Über dem Anwesen lag eine gläserne Stille, und das Einzige, was sich, fast wie in Zeitlupe, zu bewegen schien, war das vom Wind gestreifte Blättergefieder der Uferrobinien und der dreischiffig geführte Barge-Kahn, dessen Konturen sich mitsamt seiner nachtschwarzen Fracht dunkel über dem Fluss abzeichneten.

Ich beschloss, fürs Erste einmal nichts zu tun und lieber zu warten, ob etwas passierte. Ich suchte mir also zwischen den Rebstöcken, um auf keinen Fall gesehen werden zu können, eine flache, grasbewachsene Furche mit guter Sicht und legte mich bäuchlings so hin, dass ich mein Kinn mit den Armen aufstützen und den Überblick bewahren konnte. Das war, wie mir bald klar wurde, zwar eine gute Stellung für einen Schnüffler, aber nicht für einen, der zuvor einige Stunden in den Fängen einer lüsternen Gottesanbeterin zugebracht hatte. Müdigkeit machte sich in allen meinen Gliedern breit, und irgendwann musste ich wohl eingeschlafen sein.

Ich erwachte durch einen spitzen, schrillen Schrei, der von Pettenhofers Villa her kam. Es war die Stimme Etelkas, die von Pettenhofer gerade ziemlich gewaltsam über die Brücke in Richtung Weinkeller gestupst oder eigentlich eher geprügelt wurde. Er schrie sie an und verpasste ihr gleich mehrere Ohrfeigen; sie schrie zurück und versuchte ihn im Gesicht zu kratzen, was ihr jedoch nur eine neuerliche Abreibung eintrug. Den Inhalt des Schreiduells, das erst endete, als sich die Kellertüre hinter beiden geschlossen hatte, konnte ich nicht verstehen. Auch sonst hörte ich nichts mehr. Die alte Holztür mit dem keltischen Sonnensymbol erwies sich als formidable Schallschluckerin.

Nachdem ich auf die Vorgänge hinter der Tür, obwohl ich mir gerade das sehnsüchtig gewünscht hätte, leider keinen Einfluss nehmen konnte, wagte ich mich etwas weiter in Richtung Schopperstätte vor. Ich hätte doch zu gern gewusst, ob sich in den Kisten an der Rückwand der Werft wirklich nur Zubehör für die luxuriöse Bordkombüse befand oder ob sich da nicht auch die eine oder andere schlüssigere Erklärung für Pettenhofers, wie mir schien, ebenso unermesslichen wie unangemessenen Reichtum fand. Vielleicht – das wagte ich allerdings kaum zu hoffen – tauchte ja inmitten des ganzen Seemannskrempels auch irgendwo eine gotische Madonna auf, und mit etwas Glück war es sogar jene, die mir fehlte.

Da mir der Abstieg über den Steinbruch um diese Stunde zu gefährlich schien, suchte ich die Umzäunung, die die Schopperstätte und die Villa von den dahinter ansteigenden Weingärten trennte, nach einer Stelle ab, die es mir ermöglichte, lautlos und ohne allzu großen gymnastischen Aufwand aufs Werftgelände zu gelangen. Das war komplizierter, als ich dachte, da der Gitterdraht ziemlich neu und etwa zweimannshoch war. Ich hatte den Zaun schon fast zur Gänze umrundet und immer noch kein Schlupfloch gefunden, als ich eine andere Entdeckung machte: Auf dem Parkplatz vor der Villa standen nämlich nicht nur Pettenhofers Mercedianer-Karossen, sondern auch der funkelnagelneue Lancia des Bürgermeisters. Munknast musste sich also im Hause befinden. Oder im Weinkeller, was ich für fast noch wahrscheinlicher hielt.

*

Nachdem ich Pettenhofers langgezogenes Werksgelände bis auf die Steinbruch-Flanke nach einem geeigneten Einstieg abgesucht hatte, kam mir, als ich die Hoffnung schon fast aufgegeben hatte, ein Rasant zu Hilfe.

So lautete der in weißen Lettern auf rotem Lack prangende Name eines Weinbergtraktors, wie er für die Weingartenarbeit in besonders steilen Lagen verwendet wird. Der Winzer, der mit diesem durch eine Seilwinde gesicherten Reben-Ferrari auch die entlegensten Weinstöcke bearbeiten konnte, hatte denselben am Fuße des Steilhangs dankenswerter Weise knapp am Gartenzaun eingeparkt, und zwar durch eine glückliche Fügung unmittelbar gegenüber dem Containergebirge auf der anderen Seite des Zauns. Es bedurfte also keiner allzu großen Geschicklichkeit, um zuerst den schwarz lackierten Fahrersitz zu erklimmen und sich von hier auf die andere Seite des Geländes zu schwingen, wo ich zwar nicht weich, aber immerhin sicher auf einem Container landete.

Der Landeplatz war gut gewählt. Von den Pflöcken aus waren es nur ein paar Meter bis zur Schiebetür, die in die Halle führte. Zu probieren, ob sie sich auch nachts öffnen ließ, erschien mir allerdings doch ein wenig zu kühn. Soweit ich mich erinnern konnte, hatte sie schon bei Tag in ihren schlecht geschmierten Gleitschienen so aufgejault, dass man hätte meinen können, ein prustender Elefant zöge durch die Werft. Jetzt, in der absoluten Stille der Vollmondnacht, konnte dies möglicherweise klingen, als lüpfte eine ganze Jumbo-Herde ihre Rüssel. Ich schlich mich also die Wellblechverschalung entlang bis ans Flussufer und hoffte, dass ich von dort über die Rampe ins Innere der Halle eindringen konnte, von der aus die fertigen Boote gewassert wurden. Tatsächlich war die Werft oberhalb der verrosteten Eisendalben, die sie vom Wasser trennten, gerade so weit offen, dass der Doppelvierer, der mithilfe dicker Schiffstaue an zwei Kurbelwinden festgemacht war, bei Bedarf jederzeit auslaufen konnte.

Ich quetschte mich also am Boot vorbei ins Innere der Werft, in die durch die Öffnung gerade so viel Mondlicht einfiel, dass ich zumindest umrisshaft erkennen konnte, in welchem Teil der Schopperstätte ich mich gerade bewegte. Beinahe wäre ich über einen jener Kettenzüge gestolpert, welche die mit dem Harz verbundenen Planken der noch in Arbeit befindlichen Boote zusammendrückten, doch ich konnte mich gerade noch an einem der Ruder des Doppelvierers anhalten, was eine der beiden Winden kurzfristig ins Wanken und den damit verbundenen Skull mitsamt seinen Seilen bedrohlich ins Schlingern brachte.

Vorsichtig tastete ich mich an einem Stoß Sperrholzplatten entlang in die Tiefe der Halle. Der Geruch von Styrol, Harz und Lösungsmitteln stach mir so sehr in die Nase, dass ich schon fürchtete, eine verräterische Explosion meiner bereits gefährlich pulsierenden Nasenflügel würde unmittelbar bevorstehen. Aber man glaubt gar nicht, was man mithilfe von Willenskraft und ein paar sporadisch erworbenen Yoga-Kenntnissen alles verhindern kann, wenn man nur überzeugt genug davon ist, dass es wirklich verhindert werden muss.

Mittlerweile war ich vor jenem eindrucksvollen Stapel von Holzkisten angelangt, der zu Mittag bereits meine Aufmerksamkeit erregt hatte. Der Mond ließ mich leider allmählich im Stich. Nur mit Müh und Not konnte ich die Konturen der Holzkisten erkennen und mit meinen Fingerkuppen erspüren, dass sie vernagelt waren. Ich schlich, so leise ich konnte, bis zur nächsten Werkbank und hoffte, dort irgendetwas zu finden, mit dem ich eine der Kisten öffnen konnte. Die Werkbänke schienen von den Arbeitern jedoch vor Dienstschluss am Wochenende ziemlich ordentlich aufgeräumt worden zu sein. Meine letzte Hoffnung war, dass irgendjemand irrtümlich etwas zu Boden hatte fallen lassen. Ich bückte mich also und watete, um wenigstens irgendeinen hilfreichen Gegenstand zu erhaschen, im Kriechgang durch die Sägespäne. Zunächst stieß ich dabei lediglich auf ein paar Holzscheiter, bis ich mich plötzlich an einem scharfen Gegenstand schnitt, der sich, als ich ihn aus den Sägespänen herauszog, als Kante einer jener schon ziemlich historischen Schrothacken entpuppte, von deren Verwendung mir Pettenhofer erzählt hatte. Ich ergriff die Hacke und kroch langsam zu meinem Stapel zurück. Dort versuchte ich, den Deckel der obersten Kiste mit der Hackenkante zunächst etwas zu lockern, und schließlich gelang es mir auch, ihn durch die Hebelwirkung des Hackenstiels vorsichtig abzuheben. Ich langte in die Kiste und ertastete zunächst nichts anderes als eine doppelte Lage Seidenpapier. Nachdem ich dieses auf die Seite geschoben hatte, griff ich auf etwas Hartes, das sich wie eine Reihe von nebeneinander geschlichteten Holzplatten anfühlte, unter denen abermals eine Lage Seidenpapier eingeschoben war. Ich zog eine dieser Platten heraus, wurde aber in der Finsternis nicht wirklich klug daraus, was ich da in der Hand hatte. In einem plötzlichen Anfall von Verwegenheit durchwühlte ich meine Jacketttaschen in der berechtigten Hoffnung, dort neben meinen Zigarillos auch eine Schachtel Streichhölzer zu finden. Ich spitzte die Ohren, ob ich irgendwo ein Geräusch hörte, doch es blieb so mucksmäuschenstill, wie es sich für einen anständigen Ort wie Schattenbach um diese Zeit gehörte. Ich fachte das Zündholz an und brauchte es nur eine Sekunde lang brennen zu lassen, um zu wissen, was ich da in der Hand hatte: Es war eine der Brandmalereien von Guido Spitz, auf der ein Schiff mit geblähten Segeln zu sehen war.

Meine Enttäuschung war groß. Das war es also, was Pettenhofer als Accessoires bezeichnet hatte, und um das herauszufinden, hätte es meiner nicht ungefährlichen und leider auch ganz und gar illegalen nächtlichen Expedition in die Schopperstätte wirklich nicht bedurft.

Ich legte das schmucke Bildchen also wieder an seinen Platz zurück und wollte den Kistendeckel schon vorsichtig wieder auf den Rahmen drücken, als ich plötzlich ein paar Fasern Holzwolle zwischen meinen Fingern spürte, wie man sie in ähnlich gestalteten Kisten auch gerne zur Verpackung sündteurer Tropfen verwendet. Sollte Pettenhofer in seinen Schifferkisten auch Weine verhökern?

Ich zog also das Bildchen noch einmal aus der Kiste und griff mit der Hand unter die zweite Lage Seidenpapier, wo ich tatsächlich etwas erspürte, das sich kalt und glatt wie eine Magnumflasche anfühlte. Ob Pettenhofer sein Schlagerblut etwa, mit Hitler-Etiketten oder Nazisymbolen versehen, an eine einschlägig interessierte Kundschaft verscherbelte, die es ja gerade in den betuchteren Kreisen seiner Klientel leider immer noch gab?

Ich versuchte, um meinen Verdacht zu überprüfen, die Magnumflasche vorsichtig herauszuziehen, doch ich brauchte kein weiteres Zündholz anzufachen, um mit einem Mal zu wissen, dass ich hier keineswegs an einen Weinhändler gekommen war. Denn obwohl mein Präsenzdienst nun schon etliche Jährchen zurücklag, wusste ich ganz genau, was ich da mit zitternden Fingern umklammert hielt: Es handelte sich um ein Panzerabwehrrohr, dem Guido Spitzs Brandmalereien als kreuzbiedere Tarnung dienten.

Meine Neugierde, ob wohl auf den Kisten auch die Adresse des in Aussicht genommenen Empfängers zu finden war, entflammte ein weiteres Streichholz und brachte zusätzliches Licht in Pettenhofers dunkle Geschäfte: Die Fracht war für ein Handelshaus in Mazedonien bestimmt.

*

Was ich wusste, war genug, um Pettenhofer ernsthafte Schwierigkeiten zu bereiten und ihn vielleicht sogar für ein paar Jahre aus seinem hollywoodesken Anwesen abzuziehen, dessen Finanzierung mir nun sehr schnell klar geworden war. Doch die Frage, wie der Herr Schiffsbaumeister die Raten für seine Kitschburg abzahlte, war von all jenen Fragen, auf die ich in diesen Tagen Antworten suchte, die am wenigsten dringliche. Zwar hatte ich Pettenhofer als erpresserischen Lustmolch und Waffenschieber entlarvt, doch musste ich das erst Inspektor Loisl klarmachen, der Pettenhofer, wie ich meine Schattenbacher kannte, selbst bei erdrückender Beweislage viel eher glauben würde als mir. Und außerdem wusste ich über den Dieb der Madonna mit den sechs Fingern bis dato ebenso wenig wie über Margitas Mörder, und mein Verdacht, dass es sich dabei um ein und dieselbe Person handeln könnte, ließ sich durch nichts, was über ein unbestimmtes Gefühl hinausging, erhärten.

Ich beschloss ich, den gesicherten Rückzug anzutreten und das zu tun, was ich schon viel früher hätte tun sollen, nämlich ins Bett zu gehen. Zwischen diesem und mir lagen allerdings noch ein Containergebirge, ein Zaungitter, ein Weinbergtraktor und ein paar Kilometer Landstraße. Eine beträchtliche Wegstrecke bis ins Träumeland.

Ich verschloss die geöffnete Kiste, legte das Beil auf seinen Platz unter die Werkbank zurück und verließ die Schopperstätte auf demselben Weg, auf dem ich sie betreten hatte. In der Villa brannte kein einziges Licht, und auch der Eingang zum Felsenkeller ließ nach wie vor nichts davon ahnen, was sich in seiner Tiefe abspielte. Ich huschte an der Schiebetür vorbei zurück zum Zaun und war in kürzester Zeit bei den Containern angelangt. Ich schickte mich gerade an, den ersten davon zu erklimmen, als ich mich plötzlich inmitten des Lichtkegels einer ziemlich leuchtkräftigen Stablampe wiederfand. Ich versuchte, den nächsthöheren Container und damit die rettende Umzäunung zu erreichen, doch der Lichtkegel folgte mir unbarmherzig, und während ich noch Anstalten machte, nach links oder rechts in die rettende Dunkelheit abzudriften, zerrten plötzlich zwei kräftige Hände an meiner rechten Wade und zogen mich, während ich allmählich den rettenden Weinbergtraktor auf der anderen Seite aus meinem Gesichtsfeld verlor, mit aller Kraft zurück an den Fuß der Riede.

Spiegelbrille machte dem Spitznamen, den ich ihm insgeheim verpasst hatte, auch nach Mitternacht alle Ehre. Während sein Klon mit der Stablampe zickzackförmige Lichtspiele veranstaltete, konnte ich mein Konterfei, nachdem mir Spiegelbrille unvermittelt einen schmerzhaften Nasenstüber verpasst hatte, in dessen Gläsern betrachten, und ich muss gestehen: Ich sah nicht gut darin aus, schon gar nicht, als mir der Klon dann auch noch gegen das Schienbein trat.

„Lass uns reingehen, Herwig", sagte Spiegelbrille, der demnach Vinzenz sein musste. „Akademiker schreien immer so, wenn man sie quält."

Herwig bugsierte mich daraufhin mit einem Stakkato von Fußtritten zur Elefantentür, die beim Öffnen erwartungsgemäß wesentlich lauter prustete, als ich hätte schreien können. Nachdem sich die Herde beruhigt hatte und die Tür wieder hermetisch verschlossen war, landete Vinzenz, während Herwig mir die Hände am Rücken verschränkt hielt, eine Gerade auf meinem rechten Oberkiefer, der dabei verdächtig knirschte.

„Nun rück schon damit heraus, warum du hier herumspionierst! Oder sollen wir dich erst noch auf die Werkbank spannen und deine Knochen verleimen?", fuhr mich Vinzenz an.

„Ich sagte doch schon heute Nachmittag, dass ich mich für den Zillenbau interess..."

Jetzt knirschte mein linker Oberkiefer. Bevor Spiegelbrille, wie zu erwarten war, auf meine Kinnlade losging, musste ich mir, wenn ich mein Gesicht retten wollte, allmählich etwas überlegen.

„Okay, Freunde", lenkte ich ein, „ich will euch die Wahrheit sagen. Es soll hier irgendwo ein Bordell in den

Weinbergen geben, und das habe ich gesucht. Irgendwann will sich jeder Mann einmal entspannen."

Spiegelbrille senkte den Blick und nahm meine Magengrube in Augenschein.

„Halt, halt, ich geb's ja zu", rief ich, während er mit beängstigendem Schwung zu einem neuen Haken ausholte. „Ich suche Etelka, weil ich weiß, dass euer Onkel sie hier im Haus festhält."

Spiegelbrille ließ seine stramme Rechte wieder ausschwingen.

„Festhält?", fragte er seinen Klon mit einem langgezogenen, ziemlich schmutzigen Grinsen. „Die ist doch zur Erholung hier bei uns, stimmt's, Herwig?"

„Klar, zur Kur." Jetzt grinste auch er.

Der Spaß, den die beiden hatten, erleichterte es mir, dem Klon seine Stablampe aus der Hand zu schlagen, mich blitzschnell nach der Schrothacke unter der Werkbank zu bücken und die Dunkelheit zu nutzen, in zwei, drei Riesensätzen auf den Doppelvierer zu springen. Vinzenz und Herwig sprangen mir nach einer Schrecksekunde zwar nach, doch die war gottlob lange genug, dass es mir nicht nur gelang, einigermaßen aufrecht in dem Kahn zu landen, sondern von dort aus mit meiner Hacke auch die beiden Taue zu durchtrennen, mit denen das Boot in der Verankerung hing.

Die Sparren ächzten, die Bodenlade knurrte, und selbst die Queen Elisabeth, so erschien es mir zumindest, hätte nicht dröhnender ins Wasser rumpeln können.

*

Die Nacht verschluckte mich, und der Strom war, zumindest fürs Erste, gut zu mir. Er trieb mich schnell genug flussabwärts, dass die Schrotkörner aus den Flinten der beiden Neffen nur auf dem Wasser und nicht auf meinen Hinterbacken tanzten. Erst etliche Minuten, nachdem der letzte Schuss hinter den Kalkfelsen des Südufers verhallt war, wagte ich meinen Kopf wieder zu heben. Vom Osten her begann sich der Nachthimmel allmählich in feinen opalen Schlieren mit Einschlüssen von zartem Purpur wieder aufzuhellen. Vom Wasser her stieg feuchte Luft auf und hüllte meinen Doppelvierer, der mir mehr als genügend Platz bot, in einen dunstenden Gazeschleier.

Im Verlauf dieser bewegten Nacht war mir allmählich das Gefühl für Zeit und Raum abhanden gekommen, und erst eine aus dem Akaziengestrüpp an der Uferböschung vorlaut kichernde Dohle erinnerte mich daran, dass es wohl schon vier oder fünf Uhr morgens war.

Mein Boot defilierte die barocke Häuserzeile entlang an der Schattenbacher Uferlände vorbei, und ich hielt es, obwohl dort keine Menschenseele zu sehen war, für besser, nicht auf die Landungsbrücken im Zentrum der Lände zuzusteuern, da die Fassaden von Schattenbach auch schon in den frühen Morgenstunden Augen hatten. Aus demselben Grund ließ ich meinen Kahn auch am hölzernen Unterboden der stählernen Rollfähre vorbeigleiten, die an einem zwischen den beiden Flussufern gespannten Rollseil hing und in deren Steuerkabine zu dieser frühen Stunde bereits ein dünner Glühfaden schimmerte.

Mit nur wenigen gezielten Ruderbewegungen vertraute ich mich lieber der Dynamik der Strömungen als meinen spärlichen Navigationskünsten an und ließ das Boot noch ein paar hundert Meter weiter bis an jene schon etwas außerhalb der Ortschaft gelegene Stelle treiben, wo der Schattenbach, flankiert von einigen Trauerweiden und zerspellten Baumruinen, inmitten eines naturgeschützten Ufer-Biotops in den Fluss mündet.

Obwohl ich es nicht gerade bequem hatte, begann mir meine Situation allmählich zu gefallen. Das Wasser und die Luft umschlossen mich wie ein weicher, anschmiegsamer Kokon, und das Boot schien mich wie eine Sänfte zwischen überstandener und drohender Gefahr dem absoluten Stillstand der Zeit entgegenzutragen.

Dass dieser eine Illusion war, merkte ich spätestens, als der Westwind eine Regenwand wie einen Riegel vor die zart keimende Morgenröte im Osten schob, der das glatte Anthrazitgrau der Wasseroberfläche binnen kürzester Zeit in ein pointillistisches Gemälde und mein grobleinernes Jackett in einen großen Waschfleck verwandelte. Und da gleichzeitig auch jene eher unsanfte Böe aufkam, deren Herannahen sich bereits in der nunmehr vergangenen Mondnacht angekündigt hatte, war es höchste Zeit für mich, die nächste sichere Uferböschung anzusteuern.

Ich bewegte meinen Skull, soweit dies in der Kraft eines einzelnen Mannes stand, mit immer schneller werdenden und zuletzt geradezu hastigen Ruderschlägen auf eine Schotterbank zu, die bei meiner Ankunft von einem Fischreiher bewacht wurde. Bereits einigermaßen durchnässt, landete ich meine Barke auf dem Kies, verscheuchte Meister Stelzfuß und schickte mich an, das Boot mit den spärlichen Resten der gecutteten Seile mehr recht als schlecht im Uferflechtwerk zu vertäuen, damit es nicht von der nächsten Strömung wieder mitgerissen wurde. Just in diesem Augenblick teilten sich erst die Morgennebel und dann die Stromwellen, und eine mit zwei Mann besetzte Motorjacht steuerte direkt auf mich zu.

Ich dachte nicht lange darüber nach, wer da Kurs auf mich nahm, sondern sprang, so schnell ich konnte, aus meinem Doppelvierer und verschwand hinter der Markise des grünen Gebüschs.

Mittlerweile war auch die Motorjacht auf dem Schotter aufgelaufen, und ich bemerkte, als ich mich kurz umwandte, dass Spiegelbrille dem Ernst der Situation insoferne Rechnung trug, als er sein Markenzeichen gerade abgenommen hatte.

Während die beiden Neffen, jeder in eine andere Richtung, den Uferrain durchstreiften, hatte ich fast schon den Schattenbach erreicht, über den in etwa hundert Metern Entfernung ein schmaler Holzsteg führte, von dem die nächsten Einfamilienhäuser in unmittelbarer Reichweite. Doch hundert Meter können länger als eine ganze Marathonstrecke sein, wenn jede Bewegung, die man macht, die Gefahr birgt, entdeckt zu werden, und jede Bewegung, die man nicht macht, bewirkt, dass man auf der Etappe zurückbleibt.

Immerhin kam mir wenigstens das Morgengrauen, dem seit dem Regenguss jegliche Röte entwichen war, zu Hilfe. Vinzenz und Herwig erkannten nach anfänglichen Versuchen nämlich sehr bald, dass es schon zu hell war, um mit Hilfe ihrer Stablampen noch irgendetwas aufzuspüren, was ihre Suche wesentlich schwieriger machte, als sie es bei völliger Dunkelheit gewesen wäre. Stattdessen schlugen sie sich mit der ihnen offenbar eigenen Liebe zu Brachialgewalt den Weg mithilfe ihrer beiden Schrotflinten durch den Auwald.

Der braungelbe Lößboden unter meinen Füßen war durch den Regen matschig und weich geworden, und jeder meiner Schritte in Richtung Steg hinterließ ein dumpfes, patziges und leider deutlich hörbares Schlurfgeräusch. Mein Trost war lediglich, dass es den Zwillingen des Bösen, die da hinter mir her waren, nicht viel anders erging, und zuletzt keiner von uns dreien ganz genau wusste, wer da wo herumschlurfte, obwohl wir vermutlich keine hundert Schritte voneinander entfernt waren. Während die beiden mit mir solchermaßen Katz und Maus spielten, hielt ich mich zwischen zwei ziemlich dicht ineinander verwachsenen Holunderbüschen versteckt, um die sich ein Schutzschild aus zwar regenschweren, aber nahezu undurchsichtigen Farnen gebildet hatte. Doch so gut ich von hier aus den möglicherweise rettenden Steg in meinem Blickfeld hatte, so weit war er, meinen tatsächlichen Fluchtmöglichkeiten entsprechend, noch entfernt. Ich dachte an Lisa und noch mehr daran, was für einen famoser Picknickplatz dies bei besseren Witterungsbedingungen sein hätte können. Doch an ein Ende des Regens war vorläufig nicht zu denken, und mich fröstelte in meiner klitschnassen Kleidung. Ich schlang meine beiden Arme, so gut ich konnte, um meinen bibbernden Oberkörper, bemühte mich standhaft, nicht mit den Zähnen zu klappern, und verharrte so regungslos, wie es mir möglich war, in dieser Position.

Es war allerdings nicht reglos genug. Denn plötzlich öffnete sich der Farnvorhang vor meinen Augen zu einem Schauspiel, das mit einem Knalleffekt begann. Getroffen sank ich zusammen. Wenigstens, konnte ich gerade noch überlegen, war es nicht der Schrot gewesen, der mich soeben außer Gefecht gesetzt hatte, sondern lediglich der Kolben einer Schrotflinte. Dann sah und hörte ich nichts mehr. Außer dass irgendjemand, ganz in der Nähe oder ganz weit in der Ferne, einen Motor anließ.

8

In eodem luteo haesitas. –
Du steckst noch im gleichen Dreck.
Terenz

Ich hielt die Augen noch geschlossen und versuchte gerade, mir den Geschmack von Mezcal, Speck und heißen Bohnen auf der Zunge vorzustellen, als ich plötzlich etwas Weibliches, Weiches, Warmes über meinem Körper spürte. Rund um mich roch es nach Kaffee und Jod und klang nach Chopin. Es war eine seiner Mazurkas, die ich aus dem CD-Player hörte, während ich langsam meine Augen öffnete und Klothilde sah, die sich gerade über mich beugte und meine Stirn mit einem in eine scharfe Tinktur getauchten Wattebausch abtupfte.

Es brannte, und ich machte die Augen wieder zu.

„Sie haben dich ziemlich übel zugerichtet", sagte Klothilde, die sich trotz der nüchternen Morgenstunde nun doch wieder an unsere bierselige Freundschaft vom Samstagabend zu erinnern schien.

„Steckst du auch mit ihnen unter einer Decke?", fragte ich unverhältnismäßig grob.

„Seit meine Schwester im Sanatorium ist, helfe ich hier öfter einmal aus", erwiderte sie, ohne meine Frage damit auch nur annähernd zu beantworten. „Von der Köchin und ein paar Putzteufeln abgesehen, bin ich die einzige Frau in einem Männerhaushalt."

„Ach, Putzteufel nennt man die hier ...?"

Klothilde überging auch diese Bemerkung mit einem nervösen Hüsteln und zog mir die Bettdecke übers Kinn. „Dir muss kalt sein. Du zitterst am ganzen Körper."

Ich dachte kurz darüber nach, ob sie Recht hatte. In Wahrheit war mir eher heiß. Oder doch kalt?

Klothilde machte sich wieder an dem Cut über meiner rechten Braue zu schaffen und streute mir jede Menge Desinfektionspulver über meine halb zugekniffenen Augen. Es war, als würde es draußen in der Welt schneien, doch sobald ich an die Welt draußen dachte, wäre ich am liebsten wieder eingeschlafen.

„Stört dich die Musik?“, fragte Klothilde. „Ich kann sie auch abschalten oder leiser drehen.“

Ich antwortete nicht. Es fiel mir auf, dass ich unter meiner Bettdecke völlig nackt war.

„Ich möchte ein Glas Wasser“, sagte ich, während mich das Gefühl meiner Nacktheit angesichts des mir unbekannten Umfelds immer beklommener machte. Während Klothilde durch eine Tapetentür verschwand und dahinter deutlich hörbar das Wasser rinnen ließ, bemerkte ich, dass draußen vor dem Fenster ein paar Wolken aufbrachen und die Sonne ins Zimmer ließen. Der Raum, in dem mein Bett stand, war licht und freundlich. Mit seinen weißen Schleiflackmöbeln, den in sich gemusterten Seidentapeten, den dekorativ gerafften Stores über den Fenstern und den vielen Nippessachen zwischendrin erinnerte er mich ein wenig an die Home-and-Garden-Idyllen in einschlägigen Versandhauskatalogen, nur dass neben den einzelnen Stücken die Preise fehlten. Gut möglich, dass Klothilde bei der Einrichtung dieses Raums ihre Hand im Spiel gehabt hatte. Es schien genau ihr Stil zu sein. Blumenmuster gab es jedenfalls mehr als genug. Blumen übrigens auch.

„Es ist das Gästezimmer meines Schwagers“, sagte Klothilde, die mit einem Wasserglas aus dem Bad kam, als ob sie meine Gedanken erraten hätte. „Wenn ich länger herüben bin, schlafe ich auch manchmal da.“

Sie stellte das Glas auf dem Nachtkästchen ab.

„Und, bist du öfters länger hier herüben?“

Sie sah mich lange an, und ihr Blick schien mir kein besonders frohgemuter zu sein. Ich versuchte mich im Bett aufzusetzen und spürte, dass das Cut über meiner Braue keineswegs meine einzige Wunde war. Als ich das Glas ergriff und zum Trinken ansetzte, rutschte mir die Bettdecke über die Brust hinab. Klothilde ergriff in Sekundenschnelle einen Zipfel davon und zog sie mir wieder über die Schultern, auf denen sie mit ihren feingliedrigen Fingern wesentlich länger verweilte, als ihre Aufgabe als Schwester Nightingale es erfordert hätte.

„Ob du öfters länger hier bist“, fragte ich noch einmal, nachdem ich einen tiefen Schluck aus dem Wasserglas genommen hatte.

„Manchmal, ja.“

„Und dein Mann, schläft er auch öfters da?“

„Hannes? Zuweilen. Aber dann gewöhnlich ohne mich ... Du solltest nicht so viel fragen.“ Ich ließ mich wieder auf meinen Polster zurückgleiten, und Klothilde nestelte noch ein wenig an meiner Bettdecke herum.

„Du hast gute Augen“, sagte Klothilde, nachdem mein Laken wieder zu ihrer Zufriedenheit gespannt war.

„Und du hast gute Hände“, erwiderte ich, um auch etwas Nettes zu sagen. Sie nahm es zum Anlass, mir kurz durchs Haar zu streichen.

„Ich fürchte allerdings, dass du nicht so lange hier bleiben kannst“, fügte sie dann hinzu, „wie es deiner Gesundheit gut täte. Oskar will dich so bald wie möglich sehen.“

Ich bekam einen neuen Anfall von Schüttelfrost. Dann drehte sich draußen im Schloss ein Schlüssel, die Tür ging einen Spalt auf und Spiegelbrille schob seinen Kopf hindurch.

„Na, was ist?“, fragte er ungeduldig. Ich vermied es, ihm in die Augen zu blicken.

„Er sieht noch ziemlich mitgenommen aus“, sagte Klothilde.

„Frühstücken wird er ja können.“ Die Tür fiel wieder ins Schloss, blieb aber diesmal unversperrt. Spiegelbrille schien draußen Wache zu halten.

Klothilde öffnete einen der beiden Schleiflackkästen. „Ich habe dir etwas Wäsche und einen Anzug von Otto hergerichtet. Er hat ungefähr deine Figur.“

Sie legte mir einen von den weißen Leinenanzügen, die bei der Pettenhofer'schen Jugend so eine Art von Uniform zu sein schienen, aufs Bett.

„Soll ich rausgehen?“, fragte sie diskret.

„Musst du nicht“, erwiderte ich, und meine Nacktheit wurde mir plötzlich wieder bewusst.

Klothilde stellte sich mit dem Rücken zu mir ans Fenster und sah auf den Strom hinaus. Ich zwängte meinen von blauen Flecken und Schürfwunden marmorierten Körper in Ottos Kleider, humpelte ins Badezimmer und betrachtete mich im Spiegel. Außer meiner blonden Mähne und meinen offenbar recht widerstandsfähigen Vorderzähnen war wenig an meinem Gesicht völlig intakt geblieben. Meine Augen waren nicht mehr blaugrün, sondern blutunterlaufen. Meine rechte Backe sah aus wie gegerbt, und meine Oberlippe, von der ich mir immer einbildete, sie sei das besonders Sinnliche an mir, wirkte aufgedunsen und geschwollen. Ich sah wahrhaftig nicht gut, aber wenigstens nicht wie Otto aus. Seine Sachen passten zwar recht und schlecht, waren mir aber ein Nummer zu groß. So schlotterten mir, als ich das Badezimmer wieder verließ, nicht nur die Knie, sondern auch die Hosen.

Klothilde stand noch immer am Fenster.

„Warum ist deine Schwester eigentlich in eine Nervenheilanstalt eingeliefert worden?“, fragte ich sie.

Klothilde wandte sich um, und ihr Gesicht zeigte plötzlich wieder jene lauernde Schärfe, die ich von unseren weniger vertrauten Begegnungen kannte. Gleich, dachte ich, würde sie mich wieder siezen.

„Wer hat dir gesagt, dass es sich um eine Nervenheilanstalt handelt?“, fragte sie. „Ich habe lediglich von einem Sanatorium gesprochen.“

„Und, ist es wirklich ein Sanatorium?“

„Nein, es ist eine Nervenheilanstalt“, erwiderte sie, und ihre angespannten Züge verrieten mir, dass sie mit den Tränen kämpfte. „Von wem weißt du es?“

„Pettenhofer selbst hat es mir erzählt.“

„Hat er dir auch erzählt, wie sie dorthin gekommen ist?“

Klothilde hatte den Kampf gegen die Tränen verloren.

„Dein Schwager ist ein Killer, Frau Bürgermeister“, sagte ich.

„Oskar ist kein guter Mensch, das stimmt. Aber er ist mein Schwager, und das stimmt auch.“

Klothilde fischte aus einem der allenthalben herumstehenden Bast- und Gitterkörbchen ein Papiertaschentuch und trocknete sich die Tränen ab.

„Vor allem ist er ist ein Verbrecher“, beharrte ich.

„Von seinen Geschäften verstehe ich nichts“, erwiderte sie auffallend schnell.

„Wenn ich sage, er ist ein Verbrecher“, fügte ich hinzu, „dann meine ich keineswegs nur seine Geschäfte.“

Sie ignorierte die Botschaft, die ich ihr damit übermitteln wollte, völlig.

„Wenn du etwas über Oskars Geschäfte wissen willst, musst du meinen Mann fragen. Der versteht mehr davon, als ihm gut tut und mir lieb ist.“

Irgendjemand, ich nahm an, es war Spiegelbrille, veranstaltete draußen an der Tür ein Klopfkonzert.

„Schon gut“, rief Klothilde, „er ist ja gleich fertig.“ Dann fuhr sie mir mit einem Taschenkamm durchs Haar, zupfte meinen Hemdkragen zurecht, drückte mir einen zart hingehauchten, aber ziemlich schwesterlichen Kuss auf die Stirn und öffnete die Tür.

Spiegelbrille legte durch ein breites Grinsen große Teile seines Zahnfleischs frei und bedeutete mir, ihm zu folgen.

„Tut ihm nicht noch mehr weh", rief ihm Klothilde hinterher. Dann schloss sie die Tür und brachte damit nicht nur ihre Stimme, sondern auch die Mazurka zum Verklingen.

*

Immerhin wusste ich jetzt, woher der Kaffeeduft kam. Das Gästezimmer führte durch einen kurzen Wurmfortsatz von Korridor direkt in die Küche, die sich wiederum zu Pettenhofers Wohnzimmer und seiner Veranda hin öffnete.

Pettenhofer hatte die Flügeltüren zur Veranda zwar weit geöffnet, saß aber gerade noch tief genug im Zimmer, dass die Frische der Frühlingsluft die gespeicherte Wärme des Wohnzimmers wohltuend anreicherte.

„Sie machen es mir nicht leicht, ein Freund der Archäologie zu bleiben, Herr Doktor Carozzi", begrüßte mich Pettenhofer. „Hat man Ihnen während Ihres Orchideenstudiums nicht beigebracht, dass es auch Blüten gibt, die besser ungepflückt bleiben? – Aber nehmen Sie doch erst einmal Platz."

Spiegelbrille kannte offensichtlich seinen Part und verschwand fürs Erste.

Ich überlegte angesichts des mit frischem Brot, Landbutter, Rauchschinken und Marillenmarmelade reichlich gedeckten Frühstückstisches, wann ich eigentlich meine letzte Mahlzeit eingenommen hatte, und musste feststellen, dass ich, trotz allem, was inzwischen vorgefallen war, seit meiner Schlagerblut-Infusion vom vorigen

Nachmittag noch immer die zweifelhafte Gastfreundschaft desselben Mannes genoss.

Mein Appetit erwies sich trotz der atmosphärischen Trübungen als schier unerschöpflich, und da ich von meiner unfreiwilligen Stromfahrt noch immer völlig unterkühlt war, erfüllte der zwar etwas anämische, aber immerhin wirklich heiße Milchkaffee meinen Körper wieder mit wohliger Wärme.

„Sie mögen mich nicht, Herr Doktor Carozzi? Mögen Sie mich eigentlich persönlich nicht, oder mögen Sie nur meinesgleichen nicht?“ So wenig Pettenhofer ansonsten mit Frau Zidibulk gemeinsam haben mochte, so zählte offenbar auch er zu jenen, die ihr Frühstücksgebäck, bevor sie hineinbeißen, zunächst tief in den Kaffee tauchen. Das schien eine Schattenbacher Zivilisationskrankheit zu sein, und der Anblick ihrer Symptome bereitete mir zunehmend Ekel, und zwar umso mehr, als Pettenhofer nach dem Tunken auch noch Marmelade auf die feuchte, braune Schmolle schmierte.

Dennoch zog ich es vor, diplomatisch zu antworten. „Ich kenne Sie viel zu wenig, um Sie zu mögen oder nicht zu mögen“, sagte ich. „Aber ich kenne Leute, die allen Grund haben, Sie nicht zu mögen.“

„Wen zum Beispiel?“

„Etelka zum Beispiel.“

„Etelka hat von mir viel mehr bekommen als ich von ihr. Sie hat mich geradezu angefleht, sie zu unterstützen. Vermutlich hätte ich lieber gleich tun sollen, was ich heute Morgen tatsächlich getan habe.“

„Und was haben Sie getan?“

„Ich habe ihr einen Fußtritt gegeben und sie auf die Straße gesetzt, wo sie hingehört. Das, was sie für mich geleistet hat, kriege ich ohne große Tragödien für ein paar Scheine von jeder anderen auch.“

„Und Margita, die Frau, die gestern ermordet wurde?“

„Ich kenne keine Margita."

„Es handelt sich um die Flüchtlingsfrau, die gestern in der Kirche ermordet aufgefunden wurde. Ich habe aber Informationen, dass sie auch hier war."

„Ach, Ihre Informationen. Stammen die nicht meistens aus dem Baedeker? Aber ich kann nicht einmal leugnen, dass eine solche Frau hier war. Mag sein, dass sie sogar einmal ein paar Tage oder Stunden bei uns gearbeitet hat. Viele Frauen aus dem Asylantenheim tun das. Und meine Schwägerin, die mit im Haushalt hilft, seit meine Frau ..." Er hielt kurz inne, sprach aber, ohne lang Atem zu holen, weiter. „Sie wechselt das Reinigungspersonal alle paar Wochen, weil sie mit anderen Frauen nicht recht klarkommt."

„Sie reden von den, wie sagte Klothilde doch gleich, ...Putzteufeln?"

„Ja, so sagt sie wohl dazu. Ich führe über ihre Namen nicht Buch. Dafür nehme ich sehr wohl wahr, wenn jemand innerhalb von nicht einmal vierundzwanzig Stunden gleich zweimal gewaltsam in mein Grundstück eindringt."

„Ich habe keinerlei Gewalt angewendet. Gewaltsam waren Ihre Neffen."

„Meine Neffen sehen das, glaube ich, anders. Aber erzählen Sie mir ruhig Ihre eigene Version, ich werde Ihnen zuhören. Hinter wem sind Sie her? Doch nicht etwa hinter mir?"

„Ich habe Etelka gesucht, und ich hatte gute Gründe zu vermuten, dass ich sie bei Ihnen finden würde."

„Das glaube ich Ihnen sogar. Nur: Was hatten Sie für Gründe, sie überhaupt zu suchen?"

„Ich benötige sie als Zeugin, um den Diebstahl der Madonna von Schattenbach aufzuklären. Ich bin überzeugt, dass sie einen Schlüssel zur Lösung des Falls in der Hand hält."

„Ich habe nicht gewusst, dass Sie nicht nur Archäologe, sondern auch Detektiv sind“, sagte er, und der Hohn dahinter war deutlich hörbar. „Und um Etelka zu finden, sind Sie in einem Anfall von plötzlichem Heldentum von einem Weinbergtraktor aus über meinen Zaun gestiegen? Das klingt gut, sehr gut sogar ... Was haben Sie eigentlich danach gemacht?“

Es war mir klar, dass ich mich, wenn ich jetzt nicht die richtigen Worte fand, um Kopf und Kragen reden konnte. Pettenhofer war an meiner Version der Ereignisse der vergangenen Nacht völlig uninteressiert, da er ohnedies seinen Neffen mehr Glauben schenkte als mir. Tatsächlich versuchte er durch sein inquisitorisches Pas de deux bloß auszuloten, ob ich auch noch mehr über ihn wusste, als dass er sich mit von ihm abhängigen Ausländerinnen verlustierte, was er offensichtlich für eine lässliche Sünde hielt, die ihm in Schattenbach jedermann, allen voran der Pfarrer, zu verzeihen bereit war.

„Sie haben schon recht, als Detektiv bin ich vermutlich eine Null“, sagte ich mit gespielter Reumütigkeit. „Ein Detektiv muss in der Nacht über einen Zaun klettern können, ohne dass er gleich jemandem in die Hände fällt.“

„Herwig, Sie wissen ja, mein Neffe“, fuhr Pettenhofer mit stechendem Blick fort. „Ich meine, Herwig ist ein sehr genauer Beobachter, und er meinte, es habe für ihn so ausgesehen, als ob Sie nicht über den Zaun eingestiegen wären, sondern im Gegenteil versucht hätten, das Gelände über den Zaun hinweg zu verlassen.“

Da war sie auch schon, die Fußangel, mit deren Hilfe er mich zu Fall zu bringen hoffte. Offensichtlich rechnete Pettenhofer damit, dass ich dieser Beobachtung geflissentlich widersprechen und dadurch einen in ihm aufkeimenden Verdacht bestätigen würde. Den Gefallen tat ich ihm aber nicht.

„Ihr Neffe ist wirklich ein guter Beobachter", stimmte ich ihm zu. „Ich war tatsächlich bereits ganz unten bei den Containern angekommen, als ich plötzlich Ihre und Etelkas Stimme hörte. Ich sah Sie nicht, weil ich mich ja hinter den Containern versteckt hielt. Was ich vernahm, klang aber so, als ob Sie gestritten hätten. Dann hörte ich die Kellertür zufallen, und ich hatte keinen Grund mehr, länger hier zu bleiben. Mein Verdacht, Etelka hier zu finden, hatte sich bestätigt, also kletterte ich wieder zurück, um morgen wiederzukommen. Und zwar keineswegs durch den Hintereingang, sondern durchs Hauptportal. Dann hätten Sie mir ja erklären können, was Sie mit Etelka angestellt haben."

Ich wusste, dass dieses Geständnis nicht ungefährlich war. Aber es klang leidlich plausibel und lenkte den Verdacht davon ab, dass ich die Zeit und die Möglichkeit gehabt haben könnte, seine Werkshalle zu durchsuchen.

Pettenhofer schien sich mit meiner Antwort fürs Erste zufrieden zu geben. „Wenn ich mich nicht irre", merkte er nur noch an, „so steht Etelka doch selbst unter dem Verdacht, die Madonna gestohlen zu haben. Zumindest hat sie mir das so erzählt, als sie mich zum letzten Mal um meinen Schutz gebeten hat."

„Ich bin überzeugt davon, dass Etelka schuldlos ist", sagte ich mit wesentlich mehr Temperament, als in dieser Situation nötig gewesen wäre.

„Wen haben Sie denn dann im Verdacht, die Madonna gestohlen zu haben? Doch nicht etwa mich?"

„Sie sehen mir nicht gerade wie ein kleiner Kirchendieb aus", sagte ich mit einem Lachen, das Pettenhofer fast automatisch erwiderte. „Doch selbst wenn ich einen solchen Verdacht hätte", fügte ich hinzu, „so könnte ich nichts nachweisen. Etelka hingegen vielleicht schon."

„Die geheimnisumwitterte Etelka. Schuldlos, verdächtig, abgängig, und dann auch noch eine Schlüsselfigur“, wiederholte Pettenhofer mit gespielter Emphase. „Ich habe gar nicht gewusst, was für ein romantischer Held in Ihnen steckt. Aber vermutlich muss man eine Portion Romantik aufbringen, um heutzutage noch Archäologe zu werden.“

„Da kann ich Ihnen nicht wirklich widersprechen“, sagte ich und atmete auf, weil Pettenhofer offenbar dazu ansetzte, unserem Gespräch endlich eine Wendung vom Besonderen ins Allgemeine zu geben.

„Das Romantische ist ohnedies im Aussterben begriffen. Nehmen Sie nur den Strom, der vor uns liegt.“ Dass Pettenhofer wieder auf sein Lieblingsthema umschwenkte, beruhigte mich. „Keine Schiffsmühlen mehr, kein Flößerbrauchtum, nicht einmal mehr an Feiertagen. Sogar die hässlichen alten Frachtschiffe aus der Ostschiffahrt sind seit dem Ende des Kalten Kriegs fast gänzlich verschwunden. Heute funktioniert die Wasserfracht nur noch mit den gesichtslosen Partikulierer-Carriern, deren Besatzungen keinen Landurlaub machen und ihre Containerladungen dafür Tag und Nacht befördern. An Bord gibt es eine hübsche Wohnung für die winzige Crew, und die besteht für gewöhnlich nur aus einer einzigen Familie. Ich war einmal eingeladen, und es hat ausgesehen wie in einem blitzsauberen Einfamilienhaus mit einem eigenen Parkplatz auf den Schiffsplanken. Sogar Hausschuhe musste ich anziehen, bevor ich eintrat. Die Adresse ist einfach ein Postfach in Rotterdam, und die Kinder besuchen, wenn sie nicht gerade Ferien haben und mit an Bord sind, ein Internat in der Schweiz.“

„Nun sind aber Sie der Romantiker“, bemerkte ich.

„Wenn Sie es so nennen wollen, warum nicht?“, erwiderte Pettenhofer nachdenklich. „Ist Ihnen eigentlich klar, Herr Doktor, dass ich Sie wegen zweifachen Hausfriedensbruchs und Einbruchs verklagen könnte?“

„Ich wüsste nicht, wer Sie daran hindern könnte."

„Ich werde es dennoch nicht tun, weil ich es nicht für nötig erachte." Er trabte quer durch das Wohnzimmer zu einem aus Rattan geflochtenen Zeitungsständer. Dort fischte er ein paar lose Papierplanen heraus und schwenkte eine davon triumphierend in der Hand. „Wussten Sie übrigens, dass Sie in der Herald Tribune stehen?"

Die Frage entwaffnete mich.

„Ich lese den Herald eigentlich nur wegen der Börsenkurse", sagte er, fast entschuldigend. „Aber Sie wissen ja, die Amerikaner haben so einen Fimmel für Antiquitäten aus Good Old Europe, wer verstünde das besser als Sie? Warten Sie, ich zeige es Ihnen. Da, lesen Sie. Sie brauchen nicht den ganzen Artikel zu lesen. Der wiederholt lediglich, was in unseren Zeitungen auch schon stand. Lesen Sie nur die letzte Zeile!"

Es war keine allzu lange Notiz, auf die Pettenhofer seinen Finger hielt. Sie befand sich in einer Newsline zwischen der Meldung über eine Hinrichtung in Texas und die erfolgreich verlaufene Operation an einem Blauwal aus dem Aquarium von Chicago. Der kurze Artikel handelte davon, dass eine wertvolle gotische Madonna aus einem nicht näher beschriebenen *Village Museum* gestohlen und zu horrenden Beträgen schon mehrfach auf dem schwarzen Markt in Japan und den USA angeboten worden sein soll. Die letzte Zeile war in der Tat bemerkenswert. Sie lautete: *The leader of the museum is said to be under suspect.*

Pettenhofer rieb sich angesichts meiner Reaktion genüsslich die Hände. „Na, habe ich zu viel versprochen? Ich nehme an, es geht auch in Ihrer Branche nichts über eine gute Presse."

Pettenhofer setzte sich wieder und lehnte sich zufrieden zurück. „Wissen Sie, Carozzi, es mag überheblich klingen. Aber Sie sind nicht mein Problem. Wenn Sie die Madonna wirklich selbst gestohlen haben, dann wird man Sie überführen und dafür verurteilen. Wenn nicht, so bleiben Sie für mich ein verrückter Romantiker, mit dem ich in Zukunft allerdings nichts mehr zu tun haben möchte. Haben Sie das verstanden?"

Ich nickte.

„Wenn Sie zu Ihrem komischen Lada wollen, den Sie da hinter meinen Weingärten geparkt haben", fuhr er fort, „so brauchen Sie in Ihrem Zustand nicht noch einmal das ganze Gelände abzulatschen. Sie können einfach das Gatter neben dem Weinkeller nehmen. Ich habe es für Sie aufsperren lassen. Sie kennen ja den Weg."

Er brachte mich zu einer Tür, die zu meiner großen Überraschung tatsächlich in die Freiheit zu führen schien.

„Den Anzug bringe ich bei Gelegenheit zurück", sagte ich.

„Das brauchen Sie nicht", erwiderte Pettenhofer und musterte mich dabei abschätzig, „mein Otto hat genug Gewand."

Der Mann musste sich, trotz allem, noch immer ziemlich sicher fühlen.

Ich fühlte mich indessen ganz und gar nicht mehr sicher, nachdem die von Pettenhofer beschriebene Gittertür hinter mir ins Schloss gefallen war, aber immerhin einigermaßen befreit. Und als ich nach kurzem Aufstieg durch tropfnasses Farngras auch noch die knospenden Weinstöcke erblickte, hinter denen ich am Vortag mein Auto geparkt hatte, fühlte ich mich wie Moses, als ihm die beiden Botschafter Josua und Kaleb zum Beweis für die Nähe des Gelobten Landes eine zentnerschwere Riesenweintraube überbrachten.

Der Lada kämpfte mit seinen Reifen ebenso gegen die von den nächtlichen Regengüssen aufgeweichten

Weinbergfurchen wie ich gegen Kupplung und Gaspedal, da mir nahezu jede Regung meines Körpers einen stechenden Schmerz bereitete. Doch allmählich fädelte ich, nach einiger Anstrengung, doch wieder aus den Rebkulturen aus und gelangte ins Weichbild von Schattenbach zurück, das an diesem Montagvormittag seltsam entrückt wirkte. Vielleicht lag es daran, dass sich, zumindest aus meiner jetzigen Perspektive, zwischen die alten gotischen Häuser, den Kirchenfelsen und die Weinberge einige Versatzstücke geschoben hatten, die ganz und gar nicht in diese hermetisch abgeschlossene Welt passen wollten. Der Spar-Markt, auf dem eine Neonreklame für „Tropical Fitness" warb, die Tankstelle mit der Megawaschanlage und der Spedition dahinter, die Legoland-Ästhetik der völlig beziehungslos über den Riedenrain gestülpten Reihenhaussiedlung und das neue Schulgelände, das wie eine Miniaturausgabe des Pentagon aussah und von einer Bannmeile aus Sport- und Tennisplätzen umgeben war – das alles war zwar wirklich nicht schön, aber doch wenigstens von heute. Genauso heutig, dachte ich unwillkürlich, wie das Panzerabwehrrohr unter den Brandmalereien in der alten Schopperstätte. Es war schon eine recht eigentümliche Dynamik des Gegenläufigen, die dafür sorgte, dass ich in Schattenbach das Gefühl nicht loswurde, nur auf der Stelle zu treten und dabei immer tiefer in den Boden einzusinken.

Als ich langsam und gemächlich am Schulgelände vorbeifuhr, sah ich, wie Pater Canisius gerade mit wehender Soutane das Gebäude verließ. In kurzem Respektsabstand folgte ihm ein Rudel von Schülerinnen und Schülern, die lautstark und bewegungslustig in die Mittagspause drängten. Unter ihnen erkannte ich auch Sebastian Munknast, der sich sogleich aus dem Klüngel löste und dadurch für ein paar Sekunden fast unmittelbar neben meinem Lada zu stehen kam. Ich wollte schon das Fenster herunterkurbeln und ihn fragen, ob ich ihn ein Stückchen mitnehmen könnte, als Sebastian, ohne lang nach links und rechts zu schauen, die Straße überquerte und mit schneller werdenden Schritten auf den Parkplatz gegenüber lief, wo er offensichtlich von jemandem erwartet wurde. Ich erkannte Munknasts neuen Lancia, dem soeben eine nach ihrem krankenschwesterlichen Auftritt am Morgen rundumerneuerte Klothilde in Hahnentritt und Stöckelschuhen entstieg. Auch sie ging noch ein paar Schritte auf ihren Sohn zu und umarmte ihn mit einer Innigkeit, als wäre er von einem einjährigen Studienaufenthalt in den USA zurückgekehrt und nicht bloß gerade aus der Religionsstunde gekommen. Dann küsste sie ihn so behutsam auf die Stirn, wie sie noch vor Kurzem mich geküsst hatte, vielleicht sogar noch etwas inniger. Auch wenn Klothilde auf den ersten Blick nicht danach aussehen mochte, dachte ich, so war sie doch eine wirklich zärtliche Frau.

Am Rückweg nach Schattenbach überholte ich auch noch den Kooperator, der mir ziemlich hektisch und in großer Eile zu sein schien. Ich hätte ihn leicht mitnehmen können, aber die Einladung dazu wollte mir nicht über die Lippen kommen. Ich fuhr also lieber allein zum Heimathaus zurück, das ich, wie mich ein Blick auf die Uhr überzeugte, vor ziemlich genau zwölf Stunden verlassen hatte, um Etelka in die Vollmondnacht zu folgen.

Die Tür zum Museum war zu meiner Überraschung schon wieder nicht abgesperrt. Sollte Etelka, nachdem sie von Pettenhofer auf die Straße gesetzt worden war, abermals zurückgekommen sein?

Ich wollte schon nach ihr rufen, als ich plötzlich sah, dass die Registrierkasse meines musealen Lebensmittelladens, an der ich meine Museumstickets verscherbelte, von jemandem besetzt war. Dieser Jemand winkte mir, scheinbar freundlich, mit einer Nylontüte, in der sich ein weißes Päckchen mit rostig-braunen Rändern befand. Selbstverständlich erkannte ich das Päckchen sofort, und leider auch jenen, der es offenbar in meinem Tiefkühlfach gefunden hatte. Es war Inspektor Loisl, und der Triumph stand ihm ins Gesicht geschrieben.

*

Das Verhör am Gendarmerieposten war lang, aber für beide Teile so unerquicklich wie aussichtslos. Loisl versuchte mich vergeblich davon zu überzeugen, dass ich ein Mörder war und er den Beweis dafür in Händen hielt. Ich hingegen wirkte ohne jeglichen Erfolg auf ihn ein, sich augenblicklich einen Hausdurchsuchungsbefehl für die Schopperstätte zu besorgen und Pettenhofer als Waffenschieber und Mädchenhändler zu verhaften. Nach stundenlangem Aneinander-vorbei-Reden, in dessen Verlauf mir mehrmals vor Müdigkeit die Augen zufielen, gab Loisl auf und verfiel, wie stets, wenn ihm sonst nichts mehr einfiel, in sein gestelztes Amtsdeutsch. „Das letzte Gewaltverbrechen mit tödlichem Ausgang, an das man sich in Schattenbach erinnern kann, hat sich am 11. November 1962 zugetragen. Es handelte sich um eine von meinen Vorgängern leicht aufzuklärende Eifersuchtstragödie, in deren Verlauf ein gehörnter Ehemann seine Gattin mit jenem Küchenmesser ums Leben brachte, mit dem sie gerade die Martinsgans tranchieren wollte, weshalb das Verbrechen in der Presse auch als Schattenbacher Gänsemassaker seinen Niederschlag fand. Das ist vierzig Jahre her, und Schattenbach hätte auch weiter seinen Frieden haben können, wenn Sie bei Ihren Mumien geblieben wären."

Ich verzichtete darauf, ihn ein weiteres Mal darüber aufzuklären, dass ich kein Ägyptologe war und mit Mumien nichts am Hut hatte. Doch im Grunde war ich froh, dass er sich bei den Azteken auch nicht auskannte. Sonst hätte er womöglich noch behauptet, ich würde meinen Opfern nicht nur vor der Tat einen Finger abschneiden, sondern auch noch das Herz bei lebendigem Leib herausreißen. Ich beschloss also lieber zu schweigen und darauf zu warten, dass Loisls Vorgesetzte vom Hauptkommissariat in der Kreisstadt, denen ich wohl demnächst vorgeführt werden würde, mehr archäologisches Einfühlungsvermögen aufbringen würden. Bis es jedoch soweit war, hatte ich die Möglichkeit, intime Bekanntschaft mit dem Gemeindekotter von Schattenbach zu schließen.

Die Bezeichnung Gefängnis wäre dafür in jeder Hinsicht übertrieben gewesen. Es handelte sich vielmehr um einen schon seit Jahren nicht mehr frisch getünchten Stauraum für Menschen, mit denen man im Moment nichts Besseres anzufangen wusste, als sie für eine allfällige Weiterbeförderung aufzubewahren. Im Regelfall waren das wohl betrunkene Zeitgenossen, die über Nacht ausgenüchtert und dann wieder auf freien Fuß gesetzt wurden. Schwieriger wurde die Situation schon, wenn man eine Gruppe jener – polizeinotorisch bekanntlich rudelweise auftretenden – Zigeuner festnehmen und sie daher auch entsprechend schlichten musste, was für den Schattenbacher Gendarmerieposten dann auch eine nicht unerhebliche logistische Herausforderung darstellte.

Loisl hatte diese Herausforderung offenbar bereits hinter sich und den größten Teil der Roma, die er am Wochenende festgenommen hatte, aus Mangel an Stauraum und Beweisen wieder freigelassen. Lediglich ein schmales Männlein mit dürrem Bärtchen, schwarzen Locken und ängstlichen Augen saß noch auf einer der beiden Pritschen neben dem Plastikvorhang, hinter dem sich der Abtritt befand.

„Das ist der letzte von unseren stinkenden Mohikanern“, ätzte Loisl, während er mich in die Zelle schubste.

„Wir haben ihn wegen Widerstands gegen die Staatsgewalt hier behalten. Er hat sich aufgeführt wie ein Wilder und immer nur ‚Mulo, Mulo!' geschrien, wenn wir ihn etwas gefragt haben. Wir werden ihn vermutlich abschieben müssen. Ist auch höchste Zeit, dass der verschwindet. Dann haben wir endlich wieder eine knoblauchfreie Zone hier im Wachzimmer", sagte Loisl lachend und fügte mir zum Troste hinzu: „Angeblich sollen diese Zigeuner ja sogar Igel fressen. Aber Sie werden die Nacht schon überleben, Flinserl."

Loisl verschloss die Tür hinter mir und grinste noch einmal durch das kleine darin eingelassene Gitterfenster: „Rülps halt nicht zu viel, Mulo!"

Mein Zellengenosse fletschte mit den Zähnen und reckte seinen Zeigefinger aus der geballten Faust gegen Loisl. Der verstand das Zeichen und schob die Türklappe zu.

Ich fühlte mich so bleischwer, dass es nur wenige Augenblicke dauerte, bis ich meinen geschundenen Körper auf der zweiten Pritsche ausstreckte und einem hauchdünnen Staubfädchen beim Herunterrieseln von der brüchigen Deckenwand zusehen konnte.

„Du heißt Mulo?", fragte ich, mehr um mich noch ein wenig wachzuhalten als aus Höflichkeit.

„Mulo", wiederholte mein Zellennachbar mit angstvollem Blick, spuckte auf den Boden und machte ein Kreuzzeichen.

„Wer oder was ist Mulo?"

Noch einmal Spucken und noch ein Kreuzzeichen. Es fiel mir auf, dass er seinen dicken handgestrickten Wollpullover verkehrt herum anhatte.

Mulo schien tatsächlich das einzige Wort zu sein, das er herausbrachte. Nachdem ich eine Zeitlang angenommen hatte, mein Nachbar sei auf irgendeine Weise verhaltensgestört oder gar autistisch, kam mir die Idee, dass er vielleicht einfach kein Deutsch sprach. Ich probierte es also zunächst mit Englisch, landete aber damit ebenso wenig wie mit Spanisch. Ich startete einen letzten Versuch *en français*, und topp, ich hatte gewonnen.

Sein Französisch klang zwar ungewohnt, aber so melodisch wie das eines provençalischen Troubadours. Und was er mir erzählte, war spannend genug, um mich nicht einzuschläfern, auch wenn es sich monoton wie eine Ballade anhörte.

Sein Name, erklärte er mir, sei keineswegs Mulo, sondern Serge, und er sei Mitglied einer Taraf-Gruppe, die auf dem Weg von Belgien, wo sie große Erfolge gefeiert hätten, zu einem Festival der Roma-Musik in der rumänischen Ortschaft Clejani sei. Dass er hier im Gefängnis sitze, verdanke er lediglich der Missgunst eines Mulo, der ihn schon seit geraumer Zeit verfolge, weil er mit ihm noch eine Rechnung offen habe. Auf meine Frage, um wen es sich bei diesem Mulo handle, reagierte Serge einigermaßen verblüfft. Es schien für ihn klar zu sein, dass jedermann wusste, worum es sich dabei handelte. Ein Mulo, erklärte er mir dann mit der größten Selbstverständlichkeit, sei ein lebender Toter, der vierzig Tage nach seinem Tod wieder zu Fleisch und Blut werde, weil er auf dieser Welt noch etwas zu erledigen habe. Deshalb habe er auch seinen Pullover verkehrt angezogen, weil dies neben Ausspucken und Kreuzzeichen immer noch eine der sichersten Vorsichtsmaßnahmen sei, um sich einen Mulo vom Leibe zu halten.

Ich fragte Serge, ob er ernsthaft glaube, dass ich ein Mulo sei. Natürlich nicht, beeilte sich Serge zu antworten, obwohl, wie er hinzufügte, ein Mulo keineswegs nur ein Roma, sondern auch ein Gadsche sein könne. Außerdem ließen einen Mulos nur selten ihr Gesicht sehen, und meines kenne er ja. Andererseits sei ich im Krebsschritt in die Zelle gewankt, und dieser wiederum sei ein klares Indiz, an dem man einen Mulo erkenne. Ich beruhigte ihn, indem ich ihm erzählte, dass mein Krebsschritt lediglich auf Blessuren zurückzuführen sei, die mir Pettenhofers Mulos in der vergangenen Nacht zugefügt hätten, und Serge atmete auf.

Ich schlief ein paar Takte, wachte aber gleich wieder auf und sah, wie mich Serge immer noch anstarrte, als könnte ich jeden Augenblick von seiner armen Seele Besitz ergreifen.

Ich beschloss also, noch ein wenig Konversation zu machen, um seine Befürchtungen weiter zu zerstreuen, und suchte eine Weile nach dem französischen Wort für Igel. Nachdem es mir eingefallen war, hatte ich endlich einen neuen Anknüpfungspunkt gefunden.

„Des hérissons“, fragte ich, *„les gitans mangent-ils vraiment des hérissons?“*

Serge musste lachen und verdrängte zumindest einen Augenblick lang, dass ich ein Mulo sein könnte.

Nein, erwiderte er in seinem typischen E-Moll-Tonfall, Roma von heute würden längst keine Igel mehr essen. Was nicht bedeute, dass sie die Zeiten vergessen hätten, in denen sie froh waren, Rezepte für die Zubereitung von Igelfleisch zu kennen, weil sie sonst nämlich verhungert wären. Er selbst entsinne sich noch recht gut, wie seine Mutter den Igel zunächst mitsamt seinem Stachelpanzer mit Lehm überzogen und ihn dann, gewürzt mit jeder Menge Knoblauchzehen, auf eine Pfanne voll glühender Holzkohlen gesetzt und somit im eigenen Saft gegart habe. Danach habe sie mit dem Lehmpanzer auch die Stacheln des Tieres einzeln entfernt, dem Igel die Haut abgezogen, das Igelfleisch von den Knochen gelöst und, in Bärlauchblätter eingeschlagen, serviert. Noch heute bereite man in der Roma-Küche Hühner oder Wildgeflügel auf ganz ähnliche Weise zu, der Igel habe jedoch, soweit er sich erinnere, weniger nach Geflügel als nach Schweinefleisch geschmeckt.

Seine Schilderung hatte den Wissenschaftler in mir plötzlich wieder auf den Plan gerufen. Ein über die Jahrhunderte oder gar Jahrtausende überliefertes Kochrezept schien mir ein nicht minder wertvolles Fundstück zu sein als ein Kalenderstein oder ein Marmorgrabmal. Es gibt auch eine Archäologie der Genüsse, dachte ich, während ich, schon nahe an der Traumgrenze angelangt, darüber reflektierte, ob ein im eigenen Saft gegarter Igel nun tatsächlich ein Genuss sein würde oder doch eher in das Reich des Ekels und der Barbarei verwiesen werden müsste. Ich wollte Serge eigentlich noch fragen, ob er Etelka oder Zdenka kennengelernt hätte, doch schlief ich, während meine Lippen diese Frage gerade formulieren wollten, endgültig ein.

Mein Traumleben in diesen Tagen möchte ich in hoffentlich bald schon weniger turbulenten Zeiten nicht geliehen haben. Ich träumte von einem Mulo, der sein Gesicht wie eine Mumie bandagiert hatte und vergeblich versuchte, einen Igel zu verzehren. Dann erschienen mir von zwei entgegensetzten Seiten her Klothilde, deren rechte Hand sechs Finger hatte, und Frau Zidibulk, die mit einer Gartenschere auf sie zukam. Vergeblich versuchte ich, Hermine Zidibulk daran zu hindern, Klothildes Finger abzuschneiden, doch ich konnte meinen Körper nicht von der Pritsche bewegen und war völlig machtlos. Es kam also, wie es kommen musste. Hermine Zidibulk ließ die beiden Scherenmesser über Klothildes sechstem Finger ineinanderschnappen, und eine Blutfontäne ergoss sich wie aus einem Pumpwerk über die Attentäterin, die blutüberströmt war, während das Opfer weiß und alabasterhäutig wie eine Madonna zurückblieb. Hermine Zidibulk begann zu schreien. „Blut, Blut, Blut ...“, schallte es durch den ganzen Raum, und ihre spitzen, gellenden Schreie hallten noch lange in meinen Ohren nach, als ich mich bereits wieder in Morpheus' sanfter Umschlingung wusste und vom Nektar des Vergessens nippen durfte.

*

„Wachen Sie auf, Herr Doktor, guten Morgen. Ihren gesegneten Schlaf möchte ich haben."

Nein, ich träumte nicht mehr. Was ich da hörte, war in der Tat Loisls Stimme, und die beiden Nasenlöcher, die über mir schnieften, waren die freundlichsten, die der Inspektor je gemacht hatte, seit ich Schattenbach betreten hatte.

Ich rieb mir die Augen.

„Was sind denn das für ungewohnte Schalmeienklänge zu so früher Stunde?"

„In unserer Schattenbacher Blasmusik gibt es, mit Verlaub, keine Schalmeien, weil wir hier nämlich keine Zigeuner nicht sind, so wie unser Mulo. Stimmt's, Mulo?"

Serge schlief noch und grunzte nur.

„Ich bin in unserer Blasmusik fürs Blech zuständig", sagte Loisl nicht ohne Stolz.

„Das habe ich mir fast gedacht", erwiderte ich leise, aber doch hörbar. In jeder anderen Situation hätte Loisl eine derartige Bemerkung mit Sicherheit als weitere Insubordination meinerseits gedeutet, doch wie es schien, war die Situation nicht danach.

„Sie können gehen, Herr Doktor Carozzi", sagte Loisl.

„Und was verschafft mir dieses Vergnügen?"

„Sie haben offensichtlich wirklich gut geschlafen in unserer kleinen Pension, Herr Doktor", sagte Loisl. „Sonst hätten Sie Frau Zidibulk hören müssen, als sie vor nicht einmal einer Stunde hier ihren – nun ja – ihren großen Auftritt hatte. Aber man muss sie auch verstehen, die arme Seele."

„Was um Christi Willen ist ihr denn zugestoßen?“, erkundigte ich mit ironischem Unterton. Doch tauchten, als ich mich gerade über meine alte Feindin lustig machen wollte, mit einem Mal ein paar schattenrisshafte Reminiszenzen aus der vergangenen Nacht auf, die ich, um Hermine Zidibulk Gerechtigkeit widerfahren zu lassen, erst noch ordnen und aneinanderfügen musste. Sollten die gellenden „Blut“-Schreie, die ich im Traum gehört hatte, tatsächlich Realität gewesen sein?

„Es ist wieder ein abgeschnittener Ringfinger gefunden worden“, sagte Loisl, „diesmal von Frau Zidibulk. Sie hat den Finger, als sie ihn unter ihrem Herrgottswinkel fand, allerdings nicht wie Sie ins Gefrierfach gelegt, sondern vernünftigerweise bei uns abgeliefert. Sie können von Glück sagen, Doktor, dass sie das getan hat. Denn nun, da der Täter offensichtlich ein zweites Mal zugeschlagen hat, sind Sie ja wohl aus dem Schneider.“

Ich wusste nicht recht, ob ich mich dafür nun bei ihm oder bei Hermine Zidibulk bedanken sollte.

„Wo ist übrigens Frau Zidibulk?“

„Zuerst bekam sie einen Schreikrampf und dann gleich einen Ohnmachtsanfall. Aber ich denke, sie wird sich schnell wieder erholen. Wir haben sie hinüber ins Bürgermeisterhaus gebracht. Klothilde Munknast wird schon dafür sorgen, dass sie bald wieder ein wenig Farbe ins Gesicht bekommt.“

„Hat man nur den Finger oder auch bereits die dazugehörige Leiche gefunden?“, fragte ich und merkte dabei, wie ein Gefühl unbestimmter Angst immer mehr von mir Besitz ergriff und sich bis auf Weiteres in meiner Magengrube festsetzte.

„Bis jetzt fehlt von einer zweiten Leiche noch jede Spur“, sagte der Inspektor. „Ein abgeschnittener Finger ist auch noch nicht zwangsläufig ein Beweis für einen zweiten Mord.“

Damit hatte Loisl zwar nicht Unrecht, aber die Sorglosigkeit, mit welcher er das behauptete, machte nicht viel Hoffnung, dass er die Verbrechensserie von Schattenbach bald aufklären würde.

„An dem Finger, den Hermine Zidibulk gebracht hat, ist nicht etwa ein Zettel gehängt?“, fragte ich vorsichtig.

„Der Finger ist bereits auf dem Weg in die Gerichtsmedizin“, sagte Loisl. „Ich erinnere mich nicht, dass etwas daran gehängt wäre. Er war übrigens, im Gegensatz zu Ihrem Exemplar, diesmal in Alufolie eingewickelt.“

„Und, haben Sie die Alufolie entfernt, Inspektor?“

Loisl schüttelte den Kopf. „Es gibt für alles Fachleute, auch für die grausigen Dinge.“

„Aber ich hoffe, Sie haben wenigstens jemanden drüben in der Kirche postiert?“

Der Gedanke schien den Inspektor mehr zu verblüffen als der Finger in der Alufolie.

„Dort beginnt doch in fünf Minuten der Morgengottesdienst. Warum sollte ich da jemanden postieren?“

„Ach, Inspektor“, sagte ich. „Auch Margitas Leiche wurde in der Kirche gefunden. Kommen Sie schon, Loisl. Eine Messe schadet zur Zeit weder Ihnen noch mir.“

Loisl ließ sich von mir, verwirrt und leicht gedemütigt, sanft aus der Wachstube hinausschieben und folgte mir ohne jeden Widerspruch den kurzen, aber ziemlich steilen Weg auf den Kirchenfelsen, auf dem sich um diese frühe Stunde noch kaum etwas regte. Auch das Kirchenschiff lag, als wir eintraten, noch in morgendlichem Halbdunkel, aus dem allerdings ein kaum hörbares, aber rhythmisch akzentuiertes Murmeln drang. Ein halbes Dutzend älterer Frauen war gerade mit dem Beten des Schmerzhaften Rosenkranzes beschäftigt, und eine von ihnen strafte uns, als Loisl und ich uns ihrem frommen Geleier nicht anschlossen, sondern zügig den Mittelgang durchquerten und auf das Chorgestühl zusteuerten, mit ihren Blicken.

Doch das Chorgestühl war unberührt und die Satansfratze grinste diesmal ins Leere. Es gab allerdings auch nicht viel, was sie hätte beobachten können. Im Hauptschiff war, bevor der Pfarrer durch die Sakristeitür eintreten sollte, nur eine fahle Notbeleuchtung eingeschaltet, und die Seitenkapellen lagen noch völlig im Dunkel.

Als ich vorne am Kommuniongitter angelangt war, schellte ein noch recht schlaftrunkener Ministrant an der kleinen Bimmel neben der Sakristeitür und zog mit dem Pfarrer und dem Mesner in den Altarraum ein. Sekunden später knipste Spitz auch die beiden Luster im Hauptschiff und die Lichter in den Seitenkapellen an, und der Pfarrer trat an den Volksaltar, um vor Beginn der Messe noch einige Verlautbarungen zu machen. Seitel kam allerdings nicht dazu. Die Blicke der Anwesenden waren starr auf den linken Seitenaltar gerichtet, vor dem ich vor noch gar nicht so langer Zeit meine kleine Zwiesprache mit der Madonna geführt hatte.

Meine Ängste erwiesen sich als berechtigt, und als ich wenige Meter von der Marienkapelle entfernt einen gellenden Aufschrei hörte, klang das ganz ähnlich wie die „Blut"-Schreie Frau Zidibulks in meinem nächtlichen Wahrtraum.

Ich hoffte noch einige Augenblicke lang, es könne eine andere sein, die da, ganz ähnlich wie am Sonntag Margita, mit Hilfe eines Rosenkranzes an einem gedrechselten Pflock der Kirchenbank vor der Madonna festgezurrt war. Doch ich wusste bereits, nachdem ich gesehen hatte, wie sich ihr schwarzer Haarschopf vom schlanken Hals abzeichnete, um wen es sich bei der Ermordeten handelte. Diesmal rief ich ihren Namen jedoch nicht. Denn das besorgte Loisl.

„Etelka Kocbek“, sprach er ohne allzu große Anteilnahme in sein Polizeifunkgerät. „Ihre Leiche ist soeben in der Kirche aufgefunden worden.“ Dann pflanzte er sich vor dem kleinen Häuflein aufgescheuchter Kirchenbesucherinnen auf, als handle es sich um einen Volksauflauf, und erklärte die Kirche für amtlich gesperrt. Und als eine von ihnen fragte, ob sie für die Ermordete noch einen „Schmerzhaften“ beten dürfe, sagte er kurz und bündig: „Ja, aber nur in angemessener Entfernung vom Tatort.“

An diesem hatte Pfarrer Seitel, nachdem er den verschlafenen Ministranten nach Hause geschickt hatte und sich von Guido Spitz sekundieren ließ, gerade seine dritte Letzte Ölung in dieser Woche zu Ende gebracht, als Loisl Verstärkung vom Revier bekam.

„Es ist schon verrückt“, hörte ich Seitel zu Spitz sagen, „was aus unserem Schattenbach geworden ist.“

„Es sieht so aus“, pflichtete Spitz ihm bei, „als hätte die Madonna ihre schützenden Hände von Schattenbach genommen, seit man sie entführt hat.“

Während die beiden in der Sakristei verschwanden, beugte ich mich ein letztes Mal zu Etelka hinab, doch Loisl hielt mich zurück.

„Greifen Sie ja nicht schon wieder in eine laufende Amtshandlung ein“, sagte er scharf. „Sie führen sich ja auf, als wären Sie ein Angehöriger dieser Asylantin.“

„In einer gewissen Weise war ich das auch“, widersprach ich dem darob einigermaßen ratlosen Inspektor. „Doch ich habe mich nicht nur deswegen zu Etelka gebeugt. Ich suchte nur den Spiegel.“

„Welchen Spiegel“, fragte Loisl, nun schon merklich genervt, „was ist denn das schon wieder für eine Idee?“

„Es könnte auch ein Gefäß sein, oder eine Rose, ein Haus oder ein Stern. Ich bin allerdings fast überzeugt davon, dass es ein Spiegel sein wird.“

„Wie kommen Sie auf so etwas?“, fragte Loisl, und jeglicher nur denkbare Argwohn gegenüber meiner Person schien erneut von ihm Besitz zu ergreifen.

„Sie sagten doch, dass der Finger in Alufolie gewickelt war. Und Alufolien spiegeln nun einmal. Ich möchte wetten, dass die von der Gerichtsmedizin auf der Alufolie auch noch eine Aufschrift finden, die lautet ‚Du Spiegel der Gerechtigkeit‘.“

„Tatsächlich“, erwiderte Loisl, nachdem er Etelka länger begutachtet, aber nicht berührt hatte, in tiefem Erstaunen. „Sie hält tatsächlich einen kleinen Puppenspiegel in ihrer Hand. Wie sind Sie darauf gekommen, Carozzi? Woher haben Sie das gewusst?“

„Sie sollten vielleicht öfter beten, Inspektor“, sagte ich. „Dann wüssten Sie es vielleicht auch. Aber so schwer war es auch nicht zu erraten. Darauf, dass der Täter die Lauretanische Litanei genau kennt, habe ich schon bei unserem letzten Gespräch in der Sakristei hingewiesen, als der elfenbeinerne Turm aus dem Schachspiel neben Margitas Leiche gefunden wurde. Neben dem Turmsymbol findet man in dieser Anrufung Mariens nur noch wenig Gegenständliches. Ein Gefäß, eine Rose, ein goldenes Haus, ein Morgenstern und eben einen Spiegel. Das ist es aber auch schon. Der Rest sind ziemlich monotone Anrufungen sämtlicher frommer Eigenschaften der Heiligen Jungfrau.“

„Es hat schon seinen Sinn, wenn man studiert“, erwiderte Loisl und kratzte sich verlegen an seinem Schnauzer, während Guido Spitz an ihm vorbeimarschierte und sich an der Wolkentür zu schaffen machte, die gleich hinter Etelkas Leiche in seine Werkstatt führte. Die Tür schnappte auf, Spitz verschwand dahinter und ließ sie gleich wieder zufallen. Ich musste unwillkürlich an all die Schnitzmesser, die sich hinter dieser Tür befanden und die ein ganzes Arsenal an Mordwerkzeugen bereitgestellt hätten, denken. Ich dachte aber auch an den religiösen Wahn des Mesners und die seltsame Tatsache, dass seine Brandmalereien ausgerechnet als Tarnung für Panzerabwehrrohre dienten. Und ich dachte an Pettenhofer, der auf diese höchst dubiose Weise mit Spitz verbunden war und Etelka nicht nur als Letzter gesehen hatte, sondern auch unter jedem nur denkbaren Verdacht stand, sie einmal, und sei es nur einen letalen Augenblick, zu lange gequält zu haben.

„Haben Sie schon einen Verdacht?“, fragte ich Loisl arglos.

„Haben Sie einen?“, erwiderte Loisl, obwohl er sich diese Frage nach dem nächtlichen Verhör eigentlich hätte sparen können.

„Ich kann es nur noch einmal wiederholen: Es ist Oskar Pettenhofer, der Etelka vermutlich zum letzten Mal lebendig gesehen hat.“

„Ach, Sie mit Ihren Fieberträumen von einer Folterkammer und einem Waffenlager. Wir sind hier in Schattenbach und nicht in Hollywood, Herr Doktor.“

„Ich könnte Sie auf die Werft führen und Ihnen beweisen, dass ich Recht habe. Falls Pettenhofer die belastenden Indizien nicht schon weggeräumt hat.“

„Er wird sie weggeräumt haben, verlassen Sie sich drauf“, sagte Loisl in einem seltenen Anfall von Klarsicht. Doch begriff er auch sofort, dass er sich da bereits zu weit vorgewagt hatte. „Ich meine, er wird sie gar nicht wegräumen müssen, weil nämlich keine Indizien da sind“, korrigierte er sich. „Ich für meinen Teil kann Ihnen nur raten, sich verarzten zu lassen und ein paar Tage hinzulegen. Dann werden auch die Fieberträume wieder verfliegen. Sie sehen, wenn ich mir die Bemerkung gestatten darf, nämlich gar nicht gut aus. Wenn Sie wollen, bringe ich Sie auch persönlich in die nächste Ambulanz.“

Sein plötzlich so tätiges Mitgefühl rührte mich fast zu Tränen.

„Sie sind mir nicht böse, Inspektor, wenn ich dankend ablehne. Aber wenn Sie einen Zeugen für die Schopperstätte benötigen, können Sie auf mich zurückgreifen, zu jeder Tages- und Nachtzeit. Das meine ich ehrlich."

Inzwischen waren auch etliche von Loisls Hilfssheriffs eingetroffen.

„Ach, Herr Doktor Carozzi", seufzte Loisl, bevor er sich seinen Mitarbeitern zuwandte. „Ich verstehe nicht, warum Sie sich so gerne mit Respektspersonen anlegen. Oskar Pettenhofer ist eine solche Respektsperson, und so jemanden kann ich bei uns in Schattenbach nicht so einfach verhaften. Und jetzt verzeihen Sie, ich kann mich Ihnen nicht noch länger widmen. Ich muss ja auch noch den Fall Mulo klären."

„Er heißt nicht Mulo. Sein Name ist Serge. Mulo ist ein böser Geist, der zu seiner Religion gehört und vor dem er Angst hat."

„Ich dachte, Zigeuner haben keine Religion", erwiderte Loisl, hielt aber gleich inne. „Vielleicht sollten wir ja auch überlegen, ob wir ihn nicht lieber psychiatrieren als abschieben lassen."

„Ich würde mir eher überlegen, wen der Mörder als nächstes ins Visier nimmt. Wenn ich mich nicht irre, gibt es doch drei Madonnen von Schattenbach. Mindestens."

Ich verließ die Nikolauskirche, und Loisl sah ratlos hinter mir her.

9

Ich weiß nicht, womit du dich kleidest,
mit Blättern oder mit Seerosen
oder hast du dich ganz verirrt ...
Alte Roma-Weise

Es war einer jener Tage angebrochen, an denen es entweder gar kein oder jederlei Wetter gab, da sich die Regengüsse mit den Regenbögen ein kurzweiliges Stelldichein gaben und die Wolken mit der Sonne Katz und Maus spielten. Im Moment waren bei diesem Spiel allerdings die Wolken obenauf, und der Himmel begann sich taubengrau einzufärben. Es nieselte ein wenig. Doch nicht die Tatsache, dass ich keinen Regenschirm bei mir trug, irritierte mich, und auch nicht, dass auffallend viele Menschen auffallend schnell in Richtung Kirche unterwegs waren, sondern der Umstand, dass, während die Gendarmerie gerade im Gotteshaus ermittelte, die Einsegnungskapelle im Mittelpunkt des Schattenbacher Interesses stand. Plötzlich war mir auch klar, warum die immer zahlreicher aus allen Richtungen einherströmenden und fast durchwegs in feierliches Schwarz gekleideten Menschen hier zusammenkamen. Sie wollten der alten Deisenbergerin von der Gärtnerei die letzte Ehre erweisen, oder, wie man dazu in Schattenbach sagte, „die arme Seele eingraben".

Obwohl ich die alte Deisenbergerin nicht persönlich gekannt hatte, beschloss ich, ihr vor meiner Rückkehr ins Heimathaus noch eine letzte Referenz zu erweisen und mischte mich, zumal das Nieseln mittlerweile etwas nachgelassen hatte, unter die Trauergemeinde. Andächtig lauschte ich mit dieser der Einsegnung durch Pfarrer Seitel, der den Schock von der Morgenmesse perfekt in eine Predigt von tief empfundener Betroffenheit umzusetzen wusste. Vier Posaunen und eine Trommel intonierten schließlich Chopins Trauermarsch und setzten sich an die Spitze des Kondukts, der sich zum aufgeschütteten Grab hin so traurig wie träge in Bewegung setzte.

Ich muss gestehen, dass ich, wie die meisten Archäologen, zu Gräbern ein ganz besonderes Verhältnis unterhalte. Während für nahezu alle anderen Menschen ein Grab immer etwas Abschließendes, Endgültiges und wohl auch Bedrohliches an sich hat, steht es in meiner Profession, und zwar ganz ohne jede Metaphysik, so gut wie immer am Anfang. Jedes neue Grab ist für unseren Berufsstand eine Verheißung. Wir fragen uns nicht: Wo wird das hinführen? Wir fragen uns vielmehr: Was wird da wohl herauskommen? Aus diesem Grund ängstigt uns ein Grab auch kaum jemals, es beflügelt vielmehr unsere Phantasie und erweckt unsere Neugierde. Aus Gräbern schöpft meine Zunft daher auch nicht Trost, sondern in erster Linie Mut und Hoffnung.

Die Menschen, die rund um mich standen, sahen das mit Sicherheit nicht so. Einige, die ich nicht kannte, weinten. Jene allerdings, die ich kannte, etwa die vollzählig angetretene Familie Munknast, Oskar und Otto Pettenhofer, Guido Spitz oder Frau Zidibulk, weinten nicht, sondern säumten den Kondukt wie Trauerränder und sahen auf eine seltsame Weise gesichtslos aus. Mulos, hatte mein Romafreund Serge gesagt, zeigen nur selten ihr Gesicht. Wenn man diese Regel auf die Schattenbacher Trauergemeinde übertrug, so fühlte ich mich von Mulos plötzlich geradezu umringt. Ich sah mich um, ob ich irgendwo Lisa erblicken würde, doch sie war nicht anwesend. Lisa war kein Mulo.

Es war mir nicht recht wohl in meiner Haut, und ich versuchte mich daher aus dem Kondukt so schnell wie möglich wieder zu lösen. Dennoch war ich durch meine bloße Anwesenheit schon selbst so weit Glied dieser Kette geworden, dass es undenkbar war, plötzlich auszuscheren und mich quer über den Gottesacker aus dem Staub zu machen, ohne jedermanns Aufmerksamkeit zu erregen. Ich ließ mich also vom Strom der Menge treiben und kam zuletzt an den beiden kleinen Mädchen vorbei, die, offensichtlich Enkelinnen oder Urenkelinnen der Verstorbenen, wie zwei Totenengel mit blonden Haaren und schwarzen Samtkleidern neben dem Grab standen und jedem der Trauergäste aus einem großen geflochtenen Weidenkorb ein kleines Blumensträußchen anboten. Es blieb mir kaum etwas anderes übrig, als, dem Gruppendruck folgend, eines davon zu ergreifen und, wie alle anderen auch, das kleine Holztreppchen hinauf zum aufgeschütteten Grabhügel zu klettern und mein Sträußchen in die Tiefe zu werfen. Danach war ich offenbar entlassen und kam so zu stehen, dass ich, um ins Heimathaus zu gelangen, die ganze Apsis umrunden musste. Das wiederum führte mich an Guido Spitzs Werkstätte im Nordtrakt und einer kleinen Seitentür vorbei, die einen Spalt offenstand und den Weg durch die Sakristei und den Altarraum direkt ins Innere des Gotteshauses freigab. Das war eine willkommene Abkürzung und ersparte mir den Umweg um die halbe Kathedrale. Ich brauchte nur das Kirchenschiff zu durchqueren, bis ich am Südportal wieder herauskam.

Dieser Weg führte an der Seitenkapelle mit der zweiten Muttergottes von Schattenbach vorbei, und so blieb mir nach dem blütenumrankten Leichenbegängnis der alten Gärtnerin auch ein Blick hinüber auf die andere, so ganz und gar nicht florale Seite des Todes nicht erspart.

Etelkas Leichnam war mittlerweile schon aus der Seitenkapelle entfernt und in die Pathologie überführt worden. Dennoch war sie noch immer gegenwärtig, und zwar in Form der mit Kreide nachgezeichneten Umrisse ihres Körpers. Es ist ein ziemlich mulmiges Gefühl zu erkennen, dass etwas in der eigenen Vorstellungskraft immer noch vorhanden und dennoch für jedermann deutlich sichtbar aus dieser Welt gebrochen ist.

Es war eine tiefe, weit über den traurigen Anlassfall hinausgehende Ratlosigkeit, die von mir Besitz ergriff: eine Ratlosigkeit über die Mechanik der Welt. Und eine Ratlosigkeit über die Madonna, deren gleichermaßen derbes wie sphinxisches Antlitz keinerlei Regung zeigte. Natürlich, sie kannte den Mörder. Aber sie ließ sich nicht in die Karten schauen ließ und machte auch keinerlei Anstalten, sich zu irgendeiner brauchbaren Zeugenaussage aufzuraffen.

Ich blickte noch immer reglos und fragend auf die Konturen des Opfers, als ich hinter mir Schritte hörte, die geradewegs auf mich zukamen.

„Ich hätte mich gerne dafür entschuldigt, dass ich Sie vorgestern nach dem Gottesdienst nicht zur Agape gebeten habe", sagte Pfarrer Seitel. „Eine Nachlässigkeit von mir, im Grunde unverzeihlich. Ich wollte Ihnen das schon sagen, als wir uns in Pettenhofers Keller getroffen haben, doch es schien mir ..."

„... nicht opportun", erwiderte ich.

Der Pfarrer lächelte, peinlich berührt. „Nun, Opportunität ist keine religiöse Kategorie, fürchte ich. Aber es ist Ihnen ja mittlerweile offenbar gelungen, Inspektor Loisl selbst davon zu überzeugen, dass Sie frei von Schuld sind."

„Zumindest was die beiden Morde betrifft, ja. Da hat mir der Inspektor dankenswerterweise selbst eine schlüssige Beweisführung ermöglicht, indem er mich rechtzeitig vom Tatort weggesperrt hat. Die Madonna kann hingegen noch immer jeder von uns gestohlen haben, oder finden Sie nicht, Herr Pfarrer?"

„Sie meinen doch nicht einen von uns beiden, hoffe ich.“ Monsignore schien ernsthaft erschrocken und wiegte sein schweres Haupt, als wolle er das nach dieser Verdächtigung ins Wanken geratene Universum wieder zurechtrücken.

„Von uns allen“, beruhigte ich ihn.

„Sie wollen damit tatsächlich andeuten, dass die beiden Ritualmorde und der Kunstraub nicht in ursächlichem Zusammenhang stehen? Da sind Sie aber vermutlich der Einzige in Schattenbach.“

„Ich bin auch der Einzige in Schattenbach, der kein Schattenbacher ist.“

Der Pfarrer lächelte milde. „Womit Sie auch wieder Recht haben.“

Seitel wandte sich zum Gehen. Ich hielt ihn jedoch zurück.

„Sie haben mir vor ein paar Tagen erklärt, Maria würde uns Menschen den Weg weisen. War das eigentlich nur so eine fromme Redensart, oder haben Sie damit etwas Bestimmtes gemeint?“

„Wir alle sind gut beraten, uns von der himmlischen Mutter den Weg weisen zu lassen. Was hätte ich damit noch Bestimmteres meinen sollen?“

„Ich dachte daran, dass die Madonna von Schattenbach vielleicht selbst den Schlüssel zu dem Rätsel in der Hand haben könnte, oder genauer gesagt, die drei Madonnen von Schattenbach.“

„Ich sagte Ihnen bei unserem Gespräch im Pfarrhaus drüben auch, dass es viele gotische Madonnen im Raum von Schattenbach gibt. Alles andere sind mehr oder minder fromme Legenden.“

„Ihr Kooperator sprach allerdings ganz klar und deutlich von drei Madonnen. Genauso wie das Buch, das ein gewisser Klemens Blumreich 1822 verfasst hat. Es steht zwar drüben in der Leihbibliothek, ist aber zur Zeit als entlehnt vermerkt. Sie werden es sicher kennen. Oder sind Sie vielleicht gar der Entlehner? Ich suche es nämlich dringend."

Der Pfarrer schüttelte den Kopf.

„Nein, ich denke nicht, dass mir ein Buch dieses Titels schon einmal untergekommen ist. Aber ich sagte ja bereits, dass Pater Canisius, der ja auch in der Legio Mariae tätig ist, in all diesen Fragen über ein noch wesentlich fundierteres Wissen verfügt als ich selbst. Er wird wohl auch dieses Buch gelesen haben. Andererseits ist unsere Gemeindebibliothek nicht die Pfarrbibliothek, auch wenn sie von unserer Frau Zidibulk verwaltet wird. Ich frage mich allerdings ernsthaft, was ein Buch aus dem 19. Jahrhundert mit der Aufklärung zweier Morde und eines Kunstraubs zu Beginn des 21. Jahrhunderts zu tun haben soll."

„Vielleicht erfährt man darin, warum die eine Schattenbacher Madonna einen Finger zu viel und die andere einen zu wenig hat. Und das wiederum könnte bei der Beantwortung der Frage hilfreich sein, warum unser Ritualmörder beiden Opfern einen Finger abgeschnitten und ihnen Symbolen aus der Lauretanischen Litanei zugeordnet hat."

Der Pfarrer sah mir erschrocken in die Augen.

„Vor allem aber", fuhr ich fort, „könnte die Suche nach dem Verbleib der dritten Madonna eine Antwort auf die Frage geben, ob der Täter weitere Morde, oder zumindest einen dritten plant. Er ist schließlich noch auf freiem Fuß."

Abermals wiegte der Pfarrer sein Haupt, diesmal allerdings in die entgegengesetzte Richtung; erst jetzt schien er offenbar die Abgründe hinter meiner letzten Frage zu begreifen und die Welt noch ein bisschen weniger zu verstehen.

„Wieso", fragte er, aufrichtig verblüfft, „sollte die zweite Madonna einen Finger zu wenig haben. Ich meine, ich pflege die Gliedmaßen der Skulpturen in unserem Gotteshaus nicht routinemäßig auf ihre Vollständigkeit zu überprüfen, allerdings ist mir, obwohl ich oft genug davor bete, noch niemals aufgefallen, dass unserer Madonna in der Seitenkapelle ein Finger gefehlt hätte."

„Dann darf ich Sie einladen, einfach nachzuzählen, Herr Pfarrer."

Seitel wuchtete seinen Körper mit einem gewaltigen Schwung über die Stufen des Seitenaltars und kam dadurch im Angesicht der Madonna so zu stehen, dass er ihre winzigen Händchen fast unmittelbar vor Augen hatte.

„Erstaunlich", sagte er mit einer Mischung aus Verwunderung und Entsetzen, „es sind tatsächlich nur vier."

*

Es war höchste Zeit etwas einzukaufen und mir daheim endlich wieder einmal etwas Anständiges, vor allem aber Warmes zu essen zu machen. Ich dachte an etwas Einfaches, Kräftigendes. Eine Saubohnensuppe mit Knoblauch, Tomaten und fein gehacktem frischem Koriander beispielsweise. Oder eine mit Kichererbsenpüree gebundene Hühnersuppe mit viel frischer Minze, die man dann, je nach Hunger, kurz vor dem Servieren noch mit ein, zwei Spiegeleiern verfeinern kann, bevor man sie mit zwei hauchdünnen Scheiben knusprig gebratenem Speck serviert.

Doch so erquicklich derlei kulinarische Aussichten auch sein mochten, sie alle scheiterten an einem kleinen Pappendeckelschild, das an der Glastüre des Warenhauses Litschauer baumelte und die Aufschrift „Wegen Begräbnis geschlossen" trug. Gewiss hätte ich auch meinen Lada anwerfen und an den Ortsrand zum Spar-Markt fahren können. Doch das war auch keine Option, die mir, hungrig und durstig, wie ich war, wirklich Freude bereitete. Ich landete also einfachheitshalber dort, wo ich, nachdem ich mich vom Begräbnis absentiert hatte, am allerwenigsten hätte landen wollen: beim Leichenschmaus.

„Heute aber bitte kein Gulasch mehr“, sagte ich vorsichtig zur Serviermaid, deren Blick seit meiner letzten Einkehr beim Kirchenwirt um kein Lachfältchen fröhlicher geworden war.

„Wäre sowieso noch nicht fertig“, erwiderte sie. „Im Moment kann ich Ihnen nur Beinfleisch mit Semmelkren bieten. Wir richten heute eine Totenzehrung aus, und auf etwas anderes ist die Küche nicht eingestellt.“

„Schon gut“, sagte ich, von bösen Ahnungen erfüllt. Doch ich tröstete mich damit, dass mir das traurige Serviertöchterchen den letzten freien Tisch im ganzen Gasthaus angewiesen hatte, was mir immerhin das Vergnügen verschaffte, endlich einmal dort zu sitzen, wo ich immer schon sitzen wollte: nämlich in der lauschigen Stille-Zecher-Nische in der Vorhalle gleich neben dem Eingang.

„Dann halt Beinfleisch“, ergab ich mich willenlos in mein Schicksal. „Es riecht ohnedies schon im ganzen Gewölbe danach.“

„Es kocht auch schon seit dem frühen Morgen“, erwiderte die Maid. „Ein Leichenschmaus ohne Beinfleisch wäre wie eine Hochzeit ohne Torte. Das ist in Schattenbach schon immer so gewesen.“

„Nicht alles, was schon immer so gewesen ist, ist auch zeitlos“, wandte ich ein.

„Was gerade zeitgemäß ist, ist aber auch nicht immer zeitlos“, sagte sie nach kurzem Nachdenken. So viel Gefühl für Dialektik hatte ich ihr gar nicht zugetraut.

„Habt ihr überhaupt irgendetwas Zeitgemäßes hier beim Kirchenwirt?“, fragte ich.

„Carpaccio manchmal, oder Tiramisu, aber, wie gesagt, heute eben nicht. Aber wenn Sie wollen, können Sie vor dem Beinfleisch noch eine Erbsensuppe haben. Die gibt es bei jeder Totenzehrung. Damit es so richtig kracht, sagen die Leute, wenn der Tote in den Himmel auffährt."

Jetzt war es plötzlich da, das Lachfältchen. Doch ich weigerte mich, für das Jüngste Gericht der alten Deisenbergerin auch noch das Becken zu schlagen und winkte ab. Das Lächeln auf den Wangen der Serviertochter verschwand wieder.

Es dauerte nicht lange, bis sie mit einem breiträndrigen Suppenteller zurückkam, aus dessen Tiefe ein blankes Stück Rinderknochen ragte. Das Muskelfleisch rundherum machte seiner brauchtümlichen Bestimmung insofern alle Ehre, als es tatsächlich totgekocht war. Der Semmelkren war eine zähflüssige Pampe aus geriebenem Meerrettich, viel zu viel Muskatnuss und jeder Menge in Suppe geweichtem Weissbrot, die sie in Schattenbach offenbar mit einer ähnlichen Inbrunst essen wie die Nahuatl-Indianer ihren, allerdings wesentlich wohlschmeckenderen, Mole-Brei.

Ich stocherte gerade lustlos in meinem Kleister herum, als Guido Spitz zur Tür hereinkam und seinen großen schwarzen Regenschirm in die schmiedeeiserne Ablage steckte, die sich gleich neben meinem Katzentischchen befand. Er tat so, als würde er mich in der Eile übersehen, schauspielerte aber so schlecht, dass es ihm offenbar selbst peinlich war. So blieb ihm zuletzt nichts anderes übrig, als mich doch zu grüßen, weil er fürchten musste, dass ich ihm sonst zuvorkommen würde.

„Darf ich Sie auf ein Gläschen einladen, Herr Spitz", sagte ich so freundlich, wie es mir möglich war.

„Nein danke", lehnte er ab, „ich werde drinnen am Pfarrtisch erwartet."

„Der Himmel mahlt seine Mühlen auch ohne Sie", widersprach ich ihm. „Trinken Sie wenigstens ein Gläschen Bier mit mir. Ich möchte mit Ihnen reden."

Guidos Gesicht sah ledern und verhärmt aus.

„Ich wüsste nicht, was wir beide zu bereden hätten. Geht es womöglich um meine Schwester? Ihre Männerbekanntschaften, das hat sie mir zumindest erst unlängst wieder erklärt, gehen mich ohnedies nichts an."

Er benahm sich wie ein eifersüchtiger Liebhaber. Doch ich konnte mir nicht vorstellen, dass er von unserem kleinen erotischen Intermezzo im Zollhaus tatsächlich Wind bekommen hatte. Es sei denn, Lisa hätte ihm selbst davon erzählt. Nur: Warum hätte sie das tun sollen?

Ich holte für Guido einen Stuhl, der neben der Garderobe an der Wand stand, rückte ihn an meinen Tisch und sagte relativ grob: „Nein, es hat nichts mit Ihrer Schwester zu tun, es geht um Ihre Kundschaft, und nun setzen Sie sich schon."

Spitz nahm widerstrebend, aber folgsam Platz.

„Ein Bier für Herrn Spitz", rief ich der Servicemaid zu.

„Ich trinke keinen Alkohol", sagte Spitz.

Die Maid war schon wieder außer Hörweite, und als sie zurückkehrte, bekam er trotzdem sein Bier.

„Was ist mit meiner Kundschaft?", sagte Spitz trotzig.

„Sie ist nicht besonders fromm."

„Das ist mir schmerzhafter bewusst, als Sie ahnen."

„Wie viele Bilder haben Sie an Oskar Pettenhofer verkauft? Fünfzig, hundert, fünfhundert, tausend?"

Er schien ehrlich überrascht von der Schärfe meiner plötzlichen Attacke.

„Ich habe noch nie in meinem Leben ein Bild an Oskar Pettenhofer verkauft."

„Ach nein? Schon einmal etwas davon gehört, dass man als Christ kein falsches Zeugnis ablegen soll? Achtes Gebot und so?"

„Ich lüge nicht."

„Nicht einmal eine klitzekleine Notlüge?"

„Nicht einmal die."

„Und was, wenn ich Ihnen jetzt sage, dass Oskar Pettenhofer in seiner Schopperstätte ein ganzes Waffenarsenal unterhält und seine Panzerwaffen, bevor er sie weiter auf den Balkan verscherbelt, mit jeweils einer Lage aus Ihrem reichen brandmalerischen Lebenswerk tarnt? Glauben Sie dann immer noch, dass das größte Problem von Schattenbach die paar harmlosen Roma draußen am Galgenberg sind?"

Guido spannte seinen Oberkörper zurück und versuchte sich mit wenig Erfolg in Pose zu werfen.

„Mein Auftraggeber ist Gott allein", sagte er und schniefte dabei wie eine lecke Orgelpfeife. „Und was mir Gott nicht aufgetragen hat, das verkauft einzig und allein meine Schwester."

Die Komik, die in diesem Satz steckte, war ihm offensichtlich in keiner Weise bewusst, und so war Guido Spitz auch aufrichtig konsterniert, als ich nach seinem Bekenntnis lauthals auflachte. Nein, was immer man dem braven Schreiner vorwerfen konnte, über den Verdacht, sich durch eine Kooperation mit Pettenhofer bereichert zu haben, war er auf die einfältigste Weise erhaben. Andererseits konnte oder wollte ich mir auch nicht vorstellen, dass Lisa ... Nein, sie hatte mit der ganzen Angelegenheit von allen in Schattenbach mit Sicherheit am allerwenigsten zu tun.

Da ich den frommen Guido nun aber schon einmal ins Kreuzverhör genommen hatte, versuchte ich, wenigstens noch ein paar Details über die Madonnen von Schattenbach aus ihm herauszukitzeln.

„Sie sind doch nicht nur Brandmaler, sondern auch Bildschnitzer, Herr Spitz. Sie haben sicher ein sehr feines Auge, wenn es um gotische Plastiken geht?"

Sein düsterer Blick hellte sich für einen Sekundenbruchteil auf. Auch wahrhaft Fromme haben offenbar mitunter ihre kleinen Probleme mit der Todsünde Hoffart.

„Ich sollte einen solchen Blick haben, ja", erwiderte er.

„Dann ist Ihnen sicherlich auch schon einmal aufgefallen, dass an der Hand der Madonna in der Seitenkapelle etwas nicht stimmt."

„Sie ist anatomisch nicht sehr überzeugend gearbeitet, wenn Sie das meinen. Aber das ändert nichts an der Gnadenfülle der Muttergottes."

„Sonst ist Ihnen nichts aufgefallen?"

„Ich wüsste nicht, was."

Seine Antwort sprach nicht unbedingt dafür, dass er das absolute Auge besaß, aber sie schien wenigstens ehrlich zu sein. Spitz wollte noch etwas fragen, doch ich wechselte das Thema.

„Haben Sie sich eigentlich selbst schon einmal an einer Madonnenplastik versucht?"

„Wer, dem der Herrgott ein bescheidenes Talent wie das meine verliehen hat, würde sich nicht an der Heiligen Jungfrau versucht haben?", sagte Spitz, nun wieder etwas milder gestimmt.

„Sie haben sich also auch – versucht?"

„Selbstverständlich."

„Und, war der Versuch erfolgreich?"

„Es gab mehrere Versuche, aber ich wüsste nicht, warum ich Ihnen davon berichten sollte."

„Ihre Schwester hält nicht viel davon, dass Sie Ihre wertvolle Arbeitszeit an komplizierte und schwer verkäufliche Plastiken verschwenden, wo Sie doch mit Ihrem Lötkolben in derselben Zeit jede Menge wohlfeilen Kitsch in Fichtenbretter ritzen können."

„Was mit reinem Herzen angefertigt wurde, ist kein wohlfeiler Kitsch", erwiderte er beleidigt. „Doch Sie haben Recht, meine Schwester mag es nicht, wenn ich Bildwerke schnitze, die einen langwierigeren Aufwand erfordern. Doch unserem Herrgott sei Dank gibt es dafür auch noch andere Interessenten."

„Also doch Pettenhofer?"

„Nein, nicht Pettenhofer."

„Keine Lüge?"

„Ich lüge nicht, ich schweige nur. Schweigen und Lügen, das ist nicht dasselbe. Gott liebt die Schweigenden, aber die Lügner straft er."

„Also gut. Pettenhofer ist es nicht, Lisa kann es auch nicht sein. Wer sonst sollte an Madonnenstatuen aus Ihrer Hand interessiert sein?"

„Denken Sie einmal an die Muttergottes selbst, wie wäre es damit? – Doch nun habe ich wirklich schon zu viel gesagt. Ich muss jetzt gehen. Grüßen Sie meine Schwester, wenn Sie sie sehen. Sagen Sie ihr, Gott hat Sodom und Gomorrha in Asche gelegt und Lots Weib in eine Salzsäule verwandelt, als sie sich danach umdrehte. Denn sein ist die Rache, sagt der Herr. Lisa soll sich vor ihm in Acht nehmen."

Er schob seinen Sessel mit einem plötzlichen Ruck so vehement zurück, dass er beinahe unter seinem Hintern auf den Boden gefallen wäre. Doch Spitz ergriff den Stuhl noch im letzten Moment an der Lehne, schob ihn artig an die Wand zurück, von wo ich ihn geholt hatte, und empfahl sich.

Sein Bier war unberührt geblieben. Es hatte inzwischen auch schon jeglichen Schaum verloren und sah so traurig aus wie die Serviererin, die es abräumte.

*

Das Türspiel klimperte heftig und brachte schon ein paar Augenblicke später Lisa zum Vorschein. Sie kam die Treppe herunter und sah verschlafen aus.

„Kein Geschäft heute“, sagte sie und rieb sich die Augen. „Ich habe mich kurz hingelegt. Ich glaube, ich vertrage das Föhnwetter nicht. Möchtest du eine Tasse grünen Tee haben?“

Mir war nicht danach, Lisa dorthin zurückzubegleiten, woher sie kam, also wollte ich auch keinen grünen Tee.

„Was hat dir Pettenhofer für den Großauftrag an deinen Bruder bezahlt?“, fragte ich stattdessen.

„He, warum bist du denn so unfreundlich?“, fragte sie. „Ich hab doch nichts ausgefressen.“

„Außer dass du offenbar in bestem geschäftlichem Einvernehmen mit einem Waffenschieber, Mädchenhändler und Mordverdächtigen stehst, vermutlich nicht.“

„Du spinnst ja“, sagte Lisa und machte Anstalten, die Treppe wieder hinaufzugehen.

„Wie viele Brandmalereien hast du denn an Pettenhofer verkauft?“

„Nur weil ich einmal mit dir geschlafen habe, muss ich dir ja meine Bilanzen noch nicht offenlegen. Oder bist du vom Finanzamt?“

Sie war verstimmt, und ich konnte es ihr nicht einmal verdenken.

„Ganz gleich, wie viele es waren. Sag bitte, dass du nicht gewusst hast, wofür er sie verwendet.“

„Der Mann hat einen Versandhandel für Jachtbedarf. Er ist vor etwa einem Jahr mit ein paar Schablonen von alten Zillen, Plätten und Kelheimern bei mir angerückt und hat gefragt, ob Guido davon nicht Brandmalereien herstellen könnte, an die hundert Stück oder so. Wir sind davon nicht reich geworden, wenn du das meinst. Aber Pettenhofer ist ein Kunde, und wenn man bedenkt, wie knickrig die meisten anderen sind, vielleicht sogar ein guter Kunde und obendrein meistens auch noch gut gelaunt. Sonst noch was?“

„Er verschickt Guidos Bilder in der Tat in Kisten. Das Problem ist nur, dass er darunter Waffen versteckt, die er weiter auf den Balkan verschifft."

Lisa lachte hellauf.

„Wer hat dir denn diesen Bären aufgebunden?"

„Der Bär war ich selbst, und er ist, wie du siehst, dafür auch ausreichend geprügelt worden."

Sie musterte die Blutergüsse unter meinen Augen.

„Man hat dich ja tatsächlich fürchterlich zugerichtet. Aber erzähl mir nicht, dass du mit Oskar gerauft hast."

„Ach, Oskar nennst du ihn?"

„Hier in Schattenbach duzen sich alle, die irgendwie eingesessen sind."

Seltsam, dachte ich, nach all dem, was sie mir über ihr Leben berichtet hatte, dass sie sich in Schattenbach „eingesessen" fühlte. Noch seltsamer, dass sie Pettenhofer so nachdrücklich verteidigte. Ob sie mit ihm etwa auch geschlafen hatte? Ich konnte mir kaum vorstellen, dass sie seinen Neigungen entgegenkam.

„Seine beiden Neffen haben mich dabei erwischt, als ich auf dem Gelände der Schopperstätte in der Nacht Nachforschungen anstellte. Aber sie wissen nicht, dass ich fündig wurde. Ich habe eine der Kisten, die dort herumstehen, geöffnet und mit eigenen Augen gesehen, was sich unter Guidos Brandmalereien verbirgt."

Während ich so vertrauensselig daherredete, kamen mir plötzlich Zweifel, ob das wirklich eine gute Idee war. Nicht einmal Lisa, meine Lisa, schien mir plötzlich über jeden Verdacht erhaben zu sein. Sollte in Schattenbach tatsächlich alles mit allem und jeder mit jedem zusammenhängen?

Lisa schien es mit mir ebenso zu ergehen. Sie hatte keinen Grund, meinen Worten keinen Glauben zu schenken, aber ich fürchtete, sie wollte mir dennoch nicht glauben.

„Kann es nicht sein, dass du dich geirrt hast?“, fragte sie. „Vielleicht waren es irgendwelche nautischen Geräte oder Schiffschrauben, die du gesehen hast. Es müssen doch keine Waffen gewesen sein. Oder bist du Militärexperte?“

Für einen Augenblick brachte sie mich mit dieser Vermutung aus der Fassung. Tatsächlich hatte ich das Panzerabwehrrohr eher erfühlt als im schnell aufflackernden Schein des Streichholzes mit hundertprozentiger Sicherheit identifiziert. Andererseits hatte ich ein solches Ding während meiner Militärzeit lange genug auf dem Buckel getragen, um es jederzeit wiederzuerkennen. Und die Adresse in Mazedonien schien mir allein schon verräterisch genug zu sein.

„Wusstest du übrigens, dass dein Freund Oskar die Mädchen aus dem Asylantenheim zu Sado-Masao-Parties genötigt hat, indem er ihnen drohte, dass sie sonst ausgewiesen würden? Zwei von ihnen sind mittlerweile tot.“

Lisa konnte oder wollte auf diese Anschuldigung nicht antworten und zog es vor, stattdessen eine Kanne Tee aufzusetzen.

„Es wird viel erzählt in Schattenbach“, sagte sie, nach einer längeren Pause. „Oder warst du bei den Sado-Maso-Parties auch dabei?“

„Es ist mir glaubwürdig davon berichtet worden“, erwiderte ich.

„Du sagst es. Berichtet.“

Sie schien das für einen Schlusspunkt unserer Diskussion zu halten.

„Dein Bruder lässt dir übrigens ausrichten, du sollst dir die Geschichte von Lots Weib zu Herzen nehmen.“

„Ach, Guido“, seufzte sie.

„Hast du nicht manchmal Angst vor ihm?“

„Angst? Er ist mein Bruder."

„Kain war auch der Bruder von Abel."

„Guido scheint dich schon angesteckt zu haben mit seinem Bibeltick. Manchmal hat mein Bruder tatsächlich etwas von so einem verrückten alten Propheten. Aber ich liebe ihn trotzdem. Schließlich ist er mein Bruder."

Ich ließ mir noch einen Schluck grünen Tee aufdrängen und ging.

*

Es gab keinen Grund, das Museum nicht wieder aufzusperren und den regelmäßigen Führungsbetrieb wieder aufzunehmen. Zwar würden sich jetzt, zu Wochenbeginn, kaum Touristen zu meinen Embryos, Mineralien und Nachttöpfen verirren, aber ich wurde schließlich immer noch dafür bezahlt, den Museumsbetrieb aufrechtzuerhalten.

Auch sonst sprach nicht viel dagegen, nach der Hektik der letzten Tage wieder zum Alltag überzugehen: Vom Verdacht, auf irgendeine Weise in die beiden Morde verwickelt zu sein, war ich auf eine sogar für Inspektor Loisl schlüssige Weise reingewaschen. Was allerdings nach wie vor auf mir lastete, war die Schuld, durch Fahrlässigkeit oder Schlamperei zum Diebstahl der Madonna mit den sechs Fingern beigetragen zu haben. Das freilich war, angesichts der beiden Ritualmorde, eine eher lässliche Sünde, die obendrein mittlerweile niemanden mehr wirklich zu interessieren schien, zumal sich unter den Honoratioren von Schattenbach die allgemeine Ansicht durchgesetzt hatte, dass man mit dem Mörder wohl auch den Dieb erwischen würde.

Ich selbst hatte allerdings meine Zweifel an dieser These. Vielleicht waren die Kirchendiebe längst über alle Berge und hatten mit ihrer Tat lediglich einen Psychopathen in Marsch gesetzt, der nun Grund zur Ausführung eines Verbrechens zu haben glaubte, das bislang gut versperrt im Kästchen seines Unterbewusstseins eingeschlossen gewesen war.

Guido Spitz war zweifellos ein solcher Psychopath, und der Kooperator zeigte ebenfalls alle Anlagen, einer zu sein. Pfarrer Seitel verfügte dafür bei all seiner salbungsvollen Art letztlich doch über zu viel gesunden Menschenverstand. Und Pettenhofer traute ich zwar jederzeit zu, dass er einen Unfall in seinem Orgienkeller als Ritualmord tarnte; dass er dabei vorsätzlich vorging und gleich zweimal hintereinander zuschlug, hielt ich indessen für ziemlich unwahrscheinlich.

Dass es nunmehr, noch dazu in Person der bislang völlig unbeteiligten Lisa, eine Verbindung zwischen der weihrauchschwangeren Welt eines Guido Spitz und den zwar mafiosen, aber sicherlich nicht mystischen Machenschaften auf der Schopperstätte gab, hatte den vielen Knoten in meiner Indizienkette nur noch einen weiteren hinzugefügt. Und eine Auflösung war weniger in Sicht denn je zuvor.

Ich beschloss mich also vorerst einmal mit dem wenigen zu begnügen, das klar zutage lag. Es war schon paradox, dass ich von den begangenen Verbrechen nur eines aufklären konnte, und zwar ausgerechnet jenes, von dem niemand etwas wusste, und das bis dato auch keinen zu interessieren schien. Aber immerhin: Ich konnte Pettenhofer als Waffenhändler überführen, und dass Loisl sich meinen Erkenntnissen aus Feigheit vor dem Feind nicht anschließen wollte, war zwar ein Hindernis, aber kein Gegenbeweis. Es musste mir lediglich gelingen, Loisl dazu zu zwingen, auf dem Pettenhofer'schen Gelände eine Hausdurchsuchung durchzuführen, und ich hatte auch schon eine Idee, wie.

Ich nahm mir am Nachmittag frei, ließ das Museum versperrt und fuhr mit meinem Lada auf den Galgenberg, wo sich der Roma-Wohnwagen mittlerweile wieder mit munterem Leben gefüllt hatte. Im Türstock saß ein junger Mann, der seinem in der nach dem zwischenzeitlichen Nieselregen wieder zurückgekehrten Nachmittagssonne funkelnden Saxophon melancholische, aber gleichzeitig einschmeichelnde Molltöne entlockte. Aus der Bordküche roch es angenehm würzig und scharf, und ich überlegte kurz, ob ich mich zu einer kleinen Mahlzeit einladen sollte, die mit Sicherheit den dumpfen Geschmack des Semmelkrens von meinem malträtierten Gaumen vertrieben hätte.

Doch ich beschloss mich zu disziplinieren.

„Ist Serge schon zurück?", fragte ich den Saxophonisten, als dieser gerade für einen Augenblick sein Instrument absetzte und den melodischen Fluss seiner traurigen Klänge damit jäh unterbrach.

„Wir alle warten auf ihn", sagte er. „Erst dann können wir weiterreisen."

„Es wird nicht mehr lange dauern", sagte ich beschwichtigend. „Loisl hat nichts gegen ihn in der Hand. Er wird bald freigelassen werden."

„Du hast ihn gesehen?"

„Ich habe mit ihm eine Nacht in der Zelle verbracht. Er fürchtet sich zwar vor Geistern, aber sonst ist er wohlauf."

„Mulos", sagte der Saxophonist wissend und führte das Rohrblatt wieder an seine sinnlich geschwungenen Lippen, mit denen er wohl schon so manche seiner Zuhörerinnen ins Schwärmen gebracht hatte.

„Ist Zdenka bei euch?", fragte ich ihn, bevor er zum nächsten Ton ansetzen konnte.

„Zdenka gehört nicht zu unserer Gruppe."

„Ich weiß. Aber sie ist eine Romni."

„Du weißt ganz schön viel über uns", sagte er, wies mit seinem Zeigefinger nach hinten und tauchte wieder in seine Klangwelt ab.

Diesmal stand Zdenkas Tür nicht offen. Ich klopfte, aber niemand öffnete. Ich klopfte noch einmal und öffnete, als dies abermals unbeantwortet blieb, die Tür.

Zdenka saß versunken vor dem kleinen Tischchen, auf dem immer noch die elektrische Monstranz mit dem leuchtenden Herzen Jesu funkelte. Links und rechts davon stand mittlerweile jedoch je ein kleines Foto in einer billigen Plastikhalterung, von denen das eine Etelka und das andere Margita zeigte. Jedes der beiden Fotos war mit einem schwarzen Samtband umwickelt.

Zdenka schien mein Kommen gar nicht wahrzunehmen. Einen schaurigen Augenblick lang dachte ich, an der Schwelle dieses kleinen Hausaltars bereits das dritte Opfer des Ritualmörders von Schattenbach vor mir zu haben. Doch an der kaum merklichen Auf- und Abbewegung ihrer schmalen Schultern erkannte ich, dass sie atmete. Vielleicht schlief sie.

Mein offensichtlicher Mangel an Diskretion war mir peinlich. Ich versuchte, auf möglichst leisen Sohlen ein paar Schritte zurück zur Tür zu gehen und meinen Fehler möglichst unbemerkt wieder gut zu machen, als Zdenka sich plötzlich umdrehte.

„Sehen Sie nicht, dass ich bete?", sagte sie scharf.

„Ich kann später wiederkommen", erwiderte ich so leise, als befände ich mich in einer Kirche.

„Bleiben Sie", sagte sie, schon etwas weniger schroff. „Das Gebet ist beendet. Ich habe zwei Gebete, eines für *Baro Devel* und eines für *Beng*."

„Ich verstehe nicht, was Sie meinen, aber ich wünsche Ihnen, dass beide erhört werden."

„*Baro Devel,* das ist der Große Gott, der Etelka und Margita bei sich aufgenommen hat. *Beng* ist der Teufel, der sich die Seele des Mörders holt."

„Sie sollten nicht hier bleiben. Es ist zu gefährlich für Sie. Niemand weiß, ob der Mörder Margitas und Etelkas nicht weiter tötet."

„Ich werde mit den Taraf nach Clejani gehen. Ich kann singen und tanzen. Aber sie warten noch auf einen aus ihrer Gruppe. Sobald er zurück ist, werden wir fahren."

„Bevor Sie fahren, könnten Sie allerdings noch etwas dafür tun, dass der Mörder gefasst wird."

„Was könnte ich dafür tun?"

„Sie könnten Anzeige erstatten gegen Oskar Pettenhofer."

„Weswegen? Wegen Mord?"

„Weswegen Sie wollen. Wegen Nötigung, sexueller Belästigung, Vergewaltigung, schwerer Körperverletzung. Es gibt nichts, was nicht zuträfe."

„Auf Etelka traf es zu, auf mich nicht."

„Sind Sie sicher?"

„Ganz sicher."

„So sicher wie die Tatsache, dass Sie nie eine Rüschenbluse tragen würden?"

„Was hat das damit zu tun?"

Für mich schien heute der Tag der verärgerten Frauen zu sein. Sie funkelte mich geradezu feindselig an.

„Ich weiß, dass Sie bei einigen dieser Orgien dabeiwaren."

„Ich, dabei? Das können Sie nicht wissen."

„Etelka hat es mir erzählt. Sie hat mir auch erzählt, dass Bürgermeister Munknast ebenfalls mit von der Partie war, und dass Sie, wie Etelka es nannte, unter seinem besonderen Schutz standen."

„Sie ist und bleibt eine Gadsche", sagte sie zornig, drehte sich um, ergriff Etelkas Foto, vor dem sie zuvor so versunken verharrt war, und redete in ihrer Muttersprache darauf ein. Als sie sich beruhigt hatte, stellte sie das Bild wieder auf den Tisch zurück.

„Also gut. Ich war bei einigen von Pettenhofers Gelagen dabei. Ich wurde aber nicht geschlagen, sondern hatte den Herrn Bürgermeister zu amüsieren. Sie verstehen, was ich meine. Margita war ebenfalls dabei. Sie war in Sebastian, den Sohn des Bürgermeisters, verliebt, doch Sebastian war bei den Gelagen nicht dabei. Margita war den beiden Neffen Pettenhofers zugeteilt, die sie sich dann geteilt haben. Sie alle nannten sich unsere Beschützer, und keine von uns konnte sich aussuchen, von wem sie beschützt werden wollte. Überhaupt konnten wir uns gar nichts aussuchen. Außer dass wir am nächsten Tag an die Fremdenpolizei zur Abschiebung überstellt würden, wenn wir nicht taten, was von uns erwartet wurde. Dafür versprachen die Herren uns als Dank für unsere Dienste, sich für eine Daueraufenthaltsgenehmigung einzusetzen. Die dann freilich niemals gekommen ist. Sie sehen also, ich kann nur den Bürgermeister verklagen, nicht aber Oskar Pettenhofer."

Die kühle, sachliche Art und Weise, mit der Zdenka diese Vorgänge schilderte, machte sie nur noch ungeheuerlicher.

„Und Pettenhofer hat Sie im Laufe dieser nächtlichen – Begegnungen niemals begrapscht oder ist Ihnen sonstwie nahegetreten?"

Zdenka lachte.

„Da könnte ich Pater Canisius dann auch anzeigen. Der ist mir im Beichtzimmer mindestens genauso nahegetreten."

„Canisius hat Sie begrapscht?"

„Er meinte, er hat mich gesegnet. Das allerdings tat er ziemlich handgreiflich. Ich werde ihn dennoch nicht anzeigen."

„Um Canisius geht es jetzt auch nicht. Es geht darum, dass Sie die letzte lebende Zeugin sind, die dafür sorgen kann, dass Pettenhofer bestraft wird. Zumindest dafür, was er Etelka angetan hat. Im Übrigen sollten Sie auch gegen den Bürgermeister und Pettenhofers Neffen Anzeige erstatten."

Zdenkas zuckte mit den Schultern.

„Und eingesperrt werde dann ich, wegen Verleumdung, während die anderen weiter frei herumlaufen. Glauben Sie mir, ich bin schon lange genug in Schattenbach, um zu wissen, wie das läuft."

Ich konnte ihr nicht einmal versichern, dass dem nicht so sein würde.

Ich entschuldigte mich bei Zdenka noch einmal für mein indiskretes Eindringen, beschwor sie, auf der Hut vor wem auch immer zu sein und beschloss, selbst Anzeige gegen Pettenhofer zu erstatten. Das war zwar, rein formal gesehen, eine Chuzpe, da ich es immerhin gewesen war, der auf seinem Gelände eingebrochen hatte und nicht umgekehrt. Andererseits hatten seine Leute mich an der Mündung des Schattenbachs niedergeschlagen und gegen meinen Willen zurück auf die Schopperstätte gebracht und dort über Nacht festgehalten. Das konnte man mit etwas juristischer Fantasie auch als Kidnapping bezeichnen.

Loisl fiel vor Lachen allerdings fast aus dem Sessel, als ich dieses Wort fallen ließ und ihm dabei die Geschichte meiner nächtlichen Flussfahrt von der Schopperstätte zum Schattenbach und wieder zurück erzählte.

„Vinzenz und Herwig sollen Kidnapper sein", wieherte er. „Die beiden, mit denen ich mich jeden Donnerstag beim Kirchenwirt zum Bauernschnapsen treffe. Das glauben Sie doch selbst nicht? Sie sind zwar, wie ich mich selbst überzeugen konnte, kein Gauner, aber ein kleiner Schwadroneur, das sind Sie schon, Herr Doktor, mit Verlaub."

Ich wollte gar nicht darüber nachdenken, was Zdenka wohl zu hören bekommen hätte, wenn sie meinem Rat gefolgt wäre und neben Pettenhofer sowie dessen beiden Neffen auch noch den Bürgermeister angezeigt hätte.

„Aber nachdem wir dafür bezahlt werden, Anzeigen aufzunehmen", fuhr Loisl fort, „können Sie sich ruhig ins Nebenzimmer setzen und einem meiner beiden Mitarbeiter ihre Geschichte diktieren. Wenn Sie freundlich zu ihm sind, macht er Ihnen vielleicht sogar eine Kopie davon und die können Sie dann in die Zeitung geben. Als Sonntagsroman."

Er schien mächtig stolz darauf zu sein, dass ihm soeben ein Scherz gelungen war, und das gegenüber einem Akademiker.

Ich machte von Loisls Angebot zu dessen allergrößter Erheiterung jedoch tatsächlich Gebrauch, und der Hilfssheriff, der leider nur das System Adler beherrschte, bekam auf seiner Tastatur plötzlich mächtig viel zu tun.

Da die Tür zu Loisls Büro halb offen war, konnte ich mit einem Ohr, ganz nebenbei, auch seine Telefonate mithören. Zuerst telefonierte er lange mit dem Maurer, der Loisls Eigenheim gerade um einen Zubau erweiterte. Dann machte er sich ausführlich nach der Art und Weise des Abendessens kundig, das seine bessere Hälfte ihm zubereiten würde. Schließlich telefonierte Loisl noch mit jemandem, der offensichtlich das Privileg genoss, sein Kegelbruder zu sein. Doch dann rief jemand aus der Pathologie des Kreiskrankenhauses an, und es wurde spannend. Bei der Mordwaffe, entnahm ich Loisls erstaunten Wiederholungen dessen, was er am anderen Ende der Leitung vernahm, habe es sich vermutlich um ein gebogenes Schnitzmesser gehandelt, wie es in Bastel- und Hobbyläden erhältlich ist. Loisl schien diese Nachricht nicht besonders aus der Contenance zu bringen. Denn anstatt den Verdächtigenkreis, wie ich es getan hätte, auf Guido Spitz auszudehnen, rief er noch einmal seine Frau an und fragte sie, ob er nicht noch eine Seite Speck aus der Metzgerei mit nach Hause bringen solle.

„Weißt du, wie ich jetzt gerade darauf komme?“, fragte er arglos seine Frau Gemahlin. „Wir haben soeben den Bericht von der Pathologie hereingekriegt, dass die zwei Zigeunerinnen mit einem Schnitzmesser umgebracht worden sind. Und da ist mir, obwohl es ja wirklich nicht dazugehört, plötzlich der Speck wieder eingefallen, weil ich den ja auch immer mit einem Schnitzmesser schneide, damit er besonders fein wird.“

Nachdem Loisl damit den Hörer aufgelegt hatte, kam er herüber in das Zimmer des Hilfssheriffs und sagte: „Wenn du mit dem Doktor Carozzi fertig bist, kannst du vielleicht noch in den Baumärkten und den Geschäften für Bastel- und Heimwerkerbedarf im Umkreis von 50 Kilometern anrufen, ob jemand in der letzten Woche ein Schnitzmesser gekauft hat. Nützt es nichts, so schadet es auch nichts. Kann aber auch morgen sein. Die Geschäfte sperren ja bald zu.“

Ich unterschrieb meine Anzeige und sah dem bleichen jungen Mann dabei zu, wie er das Original samt diversen Durchschriften mit einer Engelsgeduld auf verschiedene Ordner verteilte, in denen sie, wie ich fürchtete, die nächsten Jahre gut abliegen würden, bevor sie durch den erlösenden Papierwolf gedreht würden.

*

An die Geschichte von Lots Weib erinnere ich mich noch recht gut. Die Unglückliche hat mir schon während meiner Schulzeit immer leid getan, weil sie eigentlich nichts Böses wollte und dennoch bestraft wurde. Zuerst musste sie für zwei Engel, die nichts anderes im Sinn hatten, als ihre Heimatstadt zu zerstören, ungesäuerte Brote backen. Dann wurde sie angehalten, mitsamt ihrem Mann und ihren beiden Töchtern alles, was sie besaß, zurückzulassen und Hals über Kopf in die Berge zu fliehen, bloß weil Gott gerade beschlossen hatte, Sodom und Gomorrha mit Feuer und Schwefel zu bombardieren. Nun schweigt sich das Buch Genesis über das, was in Sodom und Gomorrha tatsächlich los war, auf eine seltsam schamhafte Art und Weise aus. Ich kann mir aber nicht vorstellen, dass es dort wesentlich schlimmer als in Mexico City, London, Paris oder Hamburg zuging. Es wird halt das ein oder andere Rotlichtviertel gegeben haben, möglicherweise auch ein funktionierendes Schwulenmilieu und da oder dort ein bisschen Hardcore-Porno. Alles in allem aber gehe ich davon aus, dass Sodom und Gomorrha für biblische Verhältnisse zwei durchaus kommode Städte waren, die ein beachtliches Maß an Lebensqualität gewährleisteten. Genau an dieser hing wohl auch die Frau Lot, und wenn sie von diesem munteren Wohlstandsparadies schon Abschied nehmen musste, so wollte sie wenigstens einen letzten Blick darauf werfen. Vielleicht hatte sie hier tatsächlich eine schöne Zeit erlebt, vielleicht war sie aber auch nur eine verkappte Pyromanin mit einem Faible für einstürzende Neubauten. Weder das eine noch das andere spricht für eine moralische Qualifikation – aber gleich in eine Salzsäule verwandelt zu werden, und das auch noch in alle Ewigkeit, das schien mir als Strafe doch ziemlich hart und vor allem ziemlich endgültig zu sein, zumal wenn man bedenkt, dass Abraham dafür, dass er seinen Sohn schlachten wollte, von Jahwe noch ausdrücklich belobigt und auch Judith für einen eindeutig terroristischen Akt „mit Zimbelklang und Paukenschall" in die Galerie der biblischen Heldinnen aufgenommen wurde.

Irgendwie wurde da mit zweierlei Maß gemessen, und in gewisser Weise schien mir das auch auf die Drohungen zuzutreffen, die Guido Spitz gegenüber seiner Schwester Lisa ausgestoßen hatte. Sie mochte ja, was die Wahl ihrer Sexualpartner betraf, eine etwas niedrigere Reizschwelle als andere haben, von der ich im Übrigen auf eine äußerst wohltuende Art und Weise profitiert hatte – aber deswegen gleich eine Morddrohung?

Vielleicht hatte Loisl mit seiner unbekümmerten Art, die Nachricht von einem Schnitzmesser als Tatwaffe zu bagatellisieren, auch Recht gehabt. Ein solches Schnitzmesser kann schließlich ein jeder fast überall kaufen. Wenn irgendwo jemand mit einem Küchenmesser erstochen wird, verhaftet man ja auch nicht gleich den Chefkoch des nächsten Restaurants.

Dennoch klangen mir Guido Spitzs letzte Worte noch ziemlich schaurig in den Ohren, als ich mit einem ausgesprochen mulmigen Gefühl im Magen die Schattenbacher Flusslände entlang ging und auf den Souvenirshop im alten Zollhaus zusteuerte. Es hatte zwar keinen Sinn, Lisa ausdrücklich zu warnen, sie kannte ihren Bruder viel besser als ich, und ich war ja schon mit meiner Warnung vor Pettenhofer nicht gerade auf Rosen gelandet. Die Nachricht, dass die Tatwaffe ein Schnitzmesser war, wollte ich ihr aber dennoch hinterbringen, auch wenn ich mir alles andere als sicher war, wie sie dieselbe aufnehmen würde.

Die Tür zu Lisas Shop war nur angelehnt, als ich eintrat, doch Lisa war nicht im Geschäft. Ich rief nach ihr, lief die Treppe hinauf, fand Lisa aber auch in ihrer Wohnung nicht. Letztere machte auf mich hingegen, ebenso wie der Laden selbst, den Eindruck, als wäre hier jemand vor geraumer Zeit fluchtartig aufgebrochen. Nicht einmal die Mühe, ihr „Komme gleich“-Schild in die Tür zu hängen, hatte sich Lisa gemacht, und die Duftkerze, die sie gewöhnlich neben der Registrierkasse angezündet hatte, brannte immer noch. Ich wartete eine Weile, doch Lisa kam nicht. Also blies ich die Kerze aus, verließ Lisas Shop, hängte, eher zu meiner eigenen Beruhigung, das Schild auf den kleinen Plastikhaken an der Innenseite der Glastür und ließ dieselbe einschnappen.

Auf der Lände war es mittlerweile schon dämmrig geworden, und die als gusseiserne Gaslaternen verkleideten Neonleuchten tauchten den kleinen Uferpark, aus dessen Mitte ein kleiner Pavillon für die sonntägliche Blasmusik ragte, in ein milchiges, unwirkliches Licht. Ich setzte mich auf eine der verschnörkelten Bänke des Schattenbacher Verschönerungsvereins, blickte auf das Silberband des Stroms, dessen sanfte Wellen wenige Meter unter mir bedächtig an die Uferverbauung klatschten, und konnte mich nicht recht entscheiden, ob ich nun besorgt, enttäuscht oder nur aufgekratzt war.

In jedem Fall war ich fahrig, und es hielt mich nicht lange auf meiner Bank. Ich ging die Lände auf und ab und fragte mich, ob ich mich nicht vielleicht etwas zu viel um Dinge kümmerte, die mich im Grunde nichts angingen. Niemand hatte mich als Privatdetektiv engagiert, keiner verdächtigte mich mehr, niemand verlangte Schadenersatz für die gestohlene Madonna, mein Job stand auch nicht mehr zur Disposition, und Lisa, für die ich plötzlich eine Art Beschützerinstinkt fühlte, hatte ich vor ein paar Tagen noch nicht einmal gekannt, also benötigte sie meinen Schutz auch nicht. Schon gar nicht vor ihrem zwar verrückten, aber vermutlich völlig harmlosen Bruder, den sie ganz gut im Griff zu haben schien.

Ich bog in eines der Altstadt-Gässchen ein und sah, wie die meisten Geschäftsleute gerade damit beschäftigt waren, ihre Läden dichtzumachen. Vielleicht, dachte ich, kam Lisa auch gerade zurück, um abzusperren, und lief noch einmal quer durch den Park bis zum alten Zollhaus zurück. Dort hatte sich allerdings nicht das Geringste verändert.

Vielleicht war Lisa bei Guido, vielleicht hatte sie ihn in seiner Werkstätte besucht, um neue Brandmalereien zu bestellen. Aber warum in solcher Hast?

Ich wandte meine Schritte also wieder dem Kirchenfelsen zu und merkte kaum, dass ich mehr lief als ging. Hinter den Fenstern des Kirchenwirts fanden sich schon die ersten Stammgäste des allabendlichen Dämmerschoppens ein. Ich spürte, dass ich ziemlich durstig war, aber auch die Aussicht auf ein schnelles Bier hielt mich nicht davon ab, die Kirchentreppe hinaufzueilen und quer über den Friedhof zu der kleinen Tür vor der Apsis zu laufen, über der die beiden Spitzbogenfenster matt erleuchtet waren. Die Tür stand weit offen. Davor stand ein Rettungswagen. Und der Folgeton, der vom Torwärterhaus immer näher kam, ließ darauf schließen, dass Loisl auch nicht mehr weit war.

Ich erblickte zuerst Lisa, die mit überkreuzten Armen auf einem Stuhl saß und den Kopf so vornübergebeugt hatte, dass man nur ihre Haare, aber kein Gesicht sah.

Dann sah ich Guido Spitz, der auf einem See von Blut zu treiben schien. Neben ihm lag ein Schnitzmesser. Über ihn hatten sich die beiden Rettungsleute gebeugt, die versuchten, die beiden Schnittwunden an den Handgelenken abzubinden und dadurch den Blutfluss zu unterbrechen. Eine Routine, denn an Guidos Augen ließ sich selbst für einen Laien wie mich leicht ablesen, dass es dafür bereits zu spät war.

Erst zuletzt sah ich – und ich muss zu meiner Schande gestehen, dass mich das wesentlich mehr bewegte als der Anblick des verblutenden Guido und seiner unter Schock stehenden Schwester – die Madonna mit den sechs Fingern. Sie stand genau so vor mir, wie sie noch vor einer knappen Woche in ihrer lichtdurchfluteten, südseitigen Wandnische in meinem Museum gestanden war, und sie schien mir fast noch heller und noch strahlender zu sein, als ich sie in Erinnerung hatte.

Ich ging zu Lisa und strich ihr langsam und zart übers Haar. Es dauerte eine Weile, bis sie ihren Kopf hob und zu mir aufsah. Ihre Augen waren von tränenloser Traurigkeit. Statt etwas zu sagen, drückte sie mir einfach einen zerknüllten Zettel in die Hand, auf dem ich die in ziemlich zittriger Schrift geschriebenen Worte las: „So groß ihre Herrlichkeit gewesen war, so groß war nun ihre Schande. Von ihrer Höhe ist sie herabgestürzt, jetzt liegt sie in Trauer. 1 Makk 1,40." Darunter stand, in einigem Abstand, noch zu lesen: „Jerusalem ist Schattenbach, ich war dabei, doch ich war nicht schuldig. Heilige Jungfrau, bitte für mich."

„Darf ich das auch lesen?", sagte eine Stimme hinter mir, die deutlich hörbar jene von Pfarrer Seitel war.

„Warum nicht", erwiderte ich, „Sie sind ja für so etwas sozusagen der Fachmann."

Der Pfarrer, der aus gegebenem Anlass einmal mehr sein Pluviale umgelegt und Guido Spitz, wie es aussah, unmittelbar vor meiner Ankunft die Sterbesakramente gespendet hatte, überflog den Zettel nur rasch und wusste offenbar sofort etwas mit seinem Inhalt anzufangen. „Das erste Buch Makkabäer. Es handelt von der Zerstörung Jerusalems durch den Heidenkönig Antiochius. Viele Israeliten haben damals mit ihm kollaboriert, um ihre Sicherheit und ihren Wohlstand nicht zu verlieren. Doch dann heißt es auch: ‚Dennoch blieben viele aus Israel fest und stark. Lieber wollten sie sterben als sich unrein machen und den heiligen Bund entweihen. Also starben sie. Und ein gewaltiger Zorn lag auf Israel.'"

„Guidos Zorn lag jedenfalls auf Schattenbach", erwiderte ich. „Wissen Sie warum?"

„Ich fürchte", erwiderte Seitel, „ich habe Ihnen einiges zu erklären. Oder vielmehr: Ich möchte einiges erklären."

Seitels Gesicht wirkte bleich und eingefallen. Sicherlich, dachte ich, welcher Pfarrer sieht seinen Mesner schon gerne in einer Blutlache herumliegen? Dennoch schien es mir mehr als nur ein Schock zu sein, unter dem Seitel stand. Die seltsame Art, in welcher er den letzen Satz betont hatte, lag wohl nicht nur daran, dass er sich in den letzten Tagen seelsorgerisch sichtlich überarbeitet hatte. Tatsächlich sah er aus wie das personifizierte schlechte Gewissen. Ich konnte mir bloß nicht erklären warum.

Der Folgeton des Gendarmeriewagens erklang mittlerweile schon wenige Meter vor der Kirche. Der Pfarrer gab Guidos Abschiedsbrief wieder an Lisa zurück, die ihn wortlos aufnahm. Dann schob er mich durch die blinde Tür, die zur Seitenkapelle führte, ins Kirchenschiff und ließ den Türmechanismus wieder einschnappen. Ich hatte den Eindruck, dass er Loisl jetzt ebenso wenig begegnen wollte wie ich.

*

„Ich weiß, Sie mögen Frau Zidibulks Brombeerlikör nicht", sagte der Pfarrer, nachdem er sich in seinem geräumigen Ledersessel niedergelassen hatte. „Es mag in dieser Situation auch nicht besonders gottgefällig sein, an Likör zu denken, aber ich brauche jetzt einfach einen."

Seitel schenkte sich einen kräftigen Schluck ein und sah mich fragend an, ob ich auch einen wollte, doch ich hatte in Guidos Werkstätte für meinen Bedarf schon genug klebrigen roten Saft gesehen.

„Nun schießen Sie schon los", sagte ich, „was in aller Welt hat den Mesner dazu gebracht, meine Madonna aus dem Museum zu stehlen? Haben Sie ihm etwa den Auftrag dazu erteilt?"

„Guido ein Madonnendieb?“, erwiderte der Pfarrer mit einem Lächeln, von dem mir nicht ganz klar war, ob es weise oder gallenbitter herüberkommen sollte. „Guido ist kein Madonnendieb. Sie dürfen sich von seinen Schnitzkünsten nicht täuschen lassen. Die Madonna, vor deren Angesicht er sich das Leben genommen hat, ist, auch wenn sie genauso aussieht, nicht jene aus dem Jahr 1320, sondern es ist eine Kopie davon, und zwar genaugenommen bereits die dritte, die er gemacht hat. Ich bin sogar überzeugt, dass es sich um jene handelt, die ihm bis jetzt mit Abstand am besten gelungen ist.“

Ich überlegte kurz, ob ich nicht doch einen Brombeerlikör gebrauchen könnte. Doch ich beschloss, lieber zu warten und mich daheim an einem dreifachen Mezcal schadlos zu halten.

„Ich bin kein Experte für mittelalterliche Kunst“, sagte ich nach einer kurzen Nachdenkpause, „aber ich kann nicht leugnen, dass ich sie ohne radiometrische Analyse mit Sicherheit für das Original gehalten hätte. Sie ist bis hin zum Holzwurmbefall exakt gearbeitet. Nur: Wenn Guido Spitz sie nicht gestohlen hat, wer dann? Und in wessen Auftrag hat er die Fälschungen dann hergestellt. Und warum gleich drei davon?“

Monsignore Seitel wetzte nervös in seinem Lederstuhl herum, bevor er fortfuhr.

„Das sind viele Fragen, und ich könnte mir die Antwort darauf leicht machen, indem ich Sie daran erinnere, dass Spitz sich von der Madonna ganz einfach dazu berufen fühlte. Er schwärmte tatsächlich schon seit Jahren davon, ein Abbild der Madonna mit den sechs Fingern zu schnitzen und dieses, nachdem er es mit dem Original in Berührung gebracht hatte, als *Imago attinga*, auf das die ganze Gnadenfülle übergegangen ist, an fromme Gemeinden, vor allem an solche im ehemaligen Ostblock, zu verkaufen. Guido wäre schon als Kind gerne Priester geworden, am liebsten Missionar, die Bekehrung der Gottlosen ist ihm stets ein Bedürfnis gewesen. Dieses missionarische Element hat er nie abgelegt. Dass die Madonna mit den sechs Fingern in Schattenbach nicht in einem geweihten Gotteshaus, sondern in einem weltlichen Museum untergebracht war, hat Guido immer wieder kritisiert, vor allem seit die Madonna nicht mehr unter der Obhut seiner Vertrauten, Frau Zidibulk, stand."

„Und was hat ihn daran gehindert, sich einfach hinzusetzen und mit dem Schnitzen zu beginnen?"

„Da war einerseits seine Schwester Lisa, die ihn stets dazu anhielt, schnell Herstellbares und leicht Verkäufliches zu produzieren. Und dann war da noch Guidos besondere, sagen wir einmal, spirituelle Disponiertheit. Um ein Madonnenbildnis anzufertigen, benötigte er einen Auftrag. Niemals wäre es Spitz in den Sinn gekommen, eine Fälschung aus Freude an der Nachahmung oder gar aus Gewinnsucht herzustellen. Er wollte die Madonna mit den sechs Fingern vielmehr aus sich selbst heraus neu schaffen, es war für ihn ein Akt tief empfundener Frömmigkeit, ein Dienst an der Mutter Jesu selbst."

„Und wer gab ihm schließlich diesen – Auftrag?"

Pfarrer Seitel nahm ein zweites Gläschen Brombeerlikör, und da ihm die Antwort auf meine Frage ziemlich schwer zu fallen schien, schenkte er sich danach gleich auch noch ein drittes ein.

„Es ist schon ein gutes Jahr her, dass Bürgermeister Munknast und sein Schwager Pettenhofer sich nach einem Sonntagsgottesdienst hier an dieser Stelle zu einer unserer kleinen Agapen einfanden und mir ein seltsames Angebot unterbreiteten. Ich habe Ihnen ja erzählt, dass die Kirche vom Dachstuhl bis in die Krypta in ihrer Bausubstanz stark lädiert ist und es an allen Ecken und Enden an Geld fehlt, um diese Blessuren wieder zu heilen. Auch die Denkmalbehörde ist zwar immer groß im Wort, wenn es darum geht, stilistische Auflagen zu erteilen, bestimmte Farbwünsche bei Malerarbeiten zu äußern und andere kolossale Forderungen zu erheben, die viel Geld kosten. Doch sie ist leider sehr schwach im Zahlen, und auch unser Bischof benötigt die Kirchenbeiträge für alles andere dringender als für den Denkmalschutz. Es bedürfte einiger Millionen, um das Gotteshaus von Grund auf zu renovieren. Millionen, wie man sie nicht einmal in einem Jahrzehnt durch Spenden aufbrächte. Doch Sie werden es nicht glauben, Munknast und Pettenhofer haben mir diese Millionen in Aussicht gestellt, und zwar schon für bald."

„Und was sollten Sie dafür tun?"

„Sie wollten eigentlich nur, dass ich die Madonna von Schattenbach vom Museum an einen anderen Ort bringen lasse und als gestohlen melde. Davor aber sollte ich Guido Spitz dazu animieren, eine oder wenn möglich sogar mehrere Kopien davon herzustellen, die Pettenhofer, sobald der Diebstahl publik wurde, durch seine ausgezeichneten internationalen Handelsbeziehungen auf den Markt bringen würde."

„Auf den Schwarzmarkt?", wandte ich ein.

„Nun, das war der kleine moralische Schönheitsfehler an der Sache, und Sie können mir glauben, dass ich lange mit Gott und vor allem mit mir selbst gehadert habe ..."

„Aber der Zweck heiligte zuletzt doch die Mittel."

Seitel räusperte sich.

„Ja, so sagt man das wohl." Pettenhofer sah sich, wie er sagte, zumindest in der Lage, eine Kopie der Madonna in Großbritannien oder Frankreich, eine in den USA und eine in Japan in Umlauf zu bringen, und Munknast meinte, man könne noch ein viertes Mal kassieren, indem man die alte Versicherungspolizze aus den Fünfzigerjahren wieder ausgrabe. Dafür müsse der Diebstahl nur glaubhaft genug vorgetäuscht sein. Und der Pfarre von Schattenbach bliebe immerhin die Genugtuung, in Wahrheit noch immer im Besitz der Madonna und ihrer Gnadenfülle zu sein. Damit haben mich die beiden dann nach längerer Bedenkzeit auch zum Mitmachen überredet."

Der Plan klang in der Tat so schlüssig wie genial. Dass die Schattenbacher Madonna etliche Millionen abwerfen würde, war klar, und das dann noch mal vier ... Da brauchte man kein großer Rechner zu sein, um ein in der Sonne blitzendes neues Kirchendach und einen Hochaltar zu sehen, der vor frisch aufgelegtem Blattgold nur so strahlte.

„Und der Reingewinn dieser frommen Aktion wäre ausschließlich dem Kirchenbau zugeflossen?", fragte ich mit unverhohlener Skepsis.

„Nun ja", schränkte der Pfarrer ein, ob dieser Zwischenfrage peinlich berührt, „so gottesfürchtig sind diese beiden Schäfchen nun auch wieder nicht. Hannes Munknast, müssen Sie wissen, ist zwar eine Seele von einem Bürgermeister, und wir alle in Schattenbach mögen ihn und würden ihn jederzeit wieder wählen. Aber die kommunalen Finanzen sind, wie sich herausgestellt hat, nicht so ganz seine Stärke; und da klaffte dann halt plötzlich ein tiefes Loch im Schattenbacher Gemeindehaushalt."

„... das Pettenhofer sich aus schierer Nächstenliebe zu stopfen anbot, wenn man ihm für seine guten Dienste, na sagen wir einmal, ein Drittel des Gewinns abgab."

„Sie sind gut im Schätzen, Herr Doktor." Diesmal war das Lächeln ganz eindeutig von der gallenbitteren Sorte.

„Dann liege ich wohl auch richtig mit der Annahme, dass ein weiteres Drittel an Munknast und der Rest an Mutter Kirche gehen sollte. Immer noch ein beachtlicher Betrag. Ist er eigentlich schon eingelangt?"

„Nicht dass ich wüsste."

„Dann würde ich Pettenhofer doch bald einmal danach fragen, bevor er womöglich auf einer seiner Jachten gegen Osten entschwindet. Er weiß, dass es um ihn mittlerweile ziemlich eng geworden ist.“

„Es stimmt schon, ich sollte ihn vielleicht bald einmal fragen.“

„Zuvor würde ich das, was Sie mir soeben erzählt haben, jedoch auch noch bei Inspektor Loisl zu Protokoll geben. Der ist zwar alles andere als ein guter Beichtvater, aber ich denke dennoch, dass es Ihr Gewissen erleichtern wird, Herr Pfarrer, wenn Sie ihm die Wahrheit erzählen.“

Seitel schwenkte einmal mehr sein mächtiges Haupt aus und dachte lange nach.

„Sie haben schon Recht, Carozzi. Gott sind die großen Sünder, die beichten, allemal lieber als die kleinen Sünder, die es nicht tun.“

Es folgte eine Minute beklemmenden Schweigens, während derer ich mich des Eindrucks nicht erwehren konnte, dass Monsignore Seitel es bereits wieder bereute, mich unter dem ersten Schock von Guidos Selbstmord ins Vertrauen gezogen zu haben. Doch ich wollte noch mehr von ihm wissen und fragte munter weiter.

„Was haben Sie Spitz eigentlich für eine Geschichte aufgetischt, die ihn dazu bewog, bei diesem unheiligen Spiel mitzuspielen?“

„Ich weiß eigentlich gar nicht, warum ich Ihnen das alles erzähle“, sagte der Pfarrer vorsichtig. „Aber jetzt, da ich Ihnen schon die halbe Wahrheit offenbart habe, schadet es auch nichts, wenn Sie die ganze erfahren. Spitz in die richtigen Bahnen zu lenken, war anfangs nicht besonders schwer. Guido war stets von einem schlechten Gewissen geplagt, weil er in den letzten Jahren immer häufiger weltliche Motive wie Tiere, Blumen, Landschaften oder Schiffe gemalt hatte, mit denen er, wie er immer wieder sagte, dem Herrgott das Talent stahl, das dieser ihm geschenkt hatte. Ich nützte dieses schlechte Gewissen und wies ihm einfach einen Weg, wie er diese Scharte wieder auswetzen konnte, indem ich seine eigene Anregung aufgriff, einige *Imagines attingae* herzustellen, deren Verkaufserlös der Renovierung unseres Gotteshauses zugute kommen würden. Guido machte sich denn auch mit Feuereifer ans Werk und arbeitete oft auch die Nächte durch, da er tagsüber genügend mit seinen Brandmalereien zu tun hatte und nicht wollte, dass seine Schwester von den Statuen erfuhr. Doch als dann die Madonna aus dem Museum gestohlen wurde, begann er immer häufiger Fragen zu stellen. Unangenehme Fragen, auf die es mir zunehmend schwerer fiel, Antworten zu finden. Und dann kamen auch noch Sie und erzählten Guido, dass Pettenhofer unter der Tarnung seiner Brandmalereien Waffen nach Mazedonien verkaufte. Eine Vorstellung, die für seine empfindsame Seele etwas Ungeheuerliches an sich hatte. Er stellte mich also gleich nach der Totenzehrung zur Rede und fragte, ob seine Madonnenbildnisse etwa auch zur Tarnung von Sprengköpfen in exkommunistischen Ländern und damit womöglich sogar zum Kampf gegen das Christentum dienten. Er war völlig außer sich. Ich versuchte ihn gemeinsam mit Hermine Zidibulk wieder zu beruhigen, und dann machte ich einen Fehler. Ich bot ihm einen Teil der Summe an, die ich von Pettenhofer bekommen würde, was ihn allerdings nur noch mehr gegen mich aufbrachte. Er beruhigte sich erst wieder einigermaßen, als Frau Zidibulk ihm erklärte, dass seine Madonnenkopien lediglich dazu dienten, dass das Original der Madonna mit den sechs Fingern in Schattenbach bleiben konnte, und zwar unter ihrer ganz persönlichen Obhut."

„Die Madonna ist bei Hermine Zidibulk?"

„Sie hat sie vorige Woche aus dem Heimathaus geholt, während Sie einen Stock höher den Schlaf des Gerechten schliefen, lieber Herr Doktor. Schließlich besitzt sie ja immer noch einen Schlüssel zum Heimathaus, oder wussten Sie das nicht?“

„Frau Zidibulk war in die Geschichte mit den Fälschungen also eingeweiht?“

„Unter dem Siegel der Verschwiegenheit, ja. Sie ist zwar eine fromme Frau, hat aber auch ein sehr gesundes Verhältnis zu den diesseitigen Bedürfnissen einer Pfarre. Ganz im Gegensatz zu Guido hatte sie keine Probleme mit unserer frommen Lüge. Dass Sie den Madonnenschrein zu einem Schnapstabernakel entweiht haben, hat sie im Gegensatz dazu bis heute nicht verkraftet.“

„Guido hat die Wahrheit über die Madonna offenbar noch viel weniger verkraftet.“

„Guido war immer schon so etwas wie ein Erleuchteter. Es war wohl wirklich ein schwerwiegender Fehler, ihm für sein Schweigen Geld anzubieten. Dass er es nicht annahm, kann ich ja noch verstehen, aber dass er sich deswegen gleich selbst richtete ...“

„Vielleicht lag ihm auch noch ein anderes Verbrechen auf der Seele, oder genauer gesagt: zwei.“

„Sie denken daran, Guido könnte auch die beiden Frauen aus dem Asylantenheim umgebracht haben. Nein, mein lieber Doktor, das ist völlig ausgeschlossen. Guido ist kein Mörder. Er nicht.“

Dass er Guido nicht für einen Mörder hielt, nahm ich ihm ab. Nur der Nachsatz gefiel mir ganz und gar nicht. Es war übrigens der letzte Satz, den der Pfarrer mir gegenüber zu äußern gewillt war. Ich ließ ihn, in stummes Grübeln versunken, in seinem Ledersessel zurück und verließ sein Büro.

Während ich auf dem Weg aus dem Pfarrhaus den Korridor entlang ging, bemerkte ich eine Tür mit der Aufschrift *Pater Canisius SJ* und war auf zweifache Weise erstaunt. Zum einen darüber, dass Canisius, wie mir das Kürzel hinter seinem Namen verriet, der Societas Jesu angehörte, also Jesuit war. Zum anderen machte es mich neugierig, dass die Tür halb offen stand und das Zimmer dahinter, soweit ich hinein sehen konnte, leer war. Nun wollte ich mich mit Canisius unter keinen Umständen auf keine weitere Debatte über Ein- oder Hausfriedensbruch einlassen, doch dann siegte zuletzt doch das offenbar jedem wahren Archäologen zutiefst eigene Bedürfnis, in fremde Welten einzudringen – und schon hatte ich meinen Fuß in sein Zimmer gesetzt.

Es war ziemlich dunkel im Raum, doch durch das Fenster fiel der Lichtstrahl einer Straßenlaterne herein und ließ mich in eine, abgesehen vom obligatorischen und auffallend schlichten Kruzifix sowie einem kleinen, nicht einmal handtellergroßen Madonnenbildnis, völlig schmucklose Mönchszelle blicken, deren spärliche Einrichtungsgegenstände ein Feldbett, ein Spind und ein tadellos aufgeräumter Schreibtisch waren. Auf dem Schreibtisch erblickte ich neben einem Rosenkranz nur ein paar Mappen, auf denen die Namen von Schulklassen wie 1C, 5B oder 7A vermerkt waren. Auf dem Bett lag eine grob gewirkte, feldgraue Wolldecke und auf dieser ein Buch, dessen Titel und Autor mir so geläufig waren, dass ich sie selbst im Halbdunkel erkennen konnte. Das Buch stammte aus der Feder von Klemens Blumreich, und ich nahm es einfach mit.

10

Mord beinhaltet das Versprechen
einer kolossalen Entspannung.
Norman Mailer

Loisl hatte bei der Durchsuchung meiner Museums-Garçonniere ganze Arbeit geleistet. Die meisten Ingredienzien meiner ohnedies recht bescheiden sortierten Küchenkredenz lagen auf dem Linoleumboden verstreut, die Stühle sahen aus wie bei Ionesco, und sogar die Kühlschranktür hatten Loisls Leute nach dem „Fund" offen gelassen. Letzteres führte nicht nur zu einer traurigen Lacke auf dem Fußboden, sondern es setzte mich auch auf die Spur einer Packung Tiefkühlgarnelen, die ich gleich zu Beginn meiner Schattenbacher Ära gekauft und mittlerweile wieder vergessen hatte. Die Schaltiere waren aufgetaut, aber, wie eine kleine Geruchsprobe bewies, noch nicht verdorben.

Es war, wie mir das Grummeln in meiner Magengrube hörbar zu verstehen gab, ein guter Augenblick, um mit dem Kochen zu beginnen, und gegen eine Portion Meeresfrüchte war nicht wirklich etwas einzuwenden. Dass die Garnelen ihre letzten Tage im Dreisternefach in trauter Nachbarschaft mit Margitas Finger verbracht hatten, verdrängte ich, wenngleich nur mit maßvollem Erfolg.

Während ich über die Art, in der ich die Garnelen mit meinen beschränkten Mitteln zubereiten würde, nachdachte, fiel mein nach weiteren Zutaten forschender Blick auf die „Drei Madonnen von Schattenbach", die ich auf dem Küchentisch abgelegt hatte. Ich schlug das in Frakturschrift gesetzte Buch auf und bemerkte, dass manche Worte von jemandem, der das Buch vor mir gelesen hatte, mit Bleistift angestrichen worden waren.

Derlei Vermerke findet man in alten Büchern, die durch viele Hände gegangen sind, häufig. Auffallend war lediglich, dass es sich bei den unterstrichenen Stellen ausschließlich um Zahlwörter handelte, und zwar um die Ziffern drei, vier, fünf, sechs und zwölf.

Tatsächlich begann das Büchlein keineswegs mit einer Marienlegende, sondern mit einer kleinen Abhandlung über christliche Zahlenmystik. Die göttliche Drei, war zu lesen, bezeichnete nicht nur Anfang, Mitte und Ende sowie Himmel, Erde und Unterwelt, sondern auch den dreieinigen Gott. Die Vier wiederum stünde für die vier Himmelsrichtungen, die vier Elemente, die vier Evangelisten, die vier Kirchenväter und die vier Kardinaltugenden. Multiplizierte man nun die Drei mit der Vier, so sei das Resultat eine göttliche Zwölf, für die es von den zwölf Söhnen Jakobs über die zwölf Löwen Salomons bis hin zu den zwölf Aposteln jede Menge biblischer Belege gebe. Auch die Zahl fünf beruhe allein schon wegen der fünf Bücher Mose und dem Gleichnis von den fünf klugen und den fünf törichten Jungfrauen auf göttlicher Harmonie. Der Zahl sechs hingegen komme in der kirchlichen Arithmetik keine Bedeutung zu. Sie sei nichts anderes als die halbe göttliche Zwölf und drücke somit, ähnlich wie die Zwei einfach nur eine halbe Vier sei, Teilung und Zwietracht aus. Zudem sei die Sechs auch noch die Zahl der Unkeuschheit, da sie das diesbezügliche Gebot beziffere. Man müsse die Entstehungsgeschichte der sechsfingrigen Madonna von Schattenbach, so beendete Klemens Blumreich sein erstes und ziemlich umständliches Kapitel, also vor dem Hintergrund betrachten, dass die Zahl sechs in einem Gotteshaus, im Gegensatz etwa zur darauf folgenden heiligen Sieben, absolut nichts verloren habe.

Vielleicht hatte man die Madonna auch aus diesem Grund von der Kirche ins Museum überführt, überlegte ich kurz. Doch das war ja nun wirklich lange, nachdem Blumreich diese Zeilen geschrieben hatte.

Ich fühlte mich, während ich diese Ausführungen durchlas, auf seltsame Weise an den berühmten Kalenderstein der Azteken erinnert, der auf den Zahlen vier und fünf aufgebaut ist und auf der Vorstellung einer fünften Sonne beruhte. Würde diese zerstört, so führte dies nach dem aztekischen Glauben automatisch zur Zerstörung der Welt durch ein Erdbeben, das man nur verhindern konnte, indem man die Götter ausreichend mit Blutopfern besänftigte. So weit trieb Blumreich seine Zahlenspielereien zwar nicht, eine gewisse pessimistische Weltsicht konnte er allerdings ebenso wenig verbergen wie eine unverhohlene Liebe zu blutrünstigen Schilderungen. Mich stimmte das Werklein hingegen eher optimistisch. Schon nach kurzem Weiterlesen hatte ich nämlich erstmals seit längerer Zeit das Gefühl, nach all meinen bisherigen Fehlschlägen doch auf eine Fährte gestoßen zu sein, die mich auf meiner Suche nach dem Täter wirklich weiterbringen konnte.

Da ich diesen Triumph ein wenig auskosten wollte, beschloss ich, zunächst einmal zu kochen und das schmale Buch erst dann zu Ende zu lesen.

In dem allgemeinen Chaos, das Loisl in meiner Küche hinterlassen hatte, war die Suche nach genießbaren Lebensmitteln Glückssache geworden. Zu meiner großen Freude fand ich in der von den Gendarmen als Ablage missbrauchten Abwasch neben ein paar verstreuten Chilis noch eine intakte Dose Kokosmilch, und Langkornreis war auch noch genug im Jutesack, um etwas zustandezubringen, das den Ausdruck „Speise“ wenigstens ansatzweise verdiente.

Mir schwebte ein Gericht vor, das ich zum letzten Mal vor etwa einem Jahr in einem kleinen, von Brasilianern geführten Restaurant in Coyoacán, in unmittelbarer Nähe des Museo León Trotzki, gegessen hatte. Es handelte sich um Scampi in süßlich-scharfer Kokossauce in einem Ring aus aromatisch gewürztem mexikanischem Trockenreis. Mir war diese Mahlzeit noch in köstlichster Erinnerung, und gerade deshalb war mir auch klar, dass ich an das Original, angesichts der kulinarischen Dürreperiode, die seit dem Madonnendiebstahl in meiner Küche ausgebrochen war, kaum herankommen würde. Aber immerhin: Die wichtigsten Zutaten waren vorhanden.

Mexikanischen Trockenreis zuzubereiten ist eine Kunst, die man nicht gleich auf Anhieb beherrscht. Es bedarf dazu einiger Übung, und man muss mit allerlei angebranntem Geschirr und anderen Niederlagen fertig werden, bis man das Verhältnis von Garungsdauer und Hitze so richtig im Griff hat. Doch die Mühe lohnt sich. Denn mexikanischer Reis ist auf eine sehr delikate Art und Weise das dialektische Gegenstück zum italienischen Risotto, und Dialektik entbehrt, vor allem aus gastrosophischer Sicht, kaum jemals einer gewissen Pikanterie.

Die einzige Gemeinsamkeit von mexikanischem und italienischem Reis besteht darin, dass man den einen wie den anderen vor der Verwendung gründlich waschen muss. Ich tat also einen kräftigen Griff in den Jutesack und ließ eine gute Handvoll Reis in ein Sieb rieseln, wo ich ihn, nachdem ich die Abwasch ausgeräumt und gereinigt hatte, unter kaltem Fließwasser so lange abspülte, bis das sich absetzende Wasser nicht mehr milchig, sondern glasklar wie ein Gebirgsquell war. Danach brachte ich in einer Kasserolle etwas Schmalz zum Zerfließen, gab zuerst den Reis und, nachdem dieser etwas Fett aufgesogen hatte, auch fein gehackte Frühlingszwiebeln und etwas Knoblauch dazu. Bevor das Ganze allzu viel Farbe nahm, fügte ich zwei geschälte Tomaten aus der

Dose hinzu, die ich zuvor mit einer Gabel fast zu Püree zerdrückt hatte. Dann prüfte ich meinen Aggressionspegel und stellte fest, dass er sich im Verhältnis zu den vergangenen Tagen eindeutig gebessert hatte. Die Chilidosis konnte sich also in Grenzen halten. Ich brachte daher auch keine gefährlichen Habanero-Geschosse in Anschlag, sondern begnügte mich mit drei in Öl eingelegten Peperoni, die ich vor der Verwendung mit dem Wiegemesser nahezu atomisierte. Die Reiskörner hatten inzwischen eine appetitliche rötlich-braune Farbe angenommen, und es war höchste Zeit, ihnen etwas zusätzliche Feuchtigkeit zu vergönnen.

In Mexiko habe ich gelernt, dass man für ein Reisgericht ungefähr viermal soviel Flüssigkeit wie Reis braucht, und nachdem meine Tomaten schon einigermaßen eingekocht waren, goss ich recht großzügig mit heißem Wasser auf, brachte es zum Kochen und würzte den Reis mit Meersalz und etwas getrocknetem Koriander. Frisches Koriandergrün wäre mir lieber gewesen, aber dank Loisls Feldzug durch meinen Kühlschrank fand ich nicht einmal ein Zweiglein Petersilie, das noch einen letzten Rest von Saft im Stängel gehabt hätte.

Nach kurzem Aufkochen stellte ich den Reis ins Rohr, wo ich ihn bei niedriger Hitze zugedeckt trocknen ließ, bis das letzte Bisschen Flüssigkeit verdampft war. Das alles dauert etwa eine halbe bis dreiviertel Stunde, also Zeit genug für mich, um weiter in den „Drei Madonnen" schmökern zu können. Zuvor kümmerte ich mich allerdings, im Interesse einer einigermaßen schmackhaften Sauce, noch um meine Garnelen, puhlte dieselben in aller Ruhe aus ihren Schalen, kratzte mit der Pinzette aus meinem Manikürzeug den Darm heraus und marinierte die Garnelenschwänze mit einer Mischung aus etwas Zitronensaft, einer zerdrückten Knoblauchzehe sowie ausreichend Salz und etwas Pfeffer. Die Schalen und Scheren setzte ich, mit Wasser völlig bedeckt, in einer kleinen Kasserolle auf und ließ sie, halb zugedeckt, bis auf Weiteres auf kleiner Flamme dahinköcheln.

Inzwischen konnte ich mich wieder in aller Ruhe den frommen Herzensergießungen des Hobby-Metaphysikers Klemens Blumreich widmen. Als ich nach kurzer Zeit schon etwa in der Mitte des Büchleins angelangt war, hatte ich nicht nur allerlei neue Schrulligkeiten über mittelalterliche und barocke Volksfrömmigkeit gelernt, sondern nahm auch einen unwiderstehlichen Duft in meiner Museumsküche wahr, von dem mir allerdings nicht ganz klar war, ob er mich eher an Hummersuppe oder eine Fischfabrik erinnerte. Da auch der Garnelenfond schon beträchtlich eingedampft war, schien es mir hoch an der Zeit, den Fond durch ein feines Haarsieb zu passieren und vorerst einmal von der Herdplatte zu nehmen.

Mittlerweile hatte auch der Reis jene Konsistenz erlangt, in der ich ihn bequem aus seiner Kasserolle in eine mit Schmalz ausgestrichene Ringform umfüllen konnte. Während ich das tat, fiel mir plötzlich auch eine mögliche Erklärung dafür ein, warum der Madonna in der Seitenkapelle ein Finger fehlte, obwohl das weder dem Pfarrer noch dem in dieser Hinsicht gewiss besonders sensiblen Guido Spitz aufgefallen war. Irgendjemand, dachte ich, musste ihn während der letzten Tage abgesägt oder abgebrochen haben. Warum er oder sie das getan haben könnte, war mir indessen keineswegs klar. Ebenso wenig wie ich trotz mancher ziemlich eindeutiger Verdachtsmomente immer noch nicht sagen konnte, wer der Mörder Etelkas und Margitas war. Es sprach allerdings ziemlich viel dafür, dass es sich dabei um jene Person handelte, die Klemens Blumreichs Buch über die drei Madonnen von Schattenbach zuletzt entliehen hatte.

Ich dachte an Etelka, an ihre verständlichen Ängste und ihre Lebenslust, vor allem aber auch an den wachen Intellekt, der sich hinter diesen beiden Eigenschaften verbarg. „O nein, ich will ja gerne leben.“ Genau so hatte sie Puschkin zitiert, als Loisl sie in Gewahrsam genommen hatte. Warum hieß es eigentlich nicht: „O ja, ich will ja gerne leben“? Der Satz schien mir damals schon widersprüchlich zu sein, und ich hatte mir vorgenommen, Etelka bei Gelegenheit einmal darauf anzusprechen. Genauso wie ich sie immer schon gerne einmal zum Essen eingeladen hätte. Dann würde sie jetzt vielleicht hier sitzen und mir in meiner Küche, die dann wohl auch picobello aufgeräumt wäre, dabei zusehen, wie ich meine Kokosgarnelen zubereitete.

Ich verscheuchte meine melancholischen Gedanken, indem ich den Reisring bei mittlerer Hitze ins Rohr schob und eine kleine Zwiebel fein hackte. Dann ließ ich etwas Fett in einer Pfanne zerlaufen, in der ich zunächst, nur für ein paar Sekunden, die abgetropften Garnelenschwänze schwenkte, bis sich die Poren verschlossen. Dann hob ich das Garnelenfleisch wieder heraus, ließ im restlichen Fett die Zwiebeln und Peperoni anschwitzen, löschte mit einem Schuss Essig und dem Garnelenfond ab und mischte die restlichen, grob gehackten Tomaten darunter.

Wenn ich Gäste habe, die mir beim Kochen zusehen, so findet sich in solchen Fällen meistens einer, der mich hochnotpeinlich befragt, warum in aller Welt ich Dosentomaten statt frischer Tomaten verwende. Sicherlich könnte ich mich einfach damit rechtfertigen, dass gerade keine anderen da sind. Doch in Wahrheit bedarf es solcher fauler Ausreden gar nicht. Wenn man nämlich nicht gerade in Apulien, Kampanien oder sonstwo im Süden wohnt, schmecken geschälte Pomodori aus der Dose meiner ehrlichen Überzeugung nach intensiver und aromatischer als jegliche Frischware. Dagegen schürt die makellose Schönheit besonders saftiger, blank polierter, fleischiger und adrett in einem Plastikkörbchen drapierter Tomaten aus dem Supermarkt lediglich den ohnedies keimenden Gen-Verdacht.

Außerdem binden die Dosenpelati gut. Schon nach fünf Minuten gemeinsamen Köchelns war die Flüssigkeit etwas eingedickt und wartete nur noch darauf, mit der Kokosmilch zu einer herrlich sämigen Sauce zu verschmelzen. Ich brauchte lediglich das ausgepuhlte Garnelenfleisch ein knappes Minütchen in der Sauce mitziehen zu lassen, und zwar eher kürzer als länger, da ich sie lieber glasig und hauchzart als fest und überkocht mag.

Nachdem ich die Kokosgarnelen im gestürzten Reisring angerichtet hatte, öffnete ich, weil der Riesling im abgetauten Kühlschrank viel zu warm war, eine Flasche Mezcal, der sich als geradezu idealtypischer Begleiter zum weiteren Verlauf der Schattenbacher Madonnengeschichte erwies, für deren Lektüre man einen guten Magen benötigte.

Reduzierte man das Büchlein auf das, was es war, blieb eine ziemlich banale, moralinsaure Parabel von einem mittelalterlichen Bildschnitzer übrig, den die Madonna für sein liederliches Leben bestrafte. Über weite Strecken las sich das Buch wie eine erbauliche Novelle, von der ich mir gewünscht hätte, Bocaccio und nicht Blumreich hätte sie geschrieben, denn dann wäre daraus vielleicht ein wirklich frivoles Histörchen geworden, das sich mit Vergnügen lesen ließ. Blumreich hingegen fehlte jegliche Leichtigkeit des Stils, er erzählte schwerzüngig und wurde nicht müde zu betonen, dass das, was schrieb, auf historischen Tatsachen beruhte. Die Geschichte handelte von einem anonymen Meister der Schnitzkunst, dem Blumreich, ohne nähere Beweise dafür anzuführen, gleich auch noch den weltberühmten Kefermarkter Altar zuschrieb. Nachdem er diesen vollendet hatte, schrieb Blumreich, kehrte der Künstler in seine Schattenbacher Heimat zurück und nahm vom damaligen Pfarrherrn den Auftrag an, für die Nikolauskirche eine Madonna zu schaffen. Er machte sich sofort auf die Suche nach einem geeigneten Modell und fand es auch in der Tochter des Schneiders von Schattenbach. Die Arbeit an dem Kunstwerk schritt voran, und unserem Künstler, der, wie Blumreich es formulierte, ein alter Schwerenöter war, blieb keineswegs verborgen, dass ihm das Schneiderstöchterlein wesentlich schönere Augen machte, als es einem Madonnenmodell zustand. Kurz vor der Vollendung des Marienbildnisses war es dann soweit, und die nachmittägliche „Sitzung" endete nach Einbruch der Dunkelheit auf des Künstlers Liegestatt. Was aus dem Mädchen wurde, beschreibt Blumreich nicht näher. Allerdings schildert er gleich über mehrere Seiten die darauf folgenden Gewissensqualen des Künstlers, den die Madonna für seinen Verstoß gegen das sechste Gebot damit bestrafte, dass sie ihm die Hand führte und ihn zwang, der Statue einen sechsten Finger zu schnitzen.

Der Bildhauer gestand seinem Pfarrherrn und Auftraggeber sein Vergehen in der Beichte und flehte den Himmel um Vergebung an. Doch die Madonna ließ sich nicht besänftigen, und der sechste Finger blieb an ihr dran.

Der Pfarrherr hingegen hatte Mitleid und erteilte dem Künstler einen zweiten Auftrag. Diesmal suchte dieser sich, vorsichtig geworden, ein weit weniger schönes Modell aus, nämlich die Frau des Nachtwächters. Sie war bereits in mittleren Jahren und hatte gröbere, bäuerlichere, aber auch mütterlichere Züge als ihre Vorgängerin. Verbissen arbeitete der Künstler an der Fertigstellung der zweiten Madonna, mit der er zwar nicht ganz so zufrieden war wie mit der ersten, deren Fertigstellung jedoch umso zügiger voranschritt, da der Bildhauer durch weibliche Schönheit nicht allzu sehr von seiner Arbeit abgelenkt wurde. Als der Madonna schließlich nur noch die rechte Hand fehlte, setzte die Nachtwächtersfrau dem Künstler einen Krug Wein vor, und der begann sich aus Freude über das bevorstehende Ende seiner Arbeit ziemlich arg zu betrinken. Nachdem er gerade den vierten Finger der Hand ausgefeilt und poliert hatte, brachte ihm die Küsterin, die durch den Beruf ihres Gatten sehr unter ihren einsamen Nächten litt, noch ein weiteres Glas Wein, und es gelang ihr, den Künstler in ihre Kammer zu locken und ihn dort zu verführen. Als dieser am nächsten Morgen wieder an die Arbeit ging und sich ans Ziselieren eines fünften Fingers machte, scheiterte unser Anonymus abermals. Erneut beichtete er seine Verfehlung dem Pfarrer, doch die Madonna verstand, wie es schien, auch diesmal keinen Spaß. Der Bildhauer mochte herumschnitzen soviel er wollte, bald war alles Holz abgeschabt, und es blieb bei vier Fingern.

Der Pfarrherr von Schattenbach hatte abermals ein Einsehen mit dem Künstler, erteilte ihm den Auftrag noch ein drittes Mal, beschloss aber, sich diesmal persönlich um die Wahl des Modells zu kümmern. Er bat die Äbtissin eines nahen Klosters, sie möge die schönste und edelste ihrer Nonnen beauftragen, dem Meister von Schattenbach für das Madonnenbildnis Modell zu stehen. Sie möge aber den Meister während der Arbeit bei gutem Essen und Trinken in eine Zelle sperren, von wo er sein Modell nur durch ein Gitter beobachten könne. Tatsächlich war die Nonne, die von der Äbtissin ausgewählt wurde, von so strahlender Schönheit, dass sie den Bildhauer zu einem wahren Meisterwerk von reinster Schönheit, tief empfundener Frömmigkeit und absoluter Vollendung inspirierte. Der jungen Nonne war von der Äbtissin ein strenges Schweigeverbot auferlegt worden. Doch auch die Äbtissin konnte sie nicht daran hindern mitanzuhören, wie unser Meister der Schnitzkunst sie Tag für Tag mit den schönsten Komplimenten überhäufte und ihr während der Arbeit immer und immer wieder erklärte, wie sehr er sie anbete. Doch die Nonne schwieg gehorsam, die Gittertür zwischen den beiden blieb verschlossen, und das Madonnenbildnis geriet unter den Händen des Bildhauers zu einem der schönsten und anmutigsten Gnadenbilder, die Europa jemals gesehen hatte.

Als das Werk vollendet war, wurde der Bildhauer von der Äbtissin ausbezahlt, die darum bat, das Kunstwerk noch eine Weile in der Klosterkapelle zu belassen, damit die Nonnen davor beten konnten, bevor es später in die Kirche von Schattenbach überstellt werden sollte. Als Meister Anonymus sein Werkzeug zusammenpackte, sah er darunter ein kleines Briefchen liegen, das die schöne Nonne nach ihrer letzten Sitzung durch die Gitterstäbe in seine Zelle geworfen hatte. Es enthielt ebenso viele Schilderungen ihrer Gewissensqualen wie heiße Liebesschwüre. Vor allem aber enthielt es einen Plan, wie der Künstler auf einem Schleichweg ins Kloster gelangen konnte, wo seine Angebetete in einem Schuppen im Klostergarten zu einer bestimmten Stunde auf ihn warten würde.

So also kam es, schrieb Blumreich, dass der Meister von Schattenbach auch sein drittes Modell schändete. Die Rache der Madonna war, wie zu erwarten, fürchterlich. Sie ließ nicht nur das Madonnenbildnis unverzüglich aus der Kapelle verschwinden, sondern sie nahm dem Meister von Schattenbach auch die Gabe seiner Hände. Fortan konnte er Holz zwar hacken und schlichten; sobald er sich einem Holzklotz jedoch mit dem Schnitzmesser näherte, versagte ihm der Himmel jegliche Kraft.

Der Künstler sah sich durch diese übernatürliche Maßnahme um sein Lebenswerk geprellt und gab – wie Männer das heute noch häufig zu tun pflegen – den Frauen die Schuld daran. Bevor er seinem Leben aus Verzweiflung ein Ende setzte, erklärte er in einem Abschiedsbrief, dass seine arme Seele erst Frieden finden könne, wenn die dritte Madonna wieder gefunden und seine Schuld mit dem Blut dreier Frauen gesühnt sein würde, deren Lebenswandel so liederlich wie der jener Modelle sei, die ihn, wie er schrieb, verführt hätten, sich an der Madonna zu versündigen. Erst wenn jede der drei ihr Leben und davor auch noch einen ihrer sündhaften Finger gelassen hätte, würde die einzige, wahre und unversehrte Madonna von Schattenbach wieder auftauchen und ihre schützende Hand in alle Ewigkeit über den Ort halten.

Diesen obskuren Abschiedsbrief behauptete Blumreich noch persönlich in der Stiftsbibliothek von Benediktbeuern eingesehen zu haben. Er räumte jedoch in einer kurzen Nachrede ein, dass das Dokument sich bereits zum Zeitpunkt der Veröffentlichung seines Werks nicht mehr dort befunden habe.

Es war also letztlich nichts als betulich formulierter historischer Humbug, was in diesem aus bibliophiler Sicht wohl gesetzten und schön gebundenen kleinen Bändchen stand. Und es sagte viel weniger über die Kunstwerke von Schattenbach aus als über die Psyche von Klemens Blumreich, die den echten Blutdurst hinter viel falscher Frömmelei kaum verhehlen konnte. Gewiss: Für einen abgebrühten Kalendersteinforscher wie mich reichten zwei, drei Gläschen Mezcal, um derlei zu verdauen. Was aber, wenn der Leser kein agnostisch gesinnter Archäologe, sondern ein fanatischer religiöser Eiferer war?

*

Pfarrer Seitel schien die Nacht in seinem Lederfauteuil verbracht zu haben. Nichts deutete darauf hin, dass er ihn seit unserem letzten Treffen verlassen hätte. Statt eines Frühstückskaffees stand noch immer die Flasche mit dem Brombeerlikör am Tisch. Seitels Augen zeigten nur noch einen matten Glanz, und unter ihnen zeichnete sich ein schwarz geränderter Trauerflor ab. Nein, da suhlte sich kein klerikaler Provinzpotentat im Besitz seiner barocken Machtfülle, vor mir saß vielmehr ein Häufchen Elend von einem Landpfarrer, der plötzlich die Welt nicht mehr verstand.

„Kommen Sie rein, Carozzi“, rief er mir schon von Weitem zu. „Setzen Sie sich und erzählen Sie mir, was Sie herausbekommen haben. Oder glauben Sie, ich hätte nicht bemerkt, dass Sie gestern noch drüben im Zimmer von Pater Canisius herumstöberten. Und das Buch, das auf seinem Bett gelegen ist, das haben Sie wohl auch mitgenommen.“

Ich setzte zu ein paar entschuldigenden Worten an.

„Ist schon gut“, unterbrach Seitel mich jedoch gleich und hielt einen Augenblick lang inne. „Aber ist es für Sie wirklich vorstellbar, dass Pater Canisius ein Mörder ist?“

„Für mich ist es das. Die Frage ist nur: Können Sie sich das auch vorstellen, Herr Pfarrer?“

Seitel überlegte kurz.

„Um die Wahrheit zu sagen: Ich kann es nicht. Andererseits will ich auch nicht unredlich Ihnen gegenüber sein, und da muss ich zugeben, dass da schon etliche Dinge in Zusammenhang mit der Person des Kooperators so, wie sie sich darstellen, ganz einfach nicht zusammenpassen.“

„Als da wären …?“

Der Pfarrer reagierte gereizt. „Sie müssen mich nicht so forsch ausfragen, junger Freund. Schließlich sind Sie kein Kriminalist, sondern …“

„… nur ein gottloser Archäologe, ich weiß.“

Nun lächelte Seitel, wenngleich eher entnervt als milde. „Nein, nein, Sie machen sich schon recht gut als, wie sagt man gleich in Amerika, *private eye*, sagt man nicht so? Nur sind wir halt nicht in Amerika, sondern in …“

„… Schattenbach. So ist es.“

„Das klingt so bitter aus Ihrem Mund, Herr Doktor. Andererseits haben Sie auch ein Recht darauf, ein wenig verbittert zu sein. Nicht als Christ, wohlgemerkt, aber als Angestellter der Gemeinde Schattenbach.“

„Was meinten Sie mit den Dingen, die nicht recht zusammenpassen?“, beharrte ich.

Pfarrer Seitel versuchte, sich gerade hinzusetzen, aber sobald seine Haltung einigermaßen aufrecht war, sackte er wieder nach unten ab.

„Canisius hat sich verändert während der letzten Tage.“

„Den Eindruck hatte ich auch. Am Freitagvormittag war er noch der freundliche, fußballspielende Kooperator, vielleicht nicht besonders sympathisch, aber noch am gleichen Abend trat er dann auf wie der Schwarze Mönch.“

„Das war allerdings, nachdem er Sie gerade beim Einbrechen in die Kirche ertappt hatte.“

„Das war kein Einbruch.“

„Lassen Sie uns das nicht wieder aufwärmen. Ich habe in dieser Sache Canisius gegenüber übrigens durchaus Ihre Partei ergriffen. Ich sagte, ich hätte an Ihrer Stelle ganz ähnlich gehandelt.“

„Und das sagten Sie, obwohl Sie wussten, dass ich dadurch dem Betrug mit der Schattenbacher Madonna womöglich auf die Schliche kommen könnte?“

„Ich tat noch mehr als das. Ich bat Pater Canisius, mir die Beichte abzunehmen, und gestand ihm unter dem Siegel des Beichtgeheimnisses, was ich Ihnen gestern Abend ohne jedes Siegel, sondern einfach um mein Gewissen zu entlasten, erzählt habe. Doch mir scheint, Sie wurden mit dieser Wahrheit leichter fertig als Canisius. Sie haben sich, wie ich hoffe, danach schlafen gelegt. Er hat hingegen sein Vokabular geändert und spricht seither nur noch von Sündenpfuhlen und einem rächenden Gott. Gestern ist er zu einer Fußwallfahrt aufgebrochen, um vom Herrn Kraft zu erflehen ...“

„... für einen dritten Mord, meinen Sie?“

„Gemach, gemach“, sagte der Pfarrer und holte tief Atem. „Noch ist Ihr Verdacht gegen den Kooperator keineswegs bewiesen.“

„Das Büchlein, das ich auf dem Bett von Pater Canisius gefunden habe, birgt jedenfalls etliche wertvolle Hinweise, finden Sie nicht?“

„Sie möchten wissen, ob ich es inzwischen gelesen habe, stimmt's? Ja, ich habe kurz hineingeschaut, als ich es auf dem Bett von Canisius liegen sah. Doch es war nicht die Art von Lektüre, die ich mir zum Brevierlesen wünsche. Außerdem entferne ich keine Bücher aus den Zimmern anderer. Das, lieber Herr Doktor Carozzi, ist Ihnen vorbehalten geblieben.“

Die folgende Stille gab mir ausreichend Zeit, mich zu räuspern.

„Es spielt auch keine Rolle“, fuhr Seitel fort. „Der ganze Blumreich spielt keine Rolle, auch wenn er in dieser Pfarrgemeinde gelebt und geschrieben hat. Ich habe mich, da in seinen Büchern viele heimatkundliche Anspielungen auf Schattenbach zu finden sind, schon früher einmal mit ihm beschäftigt. Aber er ist theologisch unerheblich und als Literat ein Produzent von Schmutz und Schund. Seine Bücher würden ein ganzes Regal füllen. Die meisten davon sind historische Romane, die er gerne als Augenzeugenberichte tarnte. Eines seiner bekannteren Werke handelt von Kaiserin Maria Theresia und Friedrich von Preußen, denen er angeblich eine geheime Liebesaffäre nachgewiesen hat. Blumreich gab sich immer den Anstrich, mit authentischem Material zu arbeiten. Aber je authentischer etwas klingt, desto kühner ist es meist erlogen."

Der Pfarrer schien in Sachen Blumreich in der Tat ein viel größerer Experte zu sein, als er bisher zu erkennen gegeben hatte.

„Und dass die Madonna mit den sechs Fingern in einem geweihten Gotteshaus nichts verloren hat, weil sie ein Symbol für das sechste Gebot ist", fragte ich nach, „hat das auch keinen historischen Hintergrund? Oder ist es vielleicht sogar der wahre Grund, warum die Madonna seinerzeit von der Kirche ins Museum überstellt wurde?"

Nun lachte Seitel wieder sein selbstbewusstes, überlautes Kirchenfürstenlachen. „Nein, das ist unter all seinen historischen Münchhausiaden vermutlich das dümmste, was Blumreich geschrieben hat", sagte er. „Tatsächlich ist die sechsfingrige Madonna ein Motiv, das es keineswegs nur in Schattenbach gibt, sondern das in der katholischen Ikonographie öfter einmal vorkommt. Katholische Kunsthistoriker meinen, es handle sich um einen eher wörtlich genommenen Fingerzeig dafür, dass die Madonna zwar eine Sterbliche gewesen sei, aber durch ihre Nähe zu Jesus doch eben mehr Macht als gewöhnliche Sterbliche besitze. Es ist eine Frage der Tiefe Ihres Glaubens, wie schlüssig Sie diese Interpretation finden. Aber mit dem sechsten Gebot haben die sechs Finger unserer Madonna von Schattenbach nun wirklich nichts zu tun."

„Canisius schien das anders zu sehen", erwiderte ich. „Vielleicht fühlte er sich, gerade nachdem er von Ihnen erfahren hatte, dass sich die Schattenbacher Honoratioren aus schierer Geldgier an ihrer Madonna versündigt hatten, berufen, den rächenden Engel zu spielen. Er brauchte sich, um das Verbrechen zu sühnen und die Reinheit der Madonna wiederherzustellen, nur genau an die Legende zu halten und das Blut jener Frauen zu vergießen, die, wie es bei Blumreich heißt, einen sündhaften Lebenswandel führten. Die Kandidatinnen dafür lieferte ihm Pettenhofer in seinem Felsenkeller, und die Tatwaffe holte er sich einfach aus der Werkstatt von Guido Spitz."

Der Pfarrer sah mich an, als hätte ich gerade ein Zauberkunststück vollführt, das zwar atemberaubend gut gelungen war, dessen Trick er aber schon längst kannte. Im Übrigen sagte er nichts.

„Was tut der Kooperator zur Zeit?", fragte ich. „Er ist tatsächlich auf einer Wallfahrt?"

„Genauso hat er das gesagt, ja. Er wollte für ein paar Tage nach Maria Schnee wallfahrten."

„Und das wissen Sie sicher?"

„Er hat es gesagt."

Ich sprang auf und ließ Seitel allein in seinem Büro zurück.

„Ist Ihnen klar, dass Zdenka in höchster Lebensgefahr ist?", fuhr ich ihn, schärfer als ich es eigentlich wollte, an.

Der Pfarrer sank wieder in sich zusammen, und seine schwarze Soutane schien erneut mit dem schwarzen Leder des Fauteuils zu verschmelzen. Als ich sein Arbeitszimmer schon durchquert hatte, raffte er sich jedoch noch einmal auf und rief mir nach.

Ich wandte mich um und sah, dass der Pfarrer sich nur noch mühsam aufrecht hielt.

„Brechen Sie über dem Kooperator nicht leichtfertig den Stab, Carozzi", sagte er. „Tun Sie es nicht, selbst wenn er Ihnen vielleicht verdächtig erscheint."

Ich war bereits im Korridor, als mir Seitel noch einmal nachrief: „Der Blumreich, wollte ich noch sagen, der lag erst auf dem Bett, nachdem Canisius schon längst zu seiner Wallfahrt aufgebrochen war. Ich weiß auch nicht, wie er dahin kam."

*

Wer einen Lada fährt, der sollte es nicht eilig haben. Selbst wenn man das Letzte aus dem alten Russen herauszuholen versucht, produziert er dabei zwar eine Dezibelstärke wie ein Kampfhubschrauber, fährt aber dennoch um nichts schneller als sonst.

Entsprechend genervt kam ich auf dem Galgenberg an, lief ins Asylantenheim und erfuhr dort, dass Zdenka bis Mittag als Kassierin im Spar-Markt aushalf. So lange sie an der Kasse saß, schien sie mir vor den Nachstellungen des Kooperators einigermaßen sicher zu sein, und ich konnte mich der vermutlich größten Herausforderung des Vormittags stellen, nämlich jener, Inspektor Loisl davon zu überzeugen, dass der mutmaßliche Mörder von Margita und Etelka Pater Canisius hieß, und dass er, so er sich weiter an das Drehbuch der Blumreich'schen Legende hielt, kurz vor seinem dritten Mord stand.

Ich wunderte mich also nicht, dass mir am Gendarmerieposten, nachdem ich meine kleine Geschichte mit allem Nachdruck, aber leider nur mit mangelnder Beweiskraft, erzählt hatte, statt Interesse offene Häme entgegenschlug.

„Sie sind ja ein wandelnder Fortsetzungsroman, Herr Doktor Carozzi", polterte Loisl mit einem für ihn untypischen ironischen Unterton los. „Alle halben Tage präsentieren Sie uns einen neuen Schluss. Wenn ich jeden festnehmen würde, den Sie gerade verdächtigen, wäre der Kotter schon voll."

„Als Sie die Roma verhaftet haben, war der Kotter auch gleich voll, und das hat Sie keineswegs gestört“, erwiderte ich trocken.

„Das waren aber auch nur Zigeuner, und die muss man sowieso unter Kontrolle behalten, gleichgültig, was sie gerade ausgefressen haben. Wäre es hingegen nach Ihnen gegangen, so säße jetzt schon der halbe Ort im Kittchen.“

„Vielleicht gehört er da ja auch wirklich hinein.“

Ich konnte mir die Replik nicht verkneifen, und Loisl reagierte erwartungsgemäß cholerisch. „Was wollen Sie mit dieser Unterstellung sagen?“, schrie er mich mit hochrotem Gesicht an.

„Dass die meisten hier unter einer Decke stecken“, erwiderte ich wahrheitsgemäß. „Sie selbst vielleicht ausnahmsweise nicht, Inspektor, aber auch nur vielleicht. Näheres zu diesem Thema wird Ihnen, denke ich, bald der Herr Pfarrer persönlich erzählen.“

„Der Herr Pfarrer? Haben Sie den etwa auch schon unter Verdacht? Sie machen sich ja lächerlich. Was soll denn der Herr Pfarrer mit den Morden zu tun haben?“

„Er hat mir zum Beispiel nur recht halbherzig widersprochen, als ich ihm aufs Gesicht zusagte, dass ich Canisius für den Mörder von Margita und Etelka halte.“

„Und das alles sollen wir Ihnen nur deshalb glauben, weil Sie irgendwo ein Legendenbuch gefunden haben, das fast zweihundert Jahre alt ist.“

„Canisius ist jedenfalls flüchtig. Und wenn Sie jetzt nicht sofort einen Fahndungsbefehl hinausgeben, so machen Sie sich mitschuldig, wenn in den nächsten Stunden ein dritter Mord geschieht.“

„Das Opfer kennen Sie natürlich auch schon?“ Loisl strich sich amüsiert über seinen Schnauzer.

„Das liegt doch auf der Hand. Es kann sich nur um Zdenka aus dem Asylantenheim handeln.“

„Natürlich. Um wen auch sonst? Und was, wenn ich nun annehmen würde, dass einer, der das nächste Opfer so genau kennt wie Sie, der wahre Täter sein könnte?“

„Ich dachte, diese Diskussion hätten wir schon hinter uns.“

„Ich sagte ja: sein könnte. Genauso wie Zdenka das dritte Opfer sein könnte. Wenn es sich beim nächsten Mordopfer, wie Sie uns weismachen wollen, um eine Person von zweifelhaftem Ruf handelt, dann könnte, ich betone: könnte beispielsweise auch Lisa Spitz das nächste Opfer sein. Aber nichts für ungut, Herr Doktor Carozzi. Von soviel Könnte kann ich mir nichts kaufen. Ich kann doch nicht jedes mögliche Opfer überwachen und jeden möglichen Täter verhaften lassen.“

Er sagte das mit einer so treuherzigen, aber gleichzeitig selbstzufriedenen Miene, dass ich einen Augenblick lang an meiner pazifistischen Gesinnung zu zweifeln begann. Ich blieb jedoch, so schwer es mir fiel, friedlich.

„Können Sie nicht wenigstens eine Suchmeldung aufgeben“, insistierte ich. „Ich meine, nur um in Erfahrung zu bringen, wo der Kooperator sich gerade aufhält. Nach dem vorliegenden Indizienmaterial müsste doch zumindest ein öffentliches Interesse daran bestehen, ihn zu den Verdachtsmomenten zu befragen.“

„Haben Sie denn überhaupt einen Anhaltspunkt, wo der Kooperator zur Zeit sein könnte?“

„Alles, was ich weiß, ist, was mir der Pfarrer gesagt hat: Er ist zu einer Wallfahrt nach Maria Schnee aufgebrochen.“

„Äußerst verdächtig. Ein Priester auf einer Wallfahrt“, ätzte Loisl weiter. „Da müssen wir womöglich noch den Grenzschutz in Marsch setzen. Wie, sagten Sie gleich, hieß der Wallfahrtsort?“

„Maria Schnee.“

Loisl tippte das Wort in den Polizeicomputer.

„Wissen Sie überhaupt, Herr Doktor, wie viele Orte namens Maria Schnee es in diesem Land gibt?"

„Nein", sagte ich resignierend. „Und eigentlich möchte ich das auch gar nicht wissen."

Ich stand auf, knallte die Tür zu und stellte, als ich draußen im Freien war, wieder einmal fest, dass es kein guter Morgen in Schattenbach war.

Ich überlegte kurz, ob ich zum Spar-Markt fahren und Zdenka sicherheitshalber vorwarnen sollte, kam von dieser Idee aber gleich wieder ab. Das würde sie, so fürchtete ich, nur in Panik versetzen, die zwar nicht grundlos, aber doch so lange überflüssig war, als sie vor allen Leuten im Supermarkt ihre Arbeit tat.

Stattdessen ging ich noch einmal in die Gemeindebücherei, um mir diesmal endgültig einen Überblick darüber zu verschaffen, wer in Schattenbach während der letzten Wochen oder auch Monate tatsächlich den Drang verspürt hatte, Klemens Blumreich zu lesen.

„Bin im Pfarrsaal. H." So stand es in gestochener Lateinschrift auf dem Zettel im Türspalt geschrieben, was wohl nichts anderes bedeutete, als dass Frau Zidibulks Vormittagskaffee mit Klothilde heute ausfallen musste. Ich ging also wieder zurück in den Pfarrhof, ließ das Pfarramt links liegen und betrat durch eine Nebentür direkt den Pfarrsaal, wo ich bereits die Engel singen hörte: „Halleluja, klatschet in die Hände, Jubel ohne Ende. Jesus lebt!" Inmitten der Engelschar, die allerdings durchwegs bunte Leggins und T-Shirts trug, klatschte Hermine Zidibulk als einziger ausgewachsener Trachtenengel den Takt dazu vor.

Der englische Chor verstummte augenblicklich, als ich eintrat, und Hermine Zidibulk sah mich feindselig an.

„Nun, haben Sie sich schon erholt von dem gestrigen Schock, Frau Zidibulk?", fragte ich freundlich, aber ohne aufrichtiges Mitgefühl.

„Sehen Sie nicht, dass Sie den Kommunionsunterricht stören? Es ist schwierig genug, diesen kleinen Wesen ein wenig Andacht beizubringen."

„Die kleinen Wesen müssen warten, Frau Zidibulk", sagte ich, ohne mich von ihr aus der Ruhe bringen zu lassen. „Es geht um Leben und Tod."

„Müssen wir jetzt sterben, Frau Zidibulk?", sagte eines der Wesen.

„Nun sehen Sie selbst, was Sie in dieser zarten Kinderseele angerichtet haben", tadelte mich Hermine Zidibulk, und es gelang ihr sogar, einen Anflug von schlechtem Gewissen in meine schwarze Seele einzupflanzen. Doch ich insistierte, um Zdenkas willen.

„Sie werden diese Kinder jetzt nach Hause schicken, Frau Zidibulk", sagte ich bestimmt, „und mit mir hinüber in die Gemeindebücherei gehen."

„Ich kann sie nicht nach Hause schicken, die Kommunionsstunde gilt als Religionsunterricht, und ich habe die gesetzliche Aufsichtspflicht, bis ich die Kinder wieder hinüber ins Schulgebäude gebracht habe."

„Dann machen Sie eben eine kurze Pause."

Frau Zidibulk schien ernsthaft mit ihrem Gewissen zu kämpfen, ob das denn statthaft sei. Doch dann wandte sie sich an ihre Schutzbefohlenen: „Kommt, setzt euch, Kinder, und beschäftigt euch still. Malt eure Schutzengel fertig und schreibt darunter, was ihr euch von ihnen wünscht. Wir reden nachher darüber."

Die Kinder, die bis zu diesem Zeitpunkt in einem Halbkreis rund um Frau Zidibulk gestanden waren, traten aus demselben heraus und verteilten sich auf die Tische und Bänke, wo vorgefertigte Schablonen von

Engelsfiguren darauf warteten, von den Kindern mit Buntstiften ausgemalt zu werden.

„Was wollen Sie von mir?“ Frau Zidibulk, die auf mich zugekommen war, zischte mich an, als wäre ich Satan persönlich.

„Ich will von Ihnen hören, an wen und für welche Zeitspanne das Buch von Klemens Blumreich entlehnt wurde, das ich mir am Samstagvormittag ausborgen wollte.“

Frau Zidibulk blickte nervös zwischen mir und den Kindern hin und her.

„Also kommen Sie schon, gehen Sie mit mir hinüber in die Bibliothek und zeigen Sie mir Ihre Eintragungen.“

„Warum sollte ich das?“, fragte sie in nahezu tonloser Entrüstung.

„Weil sonst womöglich gerade in diesen Minuten ein weiterer Mord passieren könnte, an dem Sie dann mitschuldig wären.“

Aus Hermine Zidibulks Gesicht entwich mit einem Mal jeglicher Anflug von Farbe.

„Ich brauche nicht mit Ihnen in die Bibliothek zu gehen. So viele Bücher werden in Schattenbach nicht entlehnt. Die Aus- und Eingänge der letzten Wochen kann ich Ihnen auch aus dem Gedächtnis referieren.“

„Dann strapazieren Sie Ihr wertes Gedächtnis doch bitte ein bisschen und fragen Sie es nach Klemens Blumreich aus.“

„Klemens Blumreich ist in unserer Bibliothek mit mehr als einem Dutzend Büchern vertreten. Er war einer der großen Söhne Schattenbachs.“ Wie sie das sagte, klang es ziemlich verbissen.

„Ich meine nicht, was er über die Liebesaffäre zwischen Kaiserin Maria Theresia und Friedrich dem Großen geschrieben hat, und auch nicht über jene zwischen Abraham a Sancta Clara und Rasputin“, erwiderte ich gereizt.

„Wir besitzen kein Werk über Rasputin", schnaubte Hermine Zidibulk, und ihr Gehirn versuchte sichtlich zu ergründen, was ich mit meiner letzten Bemerkung gemeint haben könnte.

„Vergessen Sie Rasputin", beruhigte ich sie. „Sagen Sie mir bitte lediglich, wer in den letzten Wochen Blumreichs ‚Drei Madonnen' ausgeborgt hat."

„Die waren schon ziemlich lange nicht mehr ausgeborgt, das weiß ich ganz genau. Mag sein, dass vor ein, zwei Jahren einmal der Kooperator auf der Entlehnerliste stand. Der hat noch jedes Buch gelesen, das direkt oder indirekt einen Bezug zur Heiligen Jungfrau hat. Aber das muss wirklich schon lange her sein."

„Könnte Guido Spitz es unlängst ausgeborgt haben?"

„Guido? – Der kam nie in die Bücherei, der schnitzte nur. Für seinen frommen Sinn genügte völlig, was der Pfarrer oder der Kooperator in der Sonntagspredigt sagten. Er hat Blumreich sicherlich niemals gelesen."

„Haben Sie ihn denn gelesen, Frau Zidibulk?"

Hermine Zidibulk pflanzte sich kerzengerade vor mir auf, scheiterte aber daran, dass ich einen Kopf größer war als sie.

„Es gibt in dieser Bibliothek kein Buch, das ich nicht gelesen habe. Denn hätte ich es nicht gelesen, so würde es niemals in diese Bibliothek aufgenommen worden sein. Verstehen Sie das, Herr Doktor Carozzi?"

„Ist ja gut", beschwichtigte ich sie. „Dennoch war das Buch, als ich es letzten Samstag ausleihen wollte, nicht vorrätig. Wie erklären Sie sich das?"

Die Direktheit meiner Anfrage schien sie zu verblüffen.

„Ich erinnere mich", sagte sie, „Sie wollten den Blumreich ausborgen, was leider nicht möglich war. Er war aber im strengen Sinne auch nicht entlehnt. Denn Sie müssen wissen, dass ich die Bücherei gemeinsam mit

Klothilde Munknast führe, ehrenamtlich, versteht sich. Das heißt, ich führe die Bibliothek, aber Klothilde, die gute Seele, ist mir dabei behilflich. Dafür steht ihr die Bibliothek, wie auch mir selbst, jederzeit für ihren eigenen Bedarf ohne alle Formalitäten zur Verfügung. Das ist das Mindeste."

„Selbstverständlich", erwiderte ich geflissentlich. „Und wann hat sie sich den Blumreich ausgeborgt?"

Hermine Munknast schüttelte den Kopf.

„Nein, nein, da geht es um Details, die nun wirklich unter das Bibliotheksgeheimnis fallen."

„Es gibt in diesem Land kein Bibliotheksgeheimnis", sagte ich, „aber es gibt eine Beihilfe zum Mord."

„Sie werden doch nicht etwa glauben, dass Klothilde ..."

„Natürlich nicht Klothilde. Aber sie wird möglicherweise als Zeugin benötigt werden. Also, jetzt sagen Sie schon, wann hat sie das Buch mitgenommen?"

Die gute Hermine blickte um sich wie ein gehetzter Hase, sah dann aber ein, dass es sinnlos war, jetzt noch einen Haken zu schlagen.

„Letzten Freitag, kurz nachdem wir davon erfahren hatten, dass die Madonna gestohlen worden war."

„Sie wollen vermutlich sagen, nachdem *Sie* die Madonna gestohlen hatten, Frau Zidibulk."

Sie starrte mich für eine ziemlich lange Schrecksekunde entgeistert an und wandte sich dann wieder den Kindern zu. „Ich rede jetzt überhaupt nichts mehr mit Ihnen", sagte sie, „warum sollte ich?"

„Ja, warum sollten Sie eigentlich wirklich?", wiederholte ich ihre Frage, während sie sich bereits wieder ihrem nächsten Vorhaben zuwandte und aus einem Pappkarton einige Wattebäusche hervorzog.

„Also Kinder, aufgepasst. Jeder zeigt jetzt, was er aus seinem Schutzengel gemacht hat. Und diejenigen mit den schönsten Arbeiten bekommen als Belohnung von mir eine Locke Engelshaar geschenkt. Zum Aufkleben."

*

Die Tür mit dem Sonnengesicht war nicht verriegelt, doch Klothilde war alles andere als erfreut, als sie mich ins Wohnzimmer kommen sah. Sie schien allein im Haus zu sein, trug einen Morgenmantel aus silbergrauer Seide und war gerade dabei, eine Gesichtsmaske aus Gurkenschalen aufzulegen.

„Du hättest vorher anrufen können", sagte sie harsch. „Man ist nicht zu jeder Zeit für jeden empfangsbereit."

„Du siehst niedlich aus mit den vielen Gurken in deinem Gesicht", erwiderte ich neckisch, und ihre Augen blitzten finster zwischen den grünen Schnitzen hindurch. „Ich dachte, ihr habt das gerne am Land, dass jeder jederzeit überall hineingehen kann. Doch keine Angst, ich werde dich nicht lange aufhalten."

„Jetzt, wo du schon einmal da bist, kannst du dich ruhig auch setzen", sagte sie und begann die Gurkenstreifen, einen nach dem anderen, wieder abzunehmen. Die Stimmung, die darunter auf ihrem Gesicht zum Vorschein kam, schien morgendlich trüb zu sein, und das wohl gefüllte Schnapsglas, das neben der geschälten Gurke stand, verriet mir auch warum.

„Normalerweise bin ich um diese Zeit drüben in der Gemeindebibliothek", fuhr Klothilde fort. „Aber da Hermine heute ihre Kommunionsstunde hat, habe ich beschlossen, einmal etwas für mich selber zu tun."

„Sehr gescheit", sagte ich. „Und ... helfen die Gurken?"

„Wogegen?"

„Weiß ich doch nicht. Gegen das Altern, gegen den Morgenkater, vielleicht auch nur gegen die Gegend. Du wirkst nicht besonders aufgeräumt, wenn ich das sagen darf. Ist das vielleicht der Grund, warum du dich in letzter Zeit mit Erbauungsliteratur beschäftigst?“

„Welche Erbauungsliteratur?“ Sie schien ehrlich verblüfft zu sein.

„Klemens Blumreichs Büchlein über die drei Madonnen von Schattenbach, erinnerst du dich? Du hast es aus der Gemeindebibliothek entliehen.“

„Hermine und ich müssen nichts entlehnen, wir können uns die Bücher, die wir wollen, ganz einfach für unbestimmte Zeit mitnehmen. Das ist gewissermaßen unser Honorar für den ehrenamtlichen Dienst.“

„Das hat mir Frau Zidibulk schon erzählt. Was sie mir allerdings nicht erklären konnte, war, warum du übers letzte Wochenende gerade dieses Buch mitgenommen hast. Immerhin hättet ihr ja auch ‚Doktor Schiwago‘ auf Lager gehabt und, wie ich Frau Zidibulk kenne, sicherlich auch die ‚Dornenvögel‘.“

„Schnüffelst du jetzt hinter meinen Lesegewohnheiten nach, oder was?“

„Nein, es war nur so eine Frage. Ich hätte aber trotzdem gerne eine Antwort darauf. Das Buch steht nämlich in unmittelbarem Zusammenhang mit dem Madonnenraub.“

„Und was soll ich damit zu tun haben?“

„Ich nehme an, gar nichts“, antwortete ich ohne rechte Überzeugungskraft. „Also sag schon, warum du es ausgeborgt hast.“

„Sebastian hat es gebraucht, für sein Religionsreferat. Der Kooperator hat ihn darauf hingewiesen, dass es in der Gemeindebibliothek vorrätig sei. Also hat mich Sebastian gebeten, es auszuborgen, und ich habe es noch am selben Tag von drüben geholt. Ich kann mir allerdings nicht vorstellen, dass dir diese heiße Information bei deinen Nachforschungen hilft.“

Ihre Stimme wurde wieder etwas wärmer. „Aber du kannst ja wenigstens auf einen Kaffee bleiben.“

Ich gab ihr keine Antwort, und sie schien auch keine zu erwarten.

„Deine Wangen schauen immer noch ziemlich mitgenommen aus“, sagte Klothilde, nachdem sie mich ausgiebig gemustert hatte.

„Ich weiß“, erwiderte ich, „aber mir legt ja auch niemand kalte Gurkenschalen drauf.“

Klothilde lachte wieder, diesmal sogar ziemlich verführerisch.

Ich verzichtete dennoch auf den Kaffee und ließ die Bürgermeisterin einigermaßen ratlos zurück.

Die Mittagsstunde nahte, und ich wollte Zdenka nicht verpassen – was ich allerdings prompt tat. Der Spar-Markt war zum Bersten voll, aber hinter keiner der Kassen saß Zdenka. Sie habe sich wegen Übelkeit entschuldigt und sei zehn Minuten früher als vereinbart gegangen, erklärte mir die Kollegin von der Nachbarkasse, eine Frau mittleren Alters mit Dauerwellen und einem ziemlich verhärmten Gesicht. Sie war alles andere als gut auf Zdenka zu sprechen. Sie müsse nun die Kunden von zwei Kassen alleine bewältigen, sagte sie, und das noch mitten in der Stoßzeit. Aber so sei das nun einmal mit denen aus dem Asylantenheim, die kenne man ja.

Ich fuhr also vom Spar-Markt quer durch die Schattenbacher Altstadt in Richtung Galgenberg. Als ich, unweit des Gendarmeriepostens, mit meinem Wagen über das alte Kopfsteinpflaster in einer der engen Einbahngassen rumpelte, lief mir Pater Canisius nur wenige Meter vor meiner Windschutzscheibe über den Weg. Bevor ich ihm zuwinken konnte, war er allerdings bereits in die nächste Seitengasse eingebogen. Ich hielt an, ließ den Lada mitten auf der Straße stehen und suchte die benachbarten Seitengässchen vergeblich ab. Hinter meinem Lada begann unterdessen schon das obligate Hupkonzert. Ich lief also zurück, bevor Loisl meinen Wagen womöglich noch abschleppen ließ.

Maria Schnee, von wegen.

*

Selbstverständlich habe ich eine gewisse Ahnung davon, wie eine griechische Kithara, eine Syrinx-Panflöte oder auch eine antike Wasserorgel funktionierten. Ich weiß sogar, dass die erste Lyra von Gott Hermes selbst gebaut wurde, und zwar aus einem ausgeweideten Schildkrötenpanzer. Wer einmal Archäologie studiert hat, kennt sich mit solchen Sachen einfach aus. Irgendwann habe ich daher auch gelernt, dass eine Cymbala ein Schlaginstrument aus dem klassischen Altertum ist, aus dem sich später die Tschinelle entwickelt hat. Doch da ich mich seither eher Tempelgräbern und Kalendersteinen zugewandt habe, ist mir ein Cymbal nicht mehr untergekommen. Umso ausführlicher wurde ich jetzt von Serge in seinem wohltönenden Zigeunerfranzösisch über das wahre Wesen dieses Instruments aufgeklärt. Er wollte mir offensichtlich etwas Gutes dafür tun, dass ich ihn in der Einsamkeit des Gemeindekotters vor seinem Mulo beschützt hatte, und so ließ er es auch nicht an Ausführlichkeit fehlen. Ein Cymbal, erklärte er mir, sei für die Zigeunermusik ungefähr so bedeutend wie ein Bösendorfer für ein Klavierkonzert von Beethoven oder Liszt. Mit einem solchen Konzertflügel habe das Cymbal, obwohl es eigentlich eher eine Art Hackbrett sei, den Rahmen und die Saitenbespannung gemeinsam. Es sei ganz einfach ein trapezförmiges Holzgestell mit vielen Metallsaiten, die mit zwei Klöppeln angeschlagen oder gelegentlich mit den Fingern gezupft würden. Er selbst, sagte Serge, spiele lieber das kleine Cymbal, das man sich als Musiker bequem über Hals und Bauch hänge. Die hohe Schule sei freilich das große Cymbal, das wie ein Vibraphon auf vier Beinen aussehe und dem man die Klänge eines ganzen Orchesters entlocken könne.

„Du brauchst dir nur irgendeine Melodie zu wünschen, und ich spiele sie dir vor", sagte Serge.

„Jede?", fragte ich skeptisch.

„Nein, nicht jede", erwiderte Serge. „Aber jede gute."

Womit er mich in eine echte Zwickmühle brachte. Ich wollte ihm einerseits den Wunsch nicht abschlagen, sich für meine tröstenden Worte im Gefängnis zu revanchieren. Andererseits hatte ich nicht die geringste Ahnung, welche Melodie ich mir wünschen sollte. Mit Zigeunerfolklore hatte ich noch nie viel anfangen können, und ich konnte ihn ja auch nicht gut um den Elektra-Akkord oder den Einmarsch der Königin von Saba aus Händels Oper „Salomon" bitten.

„‚In the mood'", sagte ich schließlich nach langem Nachdenken. „Kannst du ‚In the mood' spielen?"

Serge spielte, ja vielmehr hackte es mit einer Souveränität, die Miles Davis alle Ehre gemacht hätte.

Das änderte freilich nichts an der Tatsache, dass er mir mit seinem gut gemeinten Privatkonzert die Zeit stahl. Schließlich hatte ich, nachdem ich nun schon das zweite Mal an diesem Tag auf den Galgenberg gefahren war, nur harmlos angefragt, ob jemand aus der Taraf-Gruppe Zdenka gesehen habe. Doch da war ich auch schon mitten in eine kleine Feierstunde anlässlich Serges unerwarteter Rückkehr gefallen. Der Mulo, sagte er mir, sei zwar noch nicht verschwunden, habe sich aber immerhin in den Wald hinter den Weingärten verzogen, was Serge eindeutig als Fortschritt zu betrachten schien. Und dann war da auch noch dieses zarte, dunkeläugige Mädchen, das sich von allen am meisten über Serges Rückkehr zu freuen schien und mich nicht weggehen lassen wollte, bevor ich von ihrem Satarasch gekostet hatte, einem Schmortopf aus Tomaten, Paprika, Zwiebeln, Schweine- und Hühnerfleisch, der tatsächlich kostenswert war.

„Sie müssen einen Schluck von unserem Aprikosenschnaps dazu trinken“, hatte das Mädchen gesagt, und mir ein Glas eingeschenkt, so großzügig, als handle es sich um Weißwein. Der Schnaps verströmte das Aroma eines ganzen Marillenbaums. Serge hatte mittlerweile „In the mood“ zu einem swingenden Ende gebracht und heischte nach neuen Aufträgen.

„Was ist mit Zdenka?“, fragte ich.

„Zdenka wird bald da sein“, erwiderte Serge. „Aber was soll ich inzwischen spielen?“

„Ich kenne mich wirklich nicht aus mit Romamusik“, sagte ich ausweichend.

„Kennst Du ‚O Tsigan ave o casá‘?“ fragte Serge, „das Lied von dem Zigeuner, der ein Haus besaß?“

„Nie gehört“, erwiderte ich wahrheitsgemäß.

„Du wirst es gleich kennenlernen“, sagte Serge und grinste.

„Noch ein wenig Satarasch?“, fragte mich seine Gefährtin. Ich stopfte folgsam noch einen weiteren Bissen in mich hinein, tunkte die Sauce mit etwas Tarhonya auf und sah, als ich mich unter dem Sonnensegel, das vor dem Wohnwagen aufgespannt war, allmählich wohl zu fühlen begann, Pfarrer Seitels Papamobil vorbeifahren. Ich wollte dem Pfarrer schon winken, als ich bemerkte, dass nicht er das Fahrzeug lenkte, sondern der Kooperator. Was mich allerdings noch wesentlich mehr irritierte, war die Tatsache, dass neben ihm eine munter plaudernde Zdenka saß. Ich lief dem Wagen nach, doch der Kooperator machte keinerlei Anstalten stehenzubleiben. Also unterbrach ich meine Studien in Sachen Romamusik so jäh, dass Serge dies nur als unfreundlichen Akt empfinden konnte. Ich gab, so schnell ich dazu in der Lage war, meinem Lada Vollgas und folgte jener geschotterten Fahrstraße, in die auch der Kooperator gerade eingebogen war. Sie führte durch den dichten Mischwald, der sich unmittelbar ans Weinland anschloss und bis hinauf an den Kamm zog, der das Stromtal nach Norden abgrenzte. Canisius hatte ein paar hundert Meter Vorsprung, und obwohl ich mir alle Mühe gab, meinem Lada die letzte Pferdestärke zu entlocken, schien Gottes Segen eher über Setels Wagen als über meiner alten Karre zu liegen, die immer weiter zurückfiel, bis ich den Kooperator aus meiner Sichtweite verloren hatte.

Ich gab dennoch nicht auf und fuhr die Forststraße, so schnell ich konnte, weiter bergauf, bis ich an einer jener aus Holzpflöcken errichteten Aussichtswarten angelangt war, mit denen die national gesinnten Verschönerungsvereine Ende des neunzehnten Jahrhunderts so gerne ihre Hügelkuppen schmückten. Vielleicht, so hoffte ich, könnte ich von dort oben sehen, in welche Richtung Canisius fuhr.

Auf einer verwitterten kleinen Tafel aus getriebenem Kupfer waren noch ein paar Zeilen eines treudeutschen Heimatliedes zu erkennen. Der Aufgang zur Warte führte durch ein kleines Blockhaus, aber die Türe sah auf den ersten Blick recht verriegelt aus. Das Vorhängeschloss am Türriegel war jedoch von ungeduldigen Wanderern aus der Verankerung gerissen worden, weshalb ich problemlos eintreten konnte. In der Hütte roch es nach Harz und Urin, und der Geruch schien mir sogar noch intensiver zu werden, je weiter ich die mindestens hundert Stufen da kreuz und quer im Eiltempo hinauflief, bevor ich endlich oben an der Aussichtsterrasse angelangt war. Ich holte tief Luft und wartete, bis sich die Wälder um mich herum zu drehen aufhörten. Erst als ich wieder einigermaßen zur Ruhe gekommen war, fiel mir das an der hölzernen Brüstung montierte Münz-Fernrohr auf. Ich kramte in meinen Taschen herum und fand tatsächlich ein Geldstück, das passte. So konnte ich mir über etliche Baumschneisen und Waldrücken hinweg einen Überblick über den weiteren Verlauf der Serpentinenstraße verschaffen, auf welcher der Kooperator mangels anderer Verkehrswege unterwegs sein musste. Ich folgte dem weißen Band, das sich nach Norden schlängelte, bis es hinter einem Buchenhain endgültig verschwand. Canisius und sein Papamobil sah ich auch in der Vergrößerung des Fernrohres nicht mehr. Dafür erlebte ich einen jener wahrlich raren Momente, in dem ich es aufrichtig bedauerte, kein Handy zu besitzen. Dann hätte ich wenigstens Inspektor Loisl auf die Fährte des Kooperators hetzen können. Mit welchem Erfolg, war allerdings fraglich. „Wenn ein Geistlicher und eines seiner Pfarrkinder miteinander unterwegs sind, so ist das beileibe noch kein Verbrechen", hörte ich Loisl schon sagen.

Ich fuhr zurück auf den Galgenberg, wo mein Satarasch inzwischen kalt geworden war. In der ehemaligen Schankstube des jetzigen Asylantenheims fand ich einen alten Fernsprechautomaten, der zu meiner großen Überraschung sogar funktionierte. Mein kurzes Gespräch mit Loisl verlief allerdings genau so, wie ich es befürchtet hatte. Es endete mit einem lapidaren Hinweis des Inspektors auf die unendliche Weite der Wälder nördlich von Schattenbach. Immerhin bat mich Loisl jedoch, ihn zu informieren, falls ich neue Informationen hätte, und das war doch wenigstens ein kleiner Hoffnungsschimmer.

Wie ich an solche Informationen kommen hätte sollen, war mir allerdings schleierhaft. Ich war zwar überzeugt davon, unmittelbar vor der Entlarvung eines Mörders zu stehen, doch ich sah mich außerstande zu verhindern, dass dieser – vermutlich sogar in diesen Minuten – seinen dritten Mord beging.

Eher einem Reflex als einer tatsächlichen Ahnung folgend, ging ich in den langen Korridor entlang, um in

Zdenkas Zimmer vielleicht doch noch etwas zu finden, das mir in dieser aussichtslosen Situation weiterhalf. Es stand zu allerdings befürchten, dass es da, von dem kleinen Hausaltar mit den Fotos ihrer ermordeten Gefährtinnen und dem selbstleuchtenden Herzen Jesu einmal abgesehen, nur wenig Erhellendes gab. Aber vielleicht fanden sich ja doch noch eine flüchtig hingekritzelte Nachricht, eine Tagebuchaufzeichnung oder ein anderer Hinweis, warum Zdenka sich so auffallend freiwillig auf den Beifahrersitz neben Pater Canisius gesetzt hatte.

Die Stille im Korridor wurde vom heiseren Lautsprecher des alten Radios durchbrochen, aus dem Nachrichten in einer slawischen Sprache ertönten, die ich nicht näher bestimmen konnte. Als ich in Zdenkas Zimmer eintrat, verstummten die Nachrichten, und ich sah nicht ohne eine gewisse Verblüffung, dass Sebastian Munknast auf Zdenkas Bett herumlungerte.

Zdenkas Zimmer sah so kahl und schlicht aus wie stets, wenngleich mir irgendetwas nicht hierher zu gehören schien. Vielleicht waren es aber auch nur Sebastians gockelhafte Designerklamotten, die mir in der Umgebung des Asylantenheims nicht nur geschmäcklerisch, sondern fast obszön vorkamen.

„Was machst denn du da?“, fragte ich und konnte mein Erstaunen kaum verbergen.

„Das Gleiche könnte ich Sie fragen“, erwiderte Sebastian aufsässig.

„Ich suche Zdenka“, sagte ich.

„Genau das tue ich auch“, antwortete Sebastian in der gleichen trockenen Tonlage.

Nach einer längeren Schweigeminute startete ich einen neuerlichen Versuch, mit dem Siebzehnjährigen, den ich kaum kannte, ins Gespräch zu kommen.

„Ich wusste gar nicht, dass du mit Zdenka bekannt bist.“

„Ich wusste auch nicht, dass Sie mit Zdenka bekannt sind", setzte er das Katz-und-Maus-Spiel, das zugegebenermaßen ich begonnen hatte, fort.

„Und warum bist du hier?", fragte ich.

„Weil ich mit Zdenka verabredet bin, darum. Ich weiß übrigens auch, warum Sie hier sind."

„Warum?"

„Weil Sie einen zweifachen Mörder suchen. Ich darf Ihnen gratulieren. Er steht gerade hinter Ihnen."

Als ich mich erschrocken umwandte, stand tatsächlich der Kooperator in der Tür.

„Ich dachte, Sie seien in Maria Schnee", sagte ich.

„Ich war in Maria Schnee", antwortete er. „Das ist eine schöne Wallfahrtskirche auf einer Lichtung mitten im Nordwald. Dazu gehört auch ein kleines Kloster, in dem noch einige Clarissinnen leben, zu denen ich Zdenka soeben gebracht habe, um sie vor dem jungen Mann hier zu schützen."

Er zeigte auf Sebastian.

„Glauben Sie ihm kein Wort", erwiderte dieser. „Der da hat Margita und Etelka umgebracht. Er ist ein religiöser Spinner, der Madonnen liebt und Frauen hasst. Ich weiß, wovon ich rede. Wir werden mit diesem Scheiß von ihm schon seit Jahren im Religionsunterricht vollgestopft."

„Gib mir das Messer, das du Guido Spitz gestohlen hast, Sebastian", sagte der Kooperator und vermied es dabei sichtlich, Sebastian allzu nahe zu kommen. Ich saß genau zwischen den beiden und fühlte mich entsprechend unbehaglich.

„Ich weiß, dass du das Messer hast. Gib es her", wiederholte der Kooperator. „Du brauchst dich nicht zu verstellen. Ich kenne die Wahrheit."

„Welche Wahrheit?"

Der Kooperator zog einen kleinen Zettel aus seiner Westentasche und hielt ihn zuerst mir und dann dem

Jungen unter die Augen. Mit rotem Kugelschreiber war eine angedeutete Knospe darauf gekritzelt, und daneben stand: „Du geheimnisvolle Rose."

„Das habe ich in deinem Religionsheft gefunden, das du heute abgegeben hast, Sebastian. Kennst du es wieder?"

„Er lügt", schrie Sebastian und wandte sich zu mir. „Glauben Sie ihm nicht, er lügt. Er hat den Zettel selber geschrieben und will mir die beiden Morde in die Schuhe schieben."

Ich wusste nicht recht, was ich darauf antworten, und schon gar nicht, wie ich mich in dieser Situation weiter verhalten sollte. Doch dann wurde mir mit einem Mal klar, was sich in Zdenkas Zimmer gegenüber dem letzten Mal verändert hatte. Zwischen den beiden Fotos von Margita und Etelka lag eine noch nicht aufgeblühte und daher auch recht unscheinbare Biedermeierrose, die Sebastian offensichtlich zu seinem Date mit Zdenka mitgebracht hatte.

Während ich noch über die „geheimnisvolle Rose" aus der Lauretanischen Litanei und vor allem darüber nachdachte, ob das Mitbringen einer Rose tatsächlich einem Schuldbekenntnis gleichkam, hatte der Kooperator Sebastian jedoch bereits gepackt und ihm mit einem schnellen Griff beide Hände auf den Rücken gedreht.

„Los, Doktor, durchsuchen Sie seine Taschen", rief mir Canisius zu.

Ich zögerte einen Augenblick.

„Schnell, machen Sie schon", wiederholte der Kooperator.

Ich brauchte nicht lange zu suchen, bis ich in seinem Armani-Blouson auf einen länglichen Gegenstand stieß, der sich als eines von Guido Spitzs ausklappbaren Schnitzmessern herausstellte. Sobald ich es in der Hand hielt, sackte Sebastian in sich zusammen und gab jeden Widerstand auf.

„Ich denke, es ist besser, wenn ich Inspektor Loisl anrufe“, sagte Canisius. „Ihnen glaubt er womöglich nicht.“

„Ja, womöglich“, wiederholte ich, wohl wissend, was er damit meinte.

„Ich muss mich bei Ihnen entschuldigen“, fügte Canisius hinzu. „Ich habe tatsächlich eine Weile geglaubt, dass Sie in den Diebstahl der Schattenbacher Madonna verwickelt waren. Den Mord habe ich Ihnen in Wahrheit nie zugetraut. Aber dieser Verdacht hat sich inzwischen von selbst entkräftet.“

„Ist schon gut“, sagte ich und konnte mein Erstaunen über seine Freimütigkeit kaum verbergen. „Der Fernsprecher draußen funktioniert übrigens noch.“

„Ich habe ein Handy“, sagte der Kooperator. „Wir marianischen Priester sind nicht alle rückschrittlich.“

Ich musste lächeln, und zwar umso mehr, als das Handy nicht funktionierte.

„Vielleicht ist draußen der Empfang besser“, sagte der Kooperator entschuldigend.

„Möglicherweise landen Sie ja doch zuletzt noch in der Fernsprechzelle.“

Der Kooperator ging und ließ mich mit Sebastian, der unser Geplänkel ohne jede Regung mitangehört hatte, zurück. Ich setzte mich auf eines der beiden freien Betten, sah ihm in die Augen, deren Schnitt mich deutlich an die Züge seiner Mutter erinnerte, und fragte nur: „Warum?“

Es dauerte eine ganze Weile, bis Sebastian antwortete. Ich glaubte zwar zu spüren, dass der Siebzehnjährige unmittelbar vor einem Gefühlsausbruch stand, womit er mir jedoch begegnete, war eine geradezu erstaunliche Apathie.

„Ursprünglich wollte ich nur die Madonna zum Bluten bringen, um den Kooperator zu ärgern und ein bisschen Aufsehen zu erregen“, sagte er mit sichtlicher Mühe.

„Wann wolltest du die Madonna zum Bluten bringen?“, fragte ich.

„Ist schon ein halbes Jahr her. Es hätte wie ein richtiges Wunder aussehen sollen. Frau Zidibulk wäre sicher darauf reingefallen, und ich wette, Pater Canisius auch. Ganz Schattenbach hätte verrückt gespielt.“

„Und das wolltest du, dass ganz Schattenbach verrückt spielt.“

„Da braucht es nicht viel zu spielen. Verrückt lassen die sich in Schattenbach ganz von alleine machen. Aber leider hat der Trick mit der Hydraulik nicht funktioniert. Dabei hat Otto einen tollen Mechanismus ausgetüftelt. Wir hätten es mit Kaninchenblut gemacht. Aber dann ist es nicht aufgestiegen, das Blut. Und vorige Woche ist dann auch noch die Sache mit meiner Mutter dazugekommen.“

„Was hat der Mord an Margita und Etelka mit deiner Mutter zu tun?“, fragte ich zwar ein wenig scheinheilig, aber doch in der Hoffnung, dadurch ein wenig mehr aus ihm herauszuholen.

Doch Sebastian schwieg.

„Was hat deine Mutter damit zu tun?“, wiederholte ich, diesmal schon ziemlich genervt.

„Sie sind noch nicht lange in Schattenbach. Aber wissen Sie, was es heißt, mit jemandem verheiratet zu sein, der als Ehemann längst tot ist, aber als Bürgermeister immer noch lebt? Vielleicht würden auch Sie sich dann schon in aller Früh besaufen. Und vielleicht hätten auch Sie schon zwei Selbstmordversuche hinter sich.“

„Ich habe deine Mutter kennengelernt, und sie machte mir den Eindruck einer äußerst vernünftigen Frau“, log ich in einem seifigen Ton, der mir selbst nicht gefiel. Sebastian ließ sich dadurch jedoch nicht irritieren.

„Letzte Woche hat Mama dann plötzlich ganz ehrlich mit mir geredet“, fuhr Sebastian fort. „Wenn diese

Weiber nicht verschwinden, hat sie gesagt, dann bringe ich mich um, und zwar diesmal endgültig."

„Und woher hast du gewusst, welche ‚Weiber' sie damit meinte?"

„Ach, tun Sie doch nicht so. Das weiß doch jeder im Ort, dass mein Vater und mein Onkel es die ganze Zeit schon mit den drei Huren aus dem Asylantenheim treiben."

„Zdenka hat mir aber erzählt, du selbst seist in Margita verliebt gewesen."

„Was Sie alles wissen", antwortete Sebastian eher verächtlich als erstaunt. „Aber das war nur ganz am Anfang. Da war ich verliebt in sie, da haben Sie schon recht."

„Was brachte dich dann dazu, deine Meinung über Margita zu ändern?"

„Sie hat sich mit den beiden Neffen meines Onkels eingelassen, die in Wahrheit seine unehelichen Kinder sind. Aber auch das weiß jeder im Ort. Dabei erklärte mir Margita immer wieder, dass sie nur mich liebe. Aber das galt nur so lange, bis sie in den Felsenkeller ging. Also war sie doch eine Hure."

„Und deswegen musste sie auch als Erste sterben."

„Ich hätte den Anfang genauso gut mit Zdenka oder Etelka machen können", sagte er, und das nervöse Zittern seiner Augenlider bestärkte mich in meiner Vermutung, dass er nicht die Wahrheit sagte.

„Du hast Margita ermordet, weil du eifersüchtig warst, gib es zu. Und erst danach hast du dir, um den Verdacht von dir selbst abzulenken, die Geschichte mit den Ritualmorden ausgedacht."

Das nervöse Zwinkern verschwand.

„Mir ging es nur darum, dass meine Mutter am Leben blieb", beharrte er.

„Und deswegen hast du einfach zwei Menschen ermordet und wolltest soeben einen dritten Mord begehen."

Sebastian dachte kurz nach und sagte: „Hätte ich etwa meinen Vater töten sollen? Auch wenn er es verdient hätte?“ Abermals schien Sebastian kurz vor einem Weinkrampf zu stehen. Doch er fasste sich gerade noch einmal. „Außerdem kann man meinen Vater nicht töten, selbst wenn man es möchte. Der ist sowieso schon tot. Da fand ich es schon besser, ihn mit dem Wissen zu bestrafen, dass er einen Sohn hat, der ein Mörder ist. Das wird ihm peinlich sein. Und wenn Sie nicht draufgekommen wären, so hätte ich es ihm spätestens morgen ins Gesicht gesagt, sobald auch Zdenka tot in der Kirche gefunden worden wäre: Ich bin ein Mörder, Papa! Aber es nützt nichts. Jetzt musst du mich decken, ich bin dein Sohn!“ Sebastian lachte schrill auf. „Der Alte hätte gelitten wie ein Schwein. Ans Messer geliefert hätte er mich jedoch ganz sicher nicht. So viel Familiensinn hat man immer noch, bei uns in Schattenbach.“

Nachdem Sebastian seine Geschichte mit einem fast kindlichem Pathos erzählt hatte, verbarg er sein Gesicht hinter beiden Händen und beugte den Kopf vornüber, als wollte er nicht, dass jemand sah, wie er weinte.

„Du hast das alles doch nicht allein inszeniert?“, fragte ich, als er die Hände wieder vom Gesicht genommen und sich etwas beruhigt hatte.

„Doch, doch, das habe ich“, beharrte er. „Otto hat mir lediglich geholfen, die beiden Leichen in die Kirche zu schaffen. Er war es übrigens auch, der die abgeschnittenen Finger bei Ihnen und Frau Zidibulk hinterlegt und Ihnen dabei einen kleinen Nasenstüber versetzt hat. Ich habe ihm gesagt, er sei es seiner Mutter schuldig, mir zu helfen. Er hat das auch eingesehen. Seine Mutter ist ebenfalls ein Opfer. Er selbst übrigens auch. In der Welt unserer beiden Väter haben die alten Geldsäcke das Sagen, die Mütter sind hysterisch und die Kinder sind immer nur die Versager.“

Ich konnte Sebastians Argumentation einiges abgewinnen, aber auf der anderen Seite machte mich seine selbstgerechte Art, alles, was er falsch gemacht hatte, auf andere zu schieben, wirklich wütend.

„Was um Himmels willen konnte Etelka dafür, dass Otto sein Studium nicht fertig bringt und seine Mutter in einer psychiatrischen Anstalt untergebracht ist?“, schrie ich ihn an.

Sebastian fuhr sich mit dem Hemdsärmel über die Augen, um sich den letzten Rest von Tränen abzuwischen, und sah mich mit einer Unschuldsmiene an, als hätte er mit allem, was da geschah, nicht das Geringste zu tun.

„Meine Tante ist eingeliefert worden, als Etelka gerade einen Monat im Ort war. Damals, als das alles begonnen hat mit den Orgien im Felsenkeller.“

„Und wer von euch beiden ist auf die Idee mit den Ritualmorden gekommen, Otto oder du?“

„Ach, das war eigentlich die Idee von Pater Canisius. Wir haben im Religionsunterricht gerade die Geschichte der Marienverehrung durchgenommen, und ich sollte ein Referat darüber halten. Der Pater hat mir ein paar Bücher aufgeschrieben, die ich zu diesem Thema lesen sollte. Mama hat sie aus der Gemeindebibliothek für mich besorgt. An dem Nachmittag, als man die Madonna aus Ihrem Museum stahl, las ich gerade das Buch von Klemens Blumreich. Und da wusste ich plötzlich, dass man keine Hydraulik braucht, um ein Wunder zu vollbringen. Es reicht völlig, wenn man eine gute Geschichte und einen glaubhaften Täter hat.“

Canisius, der sein Telefonat beendet hatte, kam soeben zur Tür herein.

„Ja genau, von Ihnen rede ich, Herr Kooperator. Sie hätten sich hervorragend als Ritualmörder gemacht, und jeder im Ort hätte es geglaubt.“ Sebastian grunzte und verzog sein Gesicht zu einer Grimasse, die offensichtlich an einen Psychopathen aus einem Gruselschocker erinnern sollte und mich endgültig daran zweifeln ließ, dass der Knabe ganz dicht war. Dann wandte sich Sebastian wieder zu mir. „Der Doktor Flinserl ist sich, wie mir scheint, noch immer nicht ganz sicher, ob Sie es nicht vielleicht doch gewesen sind."

„Ich bin mir sicher, dass er es nicht war", widersprach ich.

„Aber erst seit ein paar Minuten, und auch nur, weil die Sache schiefgelaufen ist. Hätte ich den blöden Zettel nicht in meinem Religionsheft vergessen, wäre nie jemand auf mich gekommen. Alles deutete auf Sie, Pater. Ich brauchte lediglich der Madonna in der Seitenkapelle einen Finger abzuschneiden, von Guido Spitz ein Schnitzmesser zu klauen, und schon wurde die Legende von den drei Madonnen über Nacht hochaktuell. Nun musste ich Blumreichs Legendenbuch nur noch so in Ihr Zimmer legen, dass jemand es rechtzeitig fand und die Legende mit Ihnen in Verbindung brachte: Der verrückte Priester, der mordet, um die gestohlene Madonna wieder gnädig zu stimmen. Das ist eine Geschichte, wie man sie gerne in der Zeitung liest. Die Aufgabe, den Verdacht auf sich zu lenken, haben Sie dann dankenswerterweise auch noch selbst übernommen. Einem Priester, der sich so aufführt wie Sie, dem traut man heutzutage vieles zu."

Canisius stand mit zwei geballten Fäusten neben mir, und ich konnte mich des Eindrucks nicht erwehren, dass er alle Mühe hatte, nicht die Beherrschung zu verlieren.

Von draußen war bereits der Folgeton eines Gendarmeriewagens zu hören. Seltsam genug, dass Loisl heute ein einziger Wagen zur Verhaftung eines überführten Mörders reichte, während es, um Etelkas als angeblicher Kunstdiebin habhaft zu werden, gleich dreier bedurft hatte.

Loisl kam mit einem seiner Hilfssheriffs herein und schien es immer noch nicht recht zu glauben, dass er jetzt ausgerechnet den Sohn des Bürgermeisters festnehmen sollte.

„Keine Sorge, Inspektor", sagte ich. „Walten Sie ruhig Ihres Amtes. Der junge Mann ist geständig. Sie können ihn getrost mitnehmen, ohne gleich das große Zittern zu bekommen. Er ist noch keine Respektsperson."

„Du gestehst also die beiden Morde?", fragte Loisl vorsichtig nach.

Anstatt zu antworten, schlüpfte Sebastian wendig wie ein Reptil zwischen Loisl und dem Kooperator durch den Türstock und wieselte, so schnell er konnte, den Korridor entlang bis an die alte Schank, wo ihn nicht Loisl oder einer der Hilfssherriffs, sondern Canisius aufhielt und unentrinnbar in den Schwitzkasten nahm.

Erst als der Kooperator den trotzigen Jungen aus seiner Zwickmühle entließ, legte der Inspektor seinen Arm um Sebastian und geleitete ihn aus dem Zimmer. Einer der Gendarmen klimperte mit den Handschellen.

„Mein Vater wird Ihnen die richtige Antwort schon geben!" startete Sebastian einen letzten hoffnungslosen Versuch, sich seiner Festnahme zu widersetzen.

„Da bin ich aber tatsächlich gespannt darauf, wie diese Antwort deines Vaters aussehen wird", warf ich ein und erntete dafür ein hasserfülltes Aufflackern in Sebastians Augen.

Loisl, der offenbar mittlerweile bereits wieder überlegte, ob in Schattenbach nicht auch der Sohn des Bürgermeisters als Respektsperson zu gelten habe, bedeutete seinem Hilfssheriff, die Handschellen wieder einzustecken.

„Wehe, Sie setzen mich wieder auf eine falsche Fährte", zischte er mir beim Hinausgehen zu.

„Es ist die richtige Spur, und zwar die einzig richtige. Verlassen Sie sich drauf", zischte ich zurück.

Ich folgte Loisl und sah ihm noch nach, wie sein Wagen hinter der Galgenberg-Böschung verschwand. Dann ging ich die paar Schritte von der Terrasse hinunter zum Wohnwagen, um mich bei Serge und seiner Freundin für meinen allzu plötzlichen Aufbruch von vorher zu entschuldigen.

„Ist noch etwas Satarasch da?“, fragte ich. „Ich bin immer noch hungrig.“

„*Suffisament de Satarasch*“, erwiderte Serge und zeigte auf den immer noch wohl gefüllten Topf.

Canisius war mir gefolgt und stand jetzt nur zwei oder drei Schritte hinter mir.

„Woher haben Sie eigentlich so sicher gewusst, dass Sebastian Guidos Schnitzmesser mit sich führte?“, fragte ich neugierig.

„Das habe ich nicht gewusst. Das war gewissermaßen der Beitrag, den der Heilige Geist zur Aufklärung dieses Falles geleistet hat“, antwortete der Kooperator mit missionarisch leuchtenden Augen.

Ich verspürte kein besonderes Bedürfnis, mich nach dieser Antwort noch intensiver mit ihm zu unterhalten, und hoffte, er würde Loisl bald in den Ort folgen. Doch ich hatte die Rechung ohne Serges dunkeläugiger Freundin gemacht.

„Und was ist mit Ihnen, Pater?“, fragte sie. „Auch eine kleine Portion Satarasch? Sie ist im Nu wieder aufgewärmt.“

Canisius nickte, und Serge begann erneut damit, sein kleines Cymbal wie einen Bauchladen zu bearbeiten.

„Du bist ein *Homme de Lettres*, Carozzi“, sagte er, „also wirst du auch das Geheimnis der Romamusik verstehen. Es ist eine spezielle Abfolge von Tönen, wie es sie sonst nigendwo in der Musik gibt. Wir nennen es unsere Zigeunertonleiter. Ihr Gadsche würdet vermutlich einfach Moll dazu sagen, aber es wäre nur die halbe Wahrheit.“

Dann intonierte er eine zärtliche Weise, deren letzte beiden Zeilen *„Ala volir lace kale jakha, kaj si kale sar duj kale drakha"* er mir, nachdem der letzte Ton verklungen war, übersetzte. Es bedeutete: „Wie liebe ich doch ihre schwarzen Augen, weil sie schwarz wie zwei dunkle Weinbeeren sind."

Canisius hatte sich inzwischen schweigend zu uns gesetzt und verdrückte eine Portion, die ich ihm, schlaksig, wie er war, gar nicht zugetraut hätte. Das scharfe Zeug schmeckte allerdings auch teuflisch gut. Offensichtlich sogar einem Priester.

11

Doch der im Himmel thront, der Herr,
der lacht und spottet über sie und ihr Erkühnen.
Buch der Psalmen 2,4

Als ich vom Galgenberg zurück ins Heimathaus kam, fand ich erstmals Zeit, mich dem Stapel Post zu widmen, der sich in der letzten Woche angesammelt hatte. Gleich obenauf lag die neueste Ausgabe der „Archäologischen Welt“, in der ich nach kurzem Blättern auf ein Stellenangebot stieß, in dem das Museo Archeologico di Aquileia einen neuen Leiter suchte. Es folgten ein paar Zeilen über Bewerbungsbedingungen, und während ich diese immer und immer wieder von Neuem las, wusste ich plötzlich, dass ich das Heimatmuseum von Schattenbach nie mehr aufsperren würde. Und zwar auch dann, wenn ich den Job in Aquileia nicht bekommen würde.

Ich warf meinen Laptop an, öffnete das Dokument mit dem Titel „Kündigung“, das ich schon am vorigen Freitag angefertigt hatte, überarbeitete es kurz und druckte es aus. Dann setzte ich meine Unterschrift darunter, steckte das Schreiben in ein Kuvert und überlegte, ob ich es frankieren und in den nächsten Briefkasten werfen sollte.

Es schien mir jedoch unkomplizierter, es Bürgermeister Munknast selbst zu überreichen. Ich ging also – es war inzwischen schon dunkel geworden – hinüber ins Bürgermeisterhaus und war schon drauf und dran einzutreten, als ich hinter einem der Spitzenvorhänge Klothilde vorbeihuschen sah. Bei dem Gedanken, in welchen Worten ich ihr erklären würde, warum gerade ich ihren Sohn des Mordes überführt hatte, wurde mir einigermaßen mulmig. Ich wählte also eine salomonische Lösung und warf mein Kündigungsschreiben ganz einfach in Munknasts Postschlitz am Eingang des Vorgärtchens, bevor ich mich, nicht unbedingt erhobenen Hauptes, wieder aus dem Staub machte.

Dann schlenderte ich die Altstadt entlang bis hinunter an die Flusslände und sah, dass auch in Lisas Souvenirshop noch Licht brannte. Ich war gerade im Begriff, das Türspiel in Bewegung zu setzen, als ich, Guido Spitzs Leiche in der Blutlache unmittelbar vor Augen, auch hier innehielt und wieder umkehrte.

Ich ging ins Heimathaus zurück, räumte meine Garçonniere einigermaßen auf und packte die Koffer. Dann inspizierte ich die Nachttopfsammlung, spielte alle zweiunddreißig Metallplatten auf meinem Poylphon und außerdem eine Partie auf der Mini-Kegelbahn aus dem Spazierstockknauf. Vor dem Schlafengehen drohte ich schließlich der Drud, sie mit meiner scharfen Sichel aufzuspießen, falls sie mir böse Träume bescherte.

Die Drohung schien zu wirken, denn tatsächlich träumte ich weder von Frau Zidibulk noch von Canisius, weder von Etelkas toten Augen noch von gesichtslosen Mulos. Ich schlief vielmehr den Schlaf des Gerechten und träumte von gar nichts.

Am nächsten Tag verfrachtete ich in aller Frühe meine Koffer in den Lada, machte mir noch Spiegeleier mit Speck und ein paar Habaneros sowie einen starken Kaffee und fuhr los. Als ich beim Kaufhaus Litschauer um die Ecke bog, kam mir Klothilde entgegen, die mich jedoch hinter meiner Windschutzscheibe entweder übersah oder übersehen wollte. Ihr Gesicht schien mir nicht den Eindruck einer gebrochenen Mutter zu machen, deren Sohn man soeben wegen zweifachen Mordes verhaftet hatte. Vielmehr glaubte ich an ihren Zügen einen ähnlichen Ausdruck wie damals in der Kirche zu erkennen, als sie Margitas Leiche erblickt hatte.

Es war ein schöner Maivormittag, sogar noch etwas wärmer und schöner als jener, an dem ich vor genau einer Woche den Diebstahl der Madonna entdeckt hatte. Ich fuhr den Strom entlang eine Weile westwärts und zweigte, als die Weingärten immer spärlicher und die Obstplantagen immer üppiger wurden, nach Süden ab. Ich legte einen kleinen Zwischenstopp an einem blauen Gebirgssee ein, wo ich in einer hübschen kleinen Frühstückspension an einer Uferwiese übernachtete, deren Wirtin mich an Lisa erinnerte. Am nächsten Morgen fuhr ich weiter durchs Gebirge und tankte schließlich an einer Autobahnraststätte an der italienischen Grenze, wo ich die Gelegenheit wahrnahm, an der Kasse neben einer Dose Fisherman's Friends auch eine Tageszeitung zu erstehen. Ich musste nicht lange darin blättern, bis ich gefunden hatte, was ich suchte. Unter dem Titel „Rätsel von Schattenbach gelöst“ las ich darin die folgende Notiz:

Der Madonnendiebstahl und die beiden grausamen Ritualmorde von Schattenbach wurden gestern endgültig geklärt. Als Täter wurde der Bildschnitzer und Kirchendiener Guido Spitz überführt. Als Tatmotiv wird von der zuständigen Staatsanwaltschaft religiöser Wahn angegeben. Der Täter richtete sich jedoch, bevor man ihn festnehmen konnte, selbst, indem er sich mit seinem Schnitzmesser die Pulsadern aufschnitt. Spitz hinterließ ein zwar wirres, aber eindeutiges Schuldbekenntnis. Zwischenzeitlich hatte sich auch ein 17jähriger Gymnasiast zu der Tat bekannt und wurde deswegen in polizeilichen Gewahrsam genommen. Er musste mittlerweile jedoch wieder entlassen werden, da er sich nach Angaben der örtlichen Gendarmerie „nur wichtig machen wollte“. Auch die Gerüchte, dass die Schattenbacher Madonna mit den sechs Fingern bereits am amerikanischen Schwarzmarkt aufgetaucht sei, haben sich als haltlos erwiesen. Das Kunstwerk wird mitt-

lerweile wieder, bei wesentlich verstärkten Sicherheitsvorkehrungen, im Schattenbacher Heimathaus gezeigt.

Lisa, dachte ich, nachdem ich die Notiz zweimal hintereinander gelesen hatte, würde um diese Zeit wohl gerade bei der alten Litschauerin ihre Einkäufe machen und Klothilde gemeinsam mit Hermine Zidibulk in der Bücherei ihr Kipfel in den Kaffee tunken, bevor sie das Mittagessen für den Bürgermeister zubereitete. Pettenhofer würde sich, sobald er von seiner Dienstreise aus dem Osten zurückkam, eine neue Tarnung für seine Waffenkisten überlegen müssen. Und Pfarrer Seitel holte, so sich Guidos Fälschungen am Schwarzmarkt gut verkauft hatten, vielleicht schon erste Kostenvoranschläge für das neue Kirchendach ein. Canisius würde, so er auf der Wahrheit über den Tathergang beharrte, von allen Beteiligten zum fanatisch-religiösen Wirrkopf erklärt werden und seinen Orden vermutlich früher oder später um die Versetzung in eine andere Pfarre bitten. Ich selbst hingegen überlegte einen Augenblick lang, ob ich nicht doch aufs nächste Kommissariat fahren und Anzeige gegen halb Schattenbach erstatten sollte. Aber dann fiel mir wieder Inspektor Loisl ein, der mit Spitzs Abschiedsbrief ein zwar verrücktes, aber gerade deswegen außerordentlich überzeugendes Beweisstück in der Hand hielt und es daher wohl auch in Zukunft vermeiden konnte, Respektspersonen verhaften zu müssen. Im Übrigen würde er wohl schon sehr bald im Gemeinderat sitzen.

Die kleine Welt am Flussknie von Schattenbach war also wieder im Lot, und meine Zukunft lag anderswo. Grimmig biss ich auf einen von Fisherman's Freunden. Dann ging ich zu meinem Lada zurück, warf die Zeitung in den nächsten Papierkorb und fuhr weiter aufs Meer zu.